A FÁBRICA DA VIOLÊNCIA

JAN GUILLOU

A FÁBRICA DA VIOLÊNCIA

Tradução de
MONICA GOLDSCHMIDT

EDITORA RECORD
RIO DE JANEIRO • SÃO PAULO
2007

CIP-Brasil. Catalogação-na-fonte
Sindicato Nacional dos Editores de Livros, RJ.

Guillou, Jan, 1944-
G975f A fábrica da violência / Jan Guillou; tradução Monica Goldschmidt. – Rio de Janeiro: Record, 2007.

Tradução de: Ondskan
ISBN 978-85-01-07105-7

1. Ficção sueca. I. Goldschmidt, Monica. II. Título.

06-4322 CDD – 839.73
CDU – 821.113.6-3

Título original em sueco:
ONDSKAN

Direitos exclusivos de publicação em língua portuguesa para o Brasil adquiridos pela
EDITORA RECORD LTDA.
Rua Argentina 171 – Rio de Janeiro, RJ – 20921-380 – Tel.: 2585-2000
que se reserva a propriedade literária desta tradução

Impresso no Brasil

ISBN 978-85-01-07105-7

PEDIDOS PELO REEMBOLSO POSTAL
Caixa Postal 23.052
Rio de Janeiro, RJ – 20922-970

EDITORA AFILIADA

O golpe acertou-o bem no maxilar superior direito. Justamente como ele planejara ao inclinar a face alguns centímetros para cima no exato momento em que o pai desferiu a bofetada. Ali, na mesa de jantar, o alvo principal do pai era o nariz. Ele tinha por hábito tentar acertá-lo com as costas das mãos ou com as pontas dos dedos. Não chegava a doer, mas ser acertado assim, bem no nariz, causava-lhe uma sensação de ódio surdo. Melhor que fosse no maxilar.

O pai orgulhou-se do golpe preciso, pois tinha a ilusão de que era capaz de surpreender com seus movimentos rápidos. Para Erik, porém, que já conhecia todos os açoites e estratagemas do pai tão bem quanto a tabuada de multiplicar, era fácil prever aquela leve contração nos músculos do olho direito que precediam seus ataques. Ali, à mesa do jantar, tratava-se acima de tudo de um tapa bem anunciado vindo da direita ou daquele tabefe de esquerda, com as costas das mãos, no qual o alvo principal era o nariz. A segunda opção era aplicada mais como uma afronta do que com intenção real de machucar.

Erik poderia facilmente desviar o rosto para trás um pouco, evitando que o pai acertasse o alvo. Embora sempre corresse o risco de que o desgraçado perdesse o autocontrole e se debruçasse sobre a mesa para acertá-lo com um cruzado de esquerda ou bem no meio da cara. As porcelanas se quebrariam e, na pior das hipóteses, a mesa inteira poderia virar. Nesse caso, Erik levaria a culpa, o que estenderia o castigo de depois do jantar em até meia hora.

Por isso, era importante não deixar o pai errar a mira por completo quando aplicava seu golpe dissimulado com as costas das mãos. Virar apenas a cabeça, de forma que o homem não alcançasse o nariz mas apenas roçasse a face, exigia disciplina e treino.

— Muito bem — disse o pai com vivacidade. — Hoje vão ser vinte e cinco golpes com a escova.

Era uma pena extraordinariamente branda, quase a pena mínima. Vinte e cinco golpes com o cabo da escova de roupas não levariam mais do que vinte segundos e, em seguida, tudo estaria terminado. E não precisaria chorar; detestava chorar quando o pai batia nele. Era capaz de conter o choro desde que conseguisse prender a respiração. Ao ser espancado com um ramo de bétula, que provocava golpes muito mais lentos e dolorosos do que a escova, ele era capaz de se conter até aproximadamente a trigésima chibatada. Não era nada difícil prender a respiração durante os trinta e cinco segundos que durava uma surra com galho de bétula.

Já o chicote dos cães era muito pior. A sensação era de estar sendo furado logo na primeira chicotada. O ar já desaparecia ao primeiro rastro de sangue. Era como um orifício chiando, ressonando, até se romper em um verdadeiro pranto. Na pior das hipóteses o choro irrompia no meio do castigo, lá pela décima terceira chibatada.

Chorar e, ao mesmo tempo, tentar evitar os golpes excitava o pai, o que o fazia bater com mais força e perder a conta. Ou, então, ele interrompia a surra para dizer, prolixo, que seria obrigado a somar mais dez golpes por ter sido atrapalhado.

Enfim, vinte e cinco golpes com a escova de roupas não eram nada. O problema era somente não demonstrar demasiada gratidão, pois poderia inflacionar o número de golpes. Naturalmente, era preciso ter um pouco de sorte no decorrer do jantar: não deixar o saleiro cair, não se esticar sobre a mesa, não chatear o irmão caçula, não mastigar de forma desleixada etc. Caso contrário receberia golpes adicionais. Ou o pai poderia inventar algum outro motivo, qualquer que fosse:

— Que unhas sujas você tem, e na mesa do jantar! Mais cinco chibatadas.

Trinta golpes com a escova de roupas não eram quase nada. Seria fácil prender a respiração e concentrar-se em não gritar ou se mover por trinta segundos.

Era um dia frio de setembro com ar limpo e sol reluzente. O jantar naquele dia fora servido cedo e alguns reflexos do sol brincavam no cristal bisotado das taças de vinho. Erik contemplou um raio de sol e imaginou que todas as partículas de poeira formavam uma Via Láctea e que, naquele exato momento, o gigante sentado à mesa cósmica em companhia do pai louco soprava o ar num assovio silencioso para que as partículas de poeira girassem em torno de si, retirando todos os planetas de seu curso normal e causando uma catástrofe absoluta e repentina no planeta Terra.

— Pare de brincar na mesa do jantar, mais cinco golpes — disse o pai ao surpreendê-lo soprando a Via Láctea de poeira.

Mesmo assim, trinta e cinco golpes com a escova de roupas não o preocupava. Ainda era fácil manter a concentração durante os trinta e cinco baques da escova, desde que a pele das costas e do traseiro se mantivesse razoavelmente inteira.

Erik observou ainda uma vez a poeira refletida nos raios de luz e avaliou o prazer de soprar novamente o sistema solar ao preço de golpes adicionais. Desistiu da idéia, pois pareceria uma provocação, o que não só poderia terminar na aplicação de mais cinco golpes, como também na escolha de um instrumento de castigo pior do que a escova. Não valeria a pena.

Preferiu continuar apenas imaginando que soprava o sistema solar.

A brasa crepitava por trás das portinholas de metal da lareira. O som parecia mais o crepitar da lenha de abeto do que o da dispendiosa lenha de bétula. O forte reflexo da luz do sol desenhava um pequeno quadrado no papel de uma das paredes da sala. Ainda ontem havia, naquele mesmo lugar, um quadro que acabara de ser vendido. Na época em que a família mudara-se do bairro residencial rico para o centro da cidade, a mesma parede estava recoberta de quadros.

Depois do jantar Erik procurou tirar a mesa com cuidado para não acabar recebendo mais golpes extras. Em seguida, a mãe dirigiu-se à cozinha para preparar o café. Era, então, o momento em que acompanhava o pai até o quarto de dormir, onde receberia o castigo do fim de tarde.

— Abaixe as calças e se curve para a frente — disse o pai de forma mecânica enquanto empunhava a escova de roupas.

Erik percebeu pelo seu tom de voz que não havia nenhum grande perigo à espreita. Parecia estar calmo e controlado naquele momento, e tudo estaria terminado em instantes. Ele abaixou as calças e se curvou. Ao mesmo tempo que o pai erguia os braços para aplicar o primeiro golpe, Erik respirou fundo, fechou os olhos e cerrou os punhos. Todo o procedimento foi bastante ligeiro, só restando a humilhação.

— Amigos outra vez? — perguntou o pai enquanto oferecia a mão.

Se ele não apertasse a mão teria que suportar outra surra.

— Amigos outra vez — ele respondeu sorrindo. Em seguida apertou a mão do pai, vestiu as calças e foi para o quarto ouvir música. A última canção de Elvis Presley era "Heartbreak Hotel".

Deitado na cama, Erik observava as teias de aranha nas sancas e os desenhos formados pelas rachaduras no teto. Fantasiou ser o rei do rock em um palco da terra prometida, lá na América, bem longe dali. Passou um bom tempo deitado, tentando imitar as palavras estrangeiras proferidas por Elvis Presley e sentindo-se simplesmente feliz.

Aquele dia fora perfeito. Além do mais, o castigo do fim de tarde havia transcorrido sem maiores complicações. O jantar adiantado indicava que o pai sairia para o trabalho bem cedo naquela noite. Ele trabalhava como *maître* em um restaurante, mesmo que insistisse em se intitular gerente. Quando o pai saía mais cedo, Erik aproveitava para ir ao cinema. Havia três cinemas onde podia assistir a filmes proibidos para menores, e o mais próximo de casa estava exibindo um filme sobre a Guerra da Coréia. Decidiu ir sozinho, assim desfrutaria daquele dia tão perfeito sem que nenhuma conversa o atrapalhasse.

Erik fora obrigado a bater em Farol. Toda aquela história havia tornado a briga inevitável, e se não houvesse tomado providências terminaria perdendo sua gangue. A gangue só segue aquele que está vencendo. Na verdade, fora bastante injusto, pois um líder tinha coisas mais importantes a fazer do que vencer uma briga para provar quem era o chefe do grupo. Um duelo, porém, era o método mais óbvio de demonstrar autoridade. E os duelos devem ser vencidos. E, pensando bem, havia mais de seis meses esperava pelo dia em que Farol o desafiaria.

Embora soubesse brigar, Farol nunca chegaria a liderar a gangue. Ele não tinha o poder da oratória e, mesmo que ganhasse a luta, a única coisa que conseguiria seria a rápida dissolução do grupo, até terminar sozinho, sem ninguém que lhe obedecesse. Ele acabaria ali, no meio do pátio da escola, completamente sozinho sem entender o porquê, pois ser o mais forte não é o suficiente.

E Farol era, sem dúvida, o mais forte. Era quase vinte centímetros mais alto do que todos os outros alunos das duas turmas do quinto ano do colégio. O garoto ainda não completara quatorze anos e já tinha um metro e oitenta de altura, pesava sessenta e oito quilos, arremessava com desenvoltura uma bola pequena a sessenta e cinco metros de distância e tinha um pênis gigantesco. Farol brigava raramente e sem muita criatividade, mas quando, em algum momento, tinha um acesso de raiva as conseqüências eram terríveis.

Erik refletira intensamente sobre o problema na última semana, até concluir que o inevitável aconteceria a qualquer momento. Farol aplicou de uma só vez um longo golpe de direita. Era um soco vagaroso, mas pesado e de amplo alcance. Embora nunca chutasse, procurava imobilizar o adversário para aproveitar o peso do próprio corpo e acabar no chão, por cima dele. Uma vez embaixo de Farol era simplesmente impossível se desvencilhar. Nesse caso, ficava-se ali, preso, enquanto Farol alternava seus golpes lentos e pesados entre o rosto e a barriga da vítima, até que o caso fosse declarado encerrado.

Era Farol quem fazia a coleta do dinheiro. Qualquer pessoa no colégio podia pedir empréstimos à gangue. As condições eram muito simples: 100% de juros para empréstimos por dois dias — e Farol cuidava daqueles que não pagavam. Era estritamente necessário que Farol cuidasse dos maus pagadores, do contrário toda a credibilidade do sistema desmoronaria já de início.

Na verdade Farol não batia com agressividade. Aqueles que apanhavam dele sabiam que tudo havia sido muito pior do que fora na realidade só porque o garoto era grande e usava uma jaqueta preta de couro, com o símbolo da gangue nas costas. O medo que sentiam de serem espancados por Farol era na verdade mais importante do que a própria surra.

Fora Göran quem, durante um certo tempo, havia tratado de convencer Farol de bater em Erik para tomar seu lugar na chefia do grupo. Göran não acreditava de fato que Farol pudesse vencer. Mas havia sido o companheiro mais próximo de Erik quando a gangue se formara, no primeiro ano do colégio. E ainda era uma questão em aberto quem realmente decidia. Em outra ocasião, Erik fora obrigado a espancar Göran para deixar clara sua posição de uma vez por todas, e durante um ano tudo funcionou perfeitamente. Göran tentava, provavelmente, usar Farol como sua arma particular.

Durante toda a semana anterior ao desafio, Erik simulou normalidade. Ele já havia lapidado com capricho seu plano tático. Era evidente que não havia a mínima chance de um acordo. A única coisa a fazer era vencer ou levar uma surra daquelas. E, neste caso, acabaria completamente sozinho. O tamanho e a envergadura de Farol provocavam-lhe muito menos medo do que a ameaça de se ver sozinho e banido da gangue.

Porém, após alguns dias de reflexão, Erik já sabia exatamente como derrotaria Farol. Não era sua rapidez que o ajudaria. Com sua força e peso, Farol saberia facilmente como imobilizá-lo. Mas o garoto raciocinava devagar e precisava de um bom tempo até se enfurecer. Logo, poderia vencê-lo desde que fosse breve e não se comprometesse. Por outro lado, Erik rejeitou a alternativa de lhe aplicar um bom chute no enorme pênis. Uma vitória nesse estilo não agradaria, dando lugar a uma série de comentários posteriores, os quais somente serviriam para pressionar uma tentativa de revanche. Seria ainda mais difícil de vencer.

Um desafio exige sempre um certo ritual. Os dois combatentes põem-se frente a frente e levam alguns minutos com insultos que, na maioria das vezes, consistem em comentários sobre a covardia do adversário. Em seguida, procuram fazer com que o outro comece a bater primeiro e sem muita veemência, de forma que se possa revidar com força e determinação. Pode-se, por exemplo, beliscar o nariz do adversário até que este perca a paciência e tente revidar. Então, terminada a provocação, é a hora da luta propriamente dita. Durante o ritual, o público ruidoso se amontoa em um círculo ao redor dos combatentes, para instigar a luta o mais rapidamente possível, antes que algum dos professores encarregados da inspeção tenha tempo de apartar a briga.

Deve ter sido assim que Farol e Göran imaginaram que tudo aconteceria. Farol estaria em pé diante dele, no meio do círculo formado pelos garotos em algazarra, e esticaria um de seus braços compridos para acertar uma bofetada no rosto de Erik, retirar seu boné, ou coisa parecida. Dessa forma seria muito difícil baixar a guarda de Farol e seu amplo ângulo de alcance. Ao mesmo tempo que seria impossível safar-se da situação e tudo terminaria como de costume: com Farol por cima da vítima no chão, batendo até que a luta estivesse terminada.

Esse era, provavelmente, o plano deles.

Quando o ajuste de contas começou, Erik sabia exatamente o que deveria fazer. Ele também tinha a certeza de que venceria se conseguisse sufocar seu medo. Era este o fator determinante: não hesitar um único segundo.

No fim do recreio após o almoço, a gangue encontrava-se embaixo do grande castanheiro no pátio atrás da escola. Erik dividia o dinheiro da agiotagem do dia, e entregou a Farol uma moeda extra de cinco centavos, com a ordem de que corresse à confeitaria da esquina para comprar um pão doce.

— Ah, não — ele disse com voz pastosa. — Vai lá você, correr como um menino de recados.

Jogou os cinco centavos no chão bem diante dos pés de Erik.

— Isso mesmo, e você bem que poderia aproveitar e comprar um pão doce pro Farol — completou Göran, gracejando.

Um silêncio absoluto tomou conta do lugar. Era impossível interpretar erroneamente o significado daqueles cinco centavos no chão. Já não havia mais remédio, a única coisa a fazer era seguir o plano inteiro sem um segundo de hesitação.

Erik esboçou um sorriso comedido enquanto se aproximava de Farol.

— Eu acho que escutei você dizer que não queria correr como um menino de recados — disse com voz macia e um sorriso nos lábios.

— Exatamente — disse Farol com voz embargada, demonstrando ter a boca seca. Ergueu os braços vagarosamente para dar início ao ritual.

Erik mirou no meio do plexo solar. Ainda mantinha o sorriso quando golpeou com toda a intensidade, utilizando o peso do próprio corpo para impulsioná-lo para a frente. A impressão era de que o soco havia entrado diretamente nas costelas, através do músculo ainda relaxado do abdômen. Farol curvou-se sem exprimir um ruído, paralisado pela falta de ar. Erik mirou o próximo soco bem no nariz. O primeiro golpe não foi perfeito, mas o sangue começou a jorrar do nariz na segunda tentativa. Sangue do nariz era um elemento importante: causava impacto no público e aumentava o medo em Farol. Em seguida, Erik acertou um cruzado de direita na direção do supercílio esquerdo de Farol. O olho roxo, verdadeiro estigma, também era importante.

Farol caiu de joelhos. Era imprescindível aproveitar o momento em que o medo e a surpresa ainda faziam efeito para o ataque. Erik ergueu o rosto de Farol com a mão direita e acertou o outro olho com o punho esquerdo. Mas não tardou muito para compreender que já era o bastante.

— Você desiste? — perguntou.

Farol acenou com a cabeça, mudo. Ele até começava a recobrar o ar, mas o confronto já estava terminado.

— Tome aqui — disse Erik entregando a ele um lenço. — Melhor você se limpar, tá com uma cara horrível.

Em seguida Erik apanhou a moeda do chão, entregou-a a Göran e mandou-o comprar um pão-doce, que compartilhou com Farol. Erik sabia que não teria se safado inteiro se continuasse a briga com Farol, mas tudo ocorrera como o planejado e a gangue estava salva da dissolução. O olho roxo de Farol funcionaria muito bem como exemplo nada encorajador.

Naquela mesma noite, no escuro do cinema, Erik gostou de assistir a Robert Mitchum, no comando de seu avião Super Sabre, abatendo um dos MIG-15 da força aérea amarela. Para cada avião inimigo abatido ele colava uma estrela vermelha no nariz de seu Super Sabre. Um desses patifes asiáticos foi especialmente difícil de vencer, e tinha até mesmo algumas estrelas azuis na fuselagem do próprio avião. Robert Mitchum conseguiu vencê-lo depois de uma batalha árdua, mas justa.

Na saída, Erik sentia arrepios, embora no cinema todos já soubessem que o lado pelo qual se torcia era sempre o vitorioso. Já na vida real, não era assim. Ele, por exemplo, estivera muito perto de terminar sozinho e perder sua gangue naquela tarde. Se houvesse hesitado um segundo sequer, ou perdido o primeiro soco no plexo solar, estaria perdido.

O prédio *art nouveau* cor de chumbo do colégio jazia como uma fortaleza no centro do bairro de Vasastan. Ao pé das escadarias de mármore cinza da entrada principal, havia uma estátua de Ícaro, feita por um célebre escultor sueco — um dos dois ex-alunos famosos do colégio.

Quem abria as pesadas portas de carvalho e penetrava, pela primeira vez, nos escuros corredores de pé-direito alto e teto abaulado compreendia imediatamente que uma nova fase na vida acabava de se iniciar. Ao se entrar para o colégio sabia-se que estudar deixaria de ser mera brincadeira. Naquele momento abria-se um abismo entre os alunos do colégio e todos aqueles que permaneceram na escola pública. Aqueles que nunca seriam algo na vida.

E foi sobre esta diferença o discurso de abertura do diretor. Logo depois, os rapazes — sim, porque sempre eram chamados de rapazes — dedicaram seu primeiro dia a aprender bom comportamento.

Um inspetor disciplinar era eleito pelo coordenador de turma. O inspetor funcionava como um líder de pelotão que, da mesa do professor, fiscalizava a turma a sua espera. O inspetor disciplinar escrevia no quadro-negro o nome de quem não se comportava bem, usava palavrões, batia com a tampa da carteira ou falava alto demais.

Quando o professor entrava na sala, o inspetor gritava a ordem de sentido. Os rapazes, então, levantavam-se de suas carteiras e tomavam a posição de sentido. O inspetor disciplinar voltava-se para o professor e lhe ditava o último relatório:

— Classe 25 A, ausentes: Arnrud, Carlström, Svensén e Örnberg.

— Bom dia, rapazes! Sentem-se! — gritava o professor.

E transcrevia os comentários anotados no quadro-negro pelo inspetor no diário de classe. Receber três reprimendas por semestre no diário de classe baixava um ponto no conceito de disciplina.

Depois disso, aquele que fosse convocado pelo professor tinha de se colocar em posição de sentido imediatamente. Era visível o mal-estar de ficar em posição de sentido e ter de responder com voz alta e clara (sempre voz alta e clara, caso contrário o aluno teria de repetir), um método pedagógico de efeito extremamente positivo sobre os alunos. Seria uma forma de atenuar, nos rapazes, a tendência a não responder às perguntas.

As regras para eleger um inspetor disciplinar eram um tanto quanto obscuras. Era um assunto para o coordenador, pois uma nova turma de alunos desconhecidos tornava difícil a escolha da pessoa adequada. Um rapaz bem-vestido de um lar respeitável — roupas e sobrenomes sempre serviram como boas pistas — que não fosse fraco demais era um critério de escolha abrangente nas novas turmas. No entanto, não havia nada que impedisse o coordenador de mudar o inspetor sem aviso prévio.

Já nas aulas de educação física os critérios de seleção eram muito menos aleatórios. O Milico tinha suas rotinas bem treinadas.

O Milico era capitão da reserva. Ele recebia os rapazes com um florete na mão, o qual, pensativo, balançava levemente no ar algumas vezes antes de pousar no chão. Quando executava alguma seleção, tinha o auxílio de seu subordinado, o tenente Johansson.

Assim que o inspetor entregou a turma, o Milico deu ordem aos rapazes para que corressem em volta do ginásio de esportes. Ele marcava o ritmo com sons compassados.

— Ohohohoh ohohoho — ecoava do teto alto do ginásio.

Os meninos corriam com uma sensação curiosa de não estarem entendendo o que acontecia e qual seria o objetivo do Milico. De repente, o exercício se interrompeu e os rapazes foram colocados em duas fileiras em frente a duas cordas, retiradas de um dos paredões do ginásio. As cordas ficavam penduradas no teto do salão, a mais ou menos sete metros de altura.

— E agora vamos escalar, rapazes! — gritou o Milico. — Assim, de quatro em quatro, até o mais alto que alcançarem.

A maioria parava na metade do caminho. Alguns conseguiam apenas chegar a uma pequena altura, até que, ao som dos risinhos da assistência, soltavam a corda, resignados, e desabavam. O gordo Johan mal chegou a poucos metros e desistiu, sob os comentários maldosos do tenente Johansson. Erik e dois outros escalaram até o alto. Erik tinha uma leve intuição do que aquilo tudo significava.

O próximo exercício seria o salto sobre cavalo. Aumentaram a altura do cavalo sucessivamente, até que restaram somente Erik e Farol. Farol saiu vencedor. Enquanto isso, o Milico e o tenente Johansson faziam anotações.

A seguir, algumas breves instruções sobre corrida e salto sobre obstáculo. O tenente Johansson mostrou a técnica a ser usada, descreveu o trampolim e explicou a importância de encher-se de coragem ao executar o primeiro salto. Não era tão perigoso como parecia.

A maioria dos rapazes paravam, inseguros, na hora de tomar impulso e terminavam sendo chamados de covarde, aos berros, pelo tenente Johansson. Erik cerrou os maxilares e usou toda a sua energia. Obrigou-se a não vacilar. A catapulta do trampolim o arremessou com tal intensidade que ele foi parar do outro lado do cavalo, na posição de um sapo, surpreso com o quão fácil tudo havia sido.

Momentos depois, o tenente Johansson colocou um outro obstáculo atravessado em frente ao primeiro e selecionou os rapazes que haviam superado satisfatoriamente a primeira prova. Mais uma vez, todos menos Erik e Farol foram descartados. Era evidente que tudo aquilo não passava de algum tipo de triagem.

Por isso, os rapazes se surpreenderam quando foram mandados ao pátio escolar para jogar futebol. Rapidamente o tenente Johansson dividiu a turma em dois times e arremessou-lhes uma bola. Durante o jogo de futebol, que não durou mais de quinze minutos, prosseguiram as anotações misteriosas. Logo depois, os rapazes foram mandados mais uma vez para dentro e puseram-se em duas fileiras no meio do ginásio.

— Muito bem, rapazes, este aqui é o símbolo da escola do qual vocês devem se orgulhar.

Ele desdobrou uma bandeira, que tinha um emblema decorado com o ramo de trigo simbólico de Vasa, ornado com duas asas amarelas sobre um fundo azul.

— Somente rapazes de coragem podem carregar isto aqui — continuou o Milico. — Agora vamos dividir a classe em quatro grupos. Cada grupo tem um chefe. E é ele quem leva o emblema na perna esquerda das calças do uniforme de ginástica, assim. Todo chefe de grupo tem um adjunto, um subchefe de grupo. E o subchefe leva o emblema do outro lado, assim. Agora vou ler o nome dos quatro chefes de grupo.

Em seguida, Erik e Farol aproximaram-se para buscar cada qual o seu emblema, com mais dois rapazes que também conseguiram juntar o número de pontos necessário em vigor, rapidez e autoconfiança. Aquilo parecia uma entrega de prêmios: o Milico dava parabéns e os rapazes faziam uma reverência ao receberem seus brasões.

Cada chefe de grupo colocava sua equipe em posição de sentido antes de uma lição e conferia se os uniformes de seus recrutas estavam em ordem — blusa branca, calças azuis, tênis brancos, meias limpas. Os chefes de grupo apresentavam suas equipes e eram responsáveis pela disciplina e pelo comportamento dos times em todos os jogos de bola, nos quais as equipes concorriam umas com as outras. Um chefe de grupo era, em princípio, impossível de ser substituído, já que o Milico era categórico ao afirmar que seu princípio de seleção era justo.

Contudo, quando a turma jogava futebol no pátio da escola, tal princípio de divisão em grupos desaparecia. Em vez disso, os dois melhores jogadores, Erik e Göran, escolhiam seus times. Primeiro tiravam a sorte para ver quem escolheria o primeiro jogador. Em seguida, o outro escolhia dois jogadores de uma só vez. Quando os dois times já estavam praticamente completos, e ainda se viam alguns rapazes com olhar errante sentados no banco, Erik ou Göran costumava dizer:

— Ei, você pode ficar com o resto da corja.

A corja consistia basicamente em três ou quatro garotos. Eles ficavam na "reserva", isto é, normalmente nunca participavam dos jogos.

A força física, um belo corpo com musculatura bem esculpida, coragem e força de vontade eram elementos freqüentemente presentes nas pregações do Milico, que sempre davam início ou fim a uma lição de educação física. Nós, os suecos, éramos um povo forte e valente. Éramos bravos soldados, herdeiros dos vikings e dos oficiais carolinos de Carlos XII.

A cultura do físico era, assim, o fundamento do sistema social dos rapazes. Aqueles que possuíssem o corpo mais forte e belo, aqueles que marcassem mais gols no handebol e no futebol, ou que saltassem mais alto sobre cavalos, plintos e outros obstáculos, ou que pudessem dobrar-se sobre a trave de equilíbrio com pernas esticadas e imóveis, como na posição de saída com empunhadura inversa, ou aqueles que tivessem a coragem de executar o salto ornamental aquático mais alto, ou que pudessem nadar por mais tempo embaixo d'água, estes fariam parte da elite superior dos chefes e subchefes de grupos. O restante era a corja.

Para aqueles que faziam parte da segunda categoria, havia, na realidade, somente um método de defesa. Adotar a postura do Gordo Johan, que usava terno e linguagem pomposa, gostava de *Dixieland jazz*, era estudioso e fazia o papel do intelectual que desprezava os gorilas sem intelecto.

Havia grande diferença entre os códigos, comparando-se à casinha de bonecas que era a escola do bairro residencial rico. Lá, as razões que levavam alguém a pertencer a este ou aquele grupo eram totalmente diferentes. Lá os professores também demonstravam sua boa ou má vontade para com os alunos, dependendo, exclusivamente, de como se dirigiam a eles ou do sobrenome que carregavam. Naturalmente davam importância a quem era o mais forte da turma ou quem fazia mais gols durante o recreio após o almoço. Esses, porém, jamais poderiam ser os fatores determinantes. Havia regras implícitas que determinavam a posição de cada um. Não eram as roupas que evidenciavam que alguém provinha de boa família, mas o linguajar. Aquele que se apresentava sempre com voz clara e segura, que sabia pedir desculpas de forma estudada e que usasse mais palavras esquisitas vinha de uma boa família, e recebia as melhores notas nas matérias escolares.

Já no colégio do bairro central tudo era diferente. Entre os setecentos rapazes havia toda sorte de antecedentes familiares: desde famílias medíocres até famílias nem um pouco finas. Não era, na verdade, nada difícil distingui-las. Alguns levavam nas roupas o odor de querosene das lamparinas. Outros tinham quadros nas paredes de casa, lustres de cristal e apartamentos espaçosos. Estes eram das boas famílias. Um apartamento pequeno sem nenhum quadro, família nada fina. Além disso, percebiam-se as diferenças na gramática da língua, na escolha das palavras e na pronúncia, muito antes de se sentir o odor de querosene ou de se deparar com a empregada no vestíbulo de casa.

Mas no colégio, na mesa do professor, no púlpito do auditório ou durante as preleções do Milico, doutrinavam-se os rapazes para crer que eram os melhores da nova Suécia. Já não mais seríamos senhores e servos, como na velha Suécia. Ali, cada rapaz criaria seu próprio futuro em uma competição baseada nos princípios da igualdade. Aquele que trabalhasse com afinco ao longo de seus anos no colégio teria a possibilidade de vencer na vida. Aquele que não progredisse sairia da competição e terminaria entre os vencidos da escola pública. Os suecos eram um povo livre, da bela raça germânica e com suas tradições altivas. E nós, os rapazes, chegaríamos no devido momento ao poder da nova e democrática Suécia. Éramos o futuro da nação e, por isso, precisávamos de uma educação rígida e de mentes sãs em corpos sãos.

Lá fora, no mundo exterior, imperava o mal de características indefinidas.

O ideal democrático era sempre ser o melhor em algo, e sempre estar preparado para um revés. Já lá fora, no mundo cruel, nos países dominados pela Rússia, essas possibilidades estavam eliminadas. Lá, os homens eram como máquinas — todos iguais.

E assim soavam as pregações durante as orações matinais obrigatórias. As orações matinais eram da maior importância. Os rapazes punham-se silenciosamente em filas duplas, numa ordem previamente determinada. O professor encarregado da inspeção caminhava ao longo das filas, controlando se todos tinham seus livros de salmos na mão esquerda (esquecer-se do livro de salmos resultava em uma reprimenda; três reprimendas baixavam o conceito em comportamento).

Quando o reitor finalmente balançava ruidosamente seu grande chaveiro, os rapazes ordenados em fila avançavam até o auditório. Naquele momento qualquer conversa era expressamente proibida, podendo uma infração gerar reprimendas ao autor.

Depois de cantado um salmo iniciava-se o sermão, o qual em sua grande maioria abordava questões morais e religiosas complexas. Era bastante comum que seminaristas viessem praticar seus sermões com os rapazes. E como estes aprendizes por um lado ficavam nervosos e, por outro, tentavam compor os sermões mais engenhosos possíveis do ponto de vista teológico, suas propostas religiosas passavam ao largo das cabeças dos alunos. Eles usavam a hora da missa para a leitura discreta dos exercícios de casa (como Erik, por exemplo, que sempre fazia suas tarefas dessa forma). Ou então, podiam usar o tempo para olhar para o teto e pensar em absolutamente nada, ou para segurar o pau do colega vizinho, ou ler os textos escritos ao redor das frisas altas do auditório, no qual as letras latinas em dourado pregavam em maiúsculas:

A VERDADE O TORNARÁ LIVRE
EM NOSSA JORNADA PELO MUNDO
É PRECISO DIFUNDIR UMA SEMENTE NOBRE
ANTES DE TUDO PRESERVE SEU CORAÇÃO
POIS DESTE EMANA A VIDA

Às vezes, porém, era o diretor ou algum dos professores de catecismo que tivesse a retórica cristã mais aguçada que pregava. Na luta contra o mal triunfava sempre a bravura (às vezes ganhava também algo que se chamava "o coração puro contra a maldade"; o coração puro, contudo, era menos freqüente nos sermões do que a bravura). Antes escutar a corda se rompendo a nunca ousar flexionar um arco. O perseverante vence e a diligência é recompensada, como bem demonstrou Robinson Crusoé. Perante Deus éramos todos iguais e Deus, aliás, cuidou de criar toda sorte de competições. As duas formas de competição principais eram, decerto, esportes e matérias escolares. Dessa forma, os subgrupos eram divididos em aqueles que eram capazes de realizar saltos com vara e aqueles que sabiam a função sintática de "traidor" na frase "Os jornais chamaram-no de traidor". Mas a grande maioria das pessoas tinha talvez algum talento oculto, uma vocação interior ou um destino futuro no qual, por meio de um ato heróico, salvaria sua cidade natal, como o famoso garotinho holandês que, colocando seu dedo em um pequeno orifício, salvou sua cidade de ser submersa pelo Atlântico, embora, para o resto do mundo, isso não tenha significado nada.

Desta maneira a competição não cessava jamais. Como Erik era o corredor mais veloz, marcava mais gols, suportava mais surras, batia mais forte e, além disso, era o melhor em algumas matérias escolares, fazia parte da elite da elite, que consistia em cinco rapazes. Naquele grupo a concorrência era severa, e não era suficiente ser bom em matemática ou em esportes. E como ele provinha de um bairro rico, um idílio campestre se comparado ao bairro de Vasastan, seus pontos fracos, na verdade, poderiam destituí-lo de qualquer posição de líder. Estes eram não ter assistido a filmes proibidos, não saber tragar, nunca ter feito sexo com uma garota, não ter um vocabulário considerável de palavrões, não saber nada sobre as sorveterias que tocavam músicas de Elvis e Little Richard em suas *jukeboxes* — ele nunca havia sequer freqüentado as matinês dominicais da boate Nalen, nas quais se apresentavam as bandas de rock suecas —, usar roupas cafonas e, além de tudo, ser obrigado pelo pai a usar um bonezinho escolar ridículo, além de falar afetado como um almofadinha.

Esses defeitos deviam, na verdade, afastá-lo da disputa por medalhas. Mas, em compensação, ele tinha qualidades que sobrepujavam até o bonezinho ridículo. Erik batia com força já no primeiro soco e, curiosamente, suportava muitos golpes. Ambos os atributos tinham extremo valor social.

Aquela história de agüentar maus-tratos físicos já se revelara em um dos primeiros dias do ano letivo, quando o professor de desenho, um catedrático que lecionava na escola para ganhar um extra, fez sua introdução costumeira para a nova classe. Seu interesse pelos rapazes era, principalmente, que se sentassem calados e desenhassem o objeto posto como modelo. Enquanto isso, ele lia seu jornal ou elaborava sua tese de mestrado. Toda sua autoridade repousava em Julius.

— Este é Julius — disse o professor e flexionou sua ponteira no ar algumas vezes, aproveitando o vácuo formado pela curvatura do objeto para transmitir sua mensagem. — Julius é meu melhor amigo aqui no colégio. Aquele que quiser perturbar vai ter de escolher entre Julius ou uma reprimenda. Entenderam?! Os delinqüentes vêm até aqui, se debruçam e então...

E flexionou mais algumas vezes o objeto no ar.

— Entenderam bem ou vou precisar fazer alguma demonstração extraordinária? Algum voluntário?

O professor encarou a turma com ar ameaçador.

Como um especialista, Erik considerou a varinha do professor um instrumento menor de tortura. Principalmente em se tratando de algumas poucas bordoadas.

— Sim senhor, professor! — ele gritou e colocou-se em posição de sentido.

— Você quer ser voluntário?

O professor encarou, desconfiado, o sorrisinho arrogante do rapaz à sua frente.

— Às ordens, professor! Isso aí não me parece tão horrível assim.

A classe inteira prendeu a respiração diante do desafio. O professor já não tinha alternativa. Colocou Erik de encontro ao quadro-negro e instruiu a turma. O rapaz deveria ficar debruçado para a frente, com as mãos sobre o quadro-negro e o traseiro para trás. E então... flexionou o objeto no ar, detendo-o antes de acertar.

Erik não se agitou, manteve-se imóvel na posição indicada. Foi quando o professor, por puro desespero, acertou-o com força.

Erik, porém, que já prendera o ar e se concentrara na imagem do pai, não se abalou.

— O que achou de Julius? — gritou o professor.

— O professor já bateu? — perguntou Erik, prendendo mais uma vez a respiração, pronto para a conseqüência óbvia dos risinhos da classe.

O professor perdeu o controle e bateu com força cinco, seis vezes, até voltar a se controlar e paralisar a própria mão, com Julius esticado como uma espada. Seus cabelos caíam desgrenhados pelo rosto vermelho, de tanto esforço e surpresa.

Ainda com as mãos sobre o quadro-negro, Erik continuava fingindo que não havia sentido nada.

— Vá sentar, seu patife insolente! — gritou o professor. — Aliás...

O homem calou-se no meio da frase, enquanto Erik voltava ao seu lugar pela fileira de carteiras, rindo dele.

Como o professor poderia saber sobre seu pai? Nem seus colegas de turma ainda o conheciam até aquele momento. Aliás, para eles, o mais importante era o moral pregado nos sermões das manhãs ou nas lições de história: "Em Esparta havia uma estirpe de guerreiros que, por sua capacidade de suportar sofrimentos físicos, chegou a dominar a cena política grega por muitos anos."

Naquele momento haviam acabado de vivenciar a experiência *in loco*, mas não conseguiam compreender bem o porquê, pois nada sabiam sobre o pai dele.

E justo naquela noite, depois da vitória fácil sobre o professor com sua ponteira insignificante, o pai mostrara-se com o mais perigoso dos humores. O melhor a fazer era andar nas pontas dos pés, para que o castigo após o jantar não se degenerasse. Erik pôs e retirou a mesa e teve extremo cuidado em cada movimento durante o jantar. Notava-se no semblante do pai que se encontrava em um daqueles dias nos quais poderia se exaltar durante a surra. O próximo sinal foi o tapa no nariz sem motivo aparente (isto é, ele sempre encontrava uma razão logo depois de aplicá-lo).

Erik reparou na contração abaixo do olho do pai, mas resistiu e se manteve no mesmo lugar, para que ele praticasse o golpe no nariz e não no osso molar. Ele animou-se um pouco ao acertar um belo tapa inclinado, com a ponta dos dedos, bem abaixo das narinas. Um golpe desses fazia um ruído peculiar. Provavelmente, a sensação de acertar o nariz era mais agradável do que a de acertar o osso da face.

O pai escolheu aleatoriamente, no final do prato de carne, que o castigo do dia seria de vinte golpes de escova. Tinha o intento de duplicar o número em um período de dez minutos, já que havia começado com apenas vinte golpes. Caso contrário ele teria escolhido vinte e cinco ou trinta de uma vez. Mas vinte e cinco ou trinta eram demais para duplicar, se houvesse algum motivo especial para isso. Era o motivo pelo qual escolhia um número baixo, quando tinha a intenção de aumentar significativamente a quantidade de golpes.

A mãe fizera pudim de chocolate para a sobremesa com um novo pó, vindo da América. Era só misturar o leite e deixar endurecer, e o pudim tinha quase o mesmo sabor de um pudim de chocolate verdadeiro.

Erik logo compreendeu o perigo.

O irmão menor tinha seis anos e nunca fora castigado.

Quando começaram a comer o pudim servido pela mãe, o irmão menor tentou, como de costume, roubar uma colherada da porção de Erik com um golpe rápido. Erik agiu por reflexo e notou tarde demais que havia cometido um erro. Ao segurar a mão do irmão, um pouco do pudim escorreu da colher e foi parar na toalha branca da mesa.

O pai dobrou o castigo para quarenta golpes.

Quarenta golpes com a escova de roupas ultrapassavam o limite do suportável. Ele acabaria chorando. Talvez fosse um daqueles dias em que o pai terminaria excitado pelo choro e perderia a conta. Também não podia se debater demais. Isso provocaria ainda mais golpes. Iniciava-se, então, o círculo vicioso. Erik choraria desesperada e descontroladamente, estimulando o pai a bater além do limite estipulado. Erik, que contava cada golpe aplicado, começaria a se debater demais por desespero — ou mero instinto de preservação —, fazendo com que o pai ficasse selvagem de tanta alegria e batesse sem parar, até que todas as contas perderiam a razão de ser e sua pele arrebentasse, e o sangue salpicasse pelo lado plano da escova de roupas, respingando nas paredes do quarto até que o pranto da mãe, do outro lado da porta, lentamente, chamasse o homem novamente à razão.

O pudim de chocolate revolvia seu estômago. Nunca havia resistido a quarenta golpes.

Ele podia tentar duas alternativas: o primeiro método era não contrair o corpo. Erik havia lido em algum lugar que tal técnica surtia efeito, apesar de ele saber, por experiência própria, ser de difícil execução. O outro método consistia em contrair os músculos das costas e das nádegas o máximo possível, para que uma superfície mínima do corpo absorvesse as chibatadas. Podia-se, inclusive, combinar essa técnica com o método de resistência interior — instrumento mais importante ainda. O principal era, na verdade, fechar os olhos por trás dos olhos. Era preciso imaginar-se em outra parte, concentrar-se na imagem de uma brasa flamejante em algum lugar atrás da visão: era por meio do ódio pelo pai que podia transformar a imagem de uma chama azul em uma pequena pedra cintilante. Isso exigia concentração prévia. Para agüentar quarenta pancadas, era preciso concentrar-se no ódio pelo pai por um bom tempo.

Erik parecia ausente enquanto retirava a mesa. Esteve a ponto de deixar um prato cair no chão, o que terminaria em uma catástrofe. No meio segundo em que foi obrigado a salvar o prato no ar, a dez centímetros do chão, sentiu um calafrio. Mas, logo em seguida, voltou rapidamente à concentração anterior.

A caminho do quarto Erik respirava a plenos pulmões. Ele já fechara os olhos por trás das pálpebras abertas, e quase não escutou quando o pai ordenou que baixasse as calças e se debruçasse para a frente. Erik pôs-se totalmente alheio ao mundo exterior e respirou fundo. A partir daquele instante, existia apenas uma chama azul no fundo do abismo negro.

Quando percebeu que já se encontrava em direção à luz, como quem volta à superfície depois de um mergulho profundo, já saía do quarto de dormir. Ele devia ter apertado a mão do pai e feito outra vez as pazes sem nem se dar conta. Nesse momento, sentindo um calafrio, ele foi preenchido por uma sensação de alegria e triunfo. Havia suportado quarenta golpes!

À noite, no quarto das crianças, ele lia um livro proibido, escondido embaixo das cobertas. Era uma coletânea de histórias dos irmãos Grimm, um livro visto pelos adultos como impróprio e apavorante para crianças. Havia anos, Erik fora pego em flagrante com o livro (aproximadamente trinta chibatadas) e tivera de escutar um sermão sobre como o medo era capaz de penetrar em um ser humano, quando criança, e permanecer ali para o resto da vida.

Aquele exemplar ele pegara na biblioteca juntamente com *A história sueca de Grimberg* e, agora, lia escondido, com uma das orelhas tensas como um periscópio voltado para o mundo exterior. Qualquer passo apressado, a lanterna se apagaria rapidamente e o livro seria escondido embaixo do colchão (nunca do travesseiro!).

Do outro lado, porém, o irmão mais novo ainda estava acordado.

— Eu quero a sua lanterna — disse.

Erik não respondeu.

— Se você não me entregar a sua lanterna, eu grito e depois digo ao pai que você me bateu — disse.

Erik avaliou rapidamente a situação.

Se aceitasse a chantagem perderia sua lanterna, além de dar ao irmão a chance de extorqui-lo outras vezes.

Se não aceitasse, o irmão executaria sua ameaça sem hesitação. O pai abriria a porta com violência e, depois disso, nenhum tipo de explicação adiantaria. O irmão, por sua vez, poderia então ameaçar repetir o procedimento, enfurecendo o pai mais ainda quando o visse, chorando, explicar que Erik lhe batera mais uma vez.

— Eu vou contar até três — disse o irmão.

Se aceitasse a chantagem, seu irmão conseguiria tirar dele tudo o que possuía.

— *Um* — disse o menino.

Mas justamente hoje o pai estava com um humor tão ruim que qualquer coisa poderia acontecer durante a surra que levaria.

— *Dois* — prosseguiu.

Tentar suborná-lo com um par de coroas não mudaria nada. Nesse caso acabaria depenado.

— *Três.* Agora eu vou gritar — disse o irmão.

— Espere — Erik falou. — Não grite. Porque se gritar, você sabe o que eu vou fazer?

— Você não tem coragem porque o pai te bate — respondeu o irmão.

— Não importa. E eu *prometo* que se gritar e disser aquilo, eu vou te dar uma sova bem dada quando a surra do pai acabar. Entendeu bem? Eu bato em você de uma vez só. E depois bato amanhã, quando eu chegar da escola, porque aí o pai vai estar no trabalho. Eu garanto, entendeu bem?

— Agora eu vou gritar — disse o irmão.

— Palavra de honra que eu acabo com você logo depois da minha surra — Erik soluçou.

E então o irmão gritou. O pai entrou com a escova de roupas na mão e acendeu a luz.

— Erik me bateu — disse ele numa voz desprovida de qualquer entonação.

Depois de o pai haver administrado o novo corretivo e terminado o discurso sobre a covardia que é bater nos mais fracos, Erik chorou por algum tempo, deitado com o rosto afundado no travesseiro. Em seguida acendeu a luz, dirigiu-se à cama do irmão e puxou seu cobertor.

— Eu dei minha palavra de honra — disse.

— O pai vai bater em você outra vez.

— Eu sei, mas eu prometi que ia bater em você, seu puxa-saco de merda!

Erik sabia que não tinha muito tempo, mas era importante, primeiro, descrever a ele a surra. O tempo suficiente até que o irmão quase gritasse outra vez pelo pai. Ele conseguiria aplicar apenas alguns tapas, até que o pai entrasse novamente como louco no quarto. Mas onde aplicaria o golpe? Talvez lhe arrancasse alguns dentes, tinha tempo para isso. Mas, não tinha a intenção de machucá-lo seriamente, queria apenas evitar que ele repetisse aquela tentativa de extorsão. Além disso, o pai ficaria louco, enfurecido. Era importante que o irmão não estivesse sangrando quando o pai entrasse no quarto.

Investiu rapidamente no irmão e deu-lhe dois tapas e um soco na boca do estômago. Assim perderia o ar o tempo suficiente para que Erik pudesse apagar a luz e voltar à sua cama, antes que o primeiro berro ressoasse.

Manter-se embaixo das cobertas quando o pai entrasse era uma dupla vantagem. Primeiro por não parecer tão grave a briga com o irmão, depois, porque o pai talvez batesse sem mirar, direto no cobertor. Às vezes, nas noites em que estava bêbado, ele não tinha muita atenção e errava o alvo.

Suas esperanças, porém, logo se dissiparam. Já se escutavam passos no corredor. Ele não se apressou, aproximou-se do quarto *vagarosamente*, batendo intencionalmente os calcanhares no chão, para que os passos parecessem pesados. Nesse instante Erik congelou de medo, pois teve consciência do que estava por vir.

Quando seu pai apareceu à porta e acendeu a luz, tinha o rosto transtornado, com aquela expressão especial nos lábios. Da mão direita pendia o chicote de cães.

O chicote de couro trançado era grosso no cabo e fino na ponta, com um pequeno gancho de metal para prender a coleira. Era este gancho de metal o que esfolava a pele.

O pai carregou carinhosamente o irmãozinho para fora do quarto. Depois, fechou a porta e passou a chave, guardando-a no bolso do paletó.

— Não, por favor, eu não tive a intenção... não é como o senhor está pensando... — Ele chorava, enquanto o pai, de propósito, aproximava-se da cama vagarosamente. Erik sabia que não adiantava suplicar. Desesperado, procurou a chama azul no turbilhão de sua consciência, mas já era tarde demais. Pelo menos no rosto não, pensou, enquanto o pai retirava o cobertor vagarosamente. No rosto não, demora semanas para cicatrizar, no rosto não, na escola...

— Por favor, cuidado com o meu rosto — ele disse, na hora em que se virou na cama e pousou as mãos contra o rosto, afundando-o no travesseiro.

A primeira chicotada açoitou-o bem nas costas. Erik ainda chegou a pensar que o pai o acertara em cheio e que parecia estar terrivelmente sóbrio. A segunda chibatada acertou-o quase no mesmo lugar e, quando compreendeu que o chicote continuaria subindo centímetro por centímetro, a chama azul desapareceu por completo e ele começou a gritar.

Já não raciocinava mais, apenas gritava a cada açoite. Era como se cada um deles descarregasse um choque elétrico de uma extremidade à outra das têmporas. Quando já tinha as costas dilaceradas, o pai começou a chicotear a nádega esquerda. Erik passara a se debater durante as chibatadas, que já não acertavam com a precisão pretendida. Ele tentava proteger-se com as mãos, o que fazia o pai mirar no rosto e quando ele, então, voltava a proteger o rosto, o pai tornava a lhe fustigar o corpo.

O choro era vermelho e humilhante, o exato oposto à chama azul. Um pranto selvagem e incandescente dominando a consciência e intensificando a dor a tal ponto que a consciência em algum momento falhou: uma tentativa desesperada do inconsciente de atenuar a dor. Mas Erik chorava também por não ter resistido àquele velho diabólico filho-da-puta com ar de vencedor, empunhando seu chicote de cães sangrento.

Até que a surra chegou ao fim. Em meio ao espancamento, a dor dilacerante dava a impressão de que nunca terminaria, como se nunca fosse existir uma atenuante, assim como deve ser no inferno. Mas, de alguma maneira, tudo terminou.

Ele notou, acima de tudo, o silêncio, pois quando seus pulmões roncaram em um último soluço, até já poder respirar calmamente de novo, o silêncio havia retornado. As costas, as nádegas e as coxas ardiam. Erik sabia que estavam em carne viva. O chicote sempre atingia fundo o suficiente para deixar o corpo coberto de marcas vermelhas — uma para cada chibatada. A pele coberta por um fluxo de sangue. Onde não havia feridas abertas o sangue conservava-se dentro do corpo, deixando marcas roxo-esverdeadas que permaneceriam nas costas por semanas.

Ao apalpar as próprias costas, suas mãos ficaram molhadas e pegajosas. Era o sangue das lesões abertas pelo fecho de metal. As feridas criariam longas cascas cheias de pus. Cicatrizes extensas, grossas e inchadas que se arrebentavam facilmente ao primeiro movimento brusco.

Mais tarde, Erik recordou-se, sem muita certeza, de que a mãe viera ao encontro dele com uma tigela de água morna e um pedaço de linho. Ela não lhe disse nada: ao menos não se lembrava de que ela houvesse pronunciado alguma palavra. Era possível que estivesse chorando, pois ele tinha uma breve sensação de sentir o sal de suas lágrimas caindo nas feridas abertas. Mas talvez tudo não passasse de um sonho, fruto do estado febril em que se encontrava. Ao longe, tinha a impressão de ouvir uma bela melodia ao piano.

Ele tinha quatorze anos e brigava cada vez menos. Havia duas razões para isso: o primeiro motivo era o fato de ele ser o líder da gangue e, por isso, não poder se envolver em qualquer briguinha, pois, se alguém, em alguma das turmas paralelas, não quisesse pagar sua dívida à gangue, era preciso apenas uma surrazinha leve. Nesses casos, preferia enviar Farol, Göran ou um outro garoto da gangue. Uma vez que ele mesmo entrasse em uma briga, teria de ser para valer. Como, por exemplo, se alguém não pagasse depois de uma segunda advertência. Nesses casos, seria obrigado a atravessar o pátio do colégio com a gangue alguns passos atrás, até que o devedor descobrisse tarde demais o que iria acontecer e tentasse escapar — o que era sempre impossível. A gangue sempre esperava pela melhor oportunidade, quando podia dominar o pátio inteiro da escola, cruzando-o em diagonal, de forma que as duas saídas ficassem obstruídas ao mesmo tempo. A seguir, era apenas uma questão de fazer a brincadeira de gato e rato, até que o culpado fosse encurralado em alguma esquina, sem chances de escapar.

Ele já não sentia alegria ou triunfo em situações desse tipo. Sentia, mais do que tudo, pena daqueles que precisavam levar uma surra. E era este o outro motivo, aquele que Erik não revelava à gangue, o qual lhe fazia brigar cada vez menos.

Contudo, era fácil de entender que se alguém escapasse sem pagar uma dívida, outros tentariam o mesmo, e se fossem muitos ao mesmo tempo, todo o sistema ruiria como um castelo feito com as cartas de um baralho. E a gangue, então, não poderia comer pães doces ou freqüentar as lanchonetes na hora do almoço, em vez de comer a merenda escolar. O dinheiro era importante para a união do grupo.

Por isso, em situações desse tipo, ele não batia para machucar. Antes algumas bofetadas do que sangue escorrendo do nariz. Talvez um olho roxo. Sim, um olho roxo era bastante eficaz. Era fácil aplicar um soco de esquerda ou direita no ponto onde as sobrancelhas terminam, ou no canto do olho. Uma marca desse tipo exigia apenas um golpe e funcionava perfeitamente como exemplo para os outros.

E aqueles que se recusavam a pagar também tinham de sentir medo, apesar de não ser necessário violência demais para isso. Algumas bofetadas eram mais do que o suficiente, pois desmoralizavam quem as recebia sem poder revidar, ao mesmo tempo que a vítima temia que, de repente, a bofetada se transformasse em uma verdadeira pancadaria. Todo aquele que chora de joelhos pelos tapas recebidos e promete pagar sua dívida tem o medo como um grande abismo dentro de si. Não a dor, mas o medo.

O medo sempre era o fator determinante, Erik bem sabia. Era como se, por algum motivo peculiar, a grande maioria dos seres humanos não possuísse defesa justamente contra esse ponto fraco. Podiam ser grandes e fortes e apresentar todos os pré-requisitos para se defender, mas o medo tornava-os impotentes.

Um dos garotos de uma das classes mais adiantadas treinara boxe por dois anos em uma academia da cidade. Muitos diziam que ele tinha futuro e, no colégio, era conhecido como o Boxeador. Ele havia até chegado à final do campeonato de juniores de Estocolmo.

Como o Boxeador devia à gangue mais dinheiro do que possuía ou tinha intenção de pagar, o inevitável tinha de acontecer. Naturalmente, seus colegas de turma o haviam instigado, indagando se seria capaz de enfrentar Farol ou Erik. Aquela história durou algum tempo, mais ou menos como a eterna discussão sobre quem ganharia uma briga entre o melhor boxeador e o melhor lutador de luta-livre do mundo. E assim se espalhou o boato de que o Boxeador não pagaria o que devia. Logo, teria de apanhar.

A gangue se reuniu na lanchonete para avaliar a situação. A solução mais simples seria que vários atacassem o rapaz ao mesmo tempo.

Erik descartou a possibilidade, pois aquilo apenas contribuiria para que surgissem comentários no pátio da escola. Acusariam-nos de covardes por enfrentá-lo em grupo e diriam que, por isso, o Boxeador era o melhor.

Como se dá uma surra em um boxeador? Uma coisa pelo menos é evidente: o forte de um boxeador é sua técnica com os punhos. Ele sabe tanto se defender como revidar. Sabe também bater em série até conseguir acertar um golpe de efeito. Sua técnica, contudo, é também seu ponto fraco, já que foi treinado para usar apenas os punhos. Chutá-lo é bastante fácil. Pode-se investir contra ele com toda a força e derrubá-lo no chão.

— Muito bem — disse Erik, enquanto fazia um xadrez nas batatas fritas gordurosas com um esguicho fino de catchup. — Você pode acabar com ele, Farol. Ele é perfeito pra você. É só partir pra cima, jogá-lo no chão e fazer como de costume. Sem problema.

— Essa não. E por que eu? — perguntou Farol, incrédulo. — Eu acho melhor a gente pegar o cara juntos, e bater um pouco mais do que o normal. Aí, fim de papo.

Erik suspirou e deu uma mordida na salsicha enquanto os outros esperavam em silêncio. Farol tinha medo. Esse sentimento curioso existia até mesmo em Farol, na iminência de enfrentar um adversário que, com toda certeza, derrotaria com facilidade. Mas se Farol sentia medo o assunto estava encerrado, entendessem os outros ou não. Era possível forçá-lo, mas aquele que tem medo sempre perde, e se Farol levasse uma surra, tudo terminaria ainda pior.

— Muito bem, então eu me encarrego do cara sozinho. Mas vocês vão me acompanhar e assistir, todos vovês.

— Ehh, e se você se der mal a gente vai...?

— Eu nunca me dou mal. Eu sempre ganho, vamos logo acabar com ele antes do recreio terminar.

A caminho do pátio do colégio, Erik descreveu seu plano. Tudo se baseava em fazer vir à tona o medo existente em algum lugar do

Boxeador. Se ele não tivesse medo, já teria ido se sentar havia muito no pátio do colégio, de tanto que já haviam comentado sobre o assunto em sua turma.

Mas Erik não podia vencer o Boxeador com um truquezinho qualquer. Tinha de bater nele com golpes que pelo menos fizessem alusão ao boxe. Qualquer outra coisa faria nascer comentários. E teria de ser rápido.

O Boxeador era maior do que ele, e além disso era boxeador, por isso, uma briga longa no estilo das lutas de boxe estava fora de cogitação. Tudo terminaria com a cara de Erik com uma aparência péssima e, ainda que o Boxeador não o nocauteasse, isso lhe daria a impressão de haver perdido. O fato de o Boxeador ser mais pesado colocava em dúvida se a melhor saída era investir contra o corpo para que ele terminasse no chão (estratégia que Farol teria conseguido realizar com facilidade).

Logo, a solução era primeiro apavorá-lo e depois golpeá-lo no rosto. Não bastava amedrontá-lo com um soco no olho, um golpe desses era fácil de superar. Era importante que sangue escorresse do nariz. Mas para acertar o nariz de um garoto acostumado a defender o rosto, era preciso injetar nele muito medo para que perdesse o reflexo de defesa bem treinado. Não se pode lutar boxe com um boxeador, mas pode-se apavorá-lo até ele quase se cagar e, depois, acertá-lo bem no osso do nariz.

A gangue então postou-se na esquina do pátio do colégio, exatamente onde o Boxeador estava. Erik disse a Gösta — o mais jovem da gangue — que fosse chamar o Boxeador. E assim o boato de que o momento havia chegado se espalhou por todo o pátio. E poderia se resolver ali mesmo, caso o Boxeador se recusasse a participar da disputa, com medo de que a gangue inteira partisse para cima dele. Mas caso ele se mostrasse covarde já teria perdido, e não era muito provável que cedesse tão facilmente. Por outro lado, não era vergonha alguma receber uma surra de todos de uma vez. Em contrapartida, demonstrar covardia sim, era uma vergonha.

Um grupo da classe do Boxeador o acompanhou, não para ajudá-lo mas para assistir, o que era excelente. Ele veio caminhando com as mãos meio erguidas e a gangue afastou-se para os lados, formando um semicírculo com Erik bem ao fundo. Eles haviam ensaiado as posições no caminho de volta da lanchonete.

O Boxeador parou indeciso no meio do círculo e olhou à sua volta, em guarda. Erik observou-o em detalhes. Por instantes todos se mantiveram calados. O número de espectadores crescia sem parar (as provocações ainda não haviam começado).

— Oi — disse Erik vagarosamente. — Você nos deve dinheiro e eu decidi que teria uma chance de pagar a sua dívida agora, assim resolvemos o problema sem te machucar.

— Na... não — disse o Boxeador, intransigente, levantando as mãos mais alguns centímetros.

— O quê? — disse Erik com uma surpresa teatral que logo se transformou em ameaça. — Mas se não pagar, vai levar uma surra, você sabe muito bem.

A frase era a própria isca. Naquele momento o Boxeador a fisgou e o restante se deu naturalmente.

— Seus covardes, todos contra um, não é? Covardes como mocinhas, não é mesmo? Vocês não têm coragem de lutar um por um porque sabem que eu acabo com todos, um de cada vez.

— Engano seu — disse Erik, fazendo uma pausa de efeito para aumentar o suspense. — É muito pior do que isso. Para falar a verdade, sou eu quem vai te dar uma surra.

Incrédulo, o Boxeador olhou à volta e Erik aproveitou para continuar antes que o adversário tivesse tempo de tomar alguma iniciativa:

— Se fosse só uma surrazinha, eu mandaria o Farol tomar conta de você. Mas agora é assim: ou você me paga o que deve —

eu te dou uma última chance —, ou então eu mesmo vou te dar um corretivo que nunca mais vai esquecer.

Ouviu-se um murmúrio entre os meninos. Ninguém podia compreender como alguém era capaz de ameaçar daquela maneira o Boxeador, logo o Boxeador. Na realidade, eles não entendiam nada. As provocações começaram pouco a pouco. O Boxeador viu-se obrigado a dizer alguma coisa.

— Ih — disse ele, dando a Erik a satisfação de perceber um traço de insegurança na voz do concorrente. — É... você? Eu acabo facilmente com uma direita-esquerda, pode vir.

O Boxeador ergueu as mãos em guarda e improvisou algumas piruetas típicas de boxe. Era naquele momento que o fator surpresa devia penetrar diretamente em sua autoconfiança. Erik manteve-se imóvel com as mãos nos bolsos, indiferente aos movimentos de punho do Boxeador, na altura do seu rosto. Ele sabia muito bem que o garoto não o golpearia enquanto mantivesse as mãos nos bolsos.

— Eu posso acabar com você de uma vez se estiver a fim — disse Erik —, mas não gosto de derrotar quem não tem uma chance. Por isso, resolvi dar a você uma. Mas antes, uma última pergunta: você vai ou não vai pagar?

— Ah, não — disse o Boxeador por trás de sua guarda, fungando os próprios punhos como se tivesse luvas de boxe nas mãos. — Falar você sabe, eu quero ver é conseguir me acertar!

E mais uma vez começou a se mover para a frente, para trás e para os lados diante de Erik, que o observava com um meio-sorriso nos lábios e balançava a cabeça. Ele ainda mantinha as mãos nos bolsos e estendeu o silêncio o máximo possível, obrigando o adversário a se conservar no limite entre o escárnio e a decisão de ataque. O Boxeador saltava para a frente e para trás, farejando, selvagem, suas luvas invisíveis.

— Eu te dou a vantagem de dois socos livres — disse Erik.

O Boxeador interrompeu seus passos laterais e, surpreso, baixou os braços. Rapidamente, Erik aproveitou o fator surpresa:

— É, isso mesmo, você tem dois socos livres. Pode me acertar duas vezes. Pelo menos vai ter uma chance. Mas não vai me dizer que eu não avisei. E veja bem, quando tiver aproveitado a sua chance, lembre-se de que o seu pau é bem frágil, escutou bem?

O Boxeador ficou paralisado diante de Erik, encarando-o boquiaberto. Erik já podia notar que o medo do garoto aumentava pouco a pouco.

Erik retirou as mãos dos bolsos vagarosamente e cerrou os punhos. Em seguida pressionou-os vigorosamente um contra o outro, na altura do peito, posicionando o pé esquerdo à frente e o pé direito atrás. O momento da decisão se aproximava. Ele sabia que precisava apenas visualizar a imagem do pai. E como mantinha as mãos pressionadas na altura do peito, dava a impressão de que não se defendia. Na verdade ele se protegia de dois dos possíveis golpes do Boxeador que poderiam ser fatais: um direto no plexo solar, que ele não poderia aplicar, e um *uppercut* contra o queixo. A acertar um direto de direita contra o nariz ele não se atreveria, pois era um golpe livre. Naquele instante o Boxeador estava, simplesmente, perdido.

— Como é? Vamos logo com isso — disse o Boxeador sem muita veemência.

— Não. Como eu disse, você tem dois golpes livres. Ou está com medo da surra que vai levar depois?

Os meninos em algazarra, atrás do Boxeador, exigiam que ele aproveitasse para bater com força, agora que tinha a chance. Mas ele hesitava. Erik já começara a se concentrar e distinguia a imagem do pai em azul. Depois escutou sua própria voz insistir nos dois golpes livres, na covardia do adversário, e o Boxeador ficava cada vez mais inseguro. Ele tinha de lutar. Mas ao mesmo tempo tinha medo. Fez menção de atacar, mas hesitou.

Erik aproveitou a oportunidade imediatamente:

— Vamos lá, essa é sua única chance. Mostre pelo menos que não é um covarde.

Quando o Boxeador finalmente aplicou o golpe obrigatório, um *swing* contra o queixo, o fez com tanta hesitação e insegurança nos movimentos que Erik pôde receber o golpe sem mudar a expressão facial.

O Boxeador encarou-o assombrado.

— Esse foi um dos golpes livres — disse Erik. — Agora você só tem mais um. Depois, acabou a brincadeira. E não esqueça do que eu disse sobre o seu pintinho.

O Boxeador vacilava, olhando ao redor. Sua testa já brilhava com o suor e, atrás dele, uma multidão de garotos gritava, exigindo mais sangue a qualquer um dos combatentes, desde que vissem mais sangue. Queriam ver ambas as coisas: mais um golpe livre e o que aconteceria depois com o garoto.

O Boxeador já apresentava um ar de desespero nos olhos, quando prendeu a respiração e aplicou mais um *swing* no outro lado do queixo. Dentro da cabeça de Erik, escutou-se uma melodia e a imagem azul perdeu sua nitidez por alguns segundos. Já era hora de fazer com que os lances seguintes acontecessem o mais rápido possível, e que o combatente não tivesse tempo de começar uma verdadeira luta de boxe.

O Boxeador pôs-se em meia-guarda, chocado e amedrontado ao constatar que seus golpes não haviam surtido efeito.

Erik lhe sorriu através de uma névoa em dissolução, trocou cuidadosamente de posição e chutou repentinamente com a perna direita, acertando com violência a virilha do adversário, que fez a única coisa possível de ser feita: baixou, instintivamente, ambos os punhos e debruçou-se para a frente, no intento de assimilar o golpe. No mesmo instante Erik deu um soco certeiro diretamente no nariz do garoto.

Erik sentiu nos nós dos dedos médio e anular a sensação de ossos quebrados. Foi um soco maravilhoso e o sangue espirrou do rosto do Boxeador que, como aprendera, levantou a cabeça (aquele que não é pugilista dobra-se automaticamente para a frente em situações semelhantes) e, com a expressão de choque ainda estampada no olhar, ergueu a guarda para proteger o rosto de outros golpes.

Erik, então, deu um chute em forma de arco, exatamente na perna que o garoto usava para movimentar-se para trás. Ele caiu precipitadamente no chão e o assunto estava encerrado.

Erik debruçou-se sobre o adversário e pronunciou as palavras que já havia ensaiado:

— Seu castigo acabou aqui porque eu tenho pena de você. Basta pagar amanhã que não vai mais precisar ter medo.

E partiram — antes que o Boxeador começasse uma luta de boxe.

— Como diabos você agüentou aqueles dois socos daquela maneira? — perguntou Farol.

— Treinamento duro — respondeu Erik e a gangue caiu na gargalhada, ignorando que dizia pelo menos meia verdade.

Quando ele chegou em casa naquela tarde, notou que o pai havia comprado um novo instrumento. Estava pendurado bem à mostra no vestíbulo e era impossível não reparar na sua presença, o que, aliás, era a intenção. Erik colocou a pasta cuidadosamente no chão, segurou o instrumento e, experiente, pesou-o com as mãos. Era uma calçadeira, uma longa calçadeira cromada com cabo revestido de couro. A parte inferior era bastante estreita, pois era um modelo feminino. Era flexível e tinha aproximadamente meio metro de comprimento. Erik deu alguns golpes no ar e constatou que o centro de gravidade ficava bem na ponta do objeto. Se o pai se aproximasse demais quando batesse, grande parte da força se dissiparia, embora o velho também já tivesse concluído isso facilmente — afinal o objeto fora um achado dele.

Dentro da loja, ele deve ter pesado o instrumento nas próprias mãos e, quando ninguém estivesse olhando, batido no ar algumas vezes para experimentar o efeito. Em todos os aspectos era pior do que a escova de sapatos, já que tinha menos superfície de contato. Embora melhor do que o galho de bétula, para não falar no chicote de cães.

Ele pendurou a calçadeira novamente, entrou no quarto e pôs-se a ler um gibi escondido dentro de um volume de *A vida animal de Brehm*. O primeiro castigo seria provavelmente vinte e cinco golpes, mas e daí?

E mais tarde, à mesa do jantar, o pai sugeriu como castigo de fim de tarde justamente vinte e cinco golpes, com a justificativa de que Erik estava com os cabelos compridos demais (e no dia seguinte, quando houvesse cortado o cabelo, receberia provavelmente mais vinte e cinco por ter cortado pouco). O jantar foi bastante tranqüilo, sem maiores complicações relativas aos modos à mesa. O irmão mais novo não se encontrava com disposição para gracinhas e Erik não teve dificuldade em servir a refeição. O pai deu-lhe uma bofetada por ter um semblante atrevido e nada mais. Erik recebeu o tapa na ponta do nariz e o pai se animou com a própria "precisão", talento que, como gostava de afirmar, possuía desde a juventude, quando fora um exímio lutador de esgrima.

Lá fora, nas ruas, o bonde fazia um ruído estridente. A princípio fora difícil acostumar-se ao barulho dos bondes. Longe do centro, no bairro residencial rico, a calma era total às noites, quando Erik e o irmão deitavam-se para dormir. Eles só despertavam se o pai, ao chegar em casa de táxi, bêbado e furioso por algum motivo, buscava o chicote para açoitar Rômulo e Remo a ponto de os cães urrarem.

Agora ambos estavam mortos. Rômulo e Remo eram dois *dobermanns* vigorosos, de pelagem toda negra. O pai os maltratara tanto que terminaram completamente loucos. Isso pelo menos foi o que o veterinário deu a entender, quando a família se mudou para o centro e revelou-se impossível manter os dois animais ruidosos dentro de um apartamento. Foram sacrificados e, ao que Erik se recordava, aquela fora a única vez na qual chorara sem haver levado uma surra. Ele os amava de verdade.

No bairro residencial rico, mantinham-nos sempre presos a um cabo de aço esticado entre duas árvores, cada qual com sua correia. Os colegas de Erik sempre se certificavam de que estivessem presos antes de adentrarem o grande terreno. A reputação de perigosos dos dois cachorros negros era notória. Uma vez, dois lixeiros desavisados entraram no jardim e, antes que Erik conseguisse intervir, acabaram tão mordidos que o caso terminou em juízo. Mas as duas vítimas eram apenas lixeiros. O pai contratou facilmente uma dupla de advogados de Estocolmo e conseguiu transformar o caso em invasão de propriedade privada. Os dois trabalhadores não tinham o direito de penetrar em um santuário da vida familiar sem permissão. Afinal, todos temos o direito de proteger nossos lares em tempos de criminalidade galopante.

A história toda terminou em uma conciliação — um tipo de compromisso que partia do princípio de que os cães tinham o direito de morder, mas haviam mordido um pouco demais. Seu pai fora obrigado a pagar as roupas destruídas e as despesas médicas, dando o assunto, então, por encerrado. Anos depois Erik teve a oportunidade de rever um dos lixeiros: o homem ainda coxeava de uma perna.

O pai usava o chicote com ponta de metal para castigar os animais. Era incompreensível como se contentavam em uivar, passivos, quando ele buscava o chicote e se aproximava do cabo de aço ao qual ficavam amarrados. Eram apenas cães, por que se agachavam e uivavam, enquanto ele os chicoteava? E o pai? Nunca lhe havia passado pela cabeça que um dia em que batesse demais, os animais, de repente, pudessem se revoltar e o atacassem, terminando por matá-lo? Ele era capaz de chicotear Rômulo e Remo por cinco minutos, num ritual bem estudado em que alternava as chicotadas entre os dois cachorros. Uma vez, ao vê-lo assim, Erik deu-se conta de que se tivesse um irmão gêmeo, seu pai teria feito o mesmo com eles.

Em uma ocasião, um *collie* brincalhão aventurara-se por equívoco no terreno da família. A distância, ele latia para Rômulo e Remo, que, presos por suas correias, babavam e rosnavam como loucos. De cima de uma árvore, Erik assistira a todo o espetáculo.

O pai saiu de casa e olhou ao redor. Em seguida soltou Rômulo e Remo. Ele gargalhava o tempo todo, atiçando os cães e brandindo palavras de apoio como: "Muito bem, muito bem, bons cachorros."

A caça foi bastante curta já que Rômulo e Remo, em eficiente cooperação, acuaram o intruso em um canto. Logo depois, aniquilaram o pobre *collie*, que gania desesperado. O processo não durou mais do que alguns segundos. Erik ainda se lembrava da imagem do ventre do cão à mostra e dos focinhos de Rômulo e Remo sujos de sangue.

Mais tarde, durante o jantar, quando os restos do cão desconhecido já haviam sido devolvidos e uma recompensa pela perda fora paga em um acordo entre cavalheiros, o pai culpara Erik pelo incidente. Deveria haver alguma explicação para Rômulo e Remo estarem soltos no jardim. E além disso, o *collie* era um exemplar caro, de exposição.

Erik compreendeu logo que se revelasse que o pai, depois de certificar-se de que ninguém o via, soltara Rômulo e Remo em cima do pobre cão por puro prazer de vê-lo ser massacrado, isso lhe traria sérias conseqüências. Se contasse isso, o castigo duplicaria e seria acusado de mentiroso. Depois seria obrigado a confessar que havia mentido, recebendo mais algumas bordoadas pela confissão. Finalmente, pediria perdão por haver mentido e prometeria nunca mais fazer o mesmo. Logo, era melhor confessar de uma vez. Ele havia brincado com os cães, costumava brincar com eles todos os dias, e depois tinha simplesmente se esquecido de prendê-los. E agora estava ali, diante do pai, olhando-o nos olhos e confessando seu próprio erro como um homem. Mas como nada era simples, devia ser castigado em um cerimonial especial, não somente o castigo habitual de depois do jantar. Fariam o ritual do galho de bétula.

O ritual podia se estender bastante. O pai mandava Erik sair para cortar um galho com o qual seria castigado. Porém, o galho que escolhia sempre tinha algum defeito. Ou era grande demais e, por isso, impossível de se usar, visto que sua superfície de contato era demasiado ampla e a resistência do ar muito intensa. Ou, naturalmente, pequeno demais, pesando muito pouco e não sendo possível bater com a força necessária. Ou também o cabo era curto demais, o que impossibilitava encurvá-lo ao aplicar o golpe. Podia também ser longo demais, o que fazia o centro gravitacional estar no lugar errado. E mesmo que Erik houvesse aprendido, com o tempo, a trazer um galho de bétula perfeito, o ritual se repetia tantas vezes quanto o pai havia se decidido de antemão. A primeira sessão começava com vinte chibatadas. Já de início as condições estavam estabelecidas, pois um castigo nunca consistiria em apenas vinte chibatadas, tratando-se de algo tão grave como a morte de um cão de exposição. Erik arriscou um palpite de que teria de voltar a provocar um galho de bétula umas três vezes, sendo que o número de chibatadas subiria para aproximadamente quarenta. Mas ele errou. O ritual não terminou antes de setenta e cinco chibatadas.

Erik percebeu que a pele não suportaria tantos açoites sem se arrebentar. Ficaria coberto de sangue. Talvez nem o próprio pai estivesse consciente da quantidade de sangue.

Para suportar setenta e cinco chibatadas, que a partir da qüinquagésima se tornavam sangrentas, devia-se, de alguma maneira, mobilizar muito daquela imagem azul do pai antes de o castigo começar. Erik a conhecia bem.

Eles entraram no quarto de dormir. O pai pegou o irmão mais novo pela mão, conduziu-o para fora do quarto e fechou a porta cuidadosamente. Em seguida, dirigiu-se até a cama, sentou-se à cabeceira e ensaiou alguns golpes com o galho no ar, como se já não houvesse experimentado o diabo do galho milhões de vezes.

— Abaixe as calças — disse, sem emoção na voz.

— Eu vi que foi o senhor, pai. Eu estava em cima da árvore perto dos balanços e vi tudo. Como foi até Rômulo e Remo e olhou em volta. Como os soltou em cima daquele *collie* e ficou rindo, enquanto ordenava que atacassem o pobre.

O pai fitou-o de olhos arregalados. Erik se manteve no mesmo lugar, com os olhos fixos no par de olhos esbugalhados. Decidiu não desviar o olhar nem piscar, nem mesmo pelo preço de uma bofetada. Concentrou-se no ódio tão necessário.

Parecia que uma eternidade se passara.

O pai levantou-se e se dirigiu à porta. Ele a abriu e retirou a chave do outro lado do trinco. Trancou-a com duas voltas e, em seguida, ainda com passos lentos, caminhou até a cama.

— Abaixe as calças — disse entre dentes cerrados.

Erik quase não se recordava da surra. Mas tinha a impressão de que, por fim, a meio caminho de um sonho azulado, a mãe batera à porta aos prantos, apesar de ele não se recordar bem.

Ele faltou à escola por uma semana. "Gripe", seu pai havia escrito no atestado que entregou ao coordenador de classe. Muito tempo depois, quando já era primavera e uma luz intensa iluminava seu quarto de dormir, Erik descobrira, sobre o papel de parede branco com cavalinhos e barcos a vela, manchas marrons salpicadas do chão ao teto.

O tempo no dia 6 de novembro estava perfeito como em um filme. A névoa flutuava densa no pátio da escola quando os rapazes marchavam com o estandarte à frente. A orquestra escolar tocava uma marcha na qual destacava-se o rufar dos tambores. O Milico ordenava formações distintas e cada turma apresentava-se em quatro grupos, cada qual com seu chefe à frente. Os rapazes, então, cantaram "Castelo forte é o nosso Deus" e marcharam com seus tambores em direção ao auditório da escola, onde escutariam a pregação do reitor sobre o mal no mundo.

A Rússia havia ocupado a Hungria e o comunismo ameaçava a liberdade. O reitor falou sobre a Segunda Guerra Mundial, na qual fora correspondente. Não ficou bem claro o papel de um correspondente de guerra, mas levando-se em consideração os comentários do reitor, a participação dele tinha sido fundamental para a conclusão do conflito. Atualmente, nosso país e nosso povo viam-se outra vez ameaçados pela correnteza do mal a ingressar em uma nova guerra. Porém, tínhamos altivas tradições, fato que um dia como o de hoje, quando comemoramos o aniversário da morte de Gustavo Adolfo II, fazia recordar. Apesar da inferioridade de suas tropas, Gustavo Adolfo vencera o exército russo, fazendo do Báltico um mar territorial sueco. Nossa disciplina, nossos hábitos frugais e nossas características raciais superiores foram fatores determinantes. E nós, os rapazes, éramos o futuro da Suécia. Se não ocorresse a guerra, na forma de um confronto militar aberto, ainda assim uma outra guerra nos acompanharia vida afora, na qual nosso empenho em busca do êxito pessoal faria nosso país mais forte e mais apto à resistência. Era a própria essência da democracia, algo digno de ser defendido. Nosso campo de batalha, nesse momento, era o ensino fundamental. Ele contribuiria para o futuro do país. Em dado momento, um exército nacional formado por executivos, técnicos, inventores, oficiais, empresários, entre outras profissões úteis, faria o nosso país técnica e moralmente superior a um agressor bárbaro, ainda que este fosse, aparentemente, superior tanto em tropas como em armas. Em pouco tempo a Suécia também teria sua arma nuclear, com a qual poderíamos destruir Leningrado se fôssemos atacados. Reflitam a esse respeito, marchem de volta às suas salas de aula a fim de prosseguirem na luta contra o mal.

No entanto, a próxima aula da turma de Erik era de música, e seu professor fazia parte do time dos maus professores. Erik costumava classificar os professores em bons e maus segundo critérios bastante simples: aqueles que batiam e esbravejavam com os alunos eram os maus. Aqueles que não batiam eram os bons. Contra os maus professores era preciso se rebelar.

O professor de música tinha uma barba rala e cabelos longos que facilmente caíam sobre a testa quando, com sua ponteira ou régua na mão direita, investia, correndo pelas fileiras de carteiras, contra alguém que cometesse algum atrevimento.

Tomado pela excitação daquela manhã, ele conduziu uma pequena cerimônia fúnebre para os russos e, em seguida, ordenou que cantássemos o hino "Castelo forte é o nosso Deus".

— Quer dizer, professor, que se os russos nos atacarem nós nos defenderemos cantando "Castelo forte é o nosso Deus"? — Erik provocou, causando, obviamente, gargalhadas na classe.

As risadas não cessaram. Os rapazes exageravam intencionalmente, a fim de provocar o professor. Ele não resistiu e, com a ponteira em punho, partiu para cima de Erik.

Erik levantou-se rapidamente e fitou-o intensamente nos olhos. O homem ergueu a vara, mas hesitou ao deparar-se com o garoto imóvel, como se tivesse a intenção de permanecer impassível diante do esperado golpe. Erik aguardou alguns segundos até o homem atingir o ponto culminante de sua hesitação — momento em que deveria ter aplicado a chibatada.

— Se me bater vai se arrepender durante todas as aulas do próximo semestre — disse ao professor. Surpreso, o homem baixou o objeto alguns centímetros. Erik levantou a mão esquerda com prudência a fim de controlar o próximo açoite, antes que a varinha alcançasse seu rosto.

— Você está me ameaçando? — gritou o homem da barbicha rala.

— O senhor adora bater e vai pagar por isso — Erik falou, levantando rapidamente a mão direita, o suficiente para deter a vara a dez centímetros do próprio rosto.

Ele segurou firme o objeto e, ao mesmo tempo, fitou o homem mais uma vez.

— O senhor gosta de impor a sua vontade batendo com ponteiras e réguas, mas logo vai ver como nem sempre isso é possível. O senhor na verdade se parece com uma cabra. Por isso, de hoje em diante vamos chamá-lo de *Bode*.

Erik soltou a ponteira do professor e voltou a sentar-se. Marcando o compasso com palmas, passou a gritar "Bode Velho, Bode Velho, Bode Velho". Fez sinal a Göran e Farol para que o acompanhassem e logo a turma inteira o acompanhava em coro, diante do Bode — sim, porque desde então passou a ser chamado assim. Até que o professor, atônito, abandonou a sala de aula.

As conseqüências eram inevitáveis. Logo após o recreio Erik foi chamado ao gabinete do diretor. Ser chamado a um interrogatório era um cerimonial temido, não só pela gravidade da situação e todas as suas possíveis implicações, mas também pela presença do velho pastor alemão mal-humorado do reitor, rosnando embaixo da mesa.

Erik preparou-se para a entrevista com o diretor, trocando provisoriamente os sapatos de bicos azuis de camurça pelos modelos arredondados de sola de trator do Gordo Johan. Penteou para baixo o topete do cabelo e repartiu a franja de lado, para adquirir uma aparência mais infantil. Deixou o casaco de seda vermelha no corredor, terminando assim a preparação visual para a confrontação com a autoridade. A outra grande mudança era na forma de falar. Erik sabia, sem a menor dificuldade, imitar o linguajar dos adultos cultos de classe média, o que sempre causava boa impressão. Ou eles se reconheciam na linguagem, ou se sentiam lisonjeados com aquele tipo de linguajar estudado. Acreditavam que tal linguagem era uma prova indiscutível de inocência, boa educação e adequação aos princípios do colégio. A linguagem também servia como um escudo contra a expulsão — o pior que poderia acontecer. Ser relegado significava ter de buscar um emprego comum em vez de se tornar algo importante no futuro.

O diretor estava sentado atrás de sua escrivaninha, embaixo dela o pastor rosnava. Por trás do diretor encontrava-se o Bode. Erik cumprimentou o diretor em voz alta, fez uma reverência comedida ao Bode e manteve-se de pé, com as mãos para trás e as pernas um pouco afastadas, em frente à mesa do diretor. Tal posição, pensava ele, causava um desconforto psicológico no adulto que tinha a intenção de bater. Era, por exemplo, difícil aplicar uma bofetada em alguém que se mantinha de mãos para trás, em posição vulnerável.

— Você está consciente das conseqüências que o incidente terá no seu conceito? — perguntou o diretor.

— Sim, senhor — disse. — Tenho plena consciência de que esse incidente pode acarretar uma queda do meu conceito.

— Pois então, qual conclusão você pode extrair do ocorrido?

— Em primeiro lugar, que, se alguém se comporta mal com um professor, o que eu sem sombra de dúvidas fiz, deve ter consciência de que sofrerá represálias, como, por exemplo, a baixa no conceito. Em segundo lugar, há, às vezes, situações em que nos vemos obrigados a entrar em um confronto inevitável, sem alternativas.

— Quantos anos você tem, Erik?

— Tenho quatorze anos, senhor. Quatorze e meio.

O diretor se manteve em silêncio, fitou a escrivaninha e passou a mão na cabeça desprovida de cabelos. Erik não era capaz de adivinhar o que pensava.

— Muito bem — prosseguiu, após alguns minutos. — Para começar você deve pedir desculpas ao professor Torsson. Pois eu imagino que tenha respeito por um professor.

— Desculpe, senhor diretor, mas não posso pedir desculpas.

O diretor olhou para cima. A coloração do rosto se alterou e as veias nas têmporas dilataram-se. Porém, ainda mantinha o controle na voz quando novamente falou:

— Ou retira o que disse ou vai ter de se explicar em detalhes. E Deus tenha piedade de você se não tiver uma boa explicação.

— Prefiro me explicar. Dizer que se respeita "um professor" não tem nenhum sentido, já que "professor" é apenas um título. A questão é se é possível respeitar o homem por trás do título e, neste caso, temo que seja impossível. O professor Torsson acredita que pode nos ensinar música por meio de açoites com a ponteira ou a régua. Se ele me pedir desculpas, eu também lhe pedirei desculpas, caso contrário será impossível.

O ataque de cólera do diretor foi algo de magnífico, como uma catástrofe natural. Erik não chegou a compreender o que diziam os rugidos do homem, além de algo como um garoto de quatorze anos não era sequer capaz de trabalhar por um saco de balas e, por isso, não tinha a capacidade de exprimir opiniões sobre o que é ou não é respeito. O restante soava mais como uma tormenta aos ouvidos dele.

No meio do furacão o diretor se voltou para o Bode e balbuciou alguma coisa, no que o Bode, encabulado, saiu pela porta de trás e a tempestade recomeçou. Toda a concentração de Erik não foi suficiente para captar o conteúdo da descompostura, já que usava sua energia para manter-se no mesmo lugar sem perturbar-se, conservando os olhos bem fixos no diretor e não se permitindo cair numa risada nervosa. Finalmente tudo acabou e o diretor voltou a se sentar (até então ele percorrera a sala no mesmo ritmo crescente de suas emoções).

— Muito bem — disse o diretor esfregando a testa com a mão. — Isto significa baixa no seu conceito. E quero adverti-lo veementemente, desde já, de que não me apareça outra vez por aqui com outro assunto do mesmo calibre. Fui claro?

— Sim, senhor diretor, entendido.

— Então pode sair, seu patife.

— Obrigado e até logo, senhor diretor.

Quando Erik pousou a mão no trinco da porta, o diretor se arrependeu.

— E mais uma coisa Erik, agora que já estamos entendidos. Você também tem qualidades. Tem o dom da fala e é um rapaz de coragem. Trate de aperfeiçoar estes atributos e não crie mais nenhuma confusão para si mesmo. Pronto, agora pode sair.

O diretor, contudo, estava enganado. "O dom da fala" não era nada mais do que uma simples forma de se defender, uma das muitas que existiam. Coragem, na verdade, era fazer equilibrismo no alto do telhado da escola, a 25 metros de altura, não se defender. Até um ratinho seria corajoso, segundo os critérios do diretor, caso se visse acossado num beco por um gato, pois não teria outra escolha. Aquele que vivia com um pai violento tinha de aprender a ser corajoso assim como o ratinho.

Nas era mais fácil esclarecer a questão do respeito aos professores. O Bode batia e fora obrigado a viver um inferno durante suas aulas. O Peixe — professor de matemática e física — batia e Erik transformou suas aulas em um caos, até que o professor adotou a solução radical de iniciar as aulas com um "Bom dia, rapazes, e Erik, para o corredor!". Já com o Torta nunca fora assim. Torta — o professor de história — era um docente aposentado franzino, que transformava suas lições em batalhas e aventuras. Ele era capaz de, empunhando a ponteira como uma espada ("espada romana de cabo curto" depois de, sem mais nem menos, quebrá-la no joelho) e usando o esquadro como escudo, pular em cima da própria mesa para mostrar como a falange macedônica partira para o ataque quando Alexandre, o Grande, conquistou o mundo. Nunca passaria pela cabeça do Torta a idéia de castigar um rapaz, quanto mais bater em algum deles. E o aluno que tivesse a idéia absurda de perturbar uma de suas aulas seria linchado pelo restante da turma após a aula.

Ou a professora de inglês Anna, que aparentemente tinha todas as probabilidades de fracassar diante de 35 garotos. Uma senhora frágil, que usava bolsinha a tiracolo e máscara hospitalar nos dias em que se sentia portadora de algum vírus. Era mais baixa do que a maioria dos rapazes, mas possuía um olhar admirável para descobrir o mínimo sussurro de algum garoto. Nesses casos tecia um longo e arrebatado discurso sobre o respeito pela cultura e o trabalho. Falava com tamanha convicção e com interesse tão genuíno, que simplesmente impunha respeito.

Ou o professor de biologia e geografia — Ivar, o lutador (em sua juventude fora lutador de verdade) —, que jamais em suas lições levantara a mão para algum dos rapazes. Conseqüentemente, suas aulas eram o oposto das lições da Coisinha — a professora de sueco. Ela que era capaz de correr e puxar o aluno malcriado pelos cabelos ou beliscar as orelhas tão logo alguém respondesse errado às suas perguntas monótonas sobre pontuação.

Seria tão simples assim? Os professores que batiam deparavam-se com resistência e desordem e aqueles que não batiam tinham alunos dóceis como ovelhas? Ou tudo se relacionava com a própria forma de Erik reagir, isto é, aquele que lhe lembrasse o pai sofreria grande resistência da parte dele? Sendo assim, todos aqueles que faziam parte de sua gangue e todos que tinham medo da gangue o acompanhavam nas confrontações assim que Erik lhes desse o sinal de partida.

Tanto para Erik quanto para os professores tudo aquilo era difícil de esclarecer, fato que se repetia em cada reunião de professores, na qual metade deles descrevia o menino como dócil, gentil, esforçado, um talento ímpar para os estudos, e a outra metade como uma semente perversa, um marginal que não se adaptava às regras do colégio e que estaria melhor num reformatório ou em uma escola para mecânicos ou coisa parecida. As duas imagens de Erik lhe eram atribuídas alternadamente, ora nas descomposturas ameaçadoras ora nos elogios auferidos após as aulas.

Segundo o próprio Erik, ele compreendia que ambas as partes tinham razão, o que não era nada bom. Mas era necessário fazer resistência àqueles que gostam de bater. Alem disso, ele era o líder da gangue e tinha a responsabilidade de organizar a resistência. Se não houvesse enfrentado o Bode, ninguém mais o faria.

Logo, não havia nenhuma saída a não ser abandonar a gangue: deixá-los ao deus-dará, sem ter idéia de como terminariam. Mas eles eram seus únicos amigos no mundo. Se é que se pode estar certo disso, talvez tivessem medo dele, talvez precisassem somente de alguém que decidisse e os organizasse, visto que não se pode ser realmente amigo daquele que manda.

Os negócios da gangue haviam crescido consideravelmente nos últimos anos. Em parte, a agiotagem se ampliara quando Erik resolveu baixar os juros. Isto resultou em que mais gente tomava emprestado sem ser necessária a utilização de métodos violentos de cobrança. Porém, tornou-se indispensável mais tempo na contabilidade, organização de caixa e administração. O Gordo Johan havia se oferecido para o cargo e foi aceito na gangue. Ele controlava todas as dívidas e ocupava-se com o caixa mediante um salário adequado. Depois do ingresso na gangue, o Gordo se libertou de toda espécie de piadas, já que aquele que pertencia à gangue tinha de ser defendido pelos outros membros.

O Gordo também administrava o furto de discos, assim que tais atividades tiveram início.

Tudo começou de forma bem simples: Göran, Kacke e Farol entraram em uma loja de discos nas imediações e, quando o vendedor lhes deu as costas, aproveitaram para esconder alguns discos de Elvis e Pat Boone dentro das jaquetas de couro antes de saírem. Erik confiscou os discos e vendeu-os com o Gordo Johan no pátio do colégio. O dinheiro foi depositado na caixa comunitária da gangue e assim a idéia nasceu.

Alguns meses depois a prática havia tomado proporções desmedidas. A gangue recebia encomendas de metade da escola, pois o preço do último lançamento de rock podia chegar à metade daquele cobrado nas lojas.

Erik fizera um esquema que englobava as dez lojas de discos mais próximas. Elas eram roubadas uma após a outra. Era impossível voltar a uma loja usando o mesmo truque.

O método era muito simples. Um rapaz entrava na loja e perguntava sobre um disco de música clássica que gostaria de escutar. O número de vendedores era reduzido durante o horário de almoço. Enquanto o vendedor procurava o disco pedido em uma das estantes, dois outros rapazes aproximavam-se dos discos mais populares, estudavam suas encomendas e surrupiavam tantos discos de rock quantos fossem necessários. Então, saíam da loja, enquanto o primeiro rapaz permanecia escutando música clássica, para depois comprar o disco e sair calmamente (jogando-o na primeira lata de lixo que encontrasse).

Assim o plano funcionava e os negócios da gangue iam de vento em popa. Os lucros eram repartidos igualmente entre todos os membros ou usados na compra de casacos de seda com estampa de dragão e outros gêneros de primeira necessidade. Evidentemente era apenas uma questão de tempo até que descobrissem o golpe.

No entanto eles eram seus únicos amigos e Erik tinha de ajudálos. Não se pode dar o fora quando um amigo precisa, e a gangue necessitava de organização, caso contrário não seria a mesma gangue, imaginava. Deve-se contar com os amigos, e sua gangue sempre podia contar com ele. Aliás ele recentemente tivera cinco pontos suturados no supercílio esquerdo como prova disso.

Certo dia, Erik e Göran foram sozinhos ao parque de diversões, onde havia uma mesa de pingue-pongue. Na volta ao colégio, depararam-se com uma turma inteira de maus elementos da escola pública, bem no meio de uma rua estreita. Em casos normais, esses meninos não lhes causavam medo: lutavam mediocremente, eram bastante covardes e raciocinavam lentamente. Eram muito agressivos, mas pouco estratégicos. Caso alguém se deparasse com apenas um deles era fácil olhá-lo de cima.

Hoje, porém, estavam todos, armados com suas correias de bicicletas ridículas e tacos de madeira. Eram uns sete ou oito. Logo, não havia muito o que planejar, a única coisa a fazer era correr.

O problema era que Göran corria bem devagar. Quando Erik percebeu que não escutava ninguém atrás de si, deu a volta e descobriu Göran aprisionado. Estava encurralado contra a parede de uma casa por seis dos garotos da gangue rival. Tinham a intenção de partir para cima dele a qualquer momento. Göran levaria uma surra daquelas.

Ofegante, Erik parou para raciocinar um instante, enquanto o coração batia forte diante da decisão que teria de tomar.

Era tarde demais para buscar reforços.

Era impossível dividi-los em dois grupos, o que aliás seria em vão, já que Göran não tinha capacidade de tomar conta sozinho de três garotos de uma vez.

Manter-se a distância e vociferar ameaças também não surtiria efeito, eles acabariam com Göran de qualquer forma.

Mas Erik não podia abandoná-lo simplesmente ou ficar parado assistindo. Göran era seu amigo. Deve-se sempre ajudar um amigo.

Quando se decidiu, Erik correu em volta do grupo que pressionava Göran contra a parede e barrou o caminho de um dos garotos menores da gangue, que havia ficado para trás. Quando se aproximou, o garotinho com o peito todo à mostra ergueu, desajeitado, seu taco de madeira em direção a ele. Em seguida, correu de volta para o grupo com o taco na mão. Erik pôde perceber que ainda não haviam dado cabo de Göran, pois desejavam estender o triunfo ao máximo. Ele ainda chegou a aplicar uma série de sopapos, desfazendo a formação diante de Göran, e gritou que fugisse. Ainda pôde ver como Göran desvencilhou-se do círculo e saiu em disparada.

Então, tudo estava acabado. Todos se colocaram em volta dele e Erik não teve chances de escapar.

Três deles sangravam. Dois dos feridos ainda permaneciam sentados no chão, mas Erik logo concluiu que não era nada tão grave assim. Não teve a intenção de feri-los, apenas desorganizar a formação em volta do companheiro. Os garotos da gangue rival ainda tinham um pouco de medo dele, mas em breve seria tarde demais e impossível negociar uma saída.

Um raio de sol refletia-se na calçada e um caminhão passava como se nada estivesse acontecendo. Erik observou os garotos da escola pública. Usavam calças curtas, sapatos desconjuntados e provavelmente cheiravam a querosene de lamparina. Eles odiavam todos os garotos do colégio, apesar de naquele instante haver em seus olhares algo mais do que ódio, o medo se dissipando e um certo ar de triunfo. Havia algo de parecido com os cães, como se eles quase não percebessem em que magnífica superioridade se encontravam naquele momento. Como Rômulo e Remo, que poderiam trucidar o pai assim como fizeram ao *collie*, em vez de uivarem em posição de inferioridade, enquanto recebiam os açoites do chicote.

Dois deles tinham o nariz escorrendo e tossiam, ofegantes de tanta excitação. Enquanto Erik os observava, sentia sua agressividade desvanecer-se. Na verdade não havia motivo algum para aquela guerra ridícula entre o colégio particular e os garotos da escola pública. Pelo menos não para aqueles que freqüentavam o colégio: futuros chefes e superiores, no mundo adulto, de quem freqüentou a escola pública.

Erik ergueu o taco de madeira para se defender dos primeiros golpes. Naturalmente não faria a menor diferença: eles o acertariam mais cedo ou mais tarde. Alguém poderia ficar à espreita ao seu lado para acertá-lo pelas costas enquanto se ocupava em defender-se do ataque pela frente. Erik sentia que suas mãos já não agarravam o taco de madeira com tanta intensidade. Com um movimento cuidadoso, jogou o taco no chão. O silêncio era total quando o bastão atingiu o chão da calçada com um ruído tosco.

— Eu me rendo — disse ele. — Não tenho a mínima chance contra oito.

Foi quando lhe ocorreu que era assim que os animais selvagens agiam. Quando os lobos se confrontam, é comum que aquele que se encontra em posição de inferioridade se deite e deixe à mostra o pescoço à espera da mordida do inimigo, fazendo com que toda a agressividade do adversário desapareça.

A princípio quase parecia que havia funcionado. Os garotos da escola surpreenderam-se e hesitaram, diante da possibilidade de bater em uma pessoa que nem sequer defendia o próprio rosto com os braços. O ódio deles ao colégio, porém, era visivelmente maior do que as previsões de Erik.

Ele recebeu os cinco primeiros golpes de pé, sem se mover ou se defender. Em seguida, os garotos o surraram metodicamente. Erik deve ter perdido a consciência em algum momento, antes de ser jogado no chão e acertado a chutes.

Três semanas depois ele voltou às aulas de ginástica e até estreou como meia-direita no time do colégio. Haviam-lhe costurado a testa e a parte superior de um dos braços. Tinha também uma fratura menor na costela, mas não perdera nenhum dos dentes.

A princípio a gangue quis arquitetar os mais mirabolantes planos de vingança. Discutiram a possibilidade de andarem armados à semelhança dos garotos da escola pública e Kacke até conseguira um estilete.

Erik, no entanto, proibiu a suposta guerra. Usou como argumento que ocuparia um tempo precioso necessário aos negócios, e que ficariam ridículos demais andando pela cidade com um taco de madeira. Além disso, um conflito assim nunca teria fim. Sempre que um garoto da escola pública levasse uma surra, tentariam se vingar de um dos membros da gangue. Eles acabariam usando todo o tempo disponível naquela guerra constante e sem a mínima utilidade. Finalmente, deve sempre haver um motivo para se bater em alguém. Aquilo seria bater pelo simples prazer de bater.

Na verdade, havia outros motivos que Erik não queria ou não podia explicar a seus companheiros. Um deles eram os olhares de cão que percebera nos garotos da escola pública naquela ocasião. Se capturasse dois daqueles meninos acharia impossível lhes fazer mal. Tão impossível quanto açoitar Rômulo e Remo. Eles odiavam o colégio particular, e de alguma maneira isso era compreensível. Era impossível, porém, nutrir o mesmo ódio por eles. Não eram nem capazes de bater num garoto decentemente, mesmo sendo oito contra um.

Por fim, os negócios ruíram exatamente da forma que Erik tanto temia. A polícia elaborara uma armadilha para Farol, Kacke e Göran, que foram presos em flagrante.

Evidentemente, foram pegos por aplicarem o golpe nas mesmas lojas por três dias seguidos. A idéia inicial era de que as lojas de discos ao redor do colégio fossem pilhadas alternadamente, de forma que se passassem quinze dias entre cada visita. O próprio Erik fizera a vistoria das lojas e elaborara um esquema escrito, com a ajuda do Gordo Johan, que a gangue deveria seguir. Mas três deles acharam o longo percurso inútil e visitaram a mesma loja três vezes seguidas. No terceiro dia a polícia os esperava e os pegou em flagrante na saída da loja. Posteriormente uma série de medidas foram tomadas, como interrogatórios policiais, contato com assistentes sociais e entrevistas com o diretor. Àquilo dava-se o nome de desmembramento de quadrilha de delinqüentes juvenis.

Os interrogatórios consistiam em um dilema moral para Erik. Segundo suas próprias experiências, um interrogatório era feito sempre que alguém já havia sido considerado culpado. Mesmo não sendo necessariamente a verdade, o interrogado sempre era visto como culpado. Por conseqüência, negar era sempre pior e acarretava um agravante à pena. Portanto, o melhor era confessar todas as possíveis acusações e depois pedir perdão.

Erik acreditava que era possível escapar facilmente usando tal estratégia. Era apenas uma questão de mudar a forma de falar para o estilo culto dos adultos, chorar um pouco contando sobre o divórcio iminente dos pais e o problema de nervos da mãe. E arrematar com alguns pedidos de desculpas e confissões menores. Como todos os outros também negariam, pois haviam feito um juramento de nunca acusarem um amigo, ele seria liberado como uma vítima inocente de garotos mal-intencionados, e, assim, se salvaria de ser expulso, enquanto os interrogadores, paulatinamente, pegariam outros culpados — em muito pior situação por não haverem confessado.

Portanto, ele negou qualquer envolvimento e argumentou que não tinham nenhum tipo de prova contra ele. Nenhum dos vendedores o havia reconhecido, em parte por ter modificado o penteado e as roupas durante as sessões de interrogatório; por outro lado, por ter sido o líder das operações de distribuição do roubo e por não ter tido tempo de se dedicar ao trabalho prático.

Erik negou tudo e depois do interrogatório todos os outros, obviamente, fizeram o mesmo.

As assistentes sociais realizaram uma série de exames peculiares e perguntas as mais bizarras possíveis: "Você odeia seus pais?" ("Claro que não, eu amo meu pai e minha mãe"), formulários nos quais se respondia a um questionário recheado de perguntas infantis, ou então testes que consistiam em apalpar pedras no escuro para depois, com a luz acesa, dizer quais delas foram apalpadas e em que ordem. Durante o período de investigações os rapazes da gangue foram suspensos das aulas.

Enfim chegou a hora da sentença. Todos foram chamados ao gabinete do diretor. Da sala de espera decorada com duas palmas e uma pintura a óleo com a figura de Jesus na cruz, foram chamados um a um. Todos usaram a saída dos fundos ao fim da conversa com o diretor. Erik logo compreendeu que seria chamado por último e que nunca mais veria seus amigos. O porquê não estava bem certo, mas tinha quase certeza absoluta de que nunca mais os veria.

E assim foi.

Farol foi o penúltimo a desaparecer. Em poucos minutos a secretária do diretor abriu a porta e chamou seu nome, como se estivesse em uma sala de espera de dentista.

Quando entrou no gabinete os homens estavam sentados em silêncio. Erik posicionou-se no meio da sala com as mãos para trás e tentou neutralizar a expressão do rosto. O cão pastor rosnou e do relógio de parede no canto da sala soava um tique-taque pesado, como se o tempo se recusasse a passar. O semblante do diretor não revelava nada. As veias nas têmporas não estavam dilatadas, a cor era absolutamente normal e até seus olhos davam uma infeliz impressão de normalidade. Uma das assistentes sociais tinha uma expressão facilmente interpretada como asco mal disfarçado. Dois dos bons professores estavam presentes e a professorinha Anna, com cara de choro, segurava firme o lenço com a mão direita. Erik não teve a menor dificuldade em compreender a situação. No entanto, tudo se desenvolvera de forma muito pior do que jamais pudera imaginar.

Quando o diretor começou a falar estava, a princípio, controlado.

Ele reuniu de maneira teatral um maço de papéis e explicou que a escola, daquela vez, havia ido a fundo nas investigações. Havia anos Erik comandava um esquadrão de terror na escola, no qual agressões físicas a colegas, roubos, agiotagem e receptação ilegal eram palavras de ordem. Ele havia organizado toda a operação de furto de discos, era inútil negá-lo. Todos os outros rapazes tiveram o bom senso de confessar. Pelo menos para alguns deles restava alguma esperança. Erik induzira todos eles ao roubo e ninguém tivera a coragem de se recusar por medo de represálias. O pobre Göran contara como chorava de medo às noites e como se arrependia de tudo que fizera, mas Erik, ainda assim, o aterrorizava constantemente, forçando-o a prosseguir.

Aquele que maltratava e aterrorizava seus companheiros daquela maneira não era digno de receber os ensinamentos do colégio. Somente isso já era motivo suficiente.

Era evidente que se poderia perguntar o porquê de logo Erik haver se tornado tal pessoa. Provavelmente o que lhe faltava nesta vida era uma boa sova bem aplicada.

No que dizia respeito aos estudos, a declaração de certos professores, que viam em Erik um talento ímpar, fora uma circunstância atenuante. Em todo caso, talvez fosse conveniente mencioná-lo por mera rotina protocolar.

Porém, de acordo com o que o diretor havia compreendido, aquilo não era de maneira alguma um atenuante. Muito pelo contrário! Já que, se era bastante compreensível que rapazes de intelecto menos privilegiado, como por exemplo Karlsson (Farol), se deixassem ludibriar, a pena deve ser muito mais dura para aqueles que premeditadamente ludibriam seus companheiros. Ainda por cima, os especialistas em psicologia da Secretaria de Saúde Infantil elaboraram um estudo detalhado dos rapazes envolvidos. No caso de Erik, tais testes haviam indicado resultados simplesmente estarrecedores. Não somente porque demonstraram uma inteligência acima da média — ninguém poderia afirmar o contrário — mas porque o teste de personalidade evidenciara uma tendência quase incurável à violência sem limites. A conclusão, portanto, é bastante simples (àquela altura o diretor havia chegado a um tom vermelho nas têmporas e tinha os cabelos desgrenhados por cima da testa).

— *Você é a própria personificação do mal e gente da sua espécie deve ser exterminada!* — gritou o diretor a plenos pulmões.

As palavras ricocheteavam dentro de sua cabeça como pequenos pássaros aprisionados. Erik já não escutava o que o diretor vociferava. Que ele deveria abandonar o colégio no mesmo dia com o conceito zero em comportamento e que o próprio reitor preveniria seus colegas em outras instituições de ensino da cidade, de forma que nenhuma outra escola passasse pela mesma ameaça de decadência moral que a dele havia passado.

Mais ou menos àquela altura, Erik deu a volta e saiu a fim de não escutar o restante. Quando fechou a porta, reparou no silêncio que se fizera lá dentro.

Ao sair para o pátio da escola, parou por instantes para observar a vasta superfície de cimento. Alguns alunos jogavam beisebol do lado oeste do pátio. Outros jogavam bola contra o muro do ginásio. Alguns davam saltos em distância à sombra do castanheiro. Três garotinhos do primeiro ano voltavam da confeitaria com seus pães doces envoltos em papel branco. Embaixo do castanheiro as frutas já começavam a se espalhar pelo chão. O sol brilhava, não havia uma nuvem no céu e ninguém o via.

"*Você é a própria personificação do mal e gente da sua espécie deve ser exterminada!*" soava dentro de sua cabeça repetidamente. Göran havia confessado tudo e posto a culpa nele. Todos mentiram sobre o que haviam contado nos interrogatórios. Eles, que se diziam seus amigos.

Aquele que não terminava seus estudos no colégio não podia receber o diploma de colegial. Aquele que não terminava o colegial tinha a vida destruída.

"*Provavelmente o que lhe faltava nesta vida era uma boa sova bem aplicada?*" Eles não entendiam nada, será que não tinham capacidade de compreender o que significava uma sova bem aplicada?

Erik começou a caminhar em direção à saída. No último segundo, porém, arrependeu-se e dirigiu-se à sala de aula. Era uma aula de religião e toda a classe se pôs em silêncio quando ele entrou. Sem emitir uma palavra, dirigiu-se à sua carteira, jogou os livros dentro da pasta e tirou o casaco com o dragão estampado das costas. Depois, pendurou-o na carteira. A classe ainda se mantinha em silêncio absoluto. Erik saiu sem virar as costas ou levar o casaco. "*Você é a própria personificação do mal e gente da sua espécie deve ser exterminada!*" ecoava dentro de si ao longo do corredor com janelas brancas e altas e piso desgastado de mármore cinza.

Ele se sentou em um banco do parque Vasa e passou em revista tudo o que, a partir de então, se mostrava impossível. Era impossível procurar uma vaga com nome falso em outro colégio. Também era impossível se mudar para outra cidade sozinho, já que adolescentes de quinze anos não podiam mudar de cidade sem a família. Era muito provável que fosse impossível trabalhar no mar sem revelar seu nome. A grosso modo, tudo era impossível, pois todas as portas para a educação agora estavam simplesmente fechadas.

Sendo assim, era melhor voltar para casa e tomar uma boa surra de uma vez por todas. De qualquer forma, era impossível raciocinar com clareza com o eco do diretor na cabeça, chamando-o de criminoso sem cura por não haver tomado surras suficientes — ah, essa retórica estúpida, essa maldita crença de que seus testes ridículos lhes revelavam toda a verdade, como se ele não conhecesse mais sobre surras do que o diretor aprendera durante toda a sua existência, como se, como se...

Não ajudava em nada. Melhor ir para casa e receber uma deliciosa surra para depois começar a raciocinar outra vez. Que surra fenomenal aquela seria, aliás. Agora que existia um motivo tão solene — Erik gargalhou quando imaginou o raciocínio do pai.

Ele se deteve em meio a um passo.

E ainda restava algum motivo para ser castigado? Se eles já lhe haviam roubado qualquer chance de futuro. Agora ele precisaria começar a trabalhar para se sustentar e talvez até se mudasse de casa. Ou mesmo que não se mudasse de casa, já não era mais um estudante. Nunca mais seria um estudante.

Prosseguiu.

Mas como fazer o pai entender tudo aquilo? Será que compreenderia sem recorrer à violência, sem ele mesmo ser golpeado? Provavelmente não. O pai o considerava um cão incapaz — sim, simplesmente incapaz — de mordê-lo. E não era tão fácil prever como reagiria quando fosse mordido pela primeira vez. A primeira e última vez, já que não necessitaria de uma outra oportunidade.

No entanto, era preciso causar-lhe um verdadeiro choque. Comparado a ele, o pai tinha uma envergadura considerável e sua autoconfiança estava intacta. Era preciso quebrar aquela autoconfiança rapidamente, fazê-lo sentir que havia se trancado com um cão que se revelara um lobo. Havia duas táticas possíveis. O mais importante contudo era controlar o ódio, manter-se frio e aproveitar o domínio do poder que o primeiro golpe sempre proporciona. Como reagiria o pai ao próprio sangue — emudeceria ou ficaria louco e desesperado? Dentro do quarto de dormir havia apenas uma arma perigosa: o atiçador de fogo na lareira. Seria um momento arriscado. Ou ele próprio poderia usar o atiçador. Não, não era boa idéia. Daria ao pai a ilusão de que tinha o direito de se vingar, na primeira oportunidade em que o cão não tivesse o atiçador à mão. E se ele, no início do ritual, pusesse rapidamente o objeto fora do quarto e, depois, trancasse a porta? A desvantagem seria que o pai teria tempo de se preparar psicologicamente e, assim, o fator surpresa desapareceria, o que ocasionaria uma longa luta. E ninguém sabia como a luta terminaria. Se, por outro lado...

Quando Erik finalmente chegou em casa meia hora depois, tinha dado três voltas no hospital a fim de lapidar os detalhes do plano. Ele tinha certeza de que conseguiria, já que tinha de ter tal certeza. As mãos tremiam quando introduziu a chave na fechadura da porta, mas tentou se convencer de que tremia de excitação, não, de medo. Aquele que tinha medo nunca seria capaz de dar uma surra no próprio pai como ele tinha a intenção de fazer.

O pai, porém, não estava em casa.

Ele logo compreendeu isso aos primeiros acordes que escutara ao piano. Ela tocava uma valsa de Chopin e, na ausência do pai, tocava mais devagar, com aquele sentimento difuso entre melancolia, tristeza e uma espécie de alegria. Um sentimento capaz de se desintegrar no instante em que o velho dava o primeiro passo para dentro da sala.

Erik largou sua pasta na sala sem emitir um ruído. Caminhou pelo longo corredor até o salão com as cortinas de tule branco fechadas, onde a mãe estava sentada em frente ao piano de cauda negro. Ele a observou naquela claridade moderada, à contraluz. Tinha os cabelos presos em um coque na nuca e vestia um vestido azul-claro que lhe dava a impressão de que estava pronta para sair, ainda que raramente saísse. Ele se manteve atrás dela, escutando. Era impossível que houvesse notado sua chegada. Ela tocava sem falhas; sem uma interrupção sequer até o final da peça. Ao terminar pousou as mãos no colo, imóvel.

— Sente-se, temos algo importante para conversar, você e eu — disse de repente sem se voltar e com uma voz tão débil que Erik, por instantes, fantasiou que aquela voz fosse fruto de sua imaginação. Ela deu início a uma nova peça: mais uma vez melancolia e Chopin. Erik seguiu em silêncio até o salão e sentou-se para escutar, de olhos fechados, em uma das poltronas de couro.

E como tocava! Parecia impossível que aquela fosse sua mãe quando o pai era quem era. Como se todos os sentimentos, que ele acreditava que os colegas tivessem em seus lares, estivessem reunidos ali, nos acordes que a mãe tocava ao piano. Como se sempre pudesse ter sido assim, como se não precisasse ser da forma que era, com os sentimentos encravados no fundo da pele, os eternos castigos depois do jantar, os eternos açoites, as eternas brigas, as eternas traições dos falsos amigos; o eterno medo de que alguém, de repente, corresse em direção ao piano e acertasse, com toda força, um golpe de martelo em seu teclado.

A música chegara ao fim. A mãe se aproximou e sentou-se diante dele na outra poltrona de couro. Erik procurou às cegas algo que dizer em vez de aquilo que *tinha* de contar. Ela o fitou com seus olhos castanhos e ele teve uma leve impressão de que havia chorado.

— Eu já sei — disse com voz suave. — Já sei de tudo.

Em seguida, para surpresa do garoto, pegou um cigarro do estojo de prata e acendeu-o num gesto ligeiramente trêmulo. Manteve o cigarro enterrado entre os lábios. Quando deu a primeira tragada, pequenas partículas de tabaco pousaram no lábio inferior. Ela lhe ofereceu o estojo.

— Eu imagino que você também fume — disse.

Ele segurou um cigarro e os dois se mantiveram em silêncio por algum tempo. A mãe reuniu forças e, em seguida, lhe relatou como havia se encontrado com a coordenadora de classe havia dois dias.

— Você fique sabendo que ela é uma boa pessoa. Eu suponho que você já saiba disso. Ela acredita em você e... eu contei a ela sobre seus problemas com o pai e...

A mãe sentiu um estremecimento, como se o ar houvesse acabado, e Erik pensou que não suportaria se ela começasse a chorar. Tudo menos ela começar a chorar. Ela controlou-se e tragou, meio sem prática, mais duas vezes antes de prosseguir:

— Há tantas coisas que eu deveria ter feito por você, Erik, e não sei se será capaz de me perdoar. Mas esses dois anos até a formatura nós vamos conseguir terminar, de qualquer maneira. Eu não queria dizer nada antes de ter certeza mas... agora está tudo resolvido. Você vai embarcar em um trem daqui a duas horas para entrar em uma nova escola. Tudo vai se resolver, você verá. Tudo vai se resolver.

Erik olhou nos olhos da mãe. Eles permaneceram em silêncio, sem trocar uma palavra.

Duas horas depois ele observava as luzes de Riddarfjärden do vagão de um trem seguindo em direção ao sul.

Em seu quarto vira um novo uniforme à sua espera: paletó azul, camisa branca, gravata azul e sapatos pretos. Era o uniforme que, segundo o regulamento da escola, deveria ser usado nos feriados, fins de semana e em algumas datas especiais. Dentro do bolso do peito do paletó estava o emblema da escola — a constelação de Órion —, para ser costurado do lado de fora do bolso. Em uma mala a mãe pusera todos os seus pertences, menos as botas com pregos e as chuteiras de futebol.

Erik detivera-se por alguns instantes com o emblema de Órion nas mãos, antes de pedir dinheiro para cortar os cabelos. Quando colocou as mãos na nuca sentiu-se como um porco-espinho. Em vez das ondas tinha, agora, uma franja curta penteada para o lado. Ninguém saberia nada sobre seu passado e Erik nunca mais bateria em um colega de classe. Já que não saberiam nada sobre ele, não mais teria de brigar, não existiriam motivos para isso.

Ele observou as próprias mãos. Se alguém as visse de perto, descobriria as pequenas cicatrizes brancas aqui e ali, a maioria delas em conseqüência do choque contra os dentes incisivos. Os novos colegas, porém, não saberiam de nada.

Cada vez que o par de rodas embaixo do vagão dava de encontro às juntas dos trilhos, Erik se sentia mais distante do pai, do chicote de cães, da calçadeira, da escova de roupas, do ritual do jantar, dos castigos após as refeições, da sensação nos punhos quando se dá um soco no rosto de uma outra pessoa, da vingança, do ódio aos amigos que não eram amigos, do paletó de seda com estampa de dragão, dos maus elementos da escola pública que só queriam guerra.

Erik foi ao toalete para se olhar no espelho. A gravata estava um pouco torta e seu cabelo, ridículo. Ele segurou o emblema de Órion na frente do bolso e ensaiou uma conversa educada consigo mesmo, com gestos corteses. Nada mau. Não se parecia nada com ele, mas não estava nada mau. Ou, pensando bem, era o mesmo Erik, mas diferente, já que seus novos colegas de turma nunca haviam visto o outro Erik. Sorriu para si mesmo um sorriso de dentes intactos, voltou ao seu lugar, cruzou as pernas e acendeu um cigarro, que manteve entre os dedos indicador e anular, em vez da maneira habitual. Lentamente, Erik começou a compreender que o que sentia naquele instante era felicidade.

Ela embarcou em Södertälje. Trajava um vestido vermelho e tinha os cabelos louros presos em dois coques trançados em cima das orelhas. Quando ele percebeu que seus olhares se cruzavam pela segunda vez no reflexo da janela, pronunciou algumas palavras só por pronunciá-las, e para que o silêncio não lhe parecesse ainda mais embaraçoso. E logo em seguida, ela lhe contava euforicamente que estava a caminho de um congresso da juventude socialdemocrata em Kalmar, a fim de debater sobre o uso da energia nuclear — ela era pacifista e contra o uso de armas nucleares. Erik fez menção de dizer que também era pacifista, mas logo em seguida se apanhou pensando que a Suécia deveria possuir uma arma nuclear para destruir Leningrado em caso de...

Ela precisou apenas de vinte minutos para vencer a discussão, com o argumento de que o maior perigo era a propagação das armas atômicas (se a Suécia, um pequeno país neutro com prestígio internacional, desenvolvesse uma arma nuclear, outras pequenas nações no mundo inteiro fariam o mesmo, assim como o Paquistão, a Índia, Israel e o Egito...)

— Você tem razão — disse ele. — Talvez no fundo eu também seja pacifista. Eu odeio violência de qualquer tipo.

Erik escutou, admirado, suas próprias palavras hipócritas flutuando, pesadas, no ar. Ela, no entanto, não demonstrou nenhuma reação, em vez disso preferiu a tarefa de recrutá-lo.

Lá fora, a paisagem típica de Sörmland deslizava como em um filme sobre o encontro de duas pessoas num vagão de trem.

Por pouco ele não perdia a estação onde deveria descer e, quando viu o rosto dela desaparecendo, compreendeu que nem havia perguntado o seu nome. Ele tocara sua mão como que acidentalmente e ela não havia recusado o contato. Ainda assim, não lhe perguntara nem o nome nem onde poderia reencontrá-la.

Na placa branca da estação ferroviária lia-se o nome Solhov: 103 quilômetros de Estocolmo e 46 metros acima do nível do mar.

Um táxi o esperava. O chofer não teve a mínima dificuldade em distingui-lo entre os três ou quatro recém-chegados.

— É você o novato de Stjärnsberg, não é? — perguntou em um tom não totalmente desprovido de antipatia. Da banca de jornais, um pequeno grupo de rapazes de lambreta gritou algumas gracinhas para Erik, que se sentiu obrigado a sufocar imediatamente o impulso de correr até lá e... assim como o antigo Erik teria feito.

— Aha, e com o que o seu papai ganha dinheiro? — perguntou o chofer em tom de chacota.

Erik não respondeu e o carro seguiu viagem.

Não era nada difícil compreender o contexto. Era mais ou menos o mesmo que o ódio dos garotos da escola pública pela gangue do colégio. Estudar um ano no Internato Stjärsnberg custava a metade de um salário anual de um trabalhador. Logo, todos aqueles que estudavam ali provinham de famílias ricas. A situação seria mais ou menos a mesma de quando freqüentava a escola primária no bairro residencial rico.

Sua mãe havia vendido um quadro de Courbet e aplicara o dinheiro em um fundo para seus estudos, administrado por um advogado de nome Ekengren. Dessa forma o pai não poderia pôr as mãos no dinheiro e executar qualquer tipo de mudança nos planos. A matrícula e a mensalidade seriam, após aprovação explícita do advogado, pagas diretamente à intendência da escola. Bastou um pequeno orifício na parede onde antes estivera o quadro de Courbet e os dois anos que o separavam do colegial estavam garantidos, desde que mantivesse a promessa de se manter dentro das regras e conseguir notas altas suficientes para entrar em um dos colégios gratuitos. Quadros caros o bastante para pagar todo o percurso até o diploma de formatura em Stjärnsberg já não existiam mais em casa.

— Fica ali na frente — resmungou o chofer.

O internato surgia por baixo da paisagem verde vizinha a uma praia. A maioria das construções era branca com telhados vermelhos. Havia um grande bosque de carvalhos no centro do terreno, alamedas de cascalho, gramas aparadas, roseirais. Eles passaram por um grande campo de futebol e uma piscina coberta. O carro estacionou entre dois olmeiros frondosos ainda verdes, em frente a uma construção menor de cor marrom. Erik teve de assinar um recibo. O chofer apontou a secretaria com o polegar por cima dos ombros e explicou que ali eram recebidos os novos alunos.

Erik parou diante da porta com a bagagem nas mãos. Enquanto ajeitava sem prática a gravata, Bernhard von Schrantz se aproximou.

Ele aparentava ter cerca de vinte anos. Era magro e tinha uma postura tensa e formal, como normalmente têm os chamados "presunçosos". Ele cumprimentava à moda dos oficiais e professores de educação física: com os braços rígidos e um aperto de mão forte demais. Vestia paletó de *tweed* com reforço de couro nos cotovelos, culotes e botas pretas de equitação. Expressava-se artificialmente, com um misto de linguagem popular e culta. Pelo olhar de Erik, compreendeu que deveria explicar o porquê das botas, e divagou sobre a dificuldade em manter cavalos para hipismo nas imediações, já que a escola não possuía estábulos. Por outro lado as quadras de esporte eram boas "pra cacete", para não dizer extraordinárias.

Bernhard era o presidente do Conselho Escolar e do tribunal dos alunos, e, segundo ele, uma de suas atribuições era mostrar as instalações aos recém-chegados.

Primeiro dirigiram-se à casa dos estudantes conhecida como Cassiopéia, a mais feia delas: uma construção comprida e cinza, de dois andares, com uma aparência de caserna. Ali viviam todos os alunos do curso ginasial. Quanto mais adiantado na hierarquia escolar, melhor a casa de estudantes — este era o princípio. Afinal, quando já haviam passado pela Estrela Polar, Ursa Maior, Ursa Menor, Leão e Peixes chegariam ao Olimpo. No Olimpo moravam os alunos do último ano.

Logo, Erik moraria na Cassiopéia. Seu companheiro de quarto, porém, não estava lá quando ele e Bernhard entraram com as bagagens. Havia duas camas, uma escrivaninha, uma cadeira, duas estantes, duas cômodas, um armário e uma pia. As paredes eram brancas e todos os móveis, cinza. Do quarto avistavam-se as quadras de tênis. Erik largou sua bagagem em cima da cama vazia e prosseguiu na visita às instalações.

As quadras de esportes eram construções excepcionais. As pistas de corrida com asfalto vermelho pareciam tratadas à perfeição. O campo de futebol era uniforme como se construído com compasso e a grama era viçosa e bem aparada, sem uma falha sequer. Os postos para lançamento de peso e disco, as pistas de corrida com obstáculos, os anexos para saltos em altura tinham tal esmero que tudo se parecia com um estádio de esportes para competições de elite.

No salão da piscina, alguns armários enormes de portas de vidro guardavam as taças de prata e outros troféus que a escola havia ganhado em diversas competições escolares. Aqui e ali se escutava um grupo de arrumadeiras conversando em finlandês.

A piscina coberta com 25 metros tinha traves para pólo aquático e grandes cronômetros nas paredes, exatamente como em um clube. Mas ninguém a utilizava. A superfície azul conservava-se imóvel e o único ruído que se escutava era o gargarejo do aparelho purificador de água.

Erik contemplou a superfície brilhante. Nos últimos anos costumava ir à natação quase todas as noites — era uma das coisas que acreditava haver perdido. Mas eis que ali havia instalações primorosas: uma perfeita válvula de escape para tudo o que lhe pudesse parecer desagradável na escola. Neste caso, era apenas nadar e esquecer-se de tudo, exatamente como fazia na cidade.

Tudo parecia bom demais para ser verdade. De mais a mais, ninguém ali sabia o significado de todas aquelas pequenas cicatrizes brancas nos nós dos dedos. Ninguém ali o conhecia do tempo em que usava paletó de seda com um dragão nas costas e cabelos longos com topete ondulado. Mais uma vez, Erik experimentou com a mão a sensação do cabelo bem aparado na nuca.

Bernhard explicou que ali terminava a excursão e que já era hora de ele retornar à Cassiopéia, mas que tanto ele como seu adjunto estariam à disposição para mais informações e qualquer ajuda ao novo aluno. Ali em Stjärnsberg, eram os alunos que tinham a responsabilidade na educação uns dos outros: era a chamada educação pela camaradagem. Dessa forma, os professores não eram envolvidos nas brigas, notas de conceito ou coisas semelhantes.

Tudo parecia quase bom demais para ser verdade.

Pierre, seu companheiro de quarto, estava deitado na cama lendo quando Erik entrou. Os dois se cumprimentaram meio cerimoniosamente e enquanto Erik desfazia as malas, os dois garotos conferiam se tinham algum conhecido em comum. Pierre também vinha de Estocolmo, apesar de na realidade morar em Genebra. Parecia que não tinham nenhum conhecido em comum.

Pierre havia reparado nos sapatos de pregos, sungas de natação e chuteiras.

— Ah, você é um daqueles desportistas ridículos? — disse com um tom afeminado ao pronunciar a palavra ridículo, mas sem nenhum sarcasmo na voz.

— Sou mesmo. E que quadras de esportes vocês têm aqui! E você?

A pergunta, na verdade, era supérflua. Pierre não só era gordo e usava óculos, como também tinha aquela forma especial de segurar nos livros e de se vestir que assinalava claramente sua falta de talento para os esportes. Era um daqueles que sempre acabavam escolhido por último nas partidas de futebol e, que, provavelmente, era bom nos estudos.

E justamente como o Gordo Johan faria, Pierre explicou que não gostava de transpirar, que parecia estúpido demais correr atrás de uma bolinha etc., e que era um problema sério cada início de outono, quando se realizavam as grandes competições com participação obrigatória. Já no dia seguinte teriam uma competição de atletismo e, na semana seguinte, de natação.

— Humm, quer dizer que você é gordo e não gosta de participar porque acha chato que o provoquem quando chega por último, hein? Eu não digo isso por maldade, alguns dos meus melhores amigos na minha outra escola também eram assim — "CDFs". O que eu quero dizer é que você não precisa imaginar que eu ache alguém pior do que eu só porque não é bom nos esportes, assim ficamos bem claros desde início.

Pierre respondeu rapidamente, talvez com rapidez um tanto evasiva, que estava tudo bem e que ele mesmo não tinha nada contra os desportistas ridículos. Logo em seguida mudou de assunto.

— Mas por que você veio parar aqui nesta espelunca dos infernos? Foi expulso de outra escola, burro demais para passar num colégio normal, rico e fino demais para freqüentar um colégio comum, ou, como alguns aqui usam como desculpa, os pais trabalham no exterior?

Erik hesitou. Havia sido expulso, uma razão tão boa quanto outra qualquer. Mas se dissesse a verdade, teria provavelmente de explicar o porquê, o que resultaria em uma série de mentiras comprometedoras, agora que se transformara no novo Erik com o penteado ridículo. Contou que tivera brigas em casa e mudou de assunto. Perguntou se os professores batiam muito nos alunos. Foi informado, para sua surpresa, que ali isso não acontecia.

A pergunta pareceu ridícula a Pierre e por pouco Erik não se comprometia mais uma vez, ao afirmar que não tinha medo de que algum professor batesse nele e que não era por isso que perguntava. Mas se deteve a tempo. Era o antigo Erik quem não tinha medo de professores agressivos. E para mudar de assunto, perguntou a Pierre se conhecia alguém que pudesse lhe ministrar aulas particulares de matemática, pois havia se atrasado na matéria (desde que o Peixe passara a expulsá-lo das aulas). Pierre explicou que poderia ajudá-lo pela metade do preço e com a garantia de que teria seu dinheiro de volta se suas aulas não surtissem efeito. Seu pai havia ficado rico fazendo negócios e este era um dos seus truques favoritos — explicou.

Os dois caíram na gargalhada e Erik sentiu-se absolutamente feliz. De outra forma não poderia compreender aquele impulso de chorar.

Pierre o levou ao refeitório e indicou-lhe um lugar ao fim de uma das vinte mesas compridas. Em cada uma delas sentavam-se vinte alunos em uma determinada ordem hierárquica. No início da mesa sentava-se o chefe de mesa, Erik fora informado. Logo depois, os alunos do colegial sentavam-se na mesma ordem na qual se sentariam em certos jantares privados, com nobres de primeira linha ou muito ricos primeiro e, logo em seguida, nobres de segunda linha e menos ricos. Ao final sentavam-se os alunos do ginásio distribuídos em ordem semelhante. O calouro, porém, sentava-se sempre por último. Carregando grandes baixelas de aço inoxidável, as copeiras finlandesas serviam a comida seguindo a mesma ordem hierárquica. As refeições abriam-se e encerravam-se com uma oração à mesa.

Depois do jantar tinham duas horas livres para a prática de esportes e estudos, até a hora em que os alunos do ginasial deveriam se retirar para os seus aposentos. Quando Erik voltou, Pierre não estava no quarto. Ele se deitou na cama e desfrutou, um instante, da sensação de total liberdade.

Mas no dia seguinte havia competições importantes à espera. Deveria dormir cedo para se sentir descansado, assim venceria o maior número de modalidades esportivas possível. Ficar conhecido dessa forma seria muito útil para ele; combinaria perfeitamente com seu novo estilo de vida. Mas tanta excitação e alegria o impediram de dormir. Seria melhor ir à piscina e nadar vinte ou trinta vezes sua extensão sem pressa. Assim, se cansaria o suficiente para dormir bem e despertar descansado no dia seguinte.

Quando chegou com sua toalha nos ombros, o salão estava quase vazio e a superfície da água, azul e tranqüila. Perto da plataforma de saltos, um pequeno grupo discutia entre si um esquema de treinamento.

— Olá — disse Erik. — Vou dar algumas braçadas, está bem?

Os outros começaram a rir dele.

— "Dar algumas braçadas" — o maior deles o imitou. — Você é novo por aqui, não é?

— Sou, cheguei hoje.

— Isso não significa que você não tenha de aprender as regras. À noite a piscina é exclusiva dos alunos do último ano, dos membros do Conselho ou da equipe da escola, então pode ir saindo!

— Bom, eu só pensei que...

— Calouro não pensa. Pode sumir!

Eles lhe viraram as costas e Erik sentiu o ódio borbulhante se aproximar, exatamente daquela maneira que precisava reprimir a qualquer preço. Permaneceu hesitante no mesmo lugar, até que foi "descoberto" outra vez.

— Nós não mandamos você sumir?

— É, mas eu não tenho a intenção de sumir, não.

Fez-se silêncio. Droga! Assim ele atirava a primeira pedra. Agora era impossível tirar o corpo fora.

— Qual é o tempo nos 50 metros para se fazer parte da equipe da escola? — ele perguntou (a alternativa para sair dos maus lençóis o obrigaria a fazer exatamente o que não podia acontecer).

— Ah, então você é nadador? — perguntou um dos menores.

— Sou, treinei quatro anos na delegação do clube Kapis. Qual era mesmo o tempo nos 50 metros nado livre?

— Você pode fazer em menos de 31 segundos?

— Se tiver um cronômetro pode ver que eu faço em menos de 29 segundos.

Era bem verdade que ele não estava aquecido, mas aquela era uma piscina de 25 metros, e poderia economizar pelo menos um segundo na virada. A inimizade desaparecera.

— Muito bem — disse o maior deles. — Eu tenho um cronômetro. O recorde da escola é de 29,6 segundos.

Erik girou algumas vezes os braços sobre a cabeça com gestos amplos, a fim de oxigenar bem os pulmões. Agora tem de dar certo! Em seguida subiu no bloco de partida. É agora, papai filho-da-puta!, pensou, É agora, seu filho-da-puta!

Seu tempo foi de 29,1 segundos.

Os outros o puxaram da piscina dando-lhe tapinhas nas costas. Erik se apressou em desculpar-se por ter dito que faria em menos de 29, mas não estava aquecido e...

Todos disseram a ele que esquecesse tudo e que a partir de agora ele seria membro da equipe de natação da escola e poderia treinar quando quisesse. Com um sorriso nos lábios, cada um dos garotos se apresentou a Erik, dando-lhe um generoso aperto de mão.

Ele começou a nadar em pleno estado de euforia. Sentiu a água azul passando por seus olhos, como de costume. Mas nada ali era como de costume. Nada ali se parecia com as noites dos últimos anos no clube da cidade, quando nadava para anestesiar os pensamentos, para estar em algum outro lugar. Quando nadava para não precisar ficar com a gangue, quando nadava para ficar longe do pai. Ao chegar em casa à noite, com os olhos vermelhos como os de um coelho de tanto contato com o cloro, e ver que o mundo ao seu redor não passava de manchas iluminadas por cada lâmpada, todos sabiam que ele estivera apenas treinando. E aquele que apenas estivera treinando não havia feito nada para merecer ser castigado. Cansado dos oitocentos metros de batidas de perna, braçadas e nado livre, adormecia num sono sem sonhos e sem taquicardia, sem ódio, como se o mundo inteiro fosse apenas uma corrente de água passando e tudo o que realmente importasse era a contagem entre a virada e a linha preta no ladrilho ao fundo da piscina.

Agora, no entanto, quando nadava seus primeiros metros na piscina de 25, experimentando a vantagem do novo estilo americano de virada que o treinador do clube de Estocolmo lhe ensinara pouco antes de partir, tudo parecia música. Como as valsas de Chopin que a mãe tocava no piano de cauda negro ou alguma sonata de Beethoven. Como se a água não opusesse resistência, como se ele nadasse sem esforço algum, vendo os enormes carvalhos no centro da nova escola passando, como passavam o rosto de Pierre com seus óculos e a menina de coque de tranças com sua luta contra as armas nucleares. Como se ele mesmo ainda tocasse como fizera desde a mais tenra infância, quando o pai lhe mostrava as escalas com violência, como se ele soubesse tocar como a mãe; e o corpo obedecia ao menor movimento e poderia ter continuado muito além dos limites da fadiga, muito além do que havia nadado para chegar à fadiga necessária, que o faria adormecer para vencer no dia seguinte. Ele era Erik, membro da equipe de natação da escola, apenas isso. Nada de gangues, de violência, nem mesmo de professores que batiam. Ele era Erik, o nadador, só isso, e amanhã iria se transformar em Erik, o corredor, e então seria apenas corredor e nadador, e ninguém saberia de mais nada, e ninguém descobriria as cicatrizes, as cicatrizes nos nós dos seus dedos.

O dia das competições esportivas era organizado como uma pequena manobra militar. Todos os alunos participariam de todas as modalidades pela manhã e, à tarde, seriam as finais. Os seis melhores em cada modalidade disputariam as finais. Para surpresa de Erik, os alunos do ginásio e do colegial não disputavam separadamente, já que a intenção era de que os alunos veteranos ganhassem dos mais novos. Erik escutou uma explicação difícil de compreender, segundo a qual tudo fazia parte da filosofia Stjärnsberg: o princípio da educação pela camaradagem era, desta maneira, procurar demonstrar aos alunos mais novos qual era o lugar deles.

O sistema de classificação privilegiava os melhores, isto é, os alunos do colegial, pois aquele que chegasse às finais com apenas uma tentativa em salto em distância já tinha ali uma vantagem em cima de um concorrente mais novo, que fora obrigado a fazer todas as suas seis tentativas para conseguir uma vaga na final à tarde.

Tudo aquilo exigia cálculos detalhados. Era uma questão de embromar nas modalidades nas quais não havia chances de vitória. Logo, Erik fez corpo mole no salto em altura, até conseguir se desclassificar da modalidade na terceira tentativa. O mesmo em salto com vara. No lançamento de dardos, ele pisou três vezes propositalmente na linha e fez três lançamentos ruins, a fim de poupar energia para os arremessos de disco e de peso, modalidade ne qual conseguiu um lugar garantido na final com apenas uma tentativa. O mesmo aconteceu com o salto em distância, embora tenha cometido erros no salto triplo e tratou apenas de dar uma corrida leve na pista de areia.

A competição dos cinco mil metros não teria eliminatórias. Somente aqueles que haviam chegado à final em outras modalidades podiam participar. O pior era nas eliminatórias de alta velocidade, nas quais não havia alternativa: ou corria-se rápido ou muito rápido. Nas distâncias médias, as primeiras provas eliminatórias dividiram os concorrentes em alunos do colegial e alunos do ginásio, de forma que foi possível poupar energia e ainda assim chegar às semifinais.

Mas para ter sucesso em uma das séries era preciso escolher bem. Primeiro precisava escolher entre cem e duzentos metros. Erik escolheu ir à final dos cem metros e foi eliminado na primeira fase. Fez o mesmo ao escolher entre os oitocentos ou quatrocentos metros. Continuou correndo sem se cansar nos oitocentos metros para investir na final dos quatrocentos. Correr oitocentos metros era impossível tanto antes como depois de uma prova de cinco mil metros.

Até as sete da noite as finais ainda não estavam concluídas. Erik interpretou seus resultados como uma decepção. Não chegara à final em nenhuma das modalidades. Segundo lugar em salto em distância, segundo lugar em arremesso de peso, terceiro em arremesso de disco, terceiro nos quatrocentos metros, segundo lugar nos cem metros e segundo nos cinco mil metros. Mas, a não ser na final dos cem metros, não havia muito o que fazer. Ali ficara para trás na largada, quando hesitou ao ver o concorrente ao seu lado começar, cinicamente, antes do sinal de largada. Depois disso ficou difícil recuperar a vantagem sobre os outros corredores. Ainda lhe faltava quase meio metro para bater o ganhador, apesar de ter ganhado facilmente nas eliminatórias. Nas outras finais os vencedores tinham feito melhores tempos do que ele, não havia como negar. Ele era o único aluno do ginasial que chegara a alguma das finais. Mas e daí? Não vencera nenhuma delas.

Quando retirava seus sapatos de pregos após os cinco mil metros, o professor de ginástica se aproximou e lhe deu tapinhas nas costas. Chamava-se Berg e tinha um bigode fino e cabelos negros cortados rente. Cumprimentou com as mãos esticadas à moda dos professores de ginástica e oficiais.

— Ah — lamentou-se Erik. — Eu escolhi errado. Devia ter deixado de lado os quatrocentos metros e conseguido um lugar na final dos duzentos. Perdi a largada dos cem metros também...

Com um sorriso nos lábios, Berg observou-o por dez segundos.

— Você não gosta de perder, não é? — perguntou.

— Se não há alternativa... quero dizer, como no salto em distância, que tinha uma diferença de 35 centímetros para o vencedor. Nesses casos não há nada a fazer.

— Você é bom no futebol?

— Eu não tenho técnica, mas nunca saio de um jogo sem ter feito um gol.

— Muito bem, Erik. Você combina bem com Stjärnsberg e em três ou quatro anos vencerá qualquer modalidade que escolher. Está bem claro isso?

— É, mas qual é a vantagem disso, agora?

Berg deu uma risada e deu-lhe mais um tapa nas costas, desta vez um pouco forte demais.

— Você é um vencedor, e aqui nós precisamos de gente como você, faz bem ao espírito de Stjärnsberg.

Pierre estava deitado na cama lendo um enorme romance em inglês, quando Erik entrou no quarto para mudar de roupa para o jantar.

— E como foi? — Pierre perguntou sem tirar os olhos da leitura.

— Mais ou menos. Eu devia ter ganhado a final dos cem metros, mas vacilei. Cheguei em segundo e terceiro nas outras provas, mas esse sistema é muito injusto.

— Como assim? — perguntou Pierre ainda com os olhos pregados no livro.

— Bem, os alunos menores terem de competir com os do colegial. Não é fácil ganhar de alguém que teve chance de crescer uns três ou quatro anos. Se houvesse uma competição só com os alunos menores, eu teria vencido cinco ou seis modalidades. Mas assim? Ah!

— E por que você acha que os alunos menores têm de competir com os maiores? — Pierre perguntou em um tom irônico.

— Sei lá. Mas que é estranho, é.

— É lógico. Porque nós, os menores, temos que penar. Você ainda não entendeu?

— Não, mas qual é a graça em ver garotos de dezenove anos correndo mais rápido que a maioria dos garotos de quatorze? Aliás, o que eles querem dizer com educação pela camaradagem?

— Muito simples. Significa que nós, os menores, temos que penar. Vamos sempre apanhar deles. Não digo só apanhar nos esportes, apanhar de todas as formas.

— Você quer dizer que eles brigam muito?

— Isso mesmo. Muito mais do que você imagina. É isso que chamam educação pela camaradagem. Nada mais do que sevícias.

Ao pronunciar a palavra sevícias, Pierre ajustou os óculos a fim de fazer uma pausa de efeito diante da palavra de adulto. Erik refletiu por instantes no significado da opinião de Pierre, tanto o significado real quanto o possível.

— Você quer dizer que apanha muito dos garotos do colegial?

— Bem, o negócio é tratar de manter distância — disse Pierre com voz embargada.

— E como você faz para manter distância?

— Eu sou gordo e tenho fama de CDF. Logo, também me julgam covarde. E não acham muita graça em bater num garoto intelectual e covarde. Mas vai ser pior para um tipo como você. Você não entende o significado de um dos garotos menores quase ganhar deles em algum esporte. Você vai ter de passar por um ou outro "coque" nas próximas semanas.

— E o que significa "coque"?

— É quando batem no alto da sua cabeça com o cabo de uma faca. Ou quando dão um cascudo com o dedo médio mirando ou nas têmporas ou no meio do diafragma.

Erik ficou imóvel com um dos sapatos na mão, tratando de compreender o erro que cometera ao tentar vencer nas competições escolares. Ele era um novato e tinha "abusado". Os garotos do colegial iriam exigir que ele baixasse a cabeça para ser castigado.

— Mas que merda também! — gritou, arremessando o sapato na parede. — Merda! Maldição, entrei numa fria! Eu não quero mais brigar, não quero, estou cansado de brigas!

— Como assim? Na sua outra escola vocês também não tinham um Conselho Escolar? — Pierre perguntou com cuidado.

— Não... eh, eu não posso explicar. Explico uma outra vez, vamos comer agora.

A caminho do refeitório, Pierre lhe contou que se recebesse o castigo sem chorar ou se mostrar desafiador, o pior passaria depois de algumas semanas. Era assim que o calouro devia aprender o espírito de Stjärnsberg. Todos os calouros odiavam aquilo no início, mas quem resistia era considerado abusado e sempre recebia mais castigos do que aqueles que se conformavam sem resistência. Erik pensou que caso se controlasse o suficiente, poderia receber os castigos mais ou menos da mesma maneira que recebia os do pai. Porém, ao se mostrar controlado demais eles poderiam interpretá-lo como abusado, o que lhes daria ímpeto de continuar até que ele se descontrolasse. E se ele não conseguisse se controlar?

— O que acontecerá se eu bater em um aluno do colegial? — Erik perguntou a Pierre.

Pierre se deteve no caminho para arrumar os óculos.

— Isso nunca aconteceu. Eu pelo menos nunca ouvi falar. Provavelmente não é proibido... não, aliás não é proibido, mas nunca seria possível uma coisa dessas.

— Por que não?

— Bem, porque mesmo que você consiga bater em um deles, isso seria considerado um abuso e você terminaria sem poder sair por um fim de semana. Depois, um aluno do colegial acabaria reclamando com um dos membros do Conselho e em um dos membros do Conselho não se pode bater, senão você acaba expulso.

Durante o jantar um dos garotos menores recebeu um "coque" porque se debruçou em cima do prato de outro quando pegava o saleiro. O chefe de mesa percebeu e deu uma ordem de comando curta. O garoto se levantou, fez sinal de sentido diante do chefe de mesa e baixou a cabeça para a frente com as mãos para trás. O chefe de mesa limpou a boca com o guardanapo e, vagarosamente, virou-se para o infrator. Em seguida apanhou uma faca limpa da mesa e pesou-a nas mãos algumas vezes, antes de acertá-la com o cabo bem no topo da cabeça. O menino fez uma careta de dor e voltou ao seu lugar sob as gargalhadas gerais. Seus olhos estavam cheios de lágrimas.

Um coque em si não era nada difícil de suportar, e sim ficar de pé com a cabeça baixa, esperando. E depois os risos. Erik precisava chegar a um meio-termo, de alguma maneira. Parecia mais simples aceitar o golpe, desde que não precisasse demonstrar que sentira dor. Dessa maneira poderia pelo menos neutralizar aquelas gargalhadas. Qualquer alternativa seria ou um convite à briga ou a possibilidade de que todos rissem e caçoassem dele. E para o novo Erik, com o penteado ridículo, tinha de haver um acordo.

No momento em que Erik terminava de avaliar o problema, o refeitório foi tomado por uma onda de risos e vaias. Um aluno do ginásio fora mandado à parede com afrescos, onda ficaria de castigo com a cara para o mural. O vizinho de Erik lhe explicou o sistema: aquele que recebia três coques tinha de ficar de castigo, aquele que ficava de castigo pela segunda vez era expulso do refeitório, aquele que fosse expulso do refeitório por duas vezes ficava automaticamente sem saída por um fim de semana.

— E se alguém se recusa a receber um coque?

— Então, é mandado para o castigo na parede, que tem o mesmo valor que três coques.

— E se alguém se recusa a ficar de pé no castigo?

— Então passa a ter um fim de semana sem saída automaticamente.

— Pode-se recusar os fins de semana sem saída?

— Não, porque então você é expulso automaticamente.

— Pode-se recusar um coque mesmo se o chefe de mesa é um membro do Conselho?

— De acordo com as regras, sim. Mas nesse caso ele vai direto atrás de você depois de comer, e ordena um coque de qualquer maneira. Mas nesta mesa o chefe não faz parte do Conselho. Ele é só um dos alunos do último ano.

Aquilo abria novas possibilidades, mas era preciso cautela. Trabalhos forçados ou detenção durante os finais de semana significavam não precisar voltar para casa. Era uma possível vantagem não precisar levar surras do pai, mas ainda assim tinha de obedecer às ordens para não ser expulso. Provavelmente havia alguma desvantagem nesse método. Erik discutiu o problema longamente com Pierre, que tinha vasta experiência na arte de se safar ao máximo. Se ele comparasse um coque com os golpes no nariz ministrados pelo pai na mesa do jantar, havia, de qualquer forma, uma diferença significativa. Um coque era dado em alguém que se portara mal à mesa, não sem qualquer motivo aparente, somente por mero capricho do seu chefe. Devia ser bastante fácil comer sem transgredir as regras de boas maneiras à mesa. Contudo, se ele fosse considerado um calouro abusado, dificilmente se manteria a salvo.

A primeira oportunidade aconteceu após a refeição. A caminho do quarto, Erik foi interpelado por um garoto que lhe deu um tapinha nas costas. Era um aluno dois anos abaixo dele, amedrontado e inseguro. Ele respirou fundo antes de dizer o que tinha a dizer.

— Você tem de ir ao Olimpo para lustrar os sapatos do Conde von Schenken. É uma ordem.

Erik ficou mais surpreso do que propriamente com raiva.

— Ah é? E ele é um dos membros do Conselho?

— Não, mas é do último ano e... lá no Olimpo.

— Pode dizer a ele que venha aqui no meu quarto em Cassiopéia pra pedir o favor, assim a gente vê se vai ser possível.

— Não, você não pode fazer isso...

— Por que não?

— Se eu volto ao Von Schenken dizendo que o calouro abusado... se recusou, eu também fico sem um fim de semana.

Erik avaliou a situação. Não era uma boa idéia fazer uma bobagem tão grande, envolvendo um inocente que acabaria sem saída por um fim de semana. E lustrar os sapatos era, naturalmente, apenas uma idéia para ridicularizá-lo, mas se escovasse aqueles sapatos de uma vez, tudo ficaria esquecido. Se começasse a se recusar, tudo terminaria com sérias represálias, antes mesmo que Erik chegasse a inventar uma estratégia para se livrar da forma mais amena possível.

— Muito bem, eu vou.

Von Schenken — o vencedor dos cem metros rasos — havia colocado em fila dez pares de sapatos, entre outros, um par de chuteiras enlameadas, um par de botas militares ainda mais sujas, sapatos de camurça e sapatos de couro de diversas cores.

Quando Erik se deparou com a fileira de sapatos compreendeu logo que a idéia de não se recusar simplesmente acabaria indo para o diabo. Von Schenken convidara até alguns amigos para o espetáculo. A fileira de sapatos foi colocada no meio da espaçosa sala de estar do Olimpo e os alunos do último ano haviam se sentado nas cadeiras e poltronas ao longo das paredes.

— Ora, ora, se não é o nosso coelhinho do ginasial. Um coelhinho que além de calouro também é bem abusado, vocês não acham? — cumprimentou Von Schenken.

— Eu não sou coelho — disse Erik entre os dentes, mantendo as mãos cerradas nas costas.

Eu não posso usar violência, não posso!, pensava Erik sem conseguir evitar avaliar, automaticamente, o peso e a largura do adversário, além da musculatura em volta dos braços e do tórax. Seria fácil vencê-lo, mas ao mesmo tempo, uma catástrofe.

— Claro que você é um coelhinho, pelo menos corre como um. Ou se não, como uma lebre — completou Von Schenken, provocando nos companheiros as já esperadas gargalhadas.

— Na próxima final eu ganho de você tão fácil quanto fiz hoje nas semifinais — replicou Erik.

Sua resposta o transferiu para um plano de igualdade, pois o que dissera era a pura verdade e Von Schenken sabia muito bem. Não era fácil para um corredor do último ano caçoar de outro corredor ainda mais rápido de uma das turmas do ginasial.

A resposta funcionou mais ou menos. As risadas morreram, de qualquer forma, e Von Schenken resolveu ser objetivo em vez de sarcástico.

— Os sapatos devem ser lustrados até o ponto em que passem numa inspeção. Especialmente as chuteiras devem brilhar como a bunda de um bebê, está bem entendido?

Erik viu-se obrigado a escolher. A pior alternativa seria partir para cima de Von Schenken. A surpresa lhe daria logicamente uma boa vantagem, antes que os outros alunos apartassem a briga, mas as conseqüências seriam difíceis de manobrar e, de qualquer forma, tinha de evitar brigas a todo custo. Por outro lado, ficar de joelhos diante deles e, debaixo de chacotas e comentários, lustrar os sapatos de Von Schenken lhe causaria tal ataque de fúria que, por fim, terminaria fazendo alguma bobagem. Logo, havia apenas uma possibilidade, um meio-termo. Todos esperavam com certa excitação um desfecho do qual, visivelmente, não estavam bem certos.

— Nunca — disse, e deu meia-volta, saindo rapidamente da sala, antes que começasse uma briga.

Era um meio-termo que mais parecia uma briga. Será que receberia algo mais do que um fim de semana sem saída? Mas seria possível ficar de joelhos por uma hora diante dos risinhos e piadas dos garotos, exatamente como fazia diante do galho de bétula do pai? Não devia ter suportado aquilo? Se era possível resistir por vontade própria aos açoites nas costas, não seria também possível agüentar os gracejos da mesma maneira? Qual era, na verdade, a diferença? Pois tinha a impressão de haver uma grande diferença.

O que sabiam sobre ele é que era bom desportista e que havia quebrado o recorde de 50 metros nado livre facilmente. Já não seria o suficiente para ser aceito com maior facilidade do que um garoto como Pierre?

— Não — Pierre respondeu. — O negócio era se fazer o mais invisível possível se quisesse se safar. Quanto mais você se destacar, mais divertido vai ser para eles fazer piadas e dar ordens de correr ao quiosque, lustrar sapatos ou coisa parecida. Não se deve ser nem bom nem ruim, nem CDF como eu, ou desportista como você. O melhor é ser completamente normal e invisível.

— Você teria lustrado aqueles sapatos, Pierre?

Pierre manteve silêncio e refletiu na escuridão.

— Sim — respondeu por fim. — Eu teria lustrado.

Deitados, os dois voltaram ao silêncio por algum tempo.

— Você faria porque tem medo de apanhar?

— Talvez sim. Pelo menos se fosse o Von Schenken. Pois ele gosta de dar aquelas pancadas terríveis. Você ainda não as conhece.

Esqueci de contar quando você me perguntou o que um coque era. No coque eles batem com um dedo ou com o cabo da faca, mas gente como o Von Schenken bate, às vezes, com a tampa da garrafa de vinagre. Você sabe, no meio de cada mesa tem uma garrafinha de vinagre de cristal. Ela tem uma ponta. Eles batem com essa ponta no meio da cabeça, pra abrir um buraco e sangrar. Então você tem de ir à enfermeira dar um ponto no machucado. Gente como Von Schenken não é normal. E ele é o chefe da minha mesa, por isso, se eu me recusasse a polir os sapatos, não ficaria só sem um fim de semana. Ainda levaria um desses na cabeça assim que ele tivesse uma oportunidade.

Erik não fez mais nenhuma pergunta e pouco depois percebeu que o amigo havia adormecido. E se Von Schenken batesse em Pierre daquela maneira, o que ele faria? A única coisa a fazer seria pegar a tampa da própria mesa, aproximar-se de Von Schenken por trás e aplicar um golpe forte o suficiente para abrir um buraco no couro cabeludo, de preferência antes daquele que daria em Pierre. Era difícil prever as conseqüências. Talvez Von Schenken se sentisse na obrigação moral de aplicar o golpe em Pierre, de qualquer maneira, para demonstrar que não se deixava intimidar por um calouro abusado. Será que poderia pegar Von Schenken, quando ninguém estivesse por perto, e ameaçá-lo de que se movesse um fio sequer de cabelo de Pierre levaria um corretivo de proporções tão gigantescas como ele nunca jamais havia imaginado? Não, não era possível. As condições para uma ameaça dessas funcionar eram de que o ameaçado tivesse consciência de que as ameaças poderiam se tornar realidade. No colégio não teria nenhum problema, mas ali no internato ninguém conhecia sua história e continuariam sem conhecer. Deve haver alguma maneira de evitar a violência. Bater em um deles levaria apenas a uma série de confrontos intermináveis, os quais eles, afinal, venceriam de uma maneira ou de outra.

Quantos fins de semana havia em um semestre letivo? Mais ou menos quinze. Caso se recusasse a obedecer quinze ordens daquelas, estaria tudo resolvido? Pois os sapatos daquela tarde somente levariam a mais ordens do mesmo tipo, até que ele ou eles desistissem.

Ele tinha de obedecer ao Conselho de qualquer maneira, já que terminaria expulso caso se recusasse ou batesse em algum de seus membros. Ser expulso de Stjärnsberg significava o fim de qualquer educação no futuro. Erik precisava continuar ali por dois anos para depois entrar em algum colégio de Estocolmo, logo, teria de obedecer ao Conselho por dois anos. Não seria melhor desistir o mais rápido possível e deixar tudo aquilo para trás? Ele não podia nem defender Pierre?

O dia já clareava quando Erik finalmente conseguiu adormecer na cama suada, com o lençol enrolado como uma corda. No dia seguinte ele se envergonharia diante de Pierre.

A manhã começou com uma aula de história, na qual o professor — o mais antigo da escola — dedicou-se a longas reflexões sobre a migração dos povos. As tribos germânicas haviam cruzado a Europa de cabo a rabo e alguns grupos eslavos haviam migrado do leste. A diferença fundamental entre os grupos resumia-se em que os germanos eram os mais fortes, mais belos e melhores, fato que havia deixado vestígios até a modernidade. Aliás, podiam ser vistos na Europa ainda hoje vestígios destes diferentes grupos étnicos, cujo exemplo era encontrado facilmente até dentro da própria sala de aula.

— Erik, pode vir até o quadro-negro e se colocar em posição que todos possam vê-lo? — disse o velho. Em seguida, pegou uma ponteira e apontou cada parte do corpo de Erik, como se estivesse apontando um cartaz com a figura dos homens macacos ou dos órgãos do corpo humano.

— Observem! Podemos começar com os olhos azuis e o olhar firme — o professor dizia, apontando com a varinha. — Depois o nariz retilíneo, vire-se de perfil, assim. Queixo vigoroso e maxilares largos, sem perder a harmonia nas feições. Nada de ossos molares salientes, como por exemplo os dos finlandeses, lapônios e alguns eslavos. Ombros robustos e retos. Vejam a musculatura bem desenvolvida em torno dos braços. Tórax viril e musculatura abdominal bem desenvolvida, peito consideravelmente mais largo do que os quadris. Agora chegamos à musculatura das coxas: vejam como se salienta aqui para depois ficar mais larga, comparada à cintura. É o que se vê em certas civilizações de cavaleiros. Assim eram com certeza muitos soldados de Carlos XII. As panturrilhas devem fazer uma linha curva bem delineada, assim, e não ser apenas uma continuação magra da perna. Muito bem, obrigado e agora pode se sentar.

Meio aturdido, Erik voltou ao seu lugar. E os colegas de classe nem fizeram menção de rir, assistiram a tudo com seriedade absoluta. O pior, porém, ainda estava a caminho.

— Muito bem, e se agora tomarmos um exemplo oposto... Tanguy, aproxime-se, por favor!

Pierre foi obrigado a ficar no mesmo lugar que Erik e logo a varinha passava a percorrer seu corpo.

— Aqui temos, para começar, algumas das características típicas do povo meridional: olhos castanhos fundos demais e com falhas na visão, daí o uso de óculos. O nariz não é reto, mas curvo de diferentes maneiras, desde o nariz aquilino judeu até a variação meridional mais comum. As bochechas um pouco caídas e o queixo para dentro. Finalmente chegamos aos ombros caídos em forma de garrafa. E, para arrematar, o formato cônico do corpo, incapaz de apresentar a mesma harmonia de formas do povo germânico. Vejam como a barriga é saliente aqui, criando a base do cone. Sua origem provém em parte dos hábitos alimentares menos frugais dos povos meridionais, que se tornou com o tempo uma característica hereditária. Enfim chegamos às pernas que mais parecem palitos de fósforos espetados em uma pinha, como aquelas vaquinhas de brinquedo que fazíamos quando crianças. — O professor riu, mas Pierre arrumou os óculos, sem mover um músculo da face sequer. — Ah, e aqui temos os pés: artelhos para dentro e tendência, em geral, para pés chatos. Muito bem, muito obrigado, Tanguy, pode se sentar. Logo, nós podemos observar, ainda hoje, diferenças fundamentais entre os tipos germano e meridional.

Envergonhado, Erik buscou Pierre durante o recreio.

— Olha — disse. — Você não acredita que... eu só queria dizer que estou me lixando para aquele papo-furado.

— Ah — disse Pierre. — Para começar o velho idiota é um nazi, sabia? Nazista. Em segundo lugar, ele não tem a mínima idéia do que está falando. Raça meridional... Vai à merda!

— Há muitos professores desse tipo?

— Não, ele é o último deles por aqui. Antigamente era muito pior. É só reparar nos afrescos das paredes do refeitório.

— Como assim?

— Ah, cacete... aquelas louras enormes de tranças com os peitões de fora, carregando cestas de pães, hein? E homens de cabelos brancos cortados como se tivessem um penico na cabeça, com machados nos ombros, com seus germânicos olhos azuis. Isso é o que eu chamo ir direto ao assunto, não é? Para não falar nos guerreiros com lanças, bigodes brancos e "olhar austero". É quase pra matar de rir.

— Mas eles já não acreditam mais nisso, os outros professores?

— Não, não, o pior já passou. Atualmente eles aceitam até judeus aqui na escola. Pior era há uns vinte ou trinta anos. O Kalle, da nossa classe, é judeu, mas tem os cabelos louros e o nariz tão "reto" quanto o seu. Mas isso o velho idiota não considera. Grande babaquice.

As aulas era agradavelmente relaxadas se comparadas ao colégio. O aluno permanecia sentado quando respondia a alguma pergunta. Os professores não ameaçavam com castigos, não se notava nenhum tipo de repreensão, o clima era sempre bem-humorado, quase de confraternização. As tarefas fluíam sem maiores problemas e até parecia não haver nenhum motivo especial para o contrário. Os professores eram competentes e nenhum deles aparentava gostar de violência.

A caminho do jantar, Erik percebeu uma atmosfera curiosa em volta dele. Como se caminhasse em uma bolha de ar, distante de todos os outros. Chegou a escutar alguns comentários como "calouro abusado" e percebeu como faziam comentários furtivos às suas costas.

Quando as copeiras retiravam os pratos das mesas, o presidente do Conselho, Bernhard, levantou-se e se dirigiu a todos, gritando por atenção.

Os murmúrios excitados logo pararam.

— O Conselho se reúne hoje imediatamente após o jantar na sala seis. Os seguintes citados devem comparecer...

A cada nome anunciado todos soltavam vaias e gargalhadas. Erik notou que as vaias aumentaram ao pronunciarem seu nome. Em suma, ele seria julgado por se recusar a lustrar os sapatos de Von Schenken.

A sala seis ficava no prédio principal da escola. Fora dela, os réus ora se lamentavam, ora faziam troça, sentados no assoalho de madeira encerada. Todos os réus eram, sem exceção, alunos do ginásio. A maioria seria julgada por fumar escondido pela primeira, segunda ou terceira vez, a julgar pelos comentários. Um ou outro, como Erik, era acusado de faltar com o respeito a um membro do Conselho ou aluno do último ano. Destratar um aluno do último ano rendia um fim de semana sem saída.

Os garotos foram chamados um de cada vez. Quando saíam, após alguns minutos, anunciavam suas sentenças. Alguns receberam penas piores, outros melhores do que esperavam. Apenas um deles mostrava sinais de desespero. Parecia que não poderia ir para casa justo no dia do seu aniversário. À porta, o secretário anunciava o nome do acusado, que entrava fechando a porta da sala.

Ao entrar, Erik compreendeu que aquilo era algo bem diferente do que esperava. Imaginou que ali encontraria um grupo de garotos sentados em um canto da sala, repartindo meio que de brincadeira algumas advertências e punições.

No entanto, haviam retirado as carteiras da sala. O presidente Bernhard estava sentado à mesa do professor, enquanto outros onze dividiam-se em duas fileiras a cada lado da mesa do presidente, todos voltados para a sala de aula. No lugar em que terminava a fileira de jurados, ficava uma carteira sem cadeira: era o banco dos réus. Os membros do Conselho vestiam paletó e tinham um círculo dourado em volta do emblema da escola, que mostrava qual grau e distinção possuíam. Usavam gravata, camisa branca, cabelos gomalinados e se comportavam com extrema seriedade. Naturalmente, estavam sentados em ordem hierárquica. Mais perto do banco dos réus sentavam-se os membros do júri do primeiro ano, mais perto do presidente, os do segundo ano e assim por diante.

Erik foi ao banco dos réus com as mãos para trás e uma expressão facial neutra.

O secretário de Conselho tinha a função de relatar as acusações segundo o protocolo. Erik havia, na data tal, hora tal, se recusado a executar as ordens de Von Schenken, colega veterano. As acusações eram verdadeiras?

— Sim — respondeu Erik. — A descrição é bastante verossímil.

— Sentido! — gritou Bernhard.

— Eu fico em pé da maneira que mais me pareça confortável. Minha posição não pode ter nenhum valor para este julgamento — respondeu ele.

— Você não pode contestar o Conselho, entendeu bem? O Conselho o condena a um fim de semana de trabalhos forçados por desacato à autoridade. Secretário, pode anotar a condenação.

O secretário anotou e os membros do Conselho continuaram fingindo seriedade. Erik endireitou-se um pouco.

— Muito bem — Bernhard disse. — Então estamos conversados. Mas o que tem a dizer em sua defesa, sobre a sua recusa a cumprir ordem de um aluno do último ano? Não sabia que os alunos das classes inferiores têm de cumprir ordens?

— Sim, já me explicaram isso antes. Mas eu não queria lustrar os sapatos, porque Von Schenken inventou aquela história só pra se fazer de engraçadinho comigo. Você faria o mesmo, se eu pusesse uma pilha de chuteiras enlameadas na sua frente e o ameaçasse com uma surra, se não as lustrasse até que brilhassem como bunda de bebê.

— Observe o uso de um linguajar adequado diante do Conselho!

— Eu só estou citando as palavras dele. Além disso, a ordem que recebi foi ministrada em linguajar chulo. Ele disse que eu tinha de lustrar especialmente as chuteiras, até que brilhassem como "bunda de bebê".

— Pois bem — disse Bernhard. — O Conselho necessita deliberar o caso individualmente ou podemos prosseguir com a decisão da corte?

Os membros eram unânimes, não havendo necessidade de maiores discussões.

— Humm — disse Bernhard. — Você cometeu um crime primário de insubordinação e teve um comportamento atrevido diante do Conselho. Será condenado a dois fins de semana sem saída e o advertimos a melhorar a conduta, assim não precisaremos vê-lo aqui futuramente. Porque futuramente você obedecerá às ordens, não é mesmo?

— Não, não dos alunos do colegial. Aos membros do Conselho eu tenho de obedecer, senão sou expulso. Mas eu não lustro os sapatos do Von Schenken nem pelo cacete.

Breve silêncio.

— É a segunda vez que utiliza um linguajar chulo diante do Conselho. Por isso, está condenado à detenção por um fim de semana por desacato. Exigimos também que peça desculpas imediatamente.

— Não.

— Recusa-se a pedir desculpas?

— É, vocês já me condenaram, então o crime será pago por meio do cumprimento da pena. Não vejo necessidade de pedir desculpas.

— O Conselho necessita deliberar individualmente? — perguntou Bernhard.

Algumas cabeças balançaram afirmativamente e Bernhard considerou a sessão suspensa até segunda ordem, para deliberação do Conselho. O réu deveria esperar do lado de fora.

Quando Erik saiu para o corredor e explicou aos outros acusados que fora condenado a três fins de semana sem poder sair e que a corte, naquele momento, estava suspensa para deliberação, choveram conselhos em cima dele. Se alguém desafiasse o Conselho eles não desistiam até que houvesse pedido desculpas. O que devia fazer quando entrasse era pedir desculpas de uma vez por todas, ou ganharia mais um fim de semana e voltariam a exigir desculpas. Depois de alguns minutos ele foi novamente chamado a se apresentar no banco dos réus.

— Então Erik, você teve tempo de refletir sobre a sua situação?

— Sim, seriamente.

— Você pretende pedir desculpas agora, assim deixamos o caso de lado?

— Não.

— O Conselho o condena a quatro fins de semana sem saída, sendo dois deles em reclusão. E agora, vai pedir desculpas?

— Não. E é melhor esperar um pouco antes de repetir esta chatice toda outra vez. Vocês já me condenaram por usar palavrões e por não pedir desculpas por usar palavrões. Eu não vou pedir desculpas independente do que vocês disserem, e garanto que não mudo de idéia. Podemos continuar com esta palhaçada sobre pedir ou não pedir desculpas a noite inteira, e mais um fim de semana sem saída, se vocês estiverem a fim e tiverem tempo para isso.

Nova deliberação. Cinco minutos depois Erik estava diante do juiz outra vez.

— O Conselho decidiu a seguinte sentença: nós o condenamos a dois fins de semana de trabalhos forçados e oito de reclusão por atrevimento e má conduta diante do Conselho. Assim sendo, está encerrada a audiência. Mas o vice-presidente tem reservas quanto à sentença, que, fora isso, foi unânime. Pode sair.

Ao alcançar a porta de saída, Erik foi barrado por um dos membros do Conselho do terceiro ano, que lhe ordenou que levantasse os braços. Erik fez menção de recusar mas obedeceu. O garoto fez uma busca em seus bolsos e encontrou um maço de cigarros no bolso do peito, que mostrou para a corte.

— Ahá — disse o presidente. — Volte já aqui. — A pena por fumar escondido era a perda de um fim de semana na primeira vez, mas crescia gradativamente. Depois da quinta vez flagrado, era expulsão na certa. Para fumar era preciso ter dezessete anos e uma autorização por escrito do tutor legal.

— Eu não fumei escondido, não fumo desde que cheguei aqui.

— Mas como explica o maço de cigarros?

— Eu trouxe da cidade. Fumei meu último cigarro no trem para cá. Mas o esqueci dentro do bolso. Vocês não podem acreditar que sou tão burro a ponto de trazer este maço para a audiência do Conselho de propósito?

— Portar cigarros é o mesmo que fumar escondido. Os cigarros estão confiscados e você pode escolher entre entregá-los ao membro do Conselho que os descobriu ou destruí-los na sua presença. O que escolhe?

— Nesse caso prefiro destruí-los. Vocês fingem que são uma corte, mas me condenam por fumar escondido, apesar de todos saberem ou pelo menos desconfiarem de que sou inocente. Vocês condenam sem provas e ainda exigem respeito: isto aqui é uma bosta mesmo.

— Mais um fim de semana por fumar escondido, além dos dez outros. E mais um por uso de linguagem chula. Está claro?

— Não, vocês erraram em uma coisa. Estão condenando pouco.

— Como assim?

— Claro, agora eu tenho de pedir desculpas pelo palavrão outra vez, e como vou me recusar, mais uma vez vai começar o circo. É melhor que vocês partam para a violência, pois vou continuar a me recusar a lustrar sapatos ou coisa parecida, já que Von Schenken e os outros têm a intenção de continuar com ordens desse tipo.

O tribunal entrou novamente em recesso. Dessa vez, por vinte minutos. Erik foi chamado novamente para ser informado de que a pena continuava em doze fins de semana, mas o caso não estava encerrado e, considerando a acusação de má conduta, o Conselho poderia convocá-lo futuramente a uma nova audiência quando julgasse oportuno.

A caminho do quarto, Erik sentia-se aliviado, mas tinha dúvidas se agira certo. Por um lado, a nova condenação lhe garantia poder recusar calmamente todas as ordens e todos os coques dos chefes de mesa, no refeitório. Por outro lado, ele havia causado sensação, estava evidente pela reação de todos os outros acusados, quando saiu da sala seis. Ninguém jamais havia sido condenado tão duramente quanto ele ao apresentar-se pela primeira vez diante do Conselho.

Era fácil compreender que tamanho alarde colocava a autoridade do Conselho à prova. Seus membros tinham, agora, quase que obrigação de inventar uma maneira de fazê-lo obedecer. E era impossível dizer não aos membros do Conselho. Os alunos do colegial não seriam mais problema. Mas e os doze membros do Conselho a que era obrigado a obedecer incondicionalmente? Teria de lustrar muitos sapatos. Na verdade, não havia piorado tudo ainda mais?

— Eu logo vi que isso ia acontecer — disse Pierre. — Talvez não os doze fins de semana, mas alguma coisa parecida. Apesar de você ter entendido mal isso de sempre obedecer. Em vez disso, você também pode receber um castigo. Tudo depende.

Logo ficou claro que as regras eram um tanto ambíguas. Mas o principal era que nunca se podia revidar a agressão de um membro do Conselho. Nesse caso a expulsão era imediata e inafiançável. Já se alguém do Conselho exigisse que lhe lustrassem os sapatos ou que corresse até o quiosque, recusar teria o mesmo peso de uma recusa a um aluno do colegial. O que Erik conseguiu foi chegar a uma posição na qual não necessitava fazer nenhum tipo de serviço. Por outro lado, levaria muitas surras.

Deitados na escuridão do quarto, os garotos dissecavam cada detalhe do problema, até muito depois da ordem de apagar as luzes se escutar nos corredores.

— Isto é um verdadeiro inferno, Pierre, é isso mesmo. Quando cheguei aqui, prometi a mim mesmo que evitaria brigas. Você não tem

idéia e eu não sei se tenho vontade de lhe contar, mas eu brigava demais na minha antiga escola. Eu não sou como você. Vou revelar a diferença que há entre nós dois, mas você não pode contar pra mais ninguém. Eu sei brigar. E quando digo isso, não é brigar um pouquinho, não. Eu posso brigar muito mais do que você seria capaz de imaginar. Não, não estou contando vantagem. Não estou tão certo de me orgulhar disso como você talvez imagine. O problema é que eu apanhei, apanhei, apanhei toda a minha vida, pelo menos desde que eu consigo me lembrar. E tendo apanhado assim, ninguém melhor do que eu para saber que isso nunca termina. Começa com você sendo o mais forte da turma, você já deve ter visto isso. Depois, quando se é o mais forte da turma, pode-se passar a ser desafiado por outros que queiram tomar o seu lugar. Logo vem gente das outras turmas, que quer provar ser o mais forte do quarto ano. Depois vem o mais forte da escola inteira e assim vai, isso nunca tem fim. Eu pensei que me livraria disso aqui. Eu não sou como você, que tem medo de apanhar. Eu agüento muitos golpes, muito mais do que os outros. Mas eu tenho medo de ser forçado a ter de me vingar o tempo todo. De alguma maneira eu sou como você: também acredito que o que se faz com o cérebro é o mais importante neste mundo e que a violência só faz mal. Eu acho que se acaba fazendo mal a si mesmo. Maltratar os outros pode ser muito fácil — um lábio cortado ou um olho roxo acabam desaparecendo com o tempo. Mas ninguém ganha amigos com isso, nós acabamos prejudicando a nós mesmos. Todo mundo termina sendo falso, com medo de você.

— Ah, Erik, isso é fácil de dizer para alguém que sabe revidar. Você que é quase tão grande quanto os meninos do colegial. Agora imagine se você fosse assim, quero dizer, como eu, e nunca pudesse revidar? É lógico que pra mim foi fácil entender que estudar era o mais importante no futuro. Que é a vida intelectual o que tem valor. Mas não se iluda que eu não queira muitas vezes ser como você. Imagine, poder

revidar? Imagine se eu me atrevesse a recusar uma ordem de fazer a cama, comprar cigarros para eles, e todas essas coisas? Mas se eu não sei brigar, o que posso fazer? Imitar o Arne da nossa turma, que se faz de bobo e sempre que recebe um coque transforma tudo em uma grande palhaçada, fazendo o refeitório inteiro cair na gargalhada. A gente tem de se defender de alguma maneira, apesar de eu nunca me acostumar com isso. E quando não se pode defender, a gente se transforma em alvo de gargalhadas de todo mundo, atraindo ainda mais violência; é como se a pessoa se transformasse em um ímã de violência. Quando você diz que não faz amigos parece uma maluquice, de alguma maneira. Quem você acha que quer ser amigo de um gordinho ridículo, que chora como um bebê por qualquer tapinha? Quantas vezes você acha que um cara como eu gostaria de trocar de lugar com alguém como você? Que eu pudesse me transformar em você, de alguma maneira? Claro que continuando a ser eu mesmo, é lógico.

— Mas, Pierre, a única coisa a fazer é continuar a resistência contra eles!

— É claro. O sistema que eles têm é cruel e eles não prestam. E quando a gente crescer, vai provavelmente lutar contra gente desse tipo, mas com métodos totalmente diferentes. É evidente que está certo oferecer resistência.

— Você acha que é possível oferecer resistência contra eles sem violência?

— Eu acho que sim. Pelo menos queria acreditar que sim.

— Eu também. Que tal a gente dormir?

— Boa noite.

— Pierre, você já está dormindo?

— Quase.

— Eu só queria dizer que você é meu amigo.

— Você também é meu amigo, Erik. Você é o único amigo que eu já tive nesta escola.

O boato sobre a pena severa se espalhou por toda a escola em menos de um dia, o que Erik já esperava. Já era mais do que evidente que alguns alunos do último ano lhe gritariam ordens sem muita veemência e ameaçariam reclamar ao Conselho por sua insubordinação. Mas o que mais surpreendeu foram os desaforos e gritos de "calouro atrevido", dados por alguns colegas que, como ele, cursavam o ginásio. Em circunstâncias normais, aqueles que são agredidos e usados de forma humilhante, como garotos de recados, costumam apoiar alguém que oponha resistência. Mas ali em Stjärnsberg não havia circunstâncias normais. Stjärnsberg era como um mundo à parte, onde não se tinha certeza absoluta do que era possível acontecer. Stjärnsberg tinha suas próprias leis, suas próprias regras e sua própria moral.

Moral era uma palavra que o velho padre e o diretor usavam com desenvoltura em seus sermões matinais. Um rapaz de Stjärnsberg era educado para ser mais duro e mais disciplinado que os demais. Eles tinham de saber receber e dar ordens. Era necessário para o futuro, alegavam, quando os jovens de Stjärnsberg assumiriam a liderança da indústria e das forças armadas do país.

Erik se encontrava em meio à massa de alunos que subia a ampla escadaria, a caminho do refeitório. No momento em que chegou ao patamar onde a escada fazia uma curva, foi acuado por dois alunos do colegial, que lhe aplicaram uma cotovelada ao mesmo tempo. Imediatamente, Erik tratou de sufocar o impulso de partir para cima deles e parou para que os dois continuassem, sem começar uma briga. Ao passarem, porém, via-se claramente que os dois procuravam um motivo para briga.

— Está empurrando por quê, seu merdinha insolente? — disse um deles.

— Não empurrei ninguém — respondeu. — Foram vocês que me empurraram.

— Peça desculpas! — ordenou o outro.

Todos que subiam a escada pararam. Um silêncio de tensa expectativa tomou conta do ambiente. Erik observou os dois adversários. Nenhum era membro do Conselho, o que lhe dava a liberdade de não obedecer a suas ordens sem ser condenado a trabalhos forçados. Contudo, eles tinham alguma intenção ao provocá-lo a se recusar a pedir desculpas.

— Se alguém vai pedir desculpas, devem ser vocês, já que me empurraram — respondeu Erik, fingindo se virar a fim de continuar subindo as escadas. Um dos garotos o segurou pelo braço, mas curiosamente não lhe aplicou nenhum golpe. Pelo silêncio tenso, entendia-se que tudo não passava de um plano elaborado.

— Então, considere-se desafiado. Nos vemos no quadrado às oito horas, exatamente uma hora depois do jantar — disse o mais alto dos dois.

O público em volta gargalhava, eufórico.

— Estamos entendidos, rato de merda? Às oito horas nos encontramos no quadrado, nós três — disse o segundo rapaz solenemente.

— Tudo bem — respondeu Erik, abrindo passagem para o refeitório, onde se sentou na extremidade da terceira mesa.

O jantar se passou em um clima bizarro. Erik distinguia algumas rimas da música cantada em uma mesa, no fim do refeitório: "Às oito o rato vai levar sopapo, não vai sair barato."

Erik se sentava entre quatro ou cinco alunos do mesmo ano, mas de turmas diferentes da dele. Excitados, todos comentavam sobre o quadrado aos sussurros e o observavam. Afinal, um deles lhe perguntou se era ele quem seria posto no quadrado.

— Hum-hum — disse. — Dois caras do terceiro ano do colegial me empurraram na escada e depois me disseram que nos encontraríamos às oito horas no quadrado. Você pode me explicar o que é essa história de quadrado? Eu sou novo por aqui e não faço a mínima idéia.

Eles explicavam excitados, interrompendo-se uns aos outros a toda hora.

O quadrado era um lugar atrás da cozinha, no qual eram feitos os acertos de contas.

Se dois garotos precisavam se enfrentar podiam ir ao quadrado, já que era o único lugar onde aqueles que não faziam parte do Conselho ou não eram do colegial podiam brigar. Porém, já era uma tradição que os alunos do terceiro ano, que não faziam parte do Conselho, dessem uma boa surra ali em todos os novatos atrevidos. Funcionava da seguinte forma: o novato atrevido era desafiado a aparecer no quadrado a uma determinada hora. Normalmente às oito, depois do jantar. Em seguida apanharia tanto que seria obrigado a se arrastar de joelhos, pedindo perdão, para sair do quadrado. Dentro do quadrado tudo era permitido e, nesses casos, eram sempre dois alunos do colegial contra um aluno do primeiro ano. Como nenhum aluno do ginasial tinha alguma chance contra os rapazes do colegial, tudo terminava sempre da mesma maneira. A pergunta era quanto tempo o novato atrevido seria capaz de permanecer lá dentro, antes de sair de joelhos. Alguns se ajoelhavam de início, outros eram capazes de suportar bastante tempo antes de sair. Aquele que saía de uma vez, porém, era vaiado e tinha de escutar piadinhas durante meses. Havia alguns anos, um rapaz, que atualmente está no segundo ano, mantivera-se dentro do quadrado até não enxergar mais nada. De tantos golpes que havia levado no rosto, seus olhos ficaram totalmente fechados. Gente como ele impunha respeito, era um garoto que suportava tudo de igual para igual.

— O que acontece se eu me recusar a brigar? — perguntou Erik.

Os garotos partiram logo para a ironia. Ele tinha de aceitar. Independente da quantidade de golpes que levasse, tinha de aceitar, ou seria chamado de "rato" durante o tempo em que estudasse na escola. Todos o chamariam de rato, a ponto de os próprios professores começarem a usar o apelido. Havia um garoto do último ano que ainda era chamado de rato por ter se recusado a brigar quando estava no ginasial. Era o único rato de toda a escola.

— Mas a gente pode revidar?

É claro que sim. Tudo era permitido dentro do quadrado, não havia regras. E enquanto aqueles que faziam o ajuste de contas estivessem dentro do quadrado, ninguém — quase a escola inteira fazia questão de assistir quando algum novato atrevido levava uma surra — poderia interferir. Ninguém podia pôr o pé dentro do quadrado enquanto a briga durasse, independente do que estivesse acontecendo.

— Então os garotos chegam a se machucar muito?

É claro. O rosto dele não ficaria muito bonito depois da briga. A enfermeira era sempre informada de antemão a fim de esperar por alguém que precisasse ser costurado.

— Em outras palavras, os professores não se envolviam?

Não. Quando o boato de que um novato atrevido levaria uma surra se espalhava, os professores tinham o cuidado de ir para casa, fechar a porta e ligar seus rádios ou fosse lá o que fosse. Eles não podiam, de maneira alguma, se intrometer, caso contrário estariam se opondo à tradição da escola de educação pela camaradagem.

— Já aconteceu de um aluno do ginasial ganhar?

Não, é evidente que não. Os alunos do terceiro ano eram muito maiores, além de serem dois contra um. Era a intenção não poder vencê-los. Assim como agüentar apanhar ao máximo, para não precisar ser chamado de rato o tempo todo em que estudasse ali.

— E se alguém ficar tão ferido que a enfermeira não possa costurar o ferimento todo?

Ah, às vezes acontece de alguém precisar chamar um táxi para um hospital de uma das cidades vizinhas. E também houve alguns casos de dentes arrancados que depois foram consertados. Mas a enfermeira era muito boa nos pontos e quase sempre conseguia dar um jeito.

— O que acontece se uma pessoa não sai se arrastando? Eu quero dizer, se eles batem tanto que a pessoa acaba desmaiada ou coisa parecida, ou se recusa a sair de joelhos?

Não tinham uma resposta determinada para a pergunta. Aquilo nunca havia acontecido anteriormente. Aqueles dois garotos começaram a praticar o "esporte" no segundo ano, e já haviam dado cabo de uns sete ou oito àquela altura. Eles se revezavam nos golpes até que tudo estivesse terminado.

— Se revezavam? Não lutavam ao mesmo tempo?

Não. Começavam batendo de leve para, a seguir, aumentar a intensidade dos golpes. Eles achavam divertido e o público, assim, também recebia o que queria. Era só no final que a coisa ficava séria.

Erik comeu silenciosamente enquanto avaliava a situação. Recusar-se a participar causaria o desprezo de todos por dois anos, além do apelido detestável que lhe fixariam como cola, independente dos esforços para retirá-lo. Ele tinha de aceitar o desafio.

Depois da oração final, Erik procurou Pierre a caminho da saída do refeitório.

— Venha, Pierre, quero que você me mostre o quadrado.

— Que merda, Erik, eu entendi logo que aquilo era sobre você. Você devia ter escutado o que eles diziam na minha mesa. É uma merda mesmo, esse sistema...

— Tá bom, mas eu preciso da sua ajuda durante a próxima meia hora. Eu preciso realmente da sua ajuda, Pierre. Venha, você vai me mostrar o quadrado.

Os dois garotos dirigiram-se para trás da cozinha. No pátio, ficavam as cisternas a óleo enterradas e cobertas por uma tampa de cimento de aproximadamente cinco por seis metros. O teto de cimento das cisternas ficava a, mais ou menos, três centímetros do chão. Era este o quadrado.

De um dos lados do quadrado, o chão até o prédio da cozinha era recoberto de cascalho. Ali era o primeiro piso, onde os membros do Conselho e os alunos do último ano ficariam. Por cima deles via-se uma série de janelas. Era onde moravam as copeiras finlandesas, que costumavam debruçar-se nas janelas para aplaudir e torcer por quem ficava em desvantagem. Do lado oposto ao quadrado, havia um gramado em declive que se estendia por dez metros. Era o lugar dos alunos do ginasial. Os alunos do colegial ficariam em pé à mesma altura do quadrado, do lado que dava para o único caminho de entrada ou saída dali. Era preciso passar obrigatoriamente pelos alunos do colegial para chegar ao quadrado.

Erik subiu no lugar e deu alguns passos. O chão era firme e sem saliências, mas em um canto havia uma tampa de cimento redonda com duas alças de ferro. Por essa tampa se reabastecia o óleo. Era um lugar perigoso: podia-se facilmente tropeçar na tampa ou nas alças de ferro. Erik lambeu as mãos, abaixou-se e experimentou a textura do piso com as palmas das mãos. Tinha uma superfície muito áspera e uma camada de pó de cimento grudou em suas mãos. Era um chão bastante desagradável — os arranhões nos cotovelos e no rosto ficariam bem inflamados, cheios de pus por semanas a fio.

— Pronto, Pierre, agora já conheci isto aqui. Vamos para o quarto, assim você pode me contar como esse negócio funciona.

Pierre quase chorava enquanto se dirigiam a Cassiopéia.

— Porra, Erik, você não imagina o que eles pensam em fazer.

— Sim, é claro que eu imagino, mas não *sei* com certeza. Você tem de me contar como aqueles dois caras costumam brigar. Você já os viu brigar antes?

Pierre descrevia sem veemência e com poucos detalhes. Tudo começava como uma brincadeira. A escola inteira presente, gritando e rindo. Em seguida a violência aumentava progressivamente, até o novato sair se arrastando e quase sempre sangrando.

— Pierre, isso é muito sério. Você tem de me ajudar. *De que maneira* eles lutam? Eles dão chutes, dão socos ou tapas, atacam ao mesmo tempo ou se alternam de alguma maneira, miram no rosto ou no corpo, chutam o seu pau? Vamos lá, Pierre, você tem de me contar, é muito importante!

Erik escolhia as roupas ao mesmo tempo que indagava os detalhes a Pierre. Mas o menino não conseguia revelá-los concretamente; insistia em descrever como a vítima se sentia. Por certo entendia muito pouco de lutas para saber analisar seu mecanismo.

Erik pesou as chuteiras com as mãos. Poderia fazer, com um alicate, pontas nas saliências do solado. Isso lhe proporcionaria chutes eficazes e protegeria os dedos dos pés dos arranhões no cimento, caso caísse no chão. A palmilha escorregadia, porém, não daria a estabilidade necessária. O pó de cimento prejudicaria a sua base de apoio quando se movimentasse com rapidez. E se ele escorregasse e acabasse embaixo dos dois garotos mais pesados, seria uma desgraça. Teria de conseguir se desvencilhar para, depois, erguer-se outra vez. Caso conseguisse, teria arranhões por todo o rosto. Se, além disso, o supercílio sangrasse, a visão pioraria catastroficamente. Não podia usar as chuteiras. Escolheu os tênis de ginástica.

Decidiu usar as calças jeans. Eram bem surradas e se sentia à vontade com elas, dando-lhe liberdade de movimentos. Não tanto quanto as de ginástica, mas o material macio e flexível destas não era o ideal, pois dava ao adversário a possibilidade de agarrá-lo. Retirou o cinto dos jeans pelo mesmo motivo. Quando se briga contra dois ao mesmo tempo, é muito importante que um deles não consiga segurá-lo, a fim de que o outro se sinta livre para aplicar socos e pontapés. Usaria jeans e tênis de ginástica. Os tênis deviam estar bem amarrados, nada de cadarços soltos.

O mais difícil era escolher o que usar na parte de cima. O ideal seria uma camisa com mangas compridas que ficasse suficientemente justa ao corpo, de forma que o adversário não conseguisse segurá-lo, ao mesmo tempo que lhe proporcionaria liberdade de movimentos. Um casaco de ginástica folgado lhe protegeria os cotovelos, se caísse no cimento ou ficasse embaixo dos adversários, mas, por outro lado, daria a eles a possibilidade de segurá-lo. O casaco de Pierre estava fora de cogitação e Erik não tinha *nada* que fosse perfeito. Escolheu uma camiseta branca de mangas curtas, colada ao corpo. Teria sido melhor uma vermelha. O sangue ficaria menos visível, mas era a única que possuía. Os cotovelos sofreriam um bom número de arranhões, mas tinha total liberdade de movimentos nos braços e nenhum adversário poderia imobilizá-lo. Já estava pronto.

Foi até o espelho e olhou-se nos olhos. Levantou os lábios e estudou os próprios dentes. Pierre se mantinha sentado de joelhos, em silêncio, na cama.

— Eles costumam chutar o rosto de quem está por baixo? — perguntou Erik, absorto na imagem dos dentes refletida no espelho.

— Eu não sei, acho que não. Apesar de que um garoto teve de ir ao dentista fazer um implante de um pivô no ano passado.

Um pivô. Ou seriam dois?

Erik dirigiu-se à cama e sentou-se, debruçando-se para a frente, em silêncio. Observou as próprias mãos cobertas de cicatrizes brancas ainda visíveis. Será que aquilo era seu castigo? Será que agora e nos próximos anos teria de pagar por tudo o que havia feito? Olhou o relógio. Ainda tinha uma meia hora. Pierre, em silêncio absoluto, tinha uma expressão tensa no rosto, como se fizesse um esforço intenso para se controlar.

— Pierre, meu amiguinho meridional com o nariz do tipo não-germânico. Aliás, talvez o meu nariz se pareça com o seu daqui a uma hora. Mas sabe de uma coisa? Não esteja tão certo de que eu vou perder. Também posso ganhar.

— Quais são as suas chances?

— Não sei. Para falar a verdade, não tenho a mínima idéia. Eu nunca vi aqueles garotos brigando, e você não foi excepcional me descrevendo a técnica deles. Se eu os tivesse visto brigando alguma vez, saberia exatamente. Agora só sei que são dois. Um parece ser um pouco menos pesado do que eu e o outro, um pouco mais. É tudo que sei.

— Mas mesmo que você ganhe, outros alunos do terceiro ano vão desafiá-lo até que alguém vença. E quanto mais você vencer, pior vai ser quando você perder.

— Você não é nada burro, hein, Pierre? Apesar de não saber quase nada de brigas, compreende tudo muito bem porque é inteligente.

— Você também é inteligente e, no entanto, briga.

— E eu tenho alternativa? O que você faria?

— Eu iria até lá, perderia, todos ririam de mim e, com um pouco de sorte, tudo ficaria esquecido. Eles não levam um garoto ao quadrado duas vezes seguidas.

— Não, mas há uma coisa que você não sabe, algo que não poderia saber: se eu perder, saio com uma aparência dos diabos. Mas me arrastar de lá eu não faço nunca, é a única coisa de que tenho certeza. Já se eu ganhar, vou fazer de tal maneira que ninguém mais me levará ao quadrado.

— Não acredito. Acho que eles tentariam uma revanche até consegui-la.

— Tudo depende. Eu poderia machucá-los tanto a ponto de o público quase vomitar. Isto é, se eu ganhar. Se perder, eles vão ter de me bater até eu não poder mais me mexer. Existem duas coisas a respeito da dor: a primeira é, logicamente, a dor. A outra é o medo. Eu sei muito mais sobre isso do que aqueles dois garotos que vão brigar comigo. É a única coisa que posso dizer, com certeza, sobre eles.

— Você tá louco, Erik. Como é que ficou deste jeito?

— No quadrado, Pierre, naquele quadrado de merda em que até você seria forçado a entrar. Ali, a única coisa que importa é a violência. Dali ninguém se safa conversando, ali não adianta ter nota dez em três ou quatro matérias.

— Mas é horrível de qualquer forma, e eu espero que você consiga se sair bem.

— Eu queria que você fosse assistir, Pierre.

— Eu não quero ir.

— Porque você tem medo que eu perca.

— Para falar a verdade, sim.

— Talvez eu perca, Pierre, mas eu gostaria que você fosse, porque assim eu sei que pelo menos um único pobre-diabo está torcendo por mim. Você entende?

— Não. Eu torço por você, mas não quero assistir.

— Você é o meu único amigo neste lugar. Talvez você seja o único na escola toda que torça por minha vitória. Promete que vai estar lá, promete?

— Prometo.

— Palavra de honra?

— Palavra de honra.

— A gente se vê daqui a quinze minutos. Vou dar uma volta para me concentrar um pouco. Tchau.

— Tchau, Erik, e boa sorte.

Ele deu uma corrida leve pela estrada de terra que, partindo de Stjärnsberg, levava a uma série de cidades pequenas até chegar a

Estocolmo. Às vezes parava no caminho para esticar os braços por cima da cabeça e flexioná-los até o chão. Dava alguns saltos para os lados e algumas flexões. Faltavam sete minutos.

Será que desde o início tudo fora impossível? Ou ele estava errado? Será que teria sido possível evitar, será que era possível ser como Pierre, que se fosse obrigado a entrar no quadrado faria tudo para perder o mais rápido possível? Seria possível ser como aqueles garotos de recados dos alunos veteranos que evitavam brigas? Agora era tarde demais. Pelo menos para todos aqueles planos, pois em breve ele lutaria, e não seria só um pouco. Não apenas um tapa para deixar o problema para trás. Ele teria de brigar pesado e nem mesmo sentia raiva. Não, aquilo não era um pesadelo: sentia as batidas do coração e seu próprio pulso acelerado. Respirou a plenos pulmões, cerrou os punhos, colocou-os diante dos olhos para depois sacudi-los: tudo era perfeitamente real. Não havia nenhuma saída e em quatro minutos estaria dentro do quadrado.

Era impossível fugir de Stjärnsberg, já que era a única escola que o aceitara. Era como se estourasse uma guerra em seu país e não houvesse alternativa a não ser lutar contra a ocupação. Ele tinha de lutar. Não apenas porque era obrigado, mas também porque era o certo a fazer, não era? Não era hora de aqueles palhaços pretensiosos sofrerem, uma vez na vida, alguma resistência? Não desistiriam se recebessem uma surra? Pois era possível que ele ganhasse. E os alunos do ginasial não acabariam sendo favorecidos com isso? Muito bem, ele não aceitara o desafio apenas para provar que podia resistir a muitos golpes. Entraria para vencer.

Correu em direção ao prédio da cozinha e passou a caminhar quando lhe faltavam cem metros. Podia escutar a gritaria vinda do declive atrás do refeitório, perto do quadrado. Parecia que havia muita gente.

Ao chegar, notou que tudo se parecia com a descrição de Pierre. As arrumadeiras debruçavam-se nas janelas. Os alunos do colegial e os membros do Conselho ocupavam os melhores lugares e o gramado estava tomado por todo o curso ginasial. Erik procurou o rosto de Pierre e descobriu-o quase na última fileira. Em um impulso, partiu em direção ao público do ginasial em algazarra, até chegar diante de Pierre.

— Aqui — disse, retirando do braço o relógio de pulso. — Você pode tomar conta disso para mim?

A seguir se virou e dirigiu-se para o quadrado. Quando já havia quase chegado, um dos membros do Conselho se aproximou e recebeu-o com um bastão de prata.

— Olá — disse. — Pelo menos chegou na hora. Sou o mestre-de-cerimônias e darei início ao duelo. Fique aqui esperando.

Levou-o a um canto do piso de cimento, colocando Erik de costas para os alunos do ginasial. Seus dois adversários estavam diante dele, em diagonal, de costas para o público do colegial.

O mestre-de-cerimônias subiu no quadrado e pediu silêncio, erguendo o bastão. A gritaria parou quase de imediato, dando lugar a um murmúrio de expectativa.

— Muito bem — gritou o mestre-de-cerimônias. — Temos aqui um duelo de honra e agora vou explicar as regras. Ninguém do público tem permissão de penetrar no quadrado, em quaisquer circunstâncias. Erik, suba!

Erik subiu à laje sob vaias e gritos jocosos.

— Erik, em nome de Stjärnsberg, eu lhe confiro o título de rato — prosseguiu o mestre-de-cerimônias, batendo duas vezes com o bastão nos ombros do garoto.

O entusiasmo tomou conta da platéia, que aproveitou para gritar em coro “Rato! Rato! Rato!” por meio minuto. Erik observava com satisfação maliciosa seus dois adversários. Usavam anéis e relógios. Um deles vestia inclusive um paletó. Tinha realmente a intenção de continuar de paletó? Calçavam sapatos baixos e pelo menos um deles — o do paletó — com solado de couro. Cinto, camisa de mangas compridas no garoto sem paletó, cachimbo no bolso da lapela — será que não levavam aquilo realmente a sério?

— E agora, os dois alunos incumbidos de administrar a punição — gritou o mestre-de-cerimônias, enquanto os dois garotos subiam à laje, erguendo seus braços como dois lutadores de boxe em gesto de vitória. Enquanto isso, o entusiasmo crescia na platéia, que novamente irrompia em gritos de "Rato! Rato! Acabem com o rato!" por mais algumas vezes.

— Eu lhes confiro a missão de punir — prosseguiu o mestre-de-cerimônias, batendo com o bastão de prata por cima de seus ombros — e lhes solicito uma atitude digna, coerente com o verdadeiro espírito de educação pela camaradagem de Stjärnsberg. Quando eu me retirar do quadrado, ninguém poderá entrar, e a luta continua até que um dos lados combatentes se arraste para fora de joelhos. A luta pode começar!

Mais uma vez ouviu-se o alvoroço da platéia enquanto o mestre-de-cerimônias descia da laje para ocupar seu lugar entre os membros do Conselho e os alunos veteranos. Os dois adversários de Erik ergueram os braços em guarda e se dirigiram a ele. Erik manteve as mãos nos bolsos e encarou os adversários. O mais baixo e magro sem paletó tinha um nariz comprido, no qual se via o osso rente à pele. O do paletó era um pouco gordo demais na cintura para conseguir se mover com desenvoltura. Conservavam as mãos em posição de guarda, como nas fotos de boxeadores da década de 1930: punho direito bem em frente à boca e punho esquerdo esticado logo atrás, na mesma altura. Era de matar de rir! A verdade era simples: eles não tinham a menor idéia de o que era brigar. Seria fácil apavorá-los e vencê-los. O medo deles estava certamente bem à flor da pele; era apenas uma questão de raspá-la um pouco. Naturalmente, os dois ficaram um pouco inseguros quando Erik se manteve imóvel, com as mãos nos bolsos. Aproximaram-se um pouco, mas ainda mantinham distância. Erik esperou que chegassem bem perto antes de começar a executar seu plano.

— Um momento — disse. — Eu tenho direito de saber as regras antes de começar, não é mesmo?

Sim, era evidente, e o mestre-de-cerimônias deu alguns passos adiante para lhe dar as orientações. Erik esperou até que os murmúrios baixassem.

— Quer dizer que eu posso bater nesses dois caras até que os dois saiam se arrastando ou é suficiente que só um se arraste para fora? — perguntou. O silêncio era quase absoluto, enquanto o mestre-de-cerimônias hesitava na resposta.

— O duelo continua até que você se arraste para fora ou ambos se arrastem para fora.

— Ah, bom, agora só tenho mais uma pergunta — Erik prosseguiu, baixando cada vez mais a voz até conseguir o silêncio absoluto da platéia.

— Eu posso machucá-los o quanto eu quiser? Quebrar um braço ou o nariz, por exemplo?

A partir de então, Erik não mais deixara de encarar os dois adversários. Quando o mestre-de-cerimônias mais uma vez explicava que tudo era permitido e que ninguém tinha o direito de entrar no quadrado até o fim da luta, Erik aproveitou o momento para tomar rapidamente a iniciativa. Ele baixou ainda mais a voz e passou a falar com os maxilares cerrados, movimentando exageradamente os lábios a fim de manter os dentes à mostra.

— Você aí, narigudo! Vou quebrar seu nariz bem no meio. Pode contar que suas calças e a camisa vão ficar imprestáveis, e logo logo você estará a caminho do hospital.

— E você aí, gordinho, é destro ou canhoto?

— Destro — respondeu o garoto exatamente com aquela insegurança já esperada na voz.

— Ótimo, então vou quebrar o seu braço esquerdo bem na altura do cotovelo. Escutou bem o que eu disse?

Os dois riram, meio nervosos, e ergueram a guarda novamente, da mesma maneira ridícula de antes. Ao mesmo tempo, deram um passo inseguro adiante, colocando-se ao alcance. Erik avaliou se devia continuar com a tática um pouco mais ou se devia sugerir aos dois garotos que se ajoelhassem de uma vez por todas e se arrastassem para fora antes que tudo começasse. Mas não seria obviamente uma sugestão realista, e se o público começasse a rir alto demais, quebraria a concentração, o que não seria nada bom.

O gordo destro ficava à direita, um pouco atrás do narigudo. Seria fácil acertar o mais alto com um soco de esquerda logo após um passo rápido para a frente. Mas nesse caso não acertaria o nariz, o que não serviria muito. Erik encarou o narigudo e ergueu as mãos dos bolsos vagarosamente, a fim de deixar os adversários fascinados, em vez de prontos para partirem ao ataque — afinal, não sabiam brigar. Agora os tinha capturado. Agora tudo daria certo.

Com um movimento lento, Erik deu dois passos repentinos à frente e acertou um soco bem no baixo-ventre do mais gordo — compreendeu que havia acertado em cheio — e, girando como um disco, reuniu forças para erguer o cotovelo direito e acertar o rosto do mais alto com um *swing* (segurou com a mão esquerda o punho direito a fim de adquirir a maior potência possível). O peso do soco pôs, obviamente, abaixo a defesa insignificante e, com as costas em posição diagonal para o mais alto, Erik sentiu como o osso, ao fim do movimento giratório, se quebrara contra o cotovelo.

Erik recuou um passo para retornar à posição de origem e avaliar o passo seguinte. O gordo gemia, caído para a frente, e o mais alto estava deitado de costas. Erik compreendeu que havia acertado baixo demais com o cotovelo, na boca em vez de no nariz. Sentia uma ardência no cotovelo e compreendeu que eram os ferimentos feitos pelos dentes. O único som que se escutava do público eram alguns aplausos e gritos proferidos pelas copeiras finlandesas na primeira fileira.

Ele havia chegado apenas à metade da missão. Tinha de prosseguir rapidamente. O mais alto não conseguiria se levantar rapidamente: estava consciente, mas evidentemente em estado de choque, ao tocar os lábios com as mãos. O gordo, por outro lado, estava a ponto de se recuperar. Teria de cuidar, primeiro, do gordo.

Correu em sua direção e aplicou alguns golpes de baixo para cima contra o rosto do garoto, na intenção de endireitá-lo e conseguir maior superfície de alcance. A seguir, alguns socos na barriga para obrigá-lo a se dobrar para a frente e abaixar, dando-lhe tempo suficiente para quebrar o nariz do mais alto, já que o garoto estava a ponto de se sentar. Seria mais fácil e rápido aplicar um chute no nariz, mas, psicologicamente, menos eficaz, se queria realmente fazer desta a sua última luta do gênero. Na verdade, era obrigado a fazer da pior maneira.

Partiu para o mais alto, segurou-o pelos cabelos e abaixou-o para trás, com força o bastante para a nuca bater no chão de cimento. Sentou-se com os joelhos apoiados no braço esquerdo do mais alto e olhou, por instantes, no par de olhos assombrados. O lábio superior tinha um talho que chegava às narinas. O sangue jorrava.

— Falei do nariz, não era isso? — disse alto o suficiente para ser ouvido até pelo último aluno do ginasial. Em seguida aplicou um soco potente na base do osso do nariz. Teve a impressão de que havia tocado o osso da face com a mão e feito a cartilagem em pedaços. Naturalmente o sangue passou a jorrar do rosto do mais alto.

Erik voltou ao centro da laje de cimento, à espera de que o garoto tomasse a posição obrigatória: de joelhos.

— É bom mesmo você já estar de joelhos. Agora quero que você se arraste para fora daqui, antes que coisa muito pior aconteça.

Erik sentiu que escorria sangue da parte inferior do próprio braço. Tinha um corte profundo feito pelos dentes incisivos do adversário. Não sentiria dor ou dificuldade de movê-lo por algum tempo, logo podia se considerar incólume.

— Arraste-se! Não me escutou mandar você se arrastar?

Intencionalmente, Erik aproximou-se vagarosamente do garoto ajoelhado, fanhoso e em estado de choque (o que diabos faria se o idiota não resolvesse se arrastar logo para fora?). Deu mais um passo e ao mesmo tempo percebeu que o gordo estava novamente de pé. Agora tinha pressa.

— Arraste-se, pela última vez, ou então quebro um braço também!

O garoto se arrastou de joelhos, até deslizar sobre o chão fora do quadrado. Ele chorava. Provavelmente por estar saindo do estado de choque e também pela humilhação, além de começar a compreender que havia perdido alguns dentes e a cartilagem do nariz. Alguns colegas de classe aproximaram-se para ajudá-lo a se recompor e levá-lo dali.

Erik voltou-se vagarosamente para o gordo e recolocou as mãos nos bolsos, ao mesmo tempo que avaliava o resultado de seus golpes. Até então já conseguira um olho roxo. A questão era se realmente necessitaria quebrar o braço do garoto. O osso do braço é duro e resistente, e a dor seria tão insuportável que o adversário provavelmente desmaiaria. Será que os outros não interfeririam? Brincou com a idéia de apenas fingir quebrar o braço, retendo o garoto ao máximo no chão, aos gritos e em prantos, até que os outros não suportassem mais e corressem para dentro do quadrado a fim de acabar com tudo. O garoto, contudo, estava com tanto pânico que quase tremia. Logo, tudo poderia acabar de uma maneira mais branda.

— Muito bem — disse Erik com uma doçura fingida na voz. — Agora chegou a sua vez. Não era o braço esquerdo que eu ia quebrar na altura do cotovelo?

Erik aguardou por alguns instantes antes de recomeçar. Havia uma distância de cerca de três metros entre os dois garotos; uma boa distância para continuar.

— Responda, não foi isso o combinado? O braço esquerdo, porque você é destro, não era isso?

Não teve resposta. O pavor nos olhos do adversário crescia ininterruptamente. Um olhar errante buscava apoio nas fileiras dos membros do Conselho e alunos do último ano. Erik não queria desgrudar os olhos do garoto, mas via pelo canto do olho que os membros do Conselho permaneciam imóveis. Será que eram tão sádicos que realmente queriam assistir àquilo?

— Responda agora, você é destro? Aliás, levante-se direito. E então?

— So-sou... — o garoto respondeu com voz embargada.

Excelente.

— Vai doer muito. Muito mais do que você imagina. Você vai gritar como um porco, a escola inteira vai ouvir e imaginar que estão sacrificando um leitão por aqui. Você talvez não tenha idéia sequer do quanto vai doer, não é mesmo?

Erik deu um passo à frente, ainda com as mãos enterradas nos bolsos. Ainda sugerindo ao público em silêncio — um silêncio compacto — nada mais do que uma leve ameaça de ataque.

— Mas quando você for levado ao hospital vai ter desmaiado e, além disso, vão anestesiá-lo antes de começarem a operação.

Mais um passo curto e vagaroso para a frente. A distância era de dois metros. Logo ele estaria ao alcance. Com as mãos nos bolsos, Erik convidou-o a uma brincadeira de gato e rato. Seria possível pará-lo com um chute, para, depois, recomeçar tudo. Mas de preferência, nada de perseguição. Era melhor que o garoto continuasse impotente.

— Talvez você nunca mais volte a usar o braço como antes. Eu não tenho muita certeza da qualidade dos cirurgiões em Katrineholm.

Você tem? Responda, seu imbecil! Os médicos de Katrineholm são bons ou ruins?

O pavor aumentava nos olhos do garoto. Não havia nenhum movimento que revelasse alguma intenção de partir para o ataque. Era hora de frear, ou ele não suportaria mais ficar sem brigar, o que tornaria o desfecho inevitável.

— Mas você tem uma chance, uma única chance. O que lhe parece?

Agora esse filho-da-puta tem de responder, de qualquer maneira!

— Você quer uma última chance? Está me escutando?

A resposta tem de ser sim.

— Si-sim...

— Muito bem, a gente pode fazer o seguinte... — Erik deu mais um passo. Agora estava dentro do raio de ataque. Todo cuidado era pouco.

— Fique de joelhos e se arraste para fora.

Houve um murmúrio no público, até então silencioso, que aguardava, ávido de sangue, para finalmente assistir a um desenlace jamais visto.

— Deite-se no chão e se arraste para fora antes que eu comece a contar...

Erik pensou bem: três seria pouco demais.

— ...antes que eu conte até dez. Você tem de sair antes de eu chegar a dez e esta é a sua única chance. Entendeu bem?

— ...entendi... seu filho-da-puta...

O choro se aproximava: péssimo sinal, já que a intensidade do medo baixava para talvez dar lugar a uma tentativa desesperada de ataque. E o que faria nesse caso? Uma surra lenta e metódica até que o adversário não pudesse mais se defender e, depois, mais uma "última chance". Mas e se não...

— Agora vou começar a contar. Um...

Foi quando começaram os malditos gritos da torcida. O público desafiava o adversário a não ser covarde, a não se comportar como um rato. Passaram a ameaçar chamá-lo de rato. Provavelmente porque desejavam vê-lo com o braço quebrado.

— Dois...

A excitação aumentava. Não era possível que alguém acreditasse que o gordinho ganharia, àquela altura! Como ele conseguiria se vingar sozinho? Como poderia, sozinho, ganhar uma luta difícil e longa contra alguém menor, porém mais forte e veloz do que ele e que, além de tudo, sabia tudo o que ele não sabia sobre brigas?

— Três...

O gordinho olhava em volta, hesitante. Erik esticou as mãos diante de si com um movimento muito lento, entrelaçou as mãos e espreguiçou-se, estalando os dedos, como se estivesse acordando em uma manhã.

— Quatro...

Os gritos dos alunos do colegial aumentavam, as vaias do ginasial haviam cessado. Os alunos do último ano e o Conselho continuavam em silêncio absoluto.

— Cinco...

Teria de continuar a ameaçá-lo mais um pouco? O idiota nem começara a se ajoelhar, ao mesmo tempo que não dava sinal algum de que pretendia atacar.

— Seis...

E que diabos ele faria quando chegasse a dez? Bater com a direita e a esquerda no rosto do garoto a fim de que cambaleasse de costas para fora do quadrado? O que acontecia se alguém perdesse o equilíbrio e saísse do quadrado? Não, provavelmente não valeria a pena.

— Sete...

Por que havia escolhido algo tão violento? Bom, era preciso algo do nível para provocar pânico, mas também tinha de cumprir a ameaça do começo ao fim, se queria que esta fosse sua última vez no quadrado. Ou não? Será que já não estavam com medo suficiente para nunca mais provocá-lo?

— Oito.

Erik olhou nos olhos do gordinho. O choro estava prestes a explodir. Tinha um olhar errante de quem suplica por ajuda que, obviamente, não chegaria. Talvez funcionasse de uma maneira ou de outra.

— Nove.

Um pequeno movimento, uma contração nos quadris do adversário. Ou funcionava depois de dez ou teria de pôr em prática uma longa surra. Antes uma surra do que realmente quebrar o braço do garoto. E, por falar nisso, como seria quebrar um braço? Bem, depois de derrubá-lo, teria de colocar o joelho no pescoço dele para imobilizar seu rosto contra o chão de cimento, rasgando a pele em cada movimento. Em seguida, usaria o outro joelho como apoio quando dobrasse o braço esquerdo para cima, em ângulo reto, contra o joelho. Depois pressionaria com força até que os gritos e o choro fizessem com que o público não suportasse mais. Mas, e se eles suportarem?

— Dez.

Erik ergueu as mãos devagar. Agora teria de apavorar o imbecil e colocá-lo de joelhos. Fixou profundamente os dois olhos assombrados diante dele e prosseguiu com o movimento lento das mãos.

— Não... não... não... — chorava o adversário. — Eu não quero... você não pode, é uma maluquice se você...

— De joelhos!

O garoto ajoelhou-se ao mesmo tempo que o pranto o dominava. Estava quase vencido, tudo já chegava ao fim.

— E agora arraste-se para fora! Para fora!

De quatro no chão, o adversário estava paralisado, chorando compulsivamente. Assim não podiam continuar. E um chute na bunda, não muito forte, não funcionaria? Erik chutou de leve o traseiro do garoto.

— Arraste-se, eu já falei!

A confusão entre os alunos do colegial crescia a tal ponto que os gritos encorajadores eram afogados pelo caos geral. Finalmente, o gordo arrastou-se para fora. Ajoelhou-se do lado de fora da laje de cimento e deixou a cascata de lágrimas escorrer.

A não ser pelo choro, o lugar foi tomado por um silêncio absoluto. Erik permaneceu dentro do quadrado, considerando se deveria abrir caminho entre a torcida do colegial, que nunca mais ousaria desafiá-lo no quadrado. Foi quando teve uma idéia. Havia um pequeno risco, mas valeria a pena se tudo funcionasse bem.

Ele virou-se vagarosamente para os membros do Conselho e os alunos do último ano, dirigiu-se para o canto da laje de cimento e encarou-os em silêncio por alguns segundos. O público voltou a fazer um silêncio compacto. Será que daria certo? Provavelmente.

— Vocês do último ano e do Conselho gostam de bater em nós do ginasial, não é mesmo?

Erik fez uma pausa de efeito.

— Há mais algum interessado? De preferência, mais dois em bom estado.

Continuou encarando-os com um falso ódio no olhar, que não deveria sustentar por muito tempo. Se o estendesse demasiado, terminaria obrigando-os a brigar. Mas se ficasse o tempo certo, funcionaria na maior perfeição — quem se importaria com os comentários do tipo: "Na verdade, deveriam ter entrado e dado ao canalha o que merecia"?

Contou até dez enquanto se concentrava em manter a cara de mau.

A seguir deu meia-volta com um sorriso de desdém e saiu rapidamente do lugar. Atrás dele podia ouvir como o silêncio dava lugar a um murmúrio crescente.

O sangue ainda escorria do braço direito e uma dor latejante tomava conta da região em volta do cotovelo. Era um corte bastante profundo; o garoto deveria estar com a boca meio aberta, talvez ainda rindo quando o lábio superior e os dentes foram acertados.

Erik apressou-se para o quarto a fim de buscar a sunga e uma toalha. Ao chegar à piscina o lugar estava, naturalmente, deserto. Todos aqueles com permissão para usar a piscina haviam se apressado para assisti-lo ser espancado por aqueles dois pobres-diabos, que nunca antes haviam sofrido resistência.

A superfície azul da água estava imóvel. Erik deteve-se no bloco de partida e observou a imagem refletida na piscina. Uma gota de sangue escorreu do dedo mínimo da mão direita e foi parar na superfície da água, para logo em seguida dissolver-se e desaparecer. Pensativo, Erik tocou o ferimento com a mão esquerda. Era bastante profundo. Talvez fosse melhor costurá-lo. Inclusive, podia sentir que havia alguma sujeira ali dentro. Com o dedo indicador retirou um pequeno objeto do machucado e, surpreso, constatou: sem dúvida, era um dente incisivo quase em perfeito estado. Segurou o dente na palma da mão por um instante para logo em seguida soltá-lo na piscina. Através da água cristalina, observou como chegava até o fundo. Com um grito, mergulhou e nadou os primeiros cem metros em ritmo enfurecido.

Era como estar de volta ao clube de Estocolmo. Nadar para estar em algum outro lugar, para não estar em lugar algum. Não sentia alegria no nadar, era apenas como treinar para logo se sentir exausto.

Quando saiu e começou a se secar, o cotovelo ainda sangrava. Havia escutado que a enfermeira mantinha seu consultório aberto depois de cada duelo no quadrado. Poderia ir até lá e pedir que fizesse um curativo. Um ferimento deve ser costurado o mais rápido possível para não inflamar nem infeccionar.

A enfermaria ficava no mesmo prédio da piscina e as luzes de sua sala estavam acesas. Era evidente que ela ainda não enviara os outros para o hospital. Talvez ele devesse ir até lá... sim, para se explicar a eles. Não exatamente pedir desculpas, mas se explicar.

No mesmo instante em que abriu a porta, arrependeu-se da idéia. Os adversários não estavam sozinhos, mas tinham a companhia de três ou quatro colegas. Todos ficaram em silêncio quando Erik entrou. Um dos garotos, o gordo de paletó, estava sentado em uma cadeira e tinha um dos supercílios costurado. Estava recostado e segurava uma compressa de gelo contra a outra bochecha (será que ela também deixava compressas de gelo preparadas, quando ficava sabendo que haveria uma briga?). O garoto do nariz quebrado estava deitado em uma maca verde com um pano branco ensangüentado sobre o nariz. Parecia estar chorando.

Saía, provavelmente, do estado de choque.

— Muito bem — disse a enfermeira em voz alta, mas sem animosidade. — E aqui está quem acha que os meus meninos têm de ser enviados ao hospital de Flen.

Erik abaixou os olhos sem responder. Não havia razão alguma para respostas desaforadas. Os alunos do terceiro ano tinham faíscas nos olhos, e não era difícil imaginar que assunto haviam discutido antes de ele entrar.

— O que você quer? — disse a enfermeira sem o mínimo sinal de raiva na voz.

— Isso aqui — disse Erik erguendo o braço — precisa de um ou dois pontos.

— Deixe-me ver — disse a enfermeira, enquanto apanhava uma compressa de álcool com uma pinça.

Ela arrumou os óculos e passou a desinfetar o machucado.

— É, vamos ter de costurar, mas se o cavalheiro me permite, não será preciso nenhum cirurgião.

— Na... não, uns dois pontos e um curativo já são mais do que suficientes.

— O problema é que gastamos mais anestesia do que eu tinha planejado hoje — continuou a enfermeira em um tom quase alegre.

— Costure o imbecil sem anestesia! — gritou um dos garotos do terceiro ano.

— Claro, pode costurar sem anestesia — disse Erik, pousando o olhar no garoto. — Costure sem anestesia.

— Então vejamos — disse a enfermeira, enquanto colocava uma linha na agulha de incisão. — Passe-me o bracinho.

Erik afundou o olhar no garoto e estampou um meio-sorriso bem estudado na face, enquanto a agulha penetrava na carne, dando a primeira sutura.

— Muito bem, meu rapaz — disse a enfermeira. — Aqui vai mais um ponto, estamos preparados?

No segundo ponto o garoto desviou o olhar de Erik, o que o fez constatar que alcançara o efeito desejado nos presentes. Fosse lá que vantagem aquilo pudesse trazer.

— Muuuito bem, foi um prazer encontrá-lo por aqui, apesar de eu ter a impressão de que ainda nos veremos mais vezes — gracejou a velha dama, enquanto aplicava um curativo sobre o machucado. — Volte daqui a alguns dias para ver se podemos tirar os pontos.

— E como está aquele ali? — perguntou Erik, fazendo um sinal com o queixo para o garoto deitado na maca verde.

— Mas eu achei que você já soubesse — disse a enfermeira, demonstrando certa irritação na voz pela primeira vez. — Três dentes, um lábio, pelo qual não pude fazer muito mais a não ser anestesiar, e um nariz que dará um bom trabalho para reconstruir. Ficou satisfeito?

— Não, não fiquei. A história dos dentes e do lábio não foi minha intenção. Eu errei a mira. Já, por outro lado, aquele ali está com o braço inteiro e eu pelo menos não me sinto nada insatisfeito com isso. Muito obrigado por sua ajuda e até a próxima vez, enfermeira.

Foi uma grande idiotice dizer aquilo, e Erik já se arrependera no mesmo instante em que atravessava a porta de saída. Se aqueles três garotos do terceiro ano não estivessem na sala, ele teria dito o que realmente pensava. Que não gostava nada daquilo, mas que era o preço a ser pago para nunca mais o obrigarem a entrar no quadrado. E que, na verdade, aquilo significava muito menos trabalho com curativos e menor número de viagens de táxi para os hospitais. Mas os outros estavam ali e Erik precisou continuar a encenar seu papel com a maior desenvoltura, ainda que o que dissera, de alguma maneira, fosse a pura verdade.

Quando deixou o prédio da piscina e se dirigiu a Cassiopéia, já escurecia. Deparou-se com um táxi que, provavelmente, serviria de transporte para o hospital de Flen.

Pierre já estava deitado quando Erik entrou no quarto. Seu relógio estava em cima da escrivaninha. Pierre, no entanto, estava acordado, completamente desperto. Erik logo compreendeu, ao acender a pequena luminária em cima da pia e pendurar sua sunga de banho.

— Você realmente faria aquilo? — perguntou Pierre em voz baixa.

— Como assim, quebrar o braço dele?

— É.

— Não sei. Para falar a verdade, eu não sei dizer. O que acharam os outros que você escutou?

— Todos tinham a certeza de que você faria, todos que eu escutei comentar.

— É melhor assim, pois dessa maneira, se depender de mim, acabaram-se os espetáculos no quadrado. O que você acha?

— Talvez não, mas...

— O que é?

— Você teria realmente a coragem de fazer aquilo?

— Eu já disse que não sei.

— Mas eu não consigo entender como alguém pode bater nos outros daquela maneira. Tudo parecia tão bem planejado, quase inteligente. Como pode?

Pierre não chegou mais longe em suas elucubrações. Ouviram-se passos fortes no corredor, as portas se abriam bruscamente ao som de ordens em voz alta.

— Lá vem a patrulha outra vez — constatou Pierre.

No exato momento a porta foi aberta e acendeu-se a luz do teto. Era o vice-presidente do Conselho.

— Atenção, a ronda! Todos para fora do quarto! — ele gritou.

Os dois garotos apressaram-se para a sala, junto com todos os outros alunos do ginasial que moravam no mesmo corredor. Enquanto isso o Conselho percorria quarto por quarto. Puxavam as gavetas das cômodas, esvaziando seu conteúdo no chão, desfaziam as camas, faziam buscas nos armários e outros possíveis esconderijos. Mais adiante no corredor haviam encontrado alguém com fumo de cachimbo, outro com uma máquina de enrolar cigarros, e um maço no bolso de um terceiro. Os culpados foram postos de lado a fim de serem punidos. No quarto de Erik e Pierre não encontraram nada. Suas roupas, porém, foram jogadas em uma grande pilha no meio do quarto, junto com todos os livros das estantes. Por cima de tudo, as gavetas das escrivaninhas haviam sido esvaziadas e, para finalizar, um dos membros do Conselho esvaziou um tubo de pasta de dente por cima de todos os livros e roupas de cama.

A seguir ordenaram que todos entrassem para limpar seus quartos, enquanto a patrulha prosseguia.

— Por que fizeram aquilo com a pasta de dente? — perguntou Erik, ao voltarem ao quarto de dormir e começarem a limpeza.

— Para nos sacanear, lógico. Eles nos aporrinham de várias maneiras, dependendo do nível de atrevimento do morador de cada quarto. Por isso, pode contar com uma ou outra patrulha aqui no nosso.

Os garotos limparam a pasta de dente dos livros o melhor que puderam, colocaram em ordem as estantes e armários sem muito capricho e foram se deitar.

Depois de alguns instantes mais uma vez a porta se abriu. Dessa vez era a inspeção da limpeza. Foram naturalmente reprovados e, de novo, ordenaram que limpassem. Outra vez uma pilha foi feita no meio do quarto. E assim continuaram mais algumas vezes. Por fim a patrulha se retirou, causando mais gritos no prédio de alunos vizinho.

— *Viu bem o que está acontecendo, Erik? O Conselho pode fazer o mesmo com nossos quartos todas as noites, se tiver vontade. Eles não precisam ter medo já que você não pode fazer nada contra eles, ou então será expulso. Não existe maneira nenhuma de se defender, a não ser dentro do quadrado, e você já compreendeu que ninguém do Conselho vai levá-lo para dentro do quadrado uma outra vez. Tão burros assim eles não são. Mas como você acha que é possível se defender da violência sem usar violência? Você tem de obedecer às regras e as regras são feitas por eles. Elas valem daqui até a cidade de Gnesta e você não pode fazer nada contra elas, ainda que os ameace daquela forma brutal, animalesca. Ainda assim você nunca vai poder usar mais violência do que todo o Conselho junto, pois são eles que têm o poder e as leis estão do lado deles. E não adianta comentar que são leis lamentáveis. Nós, do ginasial, não podemos fazer nada para mudá-las. Aliás, agora vou ter de esconder os meus cigarros em um lugar melhor. É, eu não fumo muito, é só por rebeldia. Pode-se dizer que é um protesto. De qualquer maneira, eu tenho meus cigarros presos debaixo da escrivaninha com fita adesiva, mas se eles continuarem com essas patrulhas, acabam encontrando meu maço a qualquer momento. Vou ter de fazer como quem já ficou preso por fumar pela terceira ou quarta vez; escondê-los no bosque, em um saco plástico com os fósforos e a pasta de dente. A pasta a gente usa depois de fumar, para ninguém sentir o cheiro quando voltamos do bosque. Embora a gente tenha de descobrir uma maneira melhor de fazer resistência sem uso da violência. Tem de haver uma forma intelectual de resistência sem precisarmos bater nos outros, você nunca pensou nisso?*

— Mas, Pierre, parece que você acha que eu sou algum tipo de sádico. Você tem de acreditar em mim. Eu não acho nada divertido bater nos outros garotos e deixar cicatrizes para toda a vida na cara deles. Quando eu cheguei aqui na escola, tive a ilusão de que tinha brigado pela última vez na minha vida, não, talvez não pela última vez, mas algo parecido. Sim, e assim foi. Mas o que eu ia fazer? Ir até lá para fingir perder uma briga, depois de ter levado algumas porradas e, em seguida, sair me arrastando debaixo de vaias e gargalhadas? Depois esperar pela próxima vez que alguma dupla de idiotas do terceiro ano quisesse me levar ao quadrado outra vez? E o que eu faria na próxima vez? Você não entende que, a partir de agora, eu pelo menos não preciso levar coques e voltar ao quadrado, ou levar surras dos alunos do último ano? Você diz que, de qualquer forma, o Conselho ainda existe e talvez tenha razão. Mas se posso escolher entre os chefes de mesa, os alunos do último ano e os membros do Conselho, não é melhor ter de obedecer somente ao Conselho? Além disso, há mais uma coisa que você talvez ainda não tenha compreendido, já que sabe tão pouco sobre violência. Não é tão fácil assim para o Conselho, mesmo que eles mandem. Aquilo que eles viram no quadrado ficou marcado na cabeça deles. Imagine que você batesse em

um cão. Evidentemente você pode seguir batendo nele enquanto está amarrado, mas o que aconteceria se ele se livrasse das correntes? Você compreende o que eu quero dizer? A violência está na mente das pessoas e não nos socos, como você talvez imagine. E se quer saber o que eu acho, não acredito que eu vá precisar bater em mais qualquer garoto aqui na escola, por todo o tempo em que estiver aqui. O que estou tentando explicar é que se pode usar a violência para evitar mais violência. Acho, aliás, que às vezes é a única maneira.

— *Tudo isso que você diz parece certo, Erik. Mas ainda assim não deixo de achar que não é bem assim. Você está tentando ficar à margem de todo o sistema regente em Stjärnsberg. Você acredita que é possível suspender todas as leis a respeito dos coques e os privilégios dos alunos do último ano. Mas tudo isso só vai levar a que o Conselho faça de tudo para encurralá-lo outra vez. Pense bem, se a moda se espalhasse entre os alunos do ginasial. Imagine se, de repente, outros garotos resolvessem recusar a obedecer às ordens dos alunos do último ano, e a receber os coques? Teria gente presa demais nos fins de semana. Logo, as prisões não seriam suficientes, fazendo com que todo o Conselho tivesse de ficar de guarda todos os fins de semana, para colocar em marcha os trabalhos forçados, e isto não seria nada divertido para eles. E tendo gente demais com fins de semana sem saída anotados nos cadernos negros, não teriam mais nenhuma pena para pagar, se fossem desaforados ou se recusassem castigos — todo o sistema desabaria. É como quando a Índia se libertou: Gandhi, você sabe. Ah é, você ainda não leu nada sobre Gandhi? Então vou lhe emprestar um livro, assim vai entender o que eu quero dizer. Se muitos protestam juntos pode ser que funcione, mas um Príncipe Valente sozinho só atrai para si mesmo um monte de castigos do Conselho, o que afinal não leva a lugar algum. Nem a você, nem a eles. Você podia falar com o sindicato, eles são nossos homens de confiança, apesar de não inspirarem tanta confiança assim, pois são eleitos pelo Conselho. De qualquer maneira, é o sindicato que deve representar os interesses dos alunos do ginasial perante o Conselho. Tudo começou há uns anos, quando alguns alunos do ginasial colocaram cartas de reclamações anônimas em uma pequena caixa na prateleira ao lado da sala de aula onde o Conselho se reúne. Depois virou uma norma e, agora, há cinco ou seis garotos do ginasial que apresentam as reclamações sobre penas injustas e esse tipo de coisa. Se conseguíssemos engajar o sindicato numa luta para dar fim aos coques, por exemplo, talvez desse certo. Você está entendendo o que eu quero dizer? Mas é preciso utilizar outros métodos sem ser a violência, se quisermos lutar contra as obras do diabo. Temos de nos unir de uma vez para que dê certo.* United we stand, divided we jall, *como dizem os americanos.*

— Ah, Pierre, tudo isso que você diz tem sentido da mesma maneira esquisita que quando respondemos às perguntas de história e estudos sociais, por exemplo. Todo mundo sabe que aquilo que a gente responde é o que se aceita como certo, apesar de ter alguma coisa de errado na resposta. É, de alguma maneira, como um treinador de futebol que se dedica a longas teorias sobre a estratégia de jogo. Tudo soa muito bem, apesar de todo mundo saber que o importante mesmo é fazer um gol e ter um pouco de sorte para conseguir muitas chances de marcar. É uma comparação meio ruim, já que você não joga bola. Mas isso que você diz é pura teoria, Pierre. Soa bonito e certo, mas para funcionar precisaria que todos tivessem vontade de cooperar e, para isso, eles não podem ser covardes, por exemplo. Ou não podem pensar que têm mais a ganhar em não se envolver. É aí que eu acredito que tudo vai por água abaixo. Na minha antiga gangue, eu acreditava que éramos amigos, e que todos se ajudavam justamente por isso. Mas quando precisei de ajuda de verdade, todos me decepcionaram e colocaram a culpa nos outros, só para salvarem a própria pele. É preciso coragem para lutar, Pierre. E não quero dizer apenas

ter coragem de entrar no quadrado, é preciso ser uma rocha para demonstrar que se tem razão. Ah, isso aqui tá ficando tão complicado, que não sei se dá para explicar o que quero dizer. Mas, de qualquer forma, a maioria dos garotos aqui é bem covarde, ou só concordam com os mais fortes para evitar encrencas e não levarem um castigo, ou puxam o saco dizendo que são amigos.

No dia seguinte a primeira aula começou com dois tempos seguidos de ginástica. No primeiro tempo a classe treinou diversas modalidades de exercícios. O treinamento era metódico e disciplinado. Todos tinham de executar o mesmo número de exercícios e Berg não permitia nenhum tipo de gracinhas com Pierre ou qualquer outro dos alunos mais fracos. Todos tinham de repetir vez após vez. Era uma grande diferença, comparado ao colégio, onde em cada exercício todo mundo era rapidamente selecionado como melhor ou pior. Erik recebeu a mesma quantidade de correções técnicas que todos os outros.

No segundo tempo, a classe inteira foi jogar futebol no grande campo gramado, em vez da quadra de ginástica, o que causou sensação e surpresa, pois raramente o ginasial tinha oportunidade de jogar ali. Tosse Berg dividiu as duas equipes (ao que tudo indicava, ali não eram os dois melhores jogadores que escolhiam os times) e participou, ele mesmo, da linha de ataque do time de Erik. Era um campo magnífico, com grama macia e bem aparada e muito espaço, que combinava perfeitamente com o físico e a velocidade de Erik. Após algum tempo, Erik percebeu que o professor tinha a intenção de ultrapassar a defesa adversária, para receber o último passe, a fim de chutar a gol. Em outra ocasião, quando Erik chegara a ultrapassar a lateral direita e contornar o zagueiro adversário, cometeu um erro grave numa passagem de bola a Berg. Deu um chute vigoroso, em parafuso para dentro, em vez de arremessar em arco para fora. A bola, porém, acabou entrando no gol em ângulo. Pela reação surpresa de todos os outros, parecia que ninguém entendeu que tudo não passou de um equívoco transformado em gol artístico. Erik voltou rapidamente para o meio-de-campo sem mudar a expressão do rosto. O resto da partida transcorreu normalmente. Ele ainda deu mais três ou quatro chutes a gol.

Posteriormente, quando desamarrava suas chuteiras sentado na tribuna, Tosse Berg aproximou-se e começou a puxar conversa, até que todos os outros meninos desapareceram. Em seguida perguntou sobre aquele gol. Ele costumava fazer gols daquele tipo com freqüência?

— Ah — disse Erik. — Aquilo foi só um erro. Eu tentava passar a bola para o senhor, chutando em ângulo com o arco do pé, já que reparei que o professor estava sem marcação. Mas acabei errando o passe, que ficou parecendo jogada de efeito. Tudo não passou de um erro.

— É, eu bem que imaginei. Mas você sabe fazer gols, isso ficou bem evidente.

— Eu talvez não seja tão técnico como os outros, mas consigo ultrapassar a defesa e chegar perto o bastante para não perder um gol. Depois é só chutar. O importante é que a bola entre. Não que entre com efeito. Mas gol, eu sempre faço.

— Pois é, o time da escola tem treinos nos domingos à tarde. Como você pode imaginar, será muito bem-vindo. Um goleador era exatamente o que faltava ao time.

— Não vai dar. Quero dizer... aos domingos à tarde eu não posso vir. Pelo menos não neste semestre.

— Trabalhos forçados ou isolamento?

— É.

— Uma tremenda burrice. Quer dizer... uma pena que um jogador como você... não, todo esse sistema é uma tremenda burrice. Mas não se pode fazer muito a respeito. Aliás, nós temos treinamento de boxe às quartas-feiras à noite, se estiver interessado.

— De jeito nenhum.

— Ah, é? Mas depois de tudo o que dizem a seu respeito. Que você bate tanto quanto um cavalo dá coices. Achei que tivesse se dedicado ao...

— Não, eu nunca poderia me imaginar entrando em um ringue de boxe. Não tem nada a ver com esportes. Eu simplesmente não seria capaz.

— Mas depois de tudo que escutei...

— Eu acho que sei o que o professor escutou, mas aquilo não tinha nada a ver com esporte. Se o professor tivesse assistido, talvez me entendesse melhor.

— Não... sim, cada um tem direito a sua própria opinião. Mas em que você pretende investir no futuro, atletismo, natação ou futebol?

— Ah, o meu forte mesmo é a natação, mas agora não moro mais em Estocolmo e é uma diferença bem grande quando não se pode treinar em um clube. Ali a gente treina para ser o melhor, e, talvez, se tivesse continuado no clube por mais alguns anos, eu conseguisse uma boa posição em curtas distâncias. Agora é mais difícil dizer, já que ainda tenho alguns anos pela frente para crescer.

— Hummm. Nós temos a competição escolar de natação na semana que vem. Você pretende se candidatar à prova de curta distância?

— Não sei. Não é exatamente uma boa idéia vencer sem um adversário à altura. Eu ia me sentir, de alguma maneira, encabulado.

Tosse Berg suspirou e sentou-se ao lado do garoto. Ele mirou o sol com os olhos semicerrados e, ao que parecia, media as palavras antes de dizer a Erik o que pensava. Apenas os dois permaneciam na quadra de esportes.

— Sabe de uma coisa, Erik? Eu já treinei muitos atletas e jogadores de futebol aqui nestes últimos quatro ou cinco anos. E, como todos os outros, eu acho que fiz um bom trabalho, ou pelo menos tentei fazer. Mas não posso deixar de admitir que, durante todos estes anos, sempre esperei que, um belo dia, aquele grande talento apareceria. E, de repente, chega você com um potencial, que eu não creio que nem você mesmo tenha plena compreensão do quão grande é, além dessa forma explosiva que você parece ter no seu temperamento, que lhe faz vencer justamente aquele último metro. Bem, voltaremos a conversar sobre isto um outro dia, mas fique você sabendo, de qualquer maneira, que sempre pode me procurar se houver alguma coisa. Se precisar de alguém para conversar. Apertemos as mãos, e quando estivermos sozinhos meu nome é Tosse. Do contrário, sou o professor como de costume. Está bem?

Os dois apertaram as mãos enquanto dois albatrozes sobrevoavam o campo de futebol.

— E mais uma coisa, Erik. Você deveria se candidatar à competição de natação. E vencer! Esses esnobes precisam disso, sabia? Você me promete?

— Ok, eu prometo. Duas distâncias, talvez três.

— Talvez três, não. Você se candidata a três distâncias e vence todas. Promete?

— Prometo.

Todos os condenados a trabalhos forçados e a reclusão apresentavam-se às seis horas da manhã diante dos dois guardas do Conselho de plantão. O lugar chamava-se "O Antro" e era a área de fumantes da escola. Era dividida em dois planos. Bem ao centro havia uma plataforma de trinta centímetros de altura, destinada aos alunos do colegial e membros do Conselho. Os outros alunos com permissão para fumar usavam a parte inferior.

Um dos guardas do Conselho de plantão recebeu os prisioneiros, uns seis garotos, e marchou em direção ao prédio da escola, onde cada um seria trancado em uma sala de aula, após a revista e apreensão de toda literatura não autorizada e, depois que a sala tivesse sido detalhadamente vistoriada, em busca de qualquer tipo de recreação disfarçada. Consideravam literatura permitida, além da Bíblia, todos os livros escolares e aqueles de comprovado valor didático. Era proibido dormir durante a detenção. De vez em quando, faziam uma patrulha ao acaso e aqueles que fossem pegos dormindo eram condenados a mais um fim de semana de reclusão.

O clima entre os condenados a trabalhos forçados no Antro era de adulação. A idéia era evitar as tarefas mais desagradáveis. As boas tarefas eram o trabalho com o ancinho pelas alamedas ou cortar a grama. Não exigiam maiores esforços além de serem fáceis de embromar. As ruins eram, por exemplo, cavar valas de drenagem ao redor do campo de futebol, trabalhar com as trincheiras no local de defesa voluntária ou ampliar a demarcação de segurança da pista de tiro ao alvo: tudo aquilo que exigia trabalho pesado e que, além disso, podia ser avaliado na exata medida. Naturalmente, as condições para sua execução variavam. Dependendo de quem estivesse de guarda, recebia-se uma tarefa com condições possíveis de serem executadas, ou algo absolutamente impossível de ser terminado durante um fim de semana inteiro. A posição do condenado definia qual tarefa seria escolhida. Aquele que bajulava ou se fazia de palhaço sempre conseguia os trabalhos mais fáceis. Aqueles que eram considerados abusados recebiam as piores incumbências ou os trabalhos considerados impossíveis de serem executados.

O sistema já era evidente a partir da distribuição da primeira tarefa. Erik procurou não se iludir com o que teria pela frente e, como já esperava, os outros partiram para suas tarefas, enquanto o vice-presidente se voltava para ele e lhe pedia que o acompanhasse. Os dois se dirigiram para a área de terra batida, atrás da pista de tiro ao alvo.

O membro do Conselho desenhou um quadrado no solo e explicou que o buraco deveria ter as medidas, exatas em metros, de dois por dois e dois metros de profundidade. À tarde haveria inspeção. As fitas métricas e pás estavam no depósito. Tudo exatamente com dois por dois e dois metros de profundidade, nada mais. Não um metro e oitenta e cinco por dois metros e cinco. Bem entendido?

A terra era bastante porosa, mas mesmo assim o trabalho lhe levou quatro horas com apenas algumas pausas curtas. Erik tentava considerar aquilo tudo um treinamento de musculação e condicionamento físico, apesar de ser importante mudar de lado, às vezes, para não terminar completamente duro nos próximos dias, ou conseguir alguma contusão ou dor muscular. A competição de natação seria na quarta-feira. Ele foi obrigado a buscar um machado e um espeto, a fim de cortar algumas raízes de pinheiro e retirar as pedras maiores. Para conseguir tirar as pedras, pesadas demais para se erguer, teve de aumentar a cratera de um dos lados e deslizá-las para cima, com uma alavanca formada pelo espeto. Em seguida foi obrigado a cobrir tudo de areia outra vez, medindo com cuidado, até conseguir as proporções exatas.

A princípio Erik foi barrado no almoço, por estar suado e coberto de terra. Apesar disso, conseguiu chegar a tempo, antes do segundo sinal de aviso tocar, quando as portas do refeitório se fechavam.

Após o almoço levou até a cratera a biografia de Gandhi para ler enquanto esperava a inspeção. Conseguiu ler apenas algumas páginas até o vice-presidente aparecer, na companhia de Bernhard, do secretário do Conselho e de mais dois de seus membros. Erik levantou-se, recolheu as ferramentas e encostou-as no tronco de uma árvore. Ainda tinha uma pá na mão quando iniciaram a inspeção.

— Muito bem — disse o vice-presidente, ao sair do buraco. — Parece que está tudo certo, Erik. Bom trabalho.

O vice-presidente adiantou-se e, sorridente, aplicou alguns tapinhas amistosos no seu ombro. Havia, porém, algo de errado naquela benevolência, já que os outros rapazes prendiam o riso por trás do colega.

— E sabe qual o trabalho que você vai fazer agora?

— Obviamente que não — respondeu, sem ter a mínima idéia.

— Bem, você pode "obviamente" tapar o buraco outra vez. E não deixe de usar aquelas pedras também. Elas não podem ficar no meio do caminho. Inspeção daqui a duas horas.

Erik imaginou diante de si a cena de um filme, na qual erguia sua pá para aplicar um golpe bem em cima da orelha e do pescoço do vice-presidente. O golpe produzia o mesmo ruído surdo e dava a mesma sensação que bater com a pá em um tronco de pinheiro grosso. No filme, o vice-presidente tombava para trás meio de lado. Os óculos quebrados eram arremessados. Da ferida aberta na cabeça, via-se o branco da gordura subcutânea e do crânio, enquanto o sangue jorrava como uma onda; os primeiros respingos de sangue alcançavam o solo ao mesmo tempo que o corpo do vice-presidente.

Erik apertou a pá com mãos e passou a tatear, às cegas, diante de si. Na realidade ele não havia se movido, não havia movido um pêlo sequer. Mantivera-se paralisado enquanto os membros do Conselho, aos risos, esperavam que dissesse alguma coisa. Ele não disse nada; não era capaz de pronunciar som algum. Por fim os garotos partiram.

Ele sentou-se e manteve as mãos abertas, com os dedos esticados diante de si. Era fácil de distinguir um leve tremor. Será que aquilo que acabara de lhe ocorrer fora algum tipo de curto-circuito? Será que seria capaz de cometer um ato daqueles? Era verdade que estivera tão perto de matar um ser humano por pura idiotice? Que tipo de estranha barreira havia dentro de seu corpo, que se recusou a acompanhar as ordens do cérebro, quando este erguera a pá e dera o golpe com toda a força?

Algum tempo depois, com a cratera novamente coberta, era a hora da nova inspeção. Dessa vez era evidente a encenação, e Erik já decidira se manter calado e não mostrar emoção diante da já esperada ordem:

— Nós vamos precisar de um buraco aqui. Por que não no mesmo lugar? E deve ter dois por dois e dois metros de profundidade.

Ele ainda cobriu e cavou para, mais uma vez, cobrir o buraco antes do anoitecer. Depois nem agüentou ir à piscina. Tomou um banho e caiu na cama sem nem mesmo conversar sobre Gandhi com Pierre.

§ 6

Aluno com permissão para fumar é todo aquele que completou dezessete anos e apresentou permissão por escrito do responsável. O atestado do responsável deve ser entregue, para registro, ao vice-presidente do Conselho de Estudantes e deve ser renovado ao início de cada semestre. O aluno que for descoberto fumando sem possuir permissão do responsável, será condenado por fumar escondido, ainda que já tenha completado dezessete anos.

§ 7
É permitido fumar apenas na área especialmente designada, localizada fora do refeitório escolar. O quadrado superior da área de fumantes será exclusivo dos alunos do último ano e membros do Conselho.

Fumar dentro dos aposentos resultará na expulsão imediata do infrator.

Mesmo o aluno com permissão para fumar deverá obedecer a distância de trezentos metros da área da escola para fumar. Favor observar os cuidados necessários, a fim de evitar incêndios florestais.

§ 8
Todo aluno que não possui permissão para fumar será punido se pego em flagrante por membro do Conselho, quando, durante inspeção, for encontrado portando cigarros ou utensílios de tabacaria (cachimbo, papéis de cigarro, máquinas para enrolar cigarros etc.) ou, além disso, quando houver provas evidentes de que fumou antes da inspeção ou controle do Conselho.

O Conselho condenará segundo as seguintes regras: a primeira ocorrência será castigada com um fim de semana de trabalhos forçados. A segunda, com um fim de semana de trabalhos forçados e um fim de semana de reclusão. A terceira ocorrência com quatro fins de semana de reclusão. A quarta, com sete fins de semana de reclusão.

A quinta ocorrência será encaminhada ao diretor. Desde que não haja nenhuma circunstância especial, o diretor determinará a expulsão do aluno.

§ 9
O Conselho instituirá a pena por fumar escondido, assim como outras infrações disciplinares. Observe-se que o Conselho adota-

rá uma postura neutra no julgamento de evidências e permitirá, a todo aquele que se apresentar em juízo, apresentar sua defesa integralmente.

Excepcionalmente o diretor poderá contestar a sentença do Conselho. Em casos semelhantes, o diretor poderá, sem audiência com o Conselho, suspender, ratificar ou alterar a sentença do Conselho. O diretor tem também o direito de encaminhar processos ao Conselho.

§ 10

De acordo com os princípios da educação pela camaradagem, o aluno mais jovem deve procurar manter o decoro e a educação diante dos colegas mais velhos. As ordens emitidas pelos alunos mais velhos ou membros do Conselho devem ser cumpridas à risca pelos alunos mais jovens.

O Conselho detém, após julgamento livre, o direito de ministrar castigos por insubordinação.

§ 11

Aos alunos da escola não será permitida a confraternização com as funcionárias encarregadas do refeitório. É estritamente proibida a visita à área destinada aos aposentos de empregadas. Caso visitas desse tipo ocorram durante a noite, ou quando as luzes forem apagadas, o caso será encaminhado diretamente à diretoria para julgamento.

Em circunstâncias como a acima citada, o diretor tem o direito a deliberar a expulsão imediata do aluno envolvido.

§ 12

Os membros do Conselho são eleitos em eleições abertas com voto secreto. Os postos de presidente, vice-presidente e secretário do Conselho são eleitos separadamente.

Cabe ao diretor designar os nomes dos candidatos.

Nova eleição tem lugar anualmente no mês de outubro. Aos membros do Conselho é permitida a candidatura à reeleição.

— Mas este regulamento tem falhas enormes — disse Erik.

Os dois garotos dedicavam algumas horas à solução de equações matemáticas, pois os primeiros exames do semestre já se aproximavam. A situação já não era desesperadora para Erik que, pela primeira vez em um ano e meio, podia contar com uma aprovação.

Depois, recostados em suas camas, passaram a ler o regulamento mimeografado referente às atividades do Conselho.

— Ah, mas condenam um pouco como dá na telha deles, embora vivam falando de uma "práxis".

— Mas olhe só isso aqui: um membro do Conselho se aproxima e diz que quer fazer uma revista. Se você se recusar, está cometendo uma infração segundo o parágrafo dez, que diz que somos obrigados a obedecer. Mas nesse caso você recebe um castigo por insubordinação e não por fumar escondido.

— Não, porque no parágrafo oito está assim: "quando houver provas evidentes de que fumou", e nesse caso, se recusar a ser revistado já é prova evidente e você está frito de qualquer maneira.

— Humm, mas olha isso aqui! Os alunos do último ano e os membros do Conselho se igualam no parágrafo dez. Nesse caso, se recusar a obedecer a um membro do Conselho é o mesmo que se recusar a obedecer a um aluno do último ano.

— Não, enquanto você for menor de dezessete anos eles sempre podem alegar que estão atrás de cigarros, e você não pode fugir ou se recusar a ser controlado, porque senão pode acabar sendo expulso da escola, depois de algumas vezes.

— Mas que merda, tem razão. E o parágrafo treze não é moleza: "Aluno que agredir fisicamente membro do Conselho ou, por assim dizer, praticar violência contra membro do Conselho será imediatamente expulso." O que diabo eles querem dizer com "por assim dizer, praticar violência"? Eu entendo o que significa agredir fisicamente um membro do Conselho, mas "por assim dizer, praticar violência"? É dar um tapa, beliscão no nariz, ou o quê?

— De qualquer maneira, dá no mesmo.

— E quem escreveu as regras, quem decide como elas devem ser interpretadas? Então vamos! Vai lá buscar o seu saquinho, que a gente sai pra esconder os cigarros e praticar o delito de fumar escondido, tá bom?

No dia seguinte, porém, os garotos foram pegos em flagrante.

O momento mais delicado da atividade de fumar escondido era o transporte de cigarros, cachimbos e tabaco para os esconderijos. Em caso de inspeção, o garoto estava perdido.

Era importante estar sempre alerta e descobrir se alguém do Conselho andava espionando. Às vezes eles ficavam à espreita e podiam correr atrás de algum fumante, para autuá-lo em flagrante.

Em resumo, era importante não ter cheiro de cigarro ou carregar alguma pequena partícula de tabaco na roupa, quando se saía do bosque. O odor podia ser disfarçado com a pasta de dente. Mas algumas vezes um membro do Conselho cheirava os dedos do fumante e depois o autuava, segundo o parágrafo oito (provas evidentes de ter fumado), de qualquer maneira. Se pegassem um graveto e o cortassem no meio, de forma que ainda mantivesse a casca da árvore, era possível prender o cigarro na sua ponta, como em uma forquilha, e assim se prevenir do cheiro nos dedos.

Eles haviam executado toda a operação quando, ao voltarem do bosque, depararam-se com dois garotos do Conselho. Como cheiravam a pasta de dente os dois fiscais deram o caso por encerrado. Por que cheirar a dentifrício no meio da tarde, senão para esconder o odor de cigarro? Logo Erik e Pierre seriam julgados na próxima reunião do Conselho.

Os dois garotos se dedicaram a experimentar a melhor forma de retirar o cheiro de cigarro com a pasta de dente. Chegaram à conclusão de que, mascando agulhas de pinheiro, de preferência um dos ramos mais frescos, por causa do sabor, o odor desaparecia por completo, proporcionando ao hálito um cheiro indeterminado. Antes disso a pasta de dente já havia retirado qualquer rastro de cheiro de cigarro, embora isso tivesse custado, a cada um, uma condenação por fumar escondido até, finalmente, descobrirem o truque. Pois era evidente que seriam considerados culpados.

Erik era revistado de três a quatro vezes por dia. Não porque o Conselho esperasse encontrar cigarros escondidos, mas como um artifício para forçá-lo a obedecer ordens. Provavelmente imaginavam que ele, por fim, terminaria perdendo a paciência e se recusaria a ser revistado. Era pelo menos a teoria de Pierre. E assim, eles seriam condenados mais uma vez por fumar escondido e a situação terminaria crítica para Erik, em menos de um semestre letivo.

O mais fácil seria logicamente deixar de fumar. Na verdade, ninguém conseguia fumar mais que dois cigarros diários, já que era tão complicado chegar ao esconderijo no bosque sem ser visto. Eles, porém, nunca conversaram sobre o assunto seriamente. Fumariam seus dois cigarros por dia, mais por uma questão de princípios do que por verdadeiro vício. Além disso, Erik treinava com seriedade para o campeonato de natação da escola que se aproximava rapidamente. Ou, melhor dizendo, ele treinava na piscina todas as noites para manter-se afastado de problemas por um par de horas. Embaixo d'água não existia violência, o Conselho e nenhum risco de se envolver em brigas. Ali, também, não havia nenhuma possibilidade de ser ridicularizado diante dos colegas de turma ou do restante do ginasial. Erik tentava passar despercebido.

Isso significava nunca mais manifestar o menor sentimento de superioridade em matéria de esportes ou lutas, não se vangloriar, nunca dizer que era óbvio que venceria o campeonato de natação, embora fosse tão óbvio que chegava a ser embaraçoso. Quando os companheiros de classe lhe perguntavam, ele respondia que não tinha certeza — o que será, será —, que tentaria fazer o melhor possível. Na realidade, tudo não passava de pura mentira.

A sua turma era bem esquisita. Ali as regras sociais eram bastante distintas das do colégio, em Estocolmo, e levou tempo até ele compreender as novas nuances. Pierre era o primeiro da classe em todas as matérias. Não havia concorrentes, nem mesmo Erik. Alguns colegas de turma eram extremamente burros e, se freqüentassem o colégio, sofreriam uma ou outra represália. Eles, porém, não se mostravam nem um pouco incomodados por quase nunca conseguirem responder a uma pergunta. Quando algum professor perguntava algo e não conseguia receber resposta do aluno, costumava abrir um pequeno sorriso, fazer uma piada sobre qualquer outro assunto e levar, suavemente, a pergunta adiante até alguém que soubesse responder. Sem reprimendas. Era como se não fizesse aos garotos a mínima diferença desconhecer uma resposta. Havia pelo menos uma meia dúzia desses elementos. Se fossem, além disso, os mais velhos da classe, já a caminho da licença para fumar, era evidente que eram repetentes.

O "Gavião" era um deles. Seu nome era Sebastian Lilliehöök. Entre outras coisas incompreensíveis, ele adorava se vangloriar de descender de uma das famílias nobres mais antigas do país. Seu pai não era especialmente rico e não era nem conde, nem barão. Mas o garoto afirmava ser melhor provir de uma família introduzida havia muitos anos na aristocracia do que ser um novo-rico que fez fortuna na guerra, no final do século XVII.

Gustav von Rosenschaabel era conde e fideicomissário. Erik nunca antes havia ouvido falar naquela curiosa palavra, mas de alguma maneira aprendeu rapidamente que Gurra — este era seu apelido — tomaria posse de alguns castelos na região sul da Suécia, os quais herdaria assim que seu pai falecesse. Os irmãos de Gurra, por sua vez, não herdariam um centavo, já que era ele o mais velho. Seu pai já estava na casa dos cinqüenta anos, logo ele tomaria posse dos castelos relativamente jovem. Bastava que se formasse e depois fizesse um casamento por conveniência.

Erich Lewenheusen (pronunciava-se Erik) tinha uma situação semelhante à de Gurra. Erich era barão, não um dos membros mais antigos da nobreza, mas barão. Freqüentemente o Gavião lhe dirigia gracejos, por Lewenheusen não fazer parte da alta aristocracia, mais tradicional. Logo, mal podia considerar Leweheusen um aristocrata, muito menos membro da alta nobreza. De qualquer forma, Erich era herdeiro de castelos e de uma usina de fabricação de plásticos.

O Gavião, Gurra e Erich formavam um grupo que se mantinha à parte do restante da turma. Eram os piores da turma em praticamente todas as matérias. O Gavião era um jogador regular no futebol, mas na maior parte do tempo sua patota se dedicava a esportes bizarros como tiro, esgrima e hipismo. Todos possuíam cavalos em um dos castelos da vizinhança. Erich calçava botas de hipismo com freqüência e, às vezes, levava embaixo do braço um chicote de cavalos, com o qual açoitava o cano das próprias botas, a fim de enfatizar alguma declaração em seu discurso. Sim, porque os três aristocratas não falavam: eles discursavam.

Em outro grupo da turma não havia nenhum nobre, embora fossem tão ricos ou até mais do que a turma dos aristocratas. Um era proprietário de indústrias mecânicas, outro, de indústrias têxteis, um terceiro era filho do presidente da Atlas Copco e um quarto, proprietário de 25% da Mercedes-Benz sueca.

Os ricos eram bem menos burros do que os nobres. Havia um certo tipo de rivalidade cavalheiresca entre os dois grupos, que consistia em os nobres chamarem os ricos de filisteus novos-ricos, e os ricos chamarem os nobres de aristocratas. Com toda a certeza, ambas as acusações tinham fundamento.

Eram a elite da turma. Os demais eram filhos de médicos, arquitetos, juízes de direito ou homens de negócios em ramos mais ou menos definidos. Entre os alunos das camadas inferiores não havia nenhum elo mais restrito; ali todos confraternizavam aleatoriamente.

A turma era bastante pequena, comparando-se a uma escola de Estocolmo, e os professores tinham mais tempo para se dedicar aos alunos individualmente. Com um misto de resignação e desesperança, dedicavam grande parte das aulas a tentar explicar aos pupilos aristocratas, pela milésima vez, que o valor de Pi era 3,14, que raio não era o mesmo que perímetro, que o ar não era um corpo simples, que Zeus e Júpiter eram a mesma coisa, que a capital do Egito não podia se chamar Istambul, que o parlamento sueco não era o mesmo que governo sueco (ou que "a guarda vermelha" não era um partido político, por conseguinte, a guarda vermelha não detinha o poder no Reino Sueco) e que, após 1956, era proibido considerar os judeus maus soldados.

Ainda que o ritmo das aulas fosse extremamente lento, eram aulas agradáveis, já que não possuíam um vislumbre sequer de ameaças ou violência. Ninguém era expulso da sala ou perturbava a classe. O ritmo lento e as intermináveis explicações aos nobres eram, aliás, convenientes a Erik que, nas matérias ministradas pelo Peixe, não havia participado por um ano e meio de nenhuma lição de matemática, física ou química e, portanto, tinha uma ou outra lacuna a preencher. Stjärnsberg parecia ter dois mundos separados. Um deles era dentro das salas de aula, entre professores que não perdiam a paciência, repetiam incansavelmente as explicações, nunca zombavam daqueles que não sabiam as matérias, nunca distribuíam castigos, nem sequer exercícios extras. Tão logo se chegava ao pátio escolar, o Conselho regia o outro mundo.

Era difícil estabelecer contato com os colegas de turma. A nobreza era um grupo que, com prazer, mantinha-se a distância. Jamais se misturavam inutilmente com a plebe. O clube dos ricos tampouco se misturava, ainda que estes não se isolassem tanto quanto os nobres. O restante da classe mantinha uma atitude de reserva difícil de compreender. Era como se se sentissem superiores demais até para se desentenderem. E demorou bastante até Erik levantar a voz para um colega de classe. Foi uma vez, quando entrou no vestiário depois da ginástica e viu Arne, o palhaço da turma, antes considerado o mais forte da classe, segurando os pneus de gordura da cintura de Pierre e o chamando de Dumbo. Erik aproximou-se por trás de Arne, sufocando algumas más idéias que lhe passavam pela cabeça durante o percurso.

— Pare já com isso — disse, sem exagerar o tom ameaçador da voz.

— Senão o quê? — perguntou um Arne obviamente não muito sensato.

A resposta padrão seria: "Senão eu acabo com o lado esquerdo do seu rosto dentro de cinco segundos."

Mas Erik se deteve a tempo e respondeu algo comum tipo: se Arne queria beliscar uma barriga, que fosse procurar alguém como Erik e o assunto rapidamente se deu por encerrado. Erik ficou contente. Ele havia decidido que não usaria violência com os colegas de turma.

Apesar de serem, de maneira geral, estranhos, falavam com freqüência meio furtiva e cautelosamente, para evitar provocações, pois não se podia ser tão atrevido. As regras existiam para serem obedecidas. Era importante aprender a receber ordens. Senão, como aprenderiam a dar ordens quando chegassem ao último ano, ou se tornassem oficiais militares ou empresários?

"Um país deve ser construído com leis", citavam com freqüência. Aliás, uma das raras citações que eram capazes de fazer. Não era tão estranho que não quisessem conversar sobre o incidente no quadrado. Aliás, não era nada estranho. Pois mesmo que tivessem curiosidade em saber como alguém do ginasial, pela primeira vez, pôde entrar no quadrado para vencer, tudo era tão assustador que talvez indagar sobre o assunto também o fosse, embora Erik imaginasse que, para eles, aquilo havia sido, mais do que tudo, uma situação embaraçosa, como um crime contra as tradições ou como soltar um arroto alto à mesa. Nesse caso, lhe parecia mais desagradável ainda, ou pelo menos covarde. Como se só conseguissem torcer pelo time de futebol vencedor do campeonato sueco, virando a casaca constantemente em vez de torcer pelo time do coração. Eles sempre torciam para quem estivessem ganhando, ainda que fossem eles próprios que estivessem por baixo numa luta.

— É só uma demonstração da falta de moral que possuem — disse Pierre um tanto presunçoso enquanto ajeitava os óculos.

Erik não estava bem certo de que Pierre tinha razão. Talvez fosse simplesmente porque os colegas de classe, ao menos o grupo dos nobres, um dia assumiriam seus lugares no Conselho, cuja grande maioria dos seus membros era constituída por nobres. Mas e se justamente isso fosse um sinal da "falta de moral que possuíam"?

Erik passou de raspão no primeiro exame de matemática com um conceito razoável. Estava bastante satisfeito com os resultados, já que era a primeira vez em muito tempo que recebia um conceito positivo. Mas Pierre passou uma meia hora ao seu lado, demonstrando, com traçadas rápidas de caneta-tinteiro e sua bela caligrafia, que cometera dois erros por falta de atenção e um terceiro poderia ser evitado, pois havia bombardeado Erik com tantas regras de três elementares justamente um dia antes da prova. Ele poderia ter conseguido alguns pontos a mais. O objetivo de Erik naquele semestre, porém, era apenas ser aprovado nas três matérias em que possuía notas baixas. Depois trataria de se esforçar para garantir notas mais altas no semestre seguinte.

A competição de natação se aproximava e Erik se inquietava. A situação era bastante desconcertante. Ele era nadador com quatro anos de prática em um clube, e não deveria participar de uma competição de colégio. Seus antigos companheiros de clube ririam se soubessem, e seu treinador faria alguns comentários irônicos, talvez um tanto amargurados, sobre como ele baixara o seu nível de ambição.

Na realidade aquilo não era um combate nada leal.

Além do mais, sentia no ar que ele ficaria ainda mais impopular. Em qualquer outra escola lá fora, no mundo real, onde as regras normais valiam, os alunos do ginasial achariam divertido que algum de seus colegas vencesse alunos do colegial. Mas ali valia exatamente o contrário: era desconcertante e terminaria gerando novas inimizades.

Na área da piscina havia um quadro-negro pendurado, com os recordes escolares em diversas distâncias anotados. Em cinqüenta metros livres ele possuía uma vantagem de mais de um segundo. Em cem metros, levava uma vantagem de seis segundos, e o recorde de trezentos metros ele quebraria provavelmente com meio minuto, se nadasse a plenos pulmões, mesmo que não conseguisse manter um bom ritmo depois dos cem metros. Não havia dúvidas de que ele era um nadador de curtas distâncias.

Mas havia prometido a Tosse Berg que venceria três distâncias e tinha de cumprir com o prometido. Logo, ele teria de vencer três e seriam em nado livre. Nada mais. Nada de se mostrar em nado de peito ou borboleta, pois, comparado com os antigos colegas do clube de natação, ele não passava de um principiante.

Na noite anterior às competições, Erik fora convidado por Tosse Berg para jantar em seu apartamento, que ficava no último andar da Ursa Maior. Depois do jantar eles se dirigiram ao escritório, onde a sra. Berg lhes serviu o café, antes de se retirar discretamente e fechar a porta. No entanto, Berg tinha alguma intenção não declarada. Os dois conversaram um pouco sobre a coleção de prêmios de Berg e sobre um suposto futuro para Erik como nadador. Erik acreditava que se continuasse a treinar durante os anos que estivesse em Stjärnsberg, talvez conseguisse retornar ao clube de natação quando entrasse em um colégio de Estocolmo. Porém, achava muito difícil treinar sozinho. Quanto ao atletismo, não acreditava realmente ser capaz de fazer parte, um dia, das equipes de elite. Ele era apenas razoavelmente bom em quase tudo, mas não se distinguia em nenhuma das modalidades para investir seriamente em um futuro no esporte. E ainda tinha dúvidas se seu corpo pesado podia suportar os onze segundos finais nos cem metros rasos, mesmo depois de muito anos de treinamento. Aliás, não fazia diferença alguma. Depois do colegial teria de investir seriamente nos estudos e não teria tempo a perder.

Berg tinha algumas objeções. Depois de natação e atletismo talvez fosse a hora de ele investir em esgrima, tiro ou hipismo para disputar o pentatlo. Podia treinar esgrima e tiro ali mesmo em Stjärnsberg e, em seguida, se fosse possível, faria parte de algum dos vários grupos de hipismo com cavalos à disposição nos castelos da região. Ou, pensando bem, não era possível. Não, era exatamente isso — ali Erik sentia que Berg se aproximava do xis da questão —, aquela turma de esnobes parecia ter alguma coisa contra Erik. Tudo dependeria dos problemas que tivera com o Conselho. Sim, além, é claro, da história do quadrado. Ah, sim, os professores ficaram sabendo da história. Certamente era de praxe que, diante dos alunos, eles fizessem de conta que não se envolviam em problemas daquele tipo, mas na sala dos professores o assunto rendera muitos comentários. A enfermeira contribuíra com todos os detalhes ao descrever o estado de Lelle e seu amigo, depois do confronto com Erik. Lelle não havia retornado ainda à escola depois de sua convalescença. Mas eles não chegaram a uma conclusão do que realmente havia acontecido, pois as versões dos professores eram bastante divergentes.

Mas que diabos, pensou Erik, então Berg estava simplesmente interessado em escutar um comentário sobre a briga? Era só daquilo que iriam falar?

Não exatamente, pois quando Berg percebeu que Erik não tinha vontade de comentar sobre o incidente, mudou de assunto e chegou finalmente onde queria: desejava que Erik competisse em mais uma distância. Ele havia escutado os garotos da equipe da escola contarem os pontos e chegarem à conclusão de que ganhariam de Erik no conjunto.

Para cada distância adquiriam-se trinta pontos. Para um segundo lugar, vinte, e para um terceiro, dez. Berg foi buscar papel e caneta.

Se Erik competisse nas três distâncias em nado livre, ganharia, com as três vitórias, noventa pontos. De acordo com o que planejavam na equipe de natação, Lewenheusen estaria com sessenta pontos. Mas havia outras três distâncias: cem metros nado de peito, cinqüenta metros nado de costas e cinqüenta metros nado borboleta.

Depois das provas de nado livre, Lewenheusen estaria trinta pontos atrás de Erik, mas se Erik ganhasse mais uma distância chegaria a cento e vinte pontos, tornando impossível a recuperação de Lewenheusen, já que, em caso de empate, o número de vitórias decidiria. Não importava o que fizessem na equipe de natação da escola, pois Lewenheusen não venceria. Bastava que Erik nadasse mais uma distância.

Nada disso. Era possível até mesmo que fosse verdade, mas lhe parecia ridículo. Afinal, qual vantagem teria com tudo aquilo? No nado livre ele poderia fazer tempos tão bons que não precisaria se envergonhar. Mas, por exemplo, competir em cinqüenta metros, nado borboleta e vencer por 45-50 segundos, era apenas ridículo.

Berg, por sua vez, tinha um argumento curioso. Fora um parente de Lewenheusen que, havia uns vinte anos, doara a taça de natação. Era por isso que os garotos da equipe escolar de natação desejavam que Lewenheusen vencesse o calouro abusado. Na verdade, tudo não passava de trapaça. Era antidemocrático, violava a filosofia desportiva. *Que vença o melhor*, não é assim?

— Mas nesse caso — contestou Erik — há muita coisa nesta escola que se pode chamar de antidemocrática. Não é tão estranho assim que eles desejem que um membro do Conselho vença. É mais ou mesmo o mesmo quando nós do ginasial temos de competir com gente do colegial, só para eles serem os melhores. É assim o tal espírito de Stjärnsberg.

— Exatamente! — exclamou Berg excitado, apertando as mãos uma contra a outra. — Isso mesmo! E vai totalmente contra o espírito esportivo. É por isso que pensei que poderíamos abrir uma brecha no sistema se você vencesse. Entende o que eu quero dizer?

— Entendo, mas acho errado de qualquer maneira. Eu treino natação há muitos anos, eles não. Onde está a democracia em uma competição entre um nadador que nada mais rápido e alguns caras que não são nadadores?

— Porque você é melhor do que eles, Erik, e porque você poderia mostrar a eles e a todos os alunos desta escola que é impossível trapacear nos esportes. Nos esportes é impossível decidir de antemão que o nome do vencedor seja Lewenheusen. E imagine só que bacana o ginasial ter um vencedor...

— Você acha que eles vão gostar?

— Claro que sim, Erik, claro que sim! O esporte é democrático, Erik, pense nisso.

— Qual é a ordem das provas?

— Primeiro, cinqüenta metros nado livre, depois, cinqüenta metros nado de costas. Em seguida cinqüenta metros nado borboleta, depois cem metros nado livre, cem metros nado de peito, e, por fim, trezentos metros nado livre, que conta como longa distância.

— Então eu pego os cinqüenta, nado livre. Cem metros de peito ficam entre duas distâncias de nado livre, nesse caso eu acabaria, provavelmente, afogado nos últimos cem metros da longa distância. E o nado borboleta fica perto demais dos cem metros nado livre.

— Você consegue vencer os cinqüenta metros nado de costas?

— Sim, se eu me candidatar. Mas vai parecer estranho demais.

— Mas não se esqueça de que a gente põe aqueles trapaceiros no seu devido lugar.

E Tosse Berg lhe apertou a mão no estilo dos oficiais militares: de punho e olhar firmes. Em seguida lhe deu um tapa nas costas e disse que estava contente.

— Mantenha-se firme, Erik, mostre àqueles esnobes que o esporte não combina com acordos duvidosos.

Já na abertura da competição via-se que Tosse Berg tinha e não tinha razão. No discurso do diretor, na abertura das finais, sentia-se entre os nadadores algo de pesado no ar. Eles cochichavam e apontavam para o público do colegial. A taça de prata dos Lewenheusen fora levada à piscina coberta e colocada ao lado do diretor (apesar de a distribuição dos prêmios ser apenas na cerimônia de encerramento do semestre letivo).

Havia uma distância tácita entre Erik e os outros nadadores da equipe escolar. Ele já havia notado isso durante as provas classificatórias, no dia anterior. E tornou-se mais explícita já na primeira prova de cinqüenta metros, nado livre. Lewenheusen chegou em segundo lugar, apesar de pelo menos mais um nadador poder ter chegado antes dele. O mesmo na prova de nado de costas. Quando Erik alcançou a chegada, viu claramente como dois outros nadadores esperavam por Lewenheusen nos últimos metros e o deixaram passar à frente.

Tinham vinte minutos de descanso entre cada prova, e para que Lewenheusen continuasse a competir em todas as provas, tudo começara a ficar bizarro depois de um tempo. Ele venceu o nado borboleta com braçadas que mais pareciam um acidente de afogamento ou um nado de peito destrambelhado. Em seguida, a trapaça se repetiu nos cem metros nado livre, quando Lewenheusen chegou em segundo. Vinte minutos mais tarde deixaram-no vencer os cem metros nado de peito. Erik assistiu apenas do começo da prova antes de entrar na sauna, a fim de se manter aquecido para a prova de trezentos metros.

Para que Lewenheusen vencesse todas as provas, ou teriam de desclassificar Erik ou Lewenheusen teria de ganhá-lo. Que plano tinham eles? Sair antes da largada ou o quê? O melhor era manter prudência e dar a largada um pouco mais tarde. Afirmar que ele cometera algum erro na virada? Impossível. Que vantagem teria Wrede — que havia descansado desde os cinqüenta metros nado livre — se vencesse os trezentos metros e Erik chegasse em segundo, deixando Lewenheusen em terceiro? Wrede foi o segundo mais rápido nas classificatórias do dia anterior. Mas era impossível que acreditassem que conseguiria superar Erik em mais de vinte segundos. Aliás, ainda assim não seria o suficiente para Lewenheusen vencer a classificação geral. Ou será que já havia desistido? Não estavam trapaceando um pouco abertamente demais?

Foi dada a partida sem qualquer objeção do juiz. Mas, logo em seguida, Wrede passou a nadar em uma velocidade alta demais. A princípio, Erik tentou acompanhá-lo, mas decidiu rapidamente baixar a velocidade e nadar no próprio ritmo. Depois de cento e cinqüenta metros, Wrede já estava exausto e passou a perder velocidade. Era tão simples assim o plano deles? Fazer com que Erik nadasse em uma velocidade alucinante nos primeiros cem metros para terminar esgotado?

Aparentemente, sim.

Quando Erik saiu da piscina, pôde ver seis garotos tomando banho, à espera de que um exausto Lewenheusen chegasse em segundo lugar. Em suma: eles haviam executado o plano até o final sem sucesso. Que idiotas!

— Muito bem — gritou Berg do alto-falante. — Aqui temos o vencedor nas classificações gerais e novo detentor dos três recordes escolares: Erik, do quarto ano!

Um silêncio quase absoluto tomou conta do ambiente. Da platéia formada pelos alunos do ginasial escutavam-se alguns aplausos indecisos.

— Uma salva de palmas para o vencedor! — gritou Berg.

Um silêncio absoluto, porém, envolveu o lugar.

Foi quando Berg parou em frente à piscina e pôs-se a aplaudir ostensivamente. Durante cinco longos segundos ele continuou ali, aplaudindo sozinho em meio ao silêncio. Até o diretor aderir aos aplausos.

Erik já estava prestes a se retirar quando finalmente o público resolveu aplaudir. Sentia vergonha e estava arrependido por haver se exposto, exposto Berg e a competição inteira a toda aquela trapaça. "*Que vença o melhor*" é o cacete! Ali em Stjärnsberg as leis e regras eram outras bem diferentes.

Imediatamente após o jantar o Conselho se reuniu na sala seis.

Lewenheusen tinha uma aparência de exausto. Erik lhe sorriu com desdém, enquanto ele evitava os olhares, fingindo estar muito ocupado com suas anotações.

— Ah — disse o presidente Bernhard von Schrantz. — Aqui está você novamente, Erik. Eu imagino que já saiba por que está aqui desta vez.

— Alguns casos de insubordinação, para o que estou cagando e andando. E por fumar escondido pela segunda vez, de que pretendo me defender.

— Não use linguajar chulo diante do Conselho, esta é a última vez que lhe previno.

— Oh, não vamos começar com essa besteira outra vez. Vamos logo às acusações.

— Antes de tudo, anotaremos dois fins de semana de reclusão por mau comportamento diante do Conselho. Secretário, tenha a gentileza de anotar.

O secretário anotava meticulosamente. Os membros do Conselho, de cabelos bem penteados e silenciosos, mantinham uma expressão em seus rostos que mais parecia um misto de impassibilidade típica de um tribunal e uma mal disfarçada inimizade. Erik se sentia superior. Aqueles pobres garotos eram forçados a encenar aquele teatro de tribunal, cheio de rituais obrigatórios.

— Muito bem — disse o presidente. — Agora continuemos com o caso de insubordinação. O senhor vice-presidente teria a gentileza de expor os fatos, por favor?

O vice-presidente observou que o caso era de rara "gravidade", visto que se tratava de, caso se detivessem apenas nos incidentes registrados, recusa a obedecer às ordens de alunos do último ano em nada menos que doze ocorrências. Não obstante, havia "motivos para presumir" que o verdadeiro total de incidentes ultrapassava o presente registro, já que um número considerável de alunos do último ano julgava "não servir muito" dar entrada em processos sobre o caso. Um dado que deve ser "levado em especial consideração" no julgamento do réu e na avaliação das "conseqüências".

Em seguida ele enumerou todas as ocorrências registradas por escrito e, novamente, era a vez do presidente.

— O réu tem algo a ressaltar no caso?

— Nada de especial. Como eu já disse antes, eu cago pras ordens dos alunos do último ano, e não obedeço às suas ordens também, se não forem do tipo que sou obrigado a obedecer, como no caso do parágrafo oito da condenação por fumar escondido. Aquele que menciona "quando houver provas evidentes de que fumou", vocês sabem. Pensando bem, vocês não podem alegar que devem levar em "especial consideração" alguma acusação que não foi feita. Em suma: eu respondo somente pelas acusações que foram apresentadas aqui e espero que o Conselho aceite a minha opinião.

— O Conselho necessita fazer alguma deliberação individual a respeito da objeção aqui apresentada? — perguntou o presidente.

O Conselho suspendeu a audiência por cinco minutos para deliberação. Quando Erik foi chamado mais uma vez, informaram-no de que o Conselho aceitava sua objeção. O Conselho só poderia levar em consideração uma acusação que lhe houvesse sido apresentada, não sendo passível de julgamento qualquer outra circunstância.

— Mas isso não significa — o presidente completou — que o caso seja menos grave. Temos aqui doze casos de insubordinação para julgar. Você escutou a exposição dos motivos pelo promotor. Você prefere responder pelos doze de uma vez ou separadamente?

— Para mim tanto faz responder à merda toda de uma vez só.

O presidente fingiu não escutar o palavrão.

— Então — prosseguiu o presidente — podemos escutar a sua opinião sobre os doze casos citados de insubordinação?

— As acusações têm fundamento. Eu já expliquei que não vou obedecer a nenhum aluno do último ano, o que significa que, em princípio, cada uma dessas anotações pode ser verdadeira. Eu nem sei o nome de quem me denunciou, mas posso reconhecer as situações que citaram. Tá legal, eu sou culpado, vamos logo ao veredicto.

— O Conselho está pronto para anunciar o veredicto? — o presidente perguntou.

Todos responderam afirmativamente com um gesto de cabeça.

— Muito bem, o Conselho o condena a doze fins de semana de reclusão por se recusar a obedecer às ordens dos alunos do último ano.

Erik repetia na memória o parágrafo do regulamento: "...as ordens emitidas pelos membros do Conselho e alunos mais velhos devem ser cumpridas à risca pelos alunos mais jovens..."

Já de saída era possível fazer objeções. A palavra "ordens", na primeira parte do parágrafo, tinha a ver com "bom comportamento" e não com o fato de prestar favores. Mas, por outro lado, falava de forma generalizada em "de acordo com o princípio da educação pela camaradagem" da escola, o que podia ser interpretado de todas as formas possíveis. Além disso, a segunda parte do parágrafo não deixava a mínima dúvida:

"Em caso de insubordinação, o Conselho tem o direito, depois dos devidos exames, de aplicar a pena que lhe parecer conveniente."

Em outras palavras, a quem não obedecesse, eles tinham o direito de castigar da forma que lhes passasse pela cabeça. E detenção era melhor do que trabalhos forçados, especialmente porque sua pena se estendia por todo o semestre até o inverno. Seria bom para os estudos. Não havia o mínimo motivo de discutir o problema. Ao que parecia, achavam a detenção pior do que os trabalhos forçados, um grande equívoco da parte deles. Eles deviam ter imaginado "trabalhos forçados" de forma generalizada. Como por exemplo, aquele tipo de trabalho passível de suborno. Mas se fosse obrigado a cavar aquele buraco por semanas, seria insuportável e tudo resultaria em uma situação como a do parágrafo treze: "O aluno que agredir um membro do Conselho ou que exercer contra ele qualquer forma de violência será imediatamente expulso da escola."

Enfim, a reclusão era uma excelente saída. Talvez fosse bom se lamentar um pouco sobre o castigo, a fim de que, futuramente, continuassem a condená-lo à reclusão. Não, correria um risco inútil.

— Entendeu o veredicto? — perguntou o presidente.

— Sim, evidentemente.

— Tem alguma objeção?

— Não.

— Muito bem. Então podemos continuar com o próximo tópico. O promotor teria a gentileza de enunciar a acusação por fumar escondido?

O vice-presidente e promotor folheou um pouco alguns papéis a fim de dar mais veracidade ao tribunal, até que "encontrou" os autos sobre o cheiro de pasta de dente em Pierre e Erik. Em suma, eles saíam do bosque com cheiro de pasta de dente apesar de o jantar já ter terminado havia mais de 25 minutos. As circunstâncias os obrigaram a interpretar que os dois tinham fumado e, logo depois, enxagüaram a boca ou aspiraram pasta de dente para ocultar o cheiro de cigarro. Erik já fora condenado por esse tipo de delito. Por isso era visto como fumante. Seu colega de classe, Pierre Tanguy, nunca havia sido condenado, mas presumia-se que fora influenciado por Erik a ser seu cúmplice.

Erik tinha alguma objeção a fazer sobre o caso?

— Sim, muitas. Nós fomos revistados pelo membro do Conselho que nos deteve. Há alguma observação a esse respeito no protocolo e que explique o resultado da revista?

O promotor "procurou entre seus papéis" por alguns minutos até que constatou que não havia nenhuma anotação sobre a revista.

— Não, é claro — Erik prosseguiu —, porque como vocês bem podem entender, o tal membro do Conselho não encontrou nada, como era mesmo o nome? Jönsson ou qualquer coisa no gênero...

— Jeansson! — interrompeu o presidente.

—...isso, Jönsson ou Jeansson, pouco me importa, não encontrou, de qualquer forma, coisa nenhuma. Nem sequer um pedacinho de tabaco. Nem cheiro, nem cachimbo, nadinha. A única coisa de que vocês nos acusam é de cheirarmos a pasta de dente.

— Sim, sim — interrompeu o presidente. — Vamos logo ao assunto. Você se confessa culpado do delito?

— Confessar? Não dá para vocês usarem uma linguagem normal, não? Essa imitação de tribunal é simplesmente ridícula e vocês não estão num tribunal de verdade. Caso contrário, onde está o meu advogado de defesa, hein?

— Então você reconhece que é culpado?

— Eu não reconheço nada. Nós somos inocentes. Vocês não podem usar hálito de pasta de dente como prova de que fumamos!

— Você pode jurar que não fumaram? — perguntou o promotor.

— Ah!, esse negócio de jurar para se livrar de uma pena já deixou de existir desde a Idade Média. Vocês têm de provar que nós fumamos e a única prova que possuem é que nós cheirávamos a pasta de dente. A verdade é que isso tudo é simplesmente patético. Vocês podem usar o cabelo gomalinado e imitar a pose dos advogados o quanto quiserem, mas são simplesmente ridículos. Eu quero ver vocês provarem que nós fumamos, isso sim!

— Mas você acha que nós não sabemos que quem fuma escondido tem cheiro de pasta de dente? Você acha que nós não temos uma certa experiência no assunto? Aliás, você talvez possa explicar por que cheirava a pasta de dente?

— Uma possível explicação seria que pasta de dentes esconde o cheiro de cigarros.

— Então você admite que fumou?

— De jeito nenhum. Sabendo que um bando de malucos, com um círculo dourado no emblema da escola, tem como ocupação favorita inventar castigos para nós, os alunos do ginasial, e distribuir um monte de agressões toda vez que colocamos os pés no pátio da escola, o melhor a fazer é cheirar a pasta de dente o tempo todo. Assim, nenhum membro do Conselho débil mental ou intoxicado com a fumaça do próprio cigarro pode nos acusar de ter fumado. Além do mais, tem gente que escova os dentes depois das refeições, sabiam?

— Então, você alega — resumiu o secretário a partir das anotações do chamado protocolo — que escovou os dentes como de costume e também como medida preventiva em caso de revista?

— Isso mesmo. E vocês não podem ser tão burros de achar que cheiro de pasta de dente é uma "prova evidente", como diz o parágrafo oito. Além disso, eu também queria lembrar que na primeira vez em que vocês me condenaram por fumar, sabiam muito bem que eu tinha esquecido o maço de cigarros no bolso, pois eu tinha acabado de entrar na escola.

— Sim, mas este assunto é totalmente irrelevante no contexto atual. É um caso encerrado — disse o presidente.

— Mas para mim é relevante, já que sou inocente. Fumar não é nada bom para a condição física. Vocês mesmos foram testemunhas disso, quando assistiram ao exercício de afogamento do Lewenheusen na competição de natação, não é mesmo?

Lewenheusen fez menção de responder, mas o presidente o calou com um gesto.

— O Conselho fará sua deliberação. Vá esperar lá fora no corredor.

Não demorou mais de dois minutos. Quando Erik voltou a entrar, o presidente lhe dirigiu algumas palavras de advertência.

— Você já vai saber a decisão do Conselho, mas quero aproveitar a oportunidade para aconselhá-lo a se comportar de uma vez por todas. Apesar de só estar aqui há seis semanas, já colecionou castigos até o próximo semestre. Você tem péssima influência para os outros alunos do ginasial e nós somos obrigados a controlá-lo a qualquer preço. Para o seu próprio bem e para o bem de toda a escola, você deve mudar de comportamento. Ou então, temos a impressão de que sua estada aqui em Stjärnsberg vai ser por pouco tempo. Agora que nós o condenamos por fumar escondido pela segunda vez, decidimos, em caráter excepcional, que sua pena vai ser de reclusão por dois fins de semana, em vez da pena mista de trabalhos forçados e reclusão. E lembre-se de que se você for pego mais três vezes fumando será expulso da escola.

— E nesse caso, vocês vão me condenar mais três vezes por cheirar ou não a pasta de dente? É esta a ameaça? É, continuem aí sentados, brincando de tribunal. Aproveitem e pensem no parágrafo nove: "Observe-se que o Conselho adotará uma postura neutra no julgamento de evidências e permitirá, a todo aquele que se apresentar em juízo, apresentar sua defesa integralmente" etc. Por que vocês não começam a usar perucas brancas, assim esse teatro de tribunal fica mais engraçado ainda?

— Se você não fumar escondido nós também não vamos acusá-lo, pode estar certo disso. Mas se continuar, vamos descobrir uma quinta vez, pode ter certeza.

— É claro. Super legal para aquele que me pegar fumando pela quinta vez, quando o que eu fizer com vocês já não tiver mais a menor importância. Então vocês verão o quanto a sua justiça tem valor, não é mesmo? Contando-se em número de dentes perdidos e coisas desse gênero.

O presidente Bernhard bateu ambos os punhos na mesa do professor e baixou os olhos por alguns segundos, a fim de se controlar antes de enunciar alguma resposta.

— Você não pode estar na posse das suas faculdades mentais se está ameaçando o Conselho em pleno julgamento...

— Nesse caso vocês não podem me condenar. Não se pode condenar alguém que não goza de saúde mental. Os hospícios não possuem a mesma escala de castigos que vocês usam. E não foram vocês que ameaçaram me condenar por algo que não cometi, até conseguirem me expulsar da escola?

— Não, ninguém o ameaçou, mas você...

— Mas então eu não ameacei vocês também. Logo, o caso está encerrado.

— O Conselho fará sua deliberação!

No corredor, entre os outros acusados do ginasial, Erik repetia suas últimas declarações no tribunal. Algumas gargalhadas e gritos chegaram certamente aos ouvidos do Conselho em recesso, o que era excelente, pois tinham de ser ridicularizados. Enquanto os acusados especulavam sobre a próxima pena de Erik, ele prometeu que desafiaria o vice-presidente e o presidente a comparecerem ao quadrado. Seriam ainda mais ridicularizados; era a única maneira plausível de defesa.

Erik foi chamado a mais uma audiência e foi condenado a mais cinco fins de semana de reclusão.

— Agora, eu só tenho mais uma pergunta — disse Erik.

— O réu tem uma pergunta a fazer. Perguntas fazem parte dos direitos do acusado. Por favor faça a sua pergunta, mas nada de desaforos.

— A primeira é se realmente faz algum sentido fazer parte deste negócio aqui. Eu só pretendo estudar aqui por dois anos. Quando vocês já tiverem preenchido a cota de todos os fins de semana de dois anos letivos, então eu já não vou precisar mais me apresentar a esta palhaçada? Agora, se eu repetir algumas vezes boceta e caralho, vocês não poderiam me condenar a dois anos letivos de uma vez por todas?

— Muito bem, e qual era a segunda pergunta?

— Eu gostaria de desafiar o presidente e o vice-presidente ao quadrado amanhã às oito horas.

O mal-estar do Conselho no esforço de manter uma postura de tribunal era visível. O presidente ensaiou "um gesto de exaustão" antes de responder.

— As respostas a suas perguntas são as seguintes: o Conselho condena, em cada caso individualmente, sempre que alguma infração tenha ocorrido de fato. Nós não podemos distribuir penas generalizantes, isto seria infringir a lei. Quanto à segunda pergunta, imagino que seja apenas uma mera brincadeira...

— Não, senhor, é da mais extrema seriedade.

— ...e mesmo que não fosse uma brincadeira, mas mais uma das suas asneiras, é impossível para um aluno do ginasial desafiar um membro do Conselho.

— É, falar é fácil...

— E agora que seu caso já tomou demais do nosso tempo, pode sair e dizer ao Tanguy que é a vez dele.

Erik saiu, concluindo alegremente que o presidente e o vice não tiveram coragem de aceitar seu desafio. Não era difícil concluir que a notícia se espalharia rapidamente por toda a escola.

Em seguida era a vez de Pierre ser condenado pela primeira vez por fumar escondido, apesar de negar a culpa, de acordo com o parágrafo oito do regulamento escolar. Em três minutos a audiência com Tanguy estava terminada.

Uma vez habituado às rotinas burocráticas, os dias de detenção eram bastante agradáveis para Erik. A literatura permitida era a Bíblia e os livros escolares, além de outros livros considerados úteis aos estudos. Somente isso já lhe proporcionava ocupação suficiente. Com um pouco de fantasia e ajuda de alguns professores, era bastante fácil ampliar a definição para um número considerável de livros que podiam ser considerados material educativo. Um atestado do professor de história permitiu ao garoto ler os doze volumes das memórias de Churchill sobre a Segunda Guerra Mundial como parte do curso. Da mesma forma, os expoentes da literatura nacional eram incluídos ao ensino de sueco. Autores estrangeiros não eram aceitos como literatura, a não ser os noruegueses como Ibsen ou Hamsun, ou os finlandeses, apesar de que havia certa hesitação no caso de Väinö Linna (surgira uma suspeita de Linna ser comunista e, neste caso, era considerado impróprio à leitura, da mesma forma como os textos pornográficos o eram).

Em textos religiosos incluíam-se textos sobre todas as religiões e sobre a história das religiões, até mesmo o zen-budismo.

Para o estudo de língua inglesa, os autores reconhecidos eram permitidos mediante apresentação de um atestado do professor. Permitiam a leitura de Graham Greene, assim como do maçante e difícil Shakespeare (mais que tudo para aborrecer o guarda do Conselho) e de todos os autores de renome, com exceção dos homossexuais, considerados impróprios.

Em biologia, permitiam algumas narrativas sobre expedições à América do Sul e Nova Guiné, desde que seus autores fossem suecos.

Em suma, a vida de detento era um longo festival de leitura. Erik tratou de elaborar um esquema. As primeiras horas da manhã dedicava ao sono, como todos os outros detentos. Ele dormia de seis às dez. Às vezes era, naturalmente, surpreendido por guardas do Conselho, que o ameaçavam com acréscimo de pena por haver dormido, apesar de tais ameaças se tornarem cada vez menos veementes.

Ele dedicava a manhã até a hora do almoço aos estudos da matemática e para exercícios de outras matérias nas quais estava atrasado. O resto do dia era um verdadeiro desfrute. E à noite, um pouco de natação na piscina antes de se deitar.

A atmosfera em torno de Erik havia se transformado. Pelo menos ele acreditava que sim, pois desde o dia em que havia desafiado o presidente e seu vice, ele não perdia a chance de ridicularizar os dois juízes toda vez que atravessavam o pátio da escola.

— Alô, chefão! Que tal uma voltinha até o quadrado? — gritava e dava gargalhadas, mostrando a arcada dentária ainda em perfeitas condições. Quem estava perto ria com alguma hesitação.

Os professores gracejavam alegremente, comentando seus bons resultados nos estudos e fazendo elogios à detenção. Talvez toda a classe devesse ficar trancada nos fins de semana para melhorar suas notas. E não mediam esforços em tomar partido de Erik sempre que o Conselho alegava que algum livro não era literatura escolar ou referência para os estudos ou afirmava que algum outro era literatura de lazer. Por fim, a única leitura que não era considerada material escolar eram as revistas pornográficas e os livros do escritor britânico homossexual. E, ao final, o guarda do Conselho já nem se preocupava em revistar a bolsa pesada de Erik, ao entrar na sala de detenção.

Aquilo já se parecia com uma pequena rachadura no sistema.

Além disso, era notável como o número de agressões no quadrado havia diminuído de forma marcante, de uma maneira como nenhum aluno do ginasial podia se recordar. Era como se já não fosse tão incontestavelmente másculo bater nos alunos do ginasial no quadrado. Naturalmente, ainda acontecia às vezes. Nas duas primeiras vezes depois de sua própria luta no quadrado, Erik não quis ir assistir. Achava que sentiria asco. Mas, um dia no fim de outubro, misturou-se por fim ao público, atraído ao lugar como por um ímã.

Era Lewenheusen e um colega de classe prontos para aplicar um corretivo em um garoto magricela do terceiro ano. Não estava claro o que o delinqüente havia feito, mas segundo os boatos, ele havia respondido ao chefe de mesa — o membro do Conselho Lewenheusen — que, se era tão divertido bater, deveria ter aproveitado aquela ocasião em que um garoto do quarto ano desafiara o Conselho inteiro.

De alguma maneira Erik sentia-se responsável por toda essa história.

Lewenheusen e o amigo começaram dando alguns tapas de leve, cada qual de um lado do menino, que nem fazia menção de se defender.

Como os lobos — concluiu Erik —, ele tentava se defender pondo à mostra a própria garganta, para que os outros parassem de mordê-lo. Mas aquilo nunca funcionaria. Ele não poderia sair se arrastando sem antes apanhar o suficiente para não virar um rato, e os dois teriam de bater nele o suficiente para que saísse se arrastando.

Lewenheusen e o amigo batiam sem jeito. Quando começaram a dar socos, erravam a mira ou acertavam mal, apesar de a vítima dos castigos quase não se esforçar para se defender. Enfim, quem devia levar a surra perdeu o autocontrole e acertou um *swing* violento bem na boca de Lewenheusen, ainda que o golpe já fosse previsível. Lewenheusen ficou furioso e partiu desvairado para o garoto, aplicando socos de direita e esquerda descontrolados no ar. O garoto encolheu-se instintivamente, sendo que os golpes acertaram mais seus ombros e lados, não causando nenhum dano considerável. Por fim Lewenheusen se cansou e seu companheiro assumiu o comando da surra.

O alvo do castigo estava meio abaixado, a guarda aberta para seus adversários. O amigo de Lewenheusen adiantou-se, colocou o joelho no rosto do garoto e golpeou-o na barriga, quando ele fez menção de se recompor. O garoto, então, caiu de joelhos e gemeu, mas recusou-se a sair. Foi quando Lewenheusen aproximou-se e começou a chutá-lo. O garoto caiu até quase se deitar no chão e Lewenheusen continuou chutando, enquanto dizia apressadamente suas humilhações de costume sobre ratos, covardes, gente que deve aprender a não ser desaforada e coisas do gênero.

Aquilo parecia uma tourada de péssima qualidade, com um touro que tombava à passagem dos picadores e toureiros de meia-idade, meio alcoolizados e obesos — bem aquém do que um dia fora o sonho da abertura das feiras de Sevilha.

Por fim, quem levava a surra arrastou-se para fora. Não sangrava muito, ao que Erik podia ver, e não parecia precisar ser costurado em lugar nenhum. Ele chorava, mais de humilhação do que de dor. Ficou chorando por um longo tempo no chão de cimento, quando Lewenheusen, em algo que na verdade parecia a embriaguez dos vencedores, aproximou-se do canto em frente aos alunos do ginasial.

— Isso é o que acontece com quem fala demais, agora vocês já sabem! — gritou triunfante. — Há mais alguém que... — continuou Lewenheusen ao mesmo tempo que se dava conta da própria imprudência cometida.

Rápido como um relâmpago, Erik aproveitou a oportunidade:

— Ah, finalmente, Lewenheusen! Eu me candidato! — gritou Erik de seu lugar entre os alunos do ginásio.

Depois de um curto silêncio, alguns risos brotaram entre os garotos do ginasial. Lewenheusen mantinha-se imóvel como uma estátua.

— E então? — gritou Erik.

Os risos foram se transformando em gargalhadas esparsas que pouco a pouco cresciam, até todo o ginasial irromper em sonoros risos. Inclusive o garoto que acabara de receber o castigo levantou-se e começou a rir.

Erik passou a examinar as alternativas. Ele podia dirigir-se até Lewenheusen e subir no quadrado. Nesse caso o adversário se veria obrigado a permanecer lá dentro, assim como seu companheiro, ou o companheiro desistia e tudo acabava em desaforos generalizados. Mas também havia o risco de Erik ser forçado a agredir Lewenheusen e seu amigo. Havia algo extremamente desagradável nessa alternativa. Era impossível repetir a luta anterior por diversas razões. Erik rejeitava a possibilidade instintivamente.

A melhor alternativa, Erik decidiu, seria se obrigasse Lewenheusen a recuar diante de todo o público.

— E então? — repetiu Erik, aos gritos. — Parece que eu escutei algum rato, você também, Lewenheusen? Um RATO com vontade de dar uma surra em um garoto do ginasial. Aqui estou, você só precisa me desafiar que eu vou correndo. Vamos logo com isso, ratinho Lewenheusen, já estou louco de impaciência!

Lewenheusen foi coberto por uma cascata de risos. Até mesmo os alunos do colegial ali presentes foram cruéis o bastante para preferir o cômico da situação à honra de Lewenheusen, caindo eles também na gargalhada.

— De você eu tomo conta em uma outra oportunidade — respondeu ele em voz alta e sem muita convicção.

Em seguida saiu disfarçadamente, perseguido por risos e gritos de "rato". Erik ficou muito satisfeito. Aquilo era muito melhor do que a violência. A melhor forma de lidar com o Conselho era ridicularizando-o. Talvez se fosse sarcástico o suficiente, poderia...

Sim, e o que iria acontecer, então? Valia a pena experimentar, concluiu Erik.

— *Na verdade, eu acho que você devia cagar para eles, Erik. Por que se preocupar com esse bando de idiotas, por que se preocupar estando na sua posição? Você fez bem de tratar o Lewenheusen assim, faz com que você fique numa posição ainda mais segura, eu acho. Quero dizer, ninguém vai ter coragem de botar você dentro do quadrado enquanto estudar aqui. E não vai precisar receber coques ou coisa parecida no refeitório. Além de ninguém poder ameaçar você com mais reclusão. Você, de alguma maneira, já se livrou de tudo isso. É claro que teve de pagar um preço alto, todos esses fins de semana, mas pode ser que seja melhor mesmo usar esse tempo para os estudos, já que à tarde você perde tanto tempo com esses esportes bobos. É, além dessa história de você não querer ir para casa. Quer dizer, aquilo com o seu pai.*

Mas tente entender que assim como tudo está agora está muito bom. Se continuar a provocar mais ainda, eles vão ter de reagir de alguma maneira, e nesse caso, eu não sei o que pode acontecer. De qualquer forma, não vale a pena. Você é inteligente e vai ser alguém na vida depois que se formar, assim como eu. E então, quando já formos adultos, daqui a alguns anos, não acho que vamos pensar nos membros do Conselho nem uma vez. Bem, talvez às vezes, mas eu acho que ter esses gorilas por perto é uma experiência útil de alguma maneira, para nos dar uma perspectiva sobre a burrice. Dessa forma, não dá pra ser como eles. Pelo menos não eu e você. Porque o Gavião e seus amigos vão ser iguais quando chegarem ao colegial. E quando ficarem adultos também. Mas eu e você vamos ser intelectuais e, quando os membros do Conselho já não fizerem parte do Conselho, quero dizer, quando não puderem brigar mais, já não terão a mínima chance contra você e eu. Quando estiverem competindo por melhores notas para entrar na universidade. Ou quando a gente se encontrar numa luta em que a única coisa que conta é quem tem o melhor cérebro, quem tem o melhor diploma, quem tem o melhor currículo para conseguir um trabalho. É muito mais importante ganhar deles nesse momento do que agora, Erik. Nisso você tem de concordar comigo! Quando a gente for adulto e deixar esta merda de lugar para sempre, já não vão existir quadrados atrás do refeitório. E, pensando bem, os professores estão do nosso lado. Quem você acha que os pro-

fessores preferem? Gente como o Gavião e os outros débeis mentais ou gente como eu e você? Não se pode criticá-los por eles não se envolverem com o que o Conselho faz. Os professores acreditam que a vida intelectual é o mais importante. Por que teriam de se envolver em toda essa violência se não podem fazer nada a respeito, já que são as regras em Stjärnsberg? Bom, é claro que nem todos os professores prestam, mas a grande maioria é gente como eu e você, Erik. Ou pelo menos como vamos ser quando ficarmos adultos (mesmo que eu não acredite que nós seremos professores de escola, não é isso que eu quero dizer). Enfim, eles acreditam que o intelecto e o saber são o mais importante nessa vida, e é por isso que eles ajudam você sempre que acontece uma discussão sobre os livros que você pode ler nos fins de semana de reclusão. E depois, quando o próximo semestre começar, tenho certeza de que eu e você vamos ter permissão do professor de biologia para sairmos daqui e observarmos as aves migratórias para a nossa pesquisa de biologia. Vamos ter chance de conseguir um conceito A. Matamos dois coelhos com uma só cajadada. Você não concorda comigo?

— Bem, eu concordo e não concordo... Quieto, que foi isso? Ah, pensei que fosse mais uma patrulha, mas era só alguém indo ao banheiro. Aliás, já faz um tempo que não fazem a ronda. Enfim, acho que você tem razão em grande parte. É lógico que eu concordo que aquilo que você chama de "vida intelectual" é o mais importante. Senão eu não estaria nem aqui. Eu tenho de fazer esses anos de ginasial aqui, já que nenhum colégio de Estocolmo me aceitaria, depois daquilo que aconteceu, você sabe. Eu só estudo aqui porque acho que o colegial e a universidade são o mais importante na vida de uma pessoa. É evidente que sim! E também sei que eu e você vamos nos dar muito melhor nos estudos do que o Gavião e alguns dos membros do Conselho. Mas e daí? Daqui a dez anos a gente consegue os nossos primeiros diplomas de universidade, enquanto eles não terão conseguido nem se formar pela

escola de cadetes. Mas, cacete, isso é daqui a dez anos! Do jeito que você fala, até parece que a gente vai se vingar deles. Mas ninguém sabe se no futuro, nos nossos trabalhos, a gente vai se deparar com algum deles. De qualquer maneira, são esses dois próximos anos que fazem a diferença. Não dá para falar tanto do futuro em algum outro lugar, quando agora nós estamos aqui. O que está valendo são os coques, as patrulhas, o quadrado e aquele teatro do tribunal. Por isso eu acho que a gente deve lutar contra esse sistema aqui e agora. E por falar nisso, eu acho que os professores são uns canalhas de não se importarem com o que acontece. Fingir que não estão vendo, ouvindo ou sabendo de nada, quando, ainda assim, discutem o assunto quando estão entre eles. Como no refeitório, por exemplo, o professor de plantão à mesa do diretor nem levanta o olhar quando um garoto da mesa ao lado recebe um tabefe. Eu não concordo que se deve ver somente o lado "intelectual" e fingir que não existem os maus-tratos entre os alunos. Na verdade, é pura covardia. Eles têm medo de se dar mal se criticarem o sagrado "espírito de Stjärnsberg". Só que em vez de reconhecerem que estão com medo, eles desconversam e afirmam que outras coisas da vida são muito mais importantes. Aliás, nós sempre concordamos que era preciso lutar contra as obras do diabo, só falta saber como. E se continuarmos, quero dizer, se outros além de mim começassem a gozar dos membros do Conselho, até que mais e mais gente risse deles, talvez fosse o começo de alguma mudança. Imagine se a gente conseguisse fazer com que outros garotos se recusassem a levar coques, por exemplo? Não demoraria muito para abolirem os coques. Seria impossível entupir as salas de detenção com tantos alunos desobedientes, logo o sistema desabaria. A princípio só seria preciso uns oito garotos que recusassem, já pensou? É possível confrontar a violência com resistência pacífica, essa era a sua idéia favorita. Como Mahatma Gandhi. Por falar nisso, eu já li o livro.

— É, mas você não é exatamente o Mahatma Gandhi. Ele tinha uma boa razão para lutar: a liberdade do país dele. E por isso ele teve o

apoio de todo o povo da Índia. Você também diz que lutar contra esse sistema é um bom motivo, e, de certa maneira, é verdade. Quer dizer, é obviamente verdade. Mas mesmo que você nunca mais tenha brigado desde aquela vez do Lelle, é exatamente isso que lhe dá a possibilidade de andar por aí avacalhando com os garotos do Conselho, e, de vez em quando, até fazendo os outros rirem deles. É exatamente a violência que você praticou que serve como base para tudo. E, aliás, você pode acabar muito mal se for longe demais. Podemos comparar à situação da Argélia, o que já causou, aliás, muitas brigas lá em casa: eu sou a favor da sua independência e você concorda evidentemente comigo. O país é deles, ninguém pode questionar, mesmo eles sendo comunistas ou sei lá o quê. E, pensando bem, talvez seja só porque a França não quer libertá-los. Apesar de eles usarem muita violência, matam mulheres e crianças inocentes. E qual é o resultado? Bem, a França responde com ainda mais violência e, nesse caso, só pode terminar de uma maneira: eles nunca vão ficar livres se continuarem tentando ganhar da França na base da violência. Deviam ter aprendido com Gandhi. E tem mais uma coisa: você nunca vai conseguir que ninguém o siga por aqui, pelo menos eu acho que não. Você tem de entender de uma vez por todas que a gente está cercado de uns débeis mentais que só querem virar membros do Conselho também. Por isso, chega de briga e deixe as coisas como estão, você já se safou do pior de qualquer maneira. Você não acha?

— Não sei bem se são débeis mentais, isso depende. Gente como o Gavião e seus amiguinhos burros, os membros da aristocracia, não passam de idiotas, é verdade. Mas os outros que estudam aqui não são nem mais nem menos inteligentes do que ninguém. Mas essa não é essa a raiz do problema. A verdadeira razão é que eles já freqüentam esta escola há tanto tempo que realmente acreditam que aqueles que estudam aqui se transformam em gente mais dura, que sabe se dar bem na vida, porque aprendemos a levar e aplicar um

ou outro tapa, dar e receber ordens. A maioria acredita nisso, ou pelo menos quer acreditar nisso, para não passar por covarde. E se conseguimos mostrar a eles que é possível vencer a própria covardia, e que só precisamos de mais alguns resistentes para acabar com os maus-tratos, então conseguiríamos mudar a situação. Depois você pode dizer o que quiser sobre Gandhi e nosso futuro "intelectual". Que bosta! Agora acho que vem uma patrulha mesmo. Muito bem, senhor Gandhi, logo, logo vamos poder fazer um pouco de resistência pacífica, limpando a pasta de dente dos nossos livros e lençóis...

Havia dois pretextos evidentes para escapar da detenção e dos trabalhos forçados sem, para isso, receber castigos adicionais: em primeiro lugar, todos tinham o direito a caminhar três quilômetros até a igreja para assistir às missas aos domingos de manhã. Era, principalmente, nos dias especialmente belos, durante a primavera, que o apelo cristão atraía mais de três prisioneiros ou condenados a trabalhos forçados.

O segundo pretexto era participar nos exercícios militares. Stjärnsberg possuía sua própria divisão de exército voluntário que, de tempos em tempos, recebia a inspeção de um dos coronéis da corporação da região.

Todo o material bélico era armazenado em dois barracões dispostos bem ao lado da pista de tiro. Ali havia uma coleção de capacetes de aço da década de 1930, com três estrelas gravadas na testa, uma coleção de uniformes de campanha cinza, modelo 1940, rifles Mauser, baionetas, granadas de mão, metralhadoras, rifles automáticos — que quase sempre emperravam por falha no mecanismo já muito gasto —, além de quatro pistolas de repetição e um verdadeiro estoque de cartuchos de munição. Era um depósito bem provido para a época, certamente resultado das boas relações que a escola mantinha com as forças armadas.

Entre os garotos do ginasial, a opinião sobre as manobras militares era um tanto ambígua. A idéia de atirar com uma arma e munição de verdade lhes parecia bastante máscula. Por outro lado, ficavam bem ridículos vestidos em seus uniformes grandes demais, além de as manobras acontecerem fora do horário das aulas. Os alunos do ginasial eram uma raridade durante as manobras do exército, por isso adquiriam uma série de privilégios ao participar.

Um deles era a permissão para fumar durante os exercícios, mesmo sem um atestado. Isto é, o aluno podia fumar enquanto vestia o uniforme, e todo o material usado para fumar devia ser guardado junto com o equipamento militar. Isso e a possibilidade de evitar detenção e trabalhos forçados eram o motivo principal para um acréscimo de vinte alunos do ginasial no contingente de voluntários.

A participação dos alunos do ginásio era importante, já que precisavam de um grupo considerável de soldados. Alunos veteranos, aristocratas do colegial e membros do Conselho que participavam do exército voluntário deviam ocupar os postos de oficiais comandantes, e não podiam ser comandantes se não houvesse ninguém a ser comandado.

Por isso, o Castor conseguira tais privilégios, após longas negociações estratégicas com o diretor e o Conselho.

O Castor era professor de matemática e lecionava na classe de Erik e Pierre, entre outras. Ganhara o apelido devido aos dois dentes incisivos muito protuberantes que possuía. Na sala de aula era um homem bastante tímido e um tanto distraído, mas quando vestia o uniforme de oficial comandante de todo o pelotão, sofria uma transformação de personalidade digna de Doutor Jekyll e Mister Hyde.

Quando ficou sabendo que Erik e Pierre cumpririam pena de trabalhos forçados nos fins de semanas seguintes, pediu-lhes que permanecessem depois de uma aula para tentar convencê-los a experimentar as manobras militares, ao menos durante o tempo em que estivessem cumprindo pena.

O convite não lhes parecia nada atraente, mas era difícil dizer um breve e categórico não ao Castor. E, assim, os dois apresentaram-se às nove da manhã do sábado seguinte no "quartel-general", como eram chamados os dois barracões de madeira vermelhos.

O batalhão de guerra apresentara-se em cinco pequenas tropas, formadas por alunos do ginasial atrás, um comandante à frente de cada tropa e o Castor diante de todos. O Castor fez uma "introdução teórica". Em outras palavras, disse o que tinham de fazer. Usando capacete e um cinturão de uniforme, tinha uma aparência grotesca. Dava ordens aos berros, apontava com a mão espalmada e chamava os garotos de "homens", misturando palavras de ordem aos diversos palavrões sempre que dava alguma ordem ou explicação. Os alunos mais velhos o imitavam à risca.

— Diga para aquele merda andar rápido e tirar o rabo do meio do caminho!

— Merda! Essa boceta de metralhadora emperrou de novo?

— Mas que diabo! Mexam-se, cambada de sacos de bosta!

E assim por diante...

Eles atravessaram a escola, de um lado a outro, sob uma chuva de comentários irônicos daqueles que passavam. De quando em quando o Castor ameaçava "anotar o nome dos alunos": algo totalmente inútil.

Erik e Pierre iam atrás de todos e, de vez em quando, recebiam reprimendas por não conseguirem marchar no ritmo ou por não conseguirem conter os risos mal disfarçados.

— Aqui não temos porra de motivo nenhum para risadas! — gritava o Castor, e só o fato de ele gritar palavrões já era motivo suficiente para Pierre quase beirar a histeria, lutando contra as gargalhadas.

Os exercícios de tiro na pista eram, em todos os aspectos, mais divertidos. O exército não usava os alvos em forma de círculos da escola, mas tinham um estoque de alvos de papel cortados como silhuetas humanas inteiras, pela metade ou só da cabeça. Entre um exercício e outro permitiam uma pausa para fumar, desfrutada igualmente por alunos do ginasial e membros do Conselho, deitados lado a lado na grama, já que ali eram todos homens de uniforme.

Para cada bateria de exercícios havia uma parte teórica, na qual o Castor explicava o desenrolar de uma possível batalha, no caso de uma invasão russa. Os russos, que atacariam das regiões norte e sul da Suécia, seriam naturalmente em maior quantidade. Mas como os soldados russos não possuíam a mesma competência dos adversários suecos... e assim por diante. Era mais ou menos o mesmo discurso que as pregações matinais do colégio.

Mas, ao fim de cada exercício, eles também brincavam de guerra e a maioria dos alunos do ginasial tinha de representar o lado dos "russos inimigos", enquanto o colegial, conduzido pelo Castor, representava o outro lado: os suecos. Havia duas situações padrão: na primeira, os suecos, em cima de um morro, encontravam-se cercados pelas tropas inimigas, formadas por um número muito superior de soldados. Naturalmente os inimigos eram atingidos antes de conseguirem alcançar o topo da elevação.

Na outra, o acampamento inimigo, isto é, os alunos do ginasial, era tomado de assalto por Castor e seus homens em uma manobra audaciosa, de onde mais uma vez saíam vitoriosos. Especialmente porque era o Castor quem decidia quando alguém fora ou não ferido, morto ou capturado. Tudo se parecia com uma brincadeira de mocinhos e bandidos no forte apache, só que com trapaça.

Foi no exercício com baioneta que Pierre e Erik foram definitivamente exonerados das forças armadas. Todos os outros exercícios mostraram-se, na pior das hipóteses, suportáveis, como no caso dos cuidados com armas e das marchas. Ou, até mesmo, bastante divertidos, como tiro, lançamento de granadas ou de explosivos. Porém, o exercício com baionetas era simplesmente demais.

Numa tarde de domingo, os soldados foram alinhados no pequeno campo de futebol. Três sacos de feno, representando os inimigos, haviam sido pendurados em cavaletes de madeira. Em fila diante do inimigo, cada homem levava um rifle Mauser armado com baioneta. Uma chuva rala caía do céu cinza.

O exercício consistia em, com capacete na cabeça e baioneta apontada para a frente, soltar um grito enlouquecido, correr, afundar a baioneta na barriga do "inimigo" e, depois de perfurá-la, fazer um movimento giratório no ferimento. O grito era muito importante. Todo aquele que não gritasse o bastante era obrigado a repetir o exercício. O mesmo acontecia com aquele que não girasse a baioneta depois de ferir o corpo do adversário.

O Castor parecia ainda mais tresloucado, graças à pintura preta que usava no rosto e à boina preta, afundada até as pupilas brancas e reluzentes. A boina era uma cópia perfeita da usada por Kirk Douglas em um filme exibido no sábado na TV — os filmes das noites de sábado eram quase sempre de guerra — no qual os heróis eram comandantes ingleses que, apesar das condições precárias, efetuavam missões das mais mirabolantes por trás das linhas alemãs.

E ali ficava o Castor, gritando como um possesso:

— O próximo grupo! Baixar baionetas! AO ATAQUE!!!

Erik e Pierre, os últimos da fila, sentiam um terrível mal-estar. O capacete de Pierre caía por cima dos óculos embaçados pela chuva.

— Puta que pariu! Eu não agüento mais essa palhaçada aqui, é bizarro demais — disse Pierre.

— Nem eu — respondeu Erik. — Será que temos de gritar assim? Em todo caso, ninguém pode matar os russos com gritos.

— Não, mas o Castor acha que fica mais bacana desse jeito. Se bem que os russos iam *morrer de rir* se nos vissem assim.

Portanto, o exercício era executado sem a mínima gargalhada, nem mesmo um sorriso. Cada um dos garotos corria e acertava, aos brados, a baioneta nos sacos de feno, girava-a para a direita e para a esquerda, e, em seguida, recebia os elogios encorajadores do Castor.

— Muito bom. Continuem assim, e mais espírito de luta!

A fila em frente a eles diminuía e a chuva apertava. Em breve seria a vez de Erik, logo antes de Pierre.

O garoto na frente de Erik baixou a cabeça e emitiu um grito comprido, enquanto corria adiante com a baioneta apontada para a frente.

— Aaaaaaahhhh! — gritou, errou a mira e afundou a baioneta diretamente no cavalete de madeira, que caiu derrubando tudo.

— Aaaaahhhh! — gritou novamente, ao mesmo tempo que erguia a baioneta com o rifle, como se fosse um espeto de ferro, perfurando com toda a força o saco jogado no chão e deixando cair a baioneta na areia algumas vezes.

— Muito bem. Isso sim, podemos chamar de espírito guerreiro — comentou o Castor um tanto hesitante, enquanto o garoto com o espeto de ferro seguia adiante rosnando, em direção ao final da fila.

Erik abraçou o rifle em volta da coronha e mirou o saco de feno a cinco intermináveis metros no meio do campo de futebol. Não, é grotesco demais. Pierre tem toda a razão, pensou ele, se fosse um russo de verdade e tudo isso fosse para valer, talvez eu pudesse gritar para superar o próprio medo, já que é por isso que se tem de gritar. E não para "fazer os inimigos russos se borrarem de medo", como o Castor acredita. Aliás, e quem, na verdade, não conseguiria fazer o Castor se borrar de medo? Mas ficar aqui, correndo como um idiota e enfiar a baioneta no saco de feno gritando como um lunático? É verdade mesmo que todos na fila fizeram a mesma coisa sem nem mesmo hesitar? Será que é porque acham que se deve obedecer, sem questionar, às ordens de um comandante ou porque estão tão tomados pela fantasia que viram realmente algo mais do que um saco de feno molhado e, a essa altura, bastante destruído?

— Aqui bichinha nenhuma tem direito de hesitar! — gritou o Castor. — O próximo, ATACAR!

E além do mais, *isso* também: um idiota que fica nos chamando de *bichinha*.

De repente Erik é tomado por um ataque de risos, o que cria uma reação curiosa na fila atrás dele, e faz com que Erik tenha ainda mais vontade de rir.

— Adiante! — gritou o Castor com um vestígio de insegurança na voz.

— Tá bom, tá bom. Já estou indo — respondeu Erik ao mesmo tempo que avançava, sem muita pressa, na direção do saco de feno até parar a um metro de distância para observá-lo.

— Paralelepípedo! — gritou, acertando o saco com a baioneta, em um gesto de baixo para cima, que fez com que todo o seu conteúdo se espalhasse pelo ar.

— Gire a baioneta! — ordenou o Castor.

— Ehh, mas por quê, professor? Olhe só o saco, deve ser o saco mais morto do mundo!

— Para o fim da fila! — ordenou o Castor e Erik se dirigiu para a fila. Lá na frente Pierre hesitava.

— Adiante! — gritou o Castor.

— Obedeça às ordens do comandante! — gritou um dos oficiais membros do Conselho na fila atrás dele.

Pierre, porém, mantinha-se no mesmo lugar sem erguer a arma em posição de ataque. Erik podia observá-lo apenas pelas costas, mas por sua postura, compreendeu que Pierre estava prestes a se recusar.

— Vamos logo, trate de terminar logo com isso, assim podemos ir para casa — pediu o Castor em uma mudança de tática.

— Não — respondeu Pierre, com voz alta e clara. — Isso vai muito além da minha dignidade. É grotesco demais, eu simplesmente me recuso.

Os olhos de Castor saltaram das órbitas no rosto pintado de preto. Os dentes incisivos brilhavam amarelos na boca aberta. Por fim, ele conseguiu se controlar e disse que nas forças armadas era importante obedecer às ordens, por isso, adiante, nem que seja em um ataque modesto. Ele não precisava nem girar a baioneta se aquilo lhe parecia autêntico demais.

— Não, já disse o que penso — respondeu Pierre. — Eu, simplesmente, me recuso e agora vou embora daqui.

Pierre pendurou o Mauser no ombro e saiu do lugar caminhando calmamente. Todos permaneceram em silêncio por alguns instantes, observando as costas do garoto, enquanto ele se distanciava mais e mais, no campo de futebol.

— Volte aqui imediatamente — gritava o Castor. — Isto é uma ordem!

Mas Pierre nem mesmo se virou. Prosseguiu caminhando calmamente em direção ao depósito de armas.

Muito depois do apagar das luzes, os dois garotos ainda permaneciam acordados, tentando compreender até onde haviam chegado. Ao que tudo indicava, Pierre não poderia mais participar do exército voluntário e Erik, naturalmente, não tinha a mínima vontade de continuar sem a companhia do amigo, pois, durante as detenções, aproveitava seu tempo de uma forma muito melhor do que brincando de guerra com o Castor. Mas por que justamente aquele exercício havia sido a gota d'água era a grande questão. Não era, provavelmente, por ser desagradável. Decerto era, de alguma maneira, macabro imaginar-se enfiando uma baioneta em um ser humano vivo ao mesmo tempo que se gritava como um alucinado. Mas em uma situação real, seria diferente. Se estourasse uma guerra, era evidente que defenderiam a nação. Mas aquilo era uma outra coisa. Tudo era de certa maneira muito bizarro: o Castor gesticulando, como um louco, de um lado para o outro do pequeno campo de futebol, vestindo aquela boina ridícula e com a cara pintada de tinta para camuflagem, revirando os olhos, como um negro de algum filme antigo. E aquilo não era tudo. De certa maneira, tinha a ver com aquela fila, na qual os alunos não conseguiam perceber o cômico e o estranho ou, melhor dizendo, o embaraçoso de toda aquela situação. Ao contrário, eles apenas gritavam e saíam correndo para aplicar o golpe de baioneta. O que mais repugnava era, provavelmente, aquele comportamento tão peculiar de Stjärnsberg. Seria possível reunir um grupo de alunos de outro colégio e obrigá-los a gritar da mesma maneira? Não era típico que os membros do Conselho gritassem mais alto, ou fora apenas uma impressão? Não, tanto Erik como Pierre concordavam que os gritos dos meninos do Conselho haviam sido os piores. Era isso que, de certa forma, fizera toda a diferença.

— Porque, quando eu estava ali meio na dúvida — contou Pierre —, olhando para o Castor e para aquele saco enorme de feno, ou pelo menos tentando enxergar através dos óculos naquela chuva, concluí, de alguma maneira, que os garotos do Conselho imaginavam que, em vez do saco, era gente como eu e você que estava pendurada ali. É, era por isso que eles se animavam tanto.

— Ah, você não pode estar falando sério. Eles gostam de violência e gostam da sensação de segurar uma arma com as próprias mãos. Aliás, é uma sensação especial, não se pode negar. Mas, com uma pessoa de verdade ali, eles não ficariam tão animados.

— Não, mas de alguma maneira me deu a impressão que sim. Mas, além disso, toda aquela vulgaridade deles também.

— Como assim?

— É... essa história de gritar boceta e tudo mais.

— É verdade. É estranho um professor como o Castor se transformar daquele jeito.

— Aliás, você já... não, esquece.

— Pode falar.

— Eh, eu só queria saber se... você já trepou com alguém?

Erik sufocou o impulso de responder como de costume a esse tipo de pergunta. Mas Pierre era seu melhor amigo, ele não podia mentir.

— Não — respondeu. — Pelo menos não de verdade. E você?

— Uma vez, mas eu estava muito apaixonado. E, depois, acabei tendo de voltar para cá e... É, de qualquer maneira eu acho que... eu comecei a pensar nela o tempo todo, enquanto o Castor falava daquele jeito e me senti meio... Ah, é meio difícil de explicar.

Pierre permaneceu calado por alguns instantes, na escuridão, antes de voltar a falar:

— Mas você entendeu mais ou menos o que eu quero dizer?

— Entendi — respondeu Erik. — Foi duro de agüentar todas aquelas vulgaridades. Mas agora a gente já concluiu o serviço militar, de qualquer forma.

Erik treinava todas as noites na piscina sem fazer progresso. Na sua idade, um atleta normalmente melhorava seu tempo em dez décimos a cada mês. Mas Erik havia simplesmente estagnado no mesmo patamar desde que começara em Stjärnsberg. Com efeito, sua preparação técnica se deteriorara por falta de um treinador que, da borda da piscina, o acompanhasse corrigindo as braçadas, a posição da cabeça embaixo d'água, o ângulo das mãos na superfície, a técnica de virada e a posição do tronco. Certa ocasião ele até telefonara ao Pulga, o antigo treinador no clube de natação, em busca de conselhos. O treinador o receberia com prazer, em algum fim de semana que Erik visitasse Estocolmo. As olimpíadas de Roma já estavam fora de cogitação, mas desde que conseguisse manter o treinamento em um nível básico, conseguiria com facilidade corrigir e melhorar a técnica dentro de um ano e meio. Havia duas coisas em que poderia melhorar mesmo treinando sozinho. O Pulga estivera nos EUA e havia aprendido várias novidades. Os americanos passaram a investir pesado na musculação. Sempre se acreditou que os quilos extras e um corpo menos ágil e mais compacto colocavam em risco as qualidades de um nadador. Que um nadador não devia exercitar sua musculatura de outra maneira que não fosse pela natação. Porém, isso era um grande engano. Já havia até um programa de musculação exclusivo para nadadores e o Pulga prometera enviar-lhe alguns esboços. Outro exercício que poderia fazer sozinho era nadar em intervalos utilizando uma câmara de ar — mais uma novidade americana. Amarravam-se algumas câmaras de ar de pneus de bicicleta umas às outras, até formar uma mangueira de borracha com quatro ou cinco metros aproximadamente. Em seguida, prendia-se uma das extremidades da mangueira em torno dos tornozelos e a outra extremidade no bloco de partida da piscina. Nadava-se, apenas com braçadas, até esticar a mangueira ao máximo e, em seguida, permanecia-se no mesmo lugar por dez segundos. O exercício devia ser feito em séries de quinze durante o treino, juntamente com duas ou três horas de musculação por semana. Erik não deveria se sentir pessimista no princípio, quando os exercícios de musculação o deixassem cansado e sem mobilidade na piscina, fazendo com que seu tempo baixasse ainda mais. Era completamente normal. Em aproximadamente dois meses ele perceberia a diferença, depois eles deveriam voltar a entrar em contato. Os americanos, aliás, eram fantásticos e treinavam como loucos essas novas técnicas.

Os resultados foram mais ou menos como o Pulga descrevera. Nas primeiras três ou quatro semanas na piscina, Erik sentira-se mais cansado e pesado do que nunca e seu tempo baixou ainda mais. Mas os resultados foram mudando gradativamente para melhor. Que curioso! Ele sempre havia escutado que os nadadores devem se manter longe dos alteres.

Após uma sessão de musculação, a água da piscina não parecia oferecer resistência. Era como se ele apenas deslizasse, ajudado pelo princípio da inércia. Pelo menos durante os primeiros mil metros. Os primeiros mil metros eram sempre um prazer, uma boa explicação para o porquê de se expor o corpo à tortura de ir e voltar vinte e cinco metros ininterruptamente. Quando o cansaço chegava sorrateiramente, Erik tinha a sensação de ouvir música misturada às bolhas de ar expiradas, como uma melodia de piano ao longe, provavelmente Chopin, ao dar as três braçadas com o rosto voltado para a linha de demarcação preta e as bolhas girando em torno do rosto, na direção da orelha. A seguir, inspirava e lançava um rápido olhar para a borda da piscina, onde talvez alguém passasse ou estivesse parado, observando-o escondido, pois imaginavam que ele não enxergava nada enquanto nadava. Depois uma nova cascata de bolhas com mais três braçadas e outra vez inspirar pelo outro lado (outra novidade: respirar alternadamente pela direita e pela esquerda), ouvindo a música outra vez. A seguir, um olhar rápido para o cronômetro gigante na parede, com seu ponteiro dos segundos eternamente em movimento circular, a fim de registrar se perdia velocidade.

Depois uma virada, um impulso para a frente e mais uma vez as três braçadas antes de inspirar, sem parar.

Na verdade, aquilo não tinha o menor sentido. Comparado à vida real — aquilo que Pierre chamava de vida intelectual — em algum lugar num futuro distante, não importava se o coração batia trinta e oito vezes por minuto em repouso, que a capacidade de oxigenação aumentasse com os exercícios, que a função vital chegasse a 5,5 litros ou que os exercícios nas barras por trás da nuca desenvolvessem a musculatura do tórax a tal ponto que as roupas ficavam justas demais. O que era aquilo além de uma forma de ser deixado em paz? Esquecer de tudo, pelo menos por um instante, abafar aquela fúria que crescia em algum lugar dentro do peito. Aquela fúria que devia ser controlada para evitar a explosão, o confronto direto com as regras invioláveis de imunidade do Conselho. Mas talvez aquilo não fosse tudo, nada era tão simples assim, pois cada distância percorrida na piscina, cada três braçadas e o borbulhar da respiração, cada vez que os alteres sujos e cheirando a suor fossem erguidos, tudo ainda assim não passava de uma preparação. Como se fosse preciso muito mais do que tudo isso para enfrentar o indefinido que o aguardava, onde talvez não houvesse o quadrado, mas algo do mesmo gênero.

Nadar também era uma excelente forma de pensar alto, até mesmo de falar consigo mesmo, em meio à torrente de bolhas de ar, ficar imaginando como, um dia, ele alcançaria um Lewenheusen para, em seguida, vê-lo ficando para trás. Para imaginar-se numa área de fumantes, onde se reuniam os ricos com seus caros cachimbos ingleses e como ele, então, faria um ou outro comentário, despertando os risos ou o silêncio ao seu redor — mas por que todas essas idéias vagas sobre defesa, ou seria ataque? Ficar pensando no inevitável, naquilo que era impossível de dissimular (ele, aliás, não queria dissimular); nadar fazia bem a todos esses pensamentos que surgiam misturados com as bolhas de ar.

Pela primeira vez Pierre havia se recusado a receber um coque, o que lhe custou, obviamente, mais um fim de semana de reclusão. Mas ainda assim havia se recusado. Tão inesperada e bruscamente quanto no dia em que abandonou o exercício com as baionetas. E Arne, o palhaço da turma, que sempre fazia um verdadeiro número de circo diante de uma ordem ou de um coque, também se recusara em uma ocasião; a situação chegara a tal ponto que lhe aplicaram uma pancada de um ponto.

Agora eles já eram três que se recusavam a receber coques no refeitório. Se conseguissem que mais três ou quatro fizessem o mesmo, todo o sistema, de repente, ruiria por falta de fundamento, apesar de ser perfeitamente legal recusar uma ordem. Todos tinham o direito de recusar um coque, embora, obviamente, a conseqüência fosse um fim de semana de trabalhos forçados, mas era possível recusar a ordem sem se tornar culpado de um delito grave. E se fosse possível eliminar os coques, convencendo mais gente a participar do boicote, logo poderiam se concentrar em boicotar as ordens de prestar favores, arrumar as camas e engraxar os sapatos dos alunos do último ano. O primeiro passo consistia em fazer piada e imitar os membros do Conselho, a ponto de ridicularizá-los. O segundo passo era começar a minar o direito deles de bater e fazer com que os outros garotos do ginasial lhes dessem apoio.

Outra virada, mais três braçadas e tomada de ar. Já partira para os últimos mil metros e, com isso, chegava o cansaço que deixava seus pensamentos girarem.

Ou seria como Pierre dissera? Pierre, sempre tão sensato com seus argumentos indiscutíveis sobre Gandhi e a resistência intelectual, aliás, que expressão essa! Mas se ele, agora, tivesse razão de que não valia a pena, que o melhor era se manter em uma espécie de equilíbrio de forma a não exagerar na resistência, por que lutar contra o sistema idiota se eles iriam abandoná-lo dentro de um ano e meio? E ainda teriam sessenta anos pela frente na vida real, onde Stjärnsberg não existia ou onde o pai não existia. Onde tudo era como nas universidades das comédias inglesas da TV, cujos humoristas elegantes atravessavam lentamente os jardins do campus universitário, entre abóbadas recobertas de hera, e faziam comentários irônicos sobre a ignorância e a brutalidade. Não seria melhor apenas se lixar para tudo e se concentrar mais em aprender geometria e física?

Uma virada perfeita, três braçadas e tomada de ar. Logo tudo estaria terminado. Mas os humoristas elegantes, que caminhavam majestosos em suas becas pelos jardins do campus universitário entre abóbadas recobertas de hera, não estudavam em Stjärnsberg. Eles não tinham um ano e meio de reclusão em Stjärnsberg diante deles. Eram livres de tudo aquilo e viviam em seu próprio mundo que consistia em humor e justiça, ao que parecia. E não se podia comparar com eles, porque logicamente eles também resistiriam, pois não havia mais nada a fazer a não ser resistir.

Nada mais simples do que isso: tinham obrigação de impor resistência.

Pierre teria milhões de palavras, às vezes algumas bastante estranhas, para provar o contrário. Mas mesmo que não fosse tão fácil contestá-lo, ele estava errado ao argumentar que a Argélia não venceria por meio de violência. De qualquer jeito, eles não venceriam na base do humor e da ironia. Pierre, que falava francês, havia lido o prefácio de Jean-Paul Sartre a um livro sobre como as tropas francesas usavam métodos de tortura. Esse Jean-Paul Sartre era um intelectual, até mesmo em excesso pelo que dava a entender, e não pensava nada como o Pierre. Ainda assim Pierre havia lido o que ele escrevera como uma prova de algo como... que se tratava de...

Os últimos cinco metros e a palma da mão no ladrilho da borda.

Erik boiou um pouco, com um dos braços apoiado na corda de náilon com bóias de cortiça que dividia sua raia de treinamento do resto da piscina. A fadiga lhe envolveu o corpo e as luzes do local emanavam pequenos arco-íris. Seus olhos estavam mais vermelhos pelo cloro do que nunca, pois sentia a vista muito embaçada. Os batimentos cardíacos latejavam até a virilha.

Em que mesmo ele estava pensando? No autor francês? Não, em ter de resistir pelo simples motivo de que tinha de ser justo. Aquela história do quadrado, aliás, também tinha de acabar. Talvez fosse possível se...

Não, estava cansado demais e já não conseguia mais pensar.

Erik mergulhou a cabeça na água, num gesto costumeiro, e reuniu os cabelos para trás da cabeça, antes de segurar a borda e tomar impulso para sair da piscina. A caminho da sauna sentia as pernas rígidas e pesadas. Um efeito da musculação, o novo método americano.

Sentado na sauna, enquanto balançava os músculos das coxas para tirar a sensação de rigidez e peso das pernas, seus pensamentos voltaram, vagarosamente, como bolhas de ar obrigadas a buscar a superfície.

Pierre havia começado a opor resistência. E até o palhaço do Arne também. Deveria procurar mais um garoto que tivesse apanhado para convencê-lo a fazer resistência. Era apenas uma questão de esperar o momento oportuno e o garoto certo.

O momento oportuno deu-se quase que imediatamente.

O pior dos chefes de mesa chamava-se Otto Silverhielm, cursava o segundo ano colegial e não fazia parte do Conselho. Era bem verdade que fosse um aristocrata, mas não participava do Conselho. Ele adorava distribuir coques praticamente em todos os jantares, e era evidente que sentia prazer nisso. Castigava pelo mínimo motivo. Não perdia a oportunidade de alegar maus modos à mesa e chamar à sua presença o culpado. Divertia-se aplicando um golpe intenso, que freava a alguns centímetros da cabeça, obrigando a vítima a se agachar, como se já houvesse recebido o golpe doloroso, sob as gargalhadas e os comentários jocosos de seus vizinhos de mesa. Podia repetir a operação três ou quatro vezes, até aplicar realmente o golpe. O pior era quando Silverhielm batia com a tampa da garrafa de vinagre dependendo da gravidade da ofensa. Era a chamada pancada de um ponto.

Erik já presenciara o espetáculo inúmeras vezes, pois se sentava à mesa vizinha.

O castigado da noite era um rapaz bastante forte do terceiro ano, que era um dos melhores jogadores de futebol do ginasial, a ponto de quase fazer parte dos reservas do time da escola.

Silverhielm abaixou sua cabeça e procurou o ponto exato onde ficava o remoinho do cabelo. Era muito prático golpear aquele ponto, pois a enfermeira não tinha maiores dificuldades em costurar o ferimento (possivelmente fora uma sugestão dela que o ferimento fosse naquele lugar).

Mas Silverhielm errara na primeira tentativa. Provavelmente por haver brincado demais e aplicado um golpe desleixado, ou porque — a explicação de Silverhielm — o castigado não ficara quieto. O ferimento não estava perfeito, segundo as informações dadas por ele ao público. Por isso o castigado teria de baixar a cabeça outra vez para uma nova tentativa.

O castigado quase fez menção de se recusar, pelo que Erik pôde perceber em um pequeno reflexo que revelava suas intenções. Apesar de tudo, o garoto abaixou a cabeça novamente e recebeu, sem necessidade, um golpe duro demais que o fez cair de joelhos gemendo de dor. Mas não chorou. Pelo contrário, parecia furioso ao caminhar de volta para o seu lugar, tocando no machucado sangrento no alto da cabeça. Aquele menino não seria difícil de convencer.

Chamava-se Johan e tinha um sobrenome comum. Seu pai era um político que quase fizera parte do governo, o que lhe rendia gracejos freqüentes, pois o pai era obviamente socialdemocrata e o garoto, por sua vez, nunca negara que compartilhava da mesma ideologia.

Erik foi direto ao assunto, enquanto o acompanhava à enfermaria. Até agora, já havia três que se recusavam. Se Johan resolvesse participar, seriam quatro e talvez fosse apenas uma questão de tempo até que outros os seguissem na vitória na luta contra os coques.

Johan S. aceitou sem relutar. Entusiasmado, até mesmo explicou que deviam propagar a idéia abertamente durante as refeições. Mas para que tudo fosse eficaz, deveriam convencer o sindicato a participar. Com o sindicato do lado deles tudo seria mais fácil.

Erik mostrou-se cético. O sindicato era só para aqueles que concordavam com o Conselho em tudo. Aliás, era o Conselho que elegia o sindicato, logo, era fácil entender de que lado o sindicato estava. Erik conhecia apenas um membro do sindicato, era o Gavião, de sua turma, e ele não era alguém com quem se pudesse contar. A única coisa que faria era bater o chicote na própria bota e dizer que devíamos agir moderadamente ou que a questão exigia bom senso ou algo parecido. Possivelmente diria que as leis existem para serem cumpridas, e era provável que todos os outros do sindicato fossem idênticos a ele: futuros membros do Conselho, que nunca recebiam maus-tratos e quase sempre se livravam das obrigações de servir aos alunos do último ano. Não seria melhor deixar o sindicato de lado e tentar obter mais colaboradores? Se já eram quatro que recusavam, dentro de pouco tempo poderiam ser muitos mais. Se cada um deles conseguisse convencer pelo menos mais um, em breve seriam oito e o sistema logo começaria a desmoronar. Oito garotos que, por exemplo, fossem condenados a cinco fins de semana de reclusão por se recusarem a receber coques, seriam quarenta fins de semana. Não era um trabalho nada fácil para o Conselho. E se conseguissem convencer mais outros oito a partida estava ganha, não era verdade?

Mas Johan S. estava convencido de que deveriam procurar o sindicato.

— Vamos nós dois falar com eles — disse ele. — Se eu e você explicarmos a idéia, eles terão de ajudar. Afinal, têm a obrigação de defender os nossos interesses, é para isso que eles existem.

Dois dias depois, Erik e Johan S. foram a uma reunião no sindicato. Johan S., com um curativo cobrindo o ponto no remoinho da cabeça, foi quem mais falou.

O sistema de coques era antidemocrático. Em nenhum outro lugar da sociedade existia casos em que alguém na posição de líder tinha o direito de bater em outras pessoas sem, por isso, ser castigado. Fora de Stjärnsberg, essa atitude seria considerada ilegal. A questão principal era: na verdade, aquilo também não seria ilegal em Stjärnsberg? Pois as leis da escola não podiam ter mais peso do que as leis da Suécia. Aquilo não passava de pura agressão física.

Se o sindicato não concordasse com aquele tratamento, seria possível acabar com os coques. Era apenas uma pequena mudança que não precisaria de muita hesitação, caso alegassem fazer parte da "tradição" da escola. Aliás, muitas dessas tradições provinham do fascismo e, em todo caso, precisavam ter um fim. Se o sindicato pretendia assumir a responsabilidade de realmente defender os interesses dos alunos do ginasial diante do Conselho, era apenas uma questão de colocar o assunto em pauta. Poderiam pelo menos tocar no assunto a título de experiência, assim veriam o que o Conselho tinha a dizer e, em seguida, refletiriam sobre qual seria o próximo passo a tomar. Talvez fosse possível chegar ao menos a um acordo, não era mesmo?

Para os garotos do sindicato, a situação era bastante embaraçosa. Era evidente que não estavam nem contra nem a favor, muito pelo contrário. Era um grupo com a aparência mais ou menos semelhante à do Gavião. Três deles vestiam o paletó da escola, mais ou menos como se participassem de uma reunião do Conselho. O sindicato reunia-se na mesma sala, mas as cadeiras não estavam alinhadas como em uma reunião do Conselho. Reuniam-se no canto direito da sala de aula e haviam apenas colocado os bancos em círculo, a fim de que tudo se parecesse mais com uma reunião.

Bem, o caso não era tão simples como parecia na versão do esquerdista. Aliás, não era típico que a idéia viesse de um social-democrata? De qualquer forma, o sindicato tinha obrigação de defender os interesses do ginasial diante do Conselho. Mas naquele caso não se tratava de alguém do Conselho ter feito algo ilegal. E como Johan S. havia se comportado bastante mal à mesa, não era de admirar que tivesse recebido um ou outro coque. Todo mundo recebia coques em situação parecida, logo as regras eram iguais para todos. Não havia nada de antidemocrático naquilo. E, além do mais, assim eram as regras e o sindicato não podia mudá-las. Afinal, ninguém poderia mudar, de uma hora para outra, tradições tão respeitáveis. E, agora que tocaram no assunto, a lei era igual para todos, pois todo mundo um dia se tornaria, de qualquer forma, um aluno do colegial.

Além disso, não era nada solidário que alguns se recusassem a receber coques. Por que alguns se recusavam enquanto outros tinham de receber o castigo? Aquilo abria uma ferida no espírito de camaradagem, que acabaria gerando um tratamento privilegiado para alguns: uma pequena elite antidemocrática à parte.

— Uma elite do coque — comentou o Gavião, quando pela primeira vez expressou sua opinião. — Vocês estão simplesmente tentando ficar à parte de todo o princípio da camaradagem, para criar uma elite do coque. Vocês são só um grupinho de teimosos.

— Reacionário filho-da-puta — disse Johan S.

— E não foi isso que eu disse? Típica idéia de esquerdista. Nós nunca vamos aceitar esse tipo de coisa. Pode apostar o próprio rabo nisso!

E assim o assunto estava encerrado.

Johan S. sofreu as conseqüências já no dia seguinte, e não havia dúvidas de que o sindicato estava envolvido no assunto.

Otto Silverhielm e um colega de classe chamado Gustaf Dahlén, que tinha um tique nervoso nos olhos, convocaram Johan ao quadrado.

Bateram nele devagar e cuidadosamente. Mas na hora de arrastar-se para fora com o sangue escorrendo do rosto, os dois o seguraram até ele prometer nunca mais recusar um coque. Enquanto isso, os alunos do colegial gritavam em júbilo "porco comunista, porco comunista, porco comunista", em vez do costumeiro "rato covarde".

Erik observava tudo da última fileira com as mãos cerradas nas costas.

Quando Johan capitulou, com o sangue escorrendo do nariz, e prometeu, fanhoso, nunca mais recusar um coque, os olhos de Erik se encheram de lágrimas.

Maldição dos infernos!

A campanha eleitoral deu início a uma série de rumores que revelavam a exoneração do presidente e seu vice e a tomada de poder de Otto Silverhielm e o amigo, Gustaf Dahlén. Mas muito pouco chegava aos ouvidos das turmas do ginasial. Somente depois de pendurarem a lista dos candidatos às eleições, elaborada pelo diretor, no quadro de avisos fora do refeitório foi que os boatos se confirmaram.

As listas sempre consistiam em um número de candidatos duas vezes maior do que o número de cargos. Os candidatos participariam de um debate no auditório da escola durante o dia (era esta, na prática, a campanha eleitoral) e, à noite, antes do jantar, os alunos da escola votavam, depositando seus envelopes lacrados em uma urna trancada com cadeado. Em seguida carregava-se a urna até o gabinete do diretor para, no dia seguinte, o resultado ser afixado no quadro de avisos.

Silverhielm e Dahlén comentavam por toda parte que o Conselho havia sido negligente e que era preciso restabelecer a ordem na escola; a tradição da educação pela camaradagem tinha de ser preservada.

Era este o tema escolhido por eles durante a campanha eleitoral no auditório.

O primeiro orador a subir à tribuna era um aluno do último ano que todos sabiam ser amigo de Silverhielm (os dois costumavam velejar juntos no Iate Clube de Gotemburgo, ou coisa parecida). O amigo lamentou o relaxamento disciplinar e contou que havia estudado oito longos anos em Stjärnsberg e nunca antes presenciara tantas brigas e falta de disciplina na escola. Algo precisava ser feito sobre o assunto e era evidente que o Conselho necessitava de sangue novo, a fim de tomar as providências adequadas para trazer a escola de volta à ordem e à disciplina.

O presidente Bernhard não fizera absolutamente um mau trabalho, não havia manchas em sua administração. Mas agora que se aproximava a data da formatura, ele teria outras prioridades às quais se dedicar. Não seria justo exigir que Bernhard dedicasse tanto tempo para recuperar a disciplina, o que evidentemente seria necessário, agora que se aproximava a hora de receber o diploma. E, como todos bem sabiam, Bernhard tinha algumas matérias que exigiriam dele atenção redobrada até o final da primavera.

Já o outro candidato ao posto de presidente, Otto Silverhielm, tinha um conceito médio AB em todas as matérias e ainda cursava o segundo ano. Otto poderia, sem riscos, assumir o encargo do árduo trabalho de conduzir o Conselho com rédeas curtas no próximo ano letivo.

Três outros oradores expressaram mais ou menos a mesma opinião. Ao mesmo tempo que tinham o cuidado de enumerar todas as qualidades de Bernhard, em seu longo e irrepreensível trabalho no Conselho, manifestavam preocupação diante de seu exame final que se aproximava. Em seguida defendiam as qualidades de Otto Silverhielm. Era preciso um rapaz rígido que não tapava o sol com a peneira. Bernhard era, provavelmente, um rapaz generoso e amável demais para a severidade que o trabalho impunha.

Por fim chegava a inevitável hora de o próprio Silverhielm subir à mesa dos oradores. Ele pigarreou ao mesmo tempo que folheava seus apontamentos.

Iniciou descrevendo o trabalho de Bernhard como presidente do Conselho. Através de seu longo período no cargo, Bernhard havia adquirido uma vasta capacidade organizadora e, como já era de conhecimento de todos, era um presidente de grande competência e de conhecimentos profundos, mostrados nas inúmeras assembléias presididas por ele. Tudo isso tinha grande peso na balança, ao avaliarem seu trabalho, logicamente.

Contudo, agora estava clara a necessidade de um braço enérgico. Exatamente como outro orador havia mencionado, Silverhielm também constatava que nunca antes em seu tempo de escola tanta insubordinação tivera lugar no curso ginasial como agora. Sem apontar nomes específicos, era fácil de concluir que um processo constante de sabotagem vinha ocorrendo entre um pequeno, porém ruidoso, grupo de alunos do ginasial. O grupo havia até mesmo procurado o sindicato com o intuito de iniciar um verdadeiro movimento grevista em toda a escola. E a esquerda estava, obviamente, envolvida.

O processo de sabotagem precisava ser sufocado com mão de ferro, estava evidente. As tradições da escola têm de ser preservadas desses amotinadores que, muito à vontade, vêm operando na clandestinidade, pois, caso a situação continuasse a se desenvolver como hoje, logo a escola estaria mergulhada em um caos generalizado, o qual colocaria em risco a própria educação pela camaradagem. Na pior das hipóteses, acabaríamos sendo uma escola como todas as outras, onde o professor se envolveria na privacidade dos alunos, distribuiria reprimendas e qualquer sorte de tolices desse tipo; ao contrário daqui, onde a política era receber o castigo e encerrar o assunto de uma vez por todas.

E no que concernia à sua candidatura, ele acreditava que era seu dever colocar-se à disposição, já que sua nomeação representava um voto de confiança. Caso fosse eleito, ele se empenharia ao máximo para restaurar a ordem na escola e reprimir o movimento grevista. Era uma promessa. E se preferissem eleger Bernhard, este era um assunto entre os eleitores e suas consciências.

Mas Otto Silverhielm exigiria uma condição: para assumir a responsabilidade na dura tarefa de restaurar a ordem na escola, ele precisaria de um adjunto com o qual fosse fácil cooperar, e que compartilhasse com ele os mesmos valores e opiniões a respeito da situação crítica que a escola atravessava. Seu nome era Gustaf Dahlén. E mesmo que a escola preferisse reeleger Bernhard presidente, era de suma importância que novos valores tomassem lugar no Conselho, e nesse caso seu nome, sem sombra de dúvida, era Gustaf Dahlén.

— Isto aqui está cada vez mais parecido com uma declaração de guerra — Pierre sussurrou a Erik.

O orador seguinte era um Bernhard com um ar bastante nervoso. Ele iniciou seu discurso agradecendo todas as palavras encorajadoras que havia recebido. Fora um trabalho duro presidir o Conselho, que exigia, mais do que tudo, experiência no assunto. No que dizia respeito a seus estudos, ele não se sairia nem melhor nem pior se fosse exonerado, pois era disso que se tratava, apesar de todas as palavras amistosas. No que concernia a Otto Silverhielm, Bernhard era de opinião que ele não possuía a mínima experiência no Conselho. Era raro que alguém fosse eleito presidente diretamente sem antes participar como membro do Conselho durante um ano, a fim de aprender o trabalho. Essa falta de experiência era o ponto fraco que mais pesava contra Otto, embora não fosse sua única objeção: Otto havia exagerado e denegrido a imagem da escola. Nunca houve movimento grevista clandestino no ginasial, era ridículo descrever a situação como tal. Pelo contrário, o ginasial era absolutamente leal às regras de Stjärnsberg e seguia à risca todas as ordens do Conselho, assim como dos alunos do último ano. Havia talvez um ou outro garoto problema, não era preciso citar nomes, já que se tratava de uma questão de princípios e não pessoal, mas um ou outro garoto problema não significava que todo o sistema de educação pela camaradagem estivesse ameaçado.

Em seguida Bernhard virou-se diretamente para os alunos do ginasial. Otto Silverhielm sempre foi, como todos sabiam, o aluno do segundo ano que mais gostava de entrar no quadrado, e aquilo já havia tomado proporções exageradas. Não era propriamente errado levar um castigo ou outro, um coque no momento oportuno podia ser muito útil. Mas Bernhard era contra o fato de que Otto parecia gostar um pouco demais da possibilidade de usar violência. Logo, os alunos do ginasial deveriam pensar bem nas conseqüências de eleger para presidente um rapaz daquele tipo. Os castigos deveriam ser aplicados na medida certa e no momento certo. Não podiam se transformar em um tipo de esporte. Por isso, o que os alunos do ginasial deveriam pensar antes de votar era se desejavam que tudo continuasse como antes ou se desejavam mais violência, pois esta era a plataforma defendida por Otto. Era, apenas, uma questão de escolha.

Mais outros oito garotos da classe de Otto e Gustaf Dahlén afirmaram, em seus discursos, a necessidade de se restaurar a ordem, a preocupação com os estudos de Bernhard e como Gustaf Dahlén seria um apoio ideal no trabalho árduo que Otto pretendia pôr em execução imediatamente, pois era mais do que evidente que havia a necessidade de sangue novo para preservar o estilo da escola. Bernhard não havia combatido como deveria as novas idéias socialdemocratas que invadiam a escola, a ponto de levantar suspeitas se ele mesmo não seria um comunista (Bernhard negou veementemente a acusação, indignado, mas a seta envenenada já havia alcançado seu alvo: onde há fumaça, há fogo).

E a campanha eleitoral seguiu no mesmo tom.

Para Erik e Pierre, não havia dúvida de em quem deveriam votar. O ginasial representava um número superior de votos e, por isso, Erik acreditava que Otto e Gustaf Dahlén perderiam. Era compreensível acreditar que o ginasial votaria como Erik e Pierre, por puro instinto de preservação.

Mas Pierre estava pessimista.

E Pierre provou estar certo. Quando os resultados foram afixados no quadro de avisos, ficou evidente que o novo regime Otto-Gustaf ganhara as eleições com uma vitória esmagadora. Os vitoriosos levaram consigo cinco novos membros ao Conselho.

— Então é guerra — concluiu Pierre — e hoje será a noite do batismo. Eles vão inventar alguma coisa além do diabólico para prejudicá-lo, para mostrar a você de uma vez por todas quem manda.

A noite do batismo acontecia sempre um dia depois do resultado das eleições. Ninguém sabia responder o porquê do nome, pois sempre se chamara assim. Mas, de uma maneira ou de outra, tudo consistia em uma série de trotes, aos quais os calouros abusados eram submetidos, dependendo do seu grau de insubordinação durante o semestre. Um batismo podia ter diferentes facetas, mas sempre começava com o Conselho irrompendo no quarto de quem seria batizado e retirando-o da cama à força. Esses trotes violentos eram parte do folclore da escola. Alguém já havia sido pendurado pelos pés no mastro da bandeira de dez metros de altura. O garoto pendurado chorara e gritara como um porco por quase uma hora, até que algum colega de quarto ou colega de classe tomasse coragem para retirá-lo dali. Um outro fora carregado, à força, para o chuveiro e lhe rasparam a metade do cabelo. Um terceiro fora pintado de vermelho com óxido de chumbo em todas as partes do corpo cobertas por pêlos (ele depois foi obrigado a raspar os pêlos do corpo inteiro e teve uma reação alérgica estranha em volta do pênis). Os trotes mais comuns consistiam em levar a vítima até o chuveiro e obrigá-la a ficar em diversas posições ou embaixo da água gelada. Havia um sem-número de métodos de batismo para os calouros abusados.

Nessas noites os professores trancavam-se em suas casas e tampavam os ouvidos com algodão, ou colocavam um disco de Wagner na vitrola — qualquer coisa para não tomar conhecimento do que acontecia.

A novidade era saber que tipo de batismo Erik receberia naquela noite. Todos davam os palpites mais ensandecidos, enquanto jantavam alegremente. De alguma maneira tinham de alcançar um recorde. E havia algo pior do que aquela história do mastro da bandeira ou do óxido de chumbo? Alguém havia escutado que Erik seria pendurado nu na chaminé do prédio principal da escola. Outro tinha certeza absoluta de que iriam amarrar seus dentes incisivos com arame farpado e extraí-los. Um outro escutou falar que pretendiam arrebentar um dos testículos com um quebra-nozes. A imaginação fluía no refeitório da escola.

Erik havia sido transferido de mesa. Agora sentava-se perto da parede, a dois metros da mesa do diretor e dos professores. E Otto era seu chefe de mesa. Otto usava o paletó da escola com o novo símbolo dourado em volta de Órion.

Otto ordenou um coque em Erik logo depois da oração à mesa ("Você não estava quieto durante a oração"), mas Erik, naturalmente, se recusou.

— Pense na noite do batismo, venha logo e se curve para a frente como um aluninho obediente — disse Otto com desdém.

Erik olhou para o teto como se houvesse escutado algum ruído.

— Que estranho... Eu poderia jurar que tinha escutado um relincho. Será que algum cavalo de prata relinchou? — disse Erik, fazendo alusão ao significado do sobrenome do rival: Silverhielm, Capacete de Prata.

E continuou comendo enquanto todos ao redor prendiam a respiração, no esforço de sufocar os risos.

A partir de então, Silverhielm seria chamado de Cavalo de Prata, depois de Pangaré de Prata, para finalmente se transformar apenas em Pangaré. Erik o chamaria de Pangaré até o apelido pegar.

Com Gustaf Dahlén era mais simples. Como Dahlén sofria de um tique nervoso que fazia com que piscasse constantemente os olhos, seu apelido seria Pisca-pisca. Era um apelido perfeito, pegaria facilmente e, além disso, lhe feriria os brios, já que tinha em mira uma anomalia.

Sim, ele os chamaria de Pangaré e Pisca-pisca.

— Venha aqui imediatamente! — gritou Silverhielm.

Erik fingiu não escutar e fez de conta que não havia percebido como os companheiros de mesa ficaram paralisados. Continuou a comer com calma estudada e, em seguida, repetiu:

— Que estranho, parece que escutei aquele relincho novamente.

Foi quando Silverhielm levantou-se bruscamente, jogando sua cadeira ao chão, e partiu, entre as mesas, em direção a Erik, que se levantou rapidamente e pôs-se em atitude de guarda. Seria o suficiente para fazer Silverhielm parar e hesitar, o que conseguiu com efeito.

— Parece que o Cavalinho de Prata ficou meio nervoso — disse com um sorriso sarcástico, enquanto mirava entre os olhos de Silverhielm e fingia não reparar quando ele levantava a mão direita para lhe dar um tapa.

Um segundo de hesitação. Seria mesmo verdade que Silverhielm tinha a intenção de aplicar aquele tapa anunciado com tanta antecipação? Era melhor estar pronto para tudo. E *nunca revidar, não importando o que acontecesse.*

Mas Silverhielm aplicou o tão anunciado tapa e Erik conseguiu detê-lo facilmente com o braço esquerdo. Ao mesmo tempo, deu um curto passo para a frente a ponto de seu rosto ficar a apenas alguns centímetros do rosto do adversário, que, surpreso, acreditara, a princípio, que acertaria o golpe.

— Você nunca vai conseguir, Cavalinho de Prata — disse Erik com escárnio, enquanto, com um rápido passo para trás, protegia-se de um eventual joelho na virilha ou soco de esquerda, para logo depois voltar a baixar a guarda só para instar o adversário a uma nova tentativa. Silverhielm hesitou por um instante e em seguida fingiu preparar mais um golpe, mas como viu em seus olhos que não tinha a intenção de bater, Erik se manteve no mesmo lugar. O truque era simples demais: fingir um golpe para o adversário se proteger no momento errado.

— Retire-se do refeitório! — gritou Silverhielm e apontou para a porta com um gesto largo, assistido em todo o salão.

Erik decidiu arriscar.

Com um sorriso sarcástico nos lábios, voltou vagarosamente e puxou a cadeira para se sentar. Segurou o garfo e a faca e cortou, lentamente, o bife (melhor não ter um garfo na boca, caso Silverhielm resolvesse atacá-lo pelas costas). Enquanto cortava, disse algo ao vizinho da frente, a fim de parecer natural (se Silverhielm o atacasse pelas costas, veria imediatamente nos olhos do garoto diante dele).

Mas Silverhielm não o atacou — logo, o palpite fora acertado —; em vez disso, foi estúpido o suficiente para começar a gritar ameaças pelas costas de Erik. Ameaças sobre a noite do batismo.

Erik entendeu que o perigo havia passado, e que poderia colocar calmamente o pedaço de carne na boca e mastigar. Silverhielm voltou ao seu lugar, gritando indignado. A primeira batalha fora vencida.

— Nossa, como esse Cavalo de Prata trota de um lado para outro — comentou, causando risos meio inseguros nos outros garotos do ginasial.

Dentro de alguns dias seria hora de começar a chamá-lo de Pangaré de Prata em vez de Cavalo. Quando já houvesse introduzido o Pangaré, poderia trocar para Pangaré Remelento, só para variar um pouco. Com bastante zombaria, talvez fosse possível desinflar todas as promessas de um novo regime feitas por Silverhielm durante a campanha eleitoral. Não era nada certo, mas não custava tentar. Agora, porém, isto era apenas um pequeno problema. O grande problema era a noite do batismo.

Silverhielm, àquela altura, viu-se obrigado a elaborar um trote sensacional. Sua honra estava em risco, já que havia prometido mundos e fundos durante a campanha.

Já anoitecia quando os garotos saíram do refeitório. Ventava bastante e uma chuva forte caía sem cessar. Era muito provável que o tempo ruim continuasse durante a noite inteira.

Alguns alunos do colegial passaram à frente de Erik nas escadarias comentando o evento da noite, fingindo casualidade.

— E aquele garoto durão do terceiro ano ginasial, sabem o que vão fazer com ele?

— Não, mas imagino que deve ser alguma coisa cavalar.

— É, eles juntaram um balde de merda e... bem, vocês já podem imaginar, não é?

Quando Erik entrou no quarto, Pierre estava deitado lendo a *Odisséia*, fingindo um ar de concentração.

Erik começou a examinar a tranca da porta. O trinco consistia em um ferrolho giratório oval de cada lado da porta. Do lado de dentro, o ferrolho estava tão perto do umbral que era possível bloquear seu movimento giratório pressionando um livro de salmos entre o trinco e o umbral da porta. Contudo, os parafusos que sustentavam o trinco ficavam do lado de fora e a porta não tinha chave. Aquilo não era nada bom.

— Não funciona — disse Pierre sem retirar os olhos do livro. — Se eles tiverem uma chave de fenda, desmontam o trinco por fora e livro de salmos nenhum vai nos ajudar, nem mesmo a própria Bíblia.

Era a pura verdade.

— Você acha que é possível pregar a porta? — perguntou Erik.

— Não, nesse caso eles quebram a porta e, além disso, você vai ter de arcar com o prejuízo. Já tentaram antes.

Pierre afundou o rosto no livro e fingiu continuar a leitura. Erik sentou-se na cama.

— Pierre, abaixe esse livro, a gente tem de conversar. Em primeiro lugar, quando começa a noite do batismo, quando eles vêm aos quartos e quantos são eles?

Pierre baixou o livro vagarosamente. Tinha um brilho estranho nos olhos, quase como se houvesse chorado.

— A noite começa assim que as luzes se apagam, às nove e meia. Eles podem vir a qualquer momento entre nove e meia e quatro da manhã. Vem o Conselho em peso, os doze de uma só vez, você não tem a menor chance.

— Não, a coisa está preta mesmo. O que você acha que eles vão fazer?

— Prefiro nem pensar.

— Eu sei, mas o que você acha?

— Escutei muitas histórias o dia inteiro. Você está com medo?

— Estou.

— Você até reconhece que está com medo, eu nunca imaginei!

— Ah, Pierre, a gente sempre tem medo antes de uma luta. Em maior ou menor grau, mas sempre tem.

— É, mas você já passou por algo assim antes, quer dizer, uma luta que você tem de perder?

— Sim, com o meu pai, você sabe, mas era uma outra coisa. Nunca dessa maneira. Mas a gente tem de pensar em alguma saída, temos exatamente duas horas pra isso. O que aqueles que vão ser batizados costumam fazer?

— Eles vão se deitar, como de costume. E aí ficam esperando, é lógico. Eu conheço alguns que até dormiram antes de eles chegarem. Eu mesmo dormi quando era novo.

— O quê? Você já foi batizado?

— Hum-hum.

— E o que eles fizeram?

— Nada de especial, só me jogaram no chuveiro, eu não tinha sido muito abusado.

— Mas como você não é calouro e já foi batizado, eles não vão tocar em você desta vez?

— Eu sei lá. E aquela idéia que Silverhielm tem sobre a nossa rebeldia, nosso movimento socialdemocrata clandestino? Mesmo que eu só leve as sobras, é você que eles querem pegar.

— Humm. Você acha que se pode entrar na oficina de trabalhos manuais a essa hora? Qualquer professor tem as chaves?

— Tem. Como assim? Você pretende buscar um machado ou coisa parecida?

— Não, só umas coisinhas. Eu volto já.

Erik foi à casa de Tosse Berg e apertou a campainha.

— Oi, eu preciso da sua ajuda.

Tosse levou-o para dentro rapidamente e, quase com o mesmo movimento, fechou a porta. Em seguida, passou a apresentar uma série de desculpas para não se envolver. Os professores não podiam se envolver. Aquilo era uma tradição dos diabos, brutal e antiesportiva, mas não havia nada que ele, um simples professor de educação física, pudesse fazer. Erik explicou que não tinha intenção de envolvê-lo, precisava apenas de um pequeno favor: a chave da oficina de trabalhos manuais emprestada.

Tosse Berg hesitou. Impôs a única condição de que Erik lhe contasse, honestamente, o que buscaria ali. Claro que sim, ele precisava apenas de um pedaço de fio de arame e de um alicate plano, nada mais.

Palavra de honra, nada mais? Palavra de honra, só isso. E ele podia perguntar em que Erik usaria aqueles objetos?

— Você sabe muito bem. Por favor, Tosse, eu não vou me render tão fácil assim.

— É, eu já imaginava. Mas de que forma você vai usar estas coisas?

— Quanto menos você souber, melhor pra você. De qualquer forma eu não pretendo agredir nenhum aluno do Conselho, porque não quero ser expulso. Além disso, a gente tem uma ou duas coisas para fazer no time da escola, não é mesmo?

— Você é um verdadeiro lutador, Erik. O mundo todo admira quem não se deixa abater. A não ser aqui em Stjärnsberg. Boa sorte!

Tosse Berg lhe deu um aperto de mão firme e entregou as chaves. Dez minutos depois Erik voltava ao seu quarto com o fio de arame e o alicate. Pierre continuava deitado na cama, na mesma posição, e com a *Odisséia* à sua frente.

Erik foi até a janela e começou a enrolar o fio de arame em volta dos ferrolhos da janela. Depois puxou bem os fios com o alicate e apertou cuidadosamente o arame saliente.

— Para quê tudo isso? — perguntou Pierre.

— Nosso quarto é quase no andar térreo e só há duas formas de entrar aqui. Mesmo se bloquearmos a porta, só precisam quebrar dois vidros pequenos da janela para destrancá-la e pular para dentro. Agora eles só podem entrar pela porta.

— Ainda assim, você não tem como se defender deles. É proibido machucar alguém do Conselho e todos eles são membros do Conselho.

— Humm. *Você* sabe disso. Mas o que eles não sabem é se *eles mesmos* não estão com um pouco de medo também, assim como eu e você. Vamos até o lavatório, daqui a pouco eu vou fazer uma pequena mudança na decoração aqui dentro.

— Mas como você pretende se defender sem atacar?

— É esse exatamente o problema! Mas nós só temos um pouco mais de uma hora e temos de combinar uma coisa antes que eles cheguem.

Tratava-se de Pierre. Não seria melhor que não estivesse no quarto quando viessem? Pois se Pierre estivesse ali quando chegassem, eles não se contentariam em se divertir apenas com Erik.

Então, tudo estaria perdido. Mas se ele estivesse em alguma outra parte, não sairiam exclusivamente à sua procura. E Jacobsson, a quatro portas dali, estava na enfermaria, com sarampo ou coisa parecida. Logo, havia uma cama livre. O companheiro de quarto dele não diria nada se explicassem a situação. Pierre poderia dormir na cama de Jacobsson.

Pierre sentou-se na cama e pôs um marcador no livro antes de colocá-lo na escrivaninha.

— Não — disse finalmente. — Assim não. Quero dizer, me recuso a fazer isso.

Pierre refletiu por instantes antes de continuar:

— Você é meu melhor amigo, Erik, por isso eu não penso em dormir em outro lugar.

Erik hesitou, mas Pierre falara num tom decidido.

— Bom — disse Erik. — Independente do que acontecer aqui, você é o melhor amigo que já tive em toda a minha vida. E é corajoso também, seu diabinho. Ainda me lembro de quando você abandonou o louco do Castor com baioneta e tudo.

— Ah — disse Pierre. — É uma questão de princípios, não é mesmo? Então, vamos ao lavatório para acabar logo com isso.

Ao retornarem, Erik puxou a cômoda para a frente da porta. Ela coube exatamente no pequeno espaço entre a parede e o armário. Era bastante alta e cobria mais da metade da porta. Parecia razoável. Depois Erik puxou outra vez a cômoda para procurar, dentro do armário, um bastão de Pierre.

Ele pesou o bastão com as mãos e experimentou alguns golpes em direção ao umbral da porta. Aquilo serviria. Teria de aplicar golpes inclinados, para que o bastão não terminasse preso no armário ou na parede, mas ainda assim havia espaço suficiente.

A parede diante do armário tinha um revestimento com sulcos bastante profundos, mais ou menos como um painel com saliências numa porta decorada. Eles colocaram ali duas pranchetas de madeira e, em seguida, experimentaram o resultado, quando empurraram a cômoda para o lugar certo. As pranchetas mantinham-na no lugar, evitando que pudesse ser derrubada para o quarto. Trabalhavam com as cortinas fechadas, para o caso de que alguém estivesse, na escuridão do lado de fora, espionando os preparativos.

Com a ajuda do alicate, eles enfiaram algumas roupas por trás da cômoda, que por fim parecia pregada ao chão, a fim de evitar arranhões no revestimento das paredes, se a cômoda fosse atacada (todo e qualquer estrago na noite do batismo seria pago por aquele que fosse batizado; uma tradição).

Erik jogou um travesseiro em cima da poltrona do quarto, empurrou-a para a frente e escondeu o bastão ao lado dela. Tudo estava pronto. Em breve seriam nove e meia e a noite do batismo começaria. Ele recuou um passo e examinou a instalação.

— Muito bem — comentou. — Eles têm uma brecha de mais ou menos um metro quadrado para entrar. Isto aqui me lembra aquela batalha grega, você sabe, onde os soldados gregos tinham de forçar uns portais tão estreitos que podiam ser defendidos só por dois homens.

— É, mas eles não iam ser expulsos se ferissem os inimigos.

— Não, mas o nosso inimigo não tem a mínima idéia se eu pretendo ou não ser expulso.

Sem responder, Pierre abriu seu livro na página onde estava o marcador e leu em voz alta: "Comia-os como um leão alimentado sobre os montes; não deixou entranhas, nem carne, nem ossos cheios de medula."

— Você já escutou isso? — perguntou Pierre.

— Sim, eu vi o livro que você lia. Eu o li no último fim de semana de reclusão. É no antro do gigante Polifemo. Mas Ulisses e seus amigos esquentaram nas brasas da fogueira um galho de oliveira e o enfiaram no único olho do ciclope.

— Nós estamos presos, quase como numa gruta.

— E você quer dizer que da pequena abertura da caverna o gigante Polifemo nos espreita?

— É, mais ou menos assim. Polifemo, na verdade, é o símbolo do mal.

— Perigoso e ignorante, não é? E "ninguém" me abriu os olhos antes! E quando os outros ciclopes chegaram, já era tarde demais.

— É, mas hoje à noite eles vêm todos juntos. Como um bando de hienas, covardes e protegidas pela escuridão, com dentes capazes de trucidar o fêmur de um cavalo como um palito de fósforo.

— É hora de apagar as luzes. E pela frente, temos uma noite de batismo de nove horas.

— Não dá no mesmo deixar as luzes acesas? Quer dizer, não faz a mínima diferença, já que o inspetor não tem intenção de fazer ronda nenhuma em plena noite de batismo.

— Não. Temos de ficar no escuro, é a nossa única chance.

Erik apertou o interruptor e sentou-se na poltrona diante da cômoda, com o bastão no colo.

Não disseram nada por um longo tempo. O ruído nos outros quartos morria aos poucos, até o silêncio ser interrompido apenas pelo som da chuva e do vento do lado de fora.

A escuridão era total e o tempo passava tão vagarosamente quanto uma lesma.

— Do que você tem mais medo? — perguntou Pierre envolto na escuridão.

— De ser expulso. Nesse caso todo o meu futuro desabaria.

— É, mas não foi isso que eu quis dizer. É do que vão fazer com você.

— O pior, de qualquer forma, não é a dor. Mas eu tenho medo de fazerem alguma coisa com o meu rosto. Por exemplo, que eles peguem um porrete e batam até arrancarem os dentes e transformarem meu rosto carne moída. Aliás, seria o mais lógico que fizessem isso, depois do que aconteceu com o Lelle no quadrado, você sabe. Esse tipo de coisa não dói, mas a gente acaba feio pra diabo.

— Não dói? Você é esquisito mesmo.

— Não, não é tão esquisito assim. Quando você entra numa briga desse tipo, está tão furioso com alguém que nem sente dor. Você escuta, por exemplo, quando acertam um golpe na sua cara, mas não sente dor até um bom tempo depois. Quando você acha que eles vêm?

— À meia-noite em ponto, eu acho.

— Por quê?

— Porque agora eles estão combinando o que vão fazer. Querem esperar o mais tarde possível para poderem atacar de surpresa. Na verdade, deveriam esperar até as duas e meia. Mas também estão excitados e impacientes, por isso só agüentam até a meia-noite. Além disso é uma hora mágica, o que é melhor ainda.

— É, deve ser isso mesmo. E sobre o que eles devem estar conversando?

Eles passaram a fantasiar sobre o assunto. Silverhielm deveria estar bastante inquieto àquela altura, já que colocara tanto em jogo. Provavelmente era ele quem mais falava, afinal não era o líder? Ensaiaram algumas vezes o plano, triunfaram por antecipação, especularam sobre o quanto Erik se debateria durante a tortura ou se sentiria humilhado pelos excrementos e a urina (na verdade, tudo dependia um pouco do que eles haviam planejado). O mais provável era que houvessem decidido iniciar o batismo com Erik, assim ninguém escutaria qualquer barulho na escola até a hora do ataque. Depois se sentariam provavelmente para discutir novas idéias e medir os prós e os contras. Como se comportariam diante do boato de que esmagariam um testículo com um quebra-nozes? Algo parecido seria difícil de explicar no hospital, era impossível desconversar com uma explicação clássica de Stjärnsberg: "caiu da escada", "caiu do telhado", "perdeu o equilíbrio na bicicleta".

O que diziam as leis sobre coisas desse tipo, isto é, as leis de verdade, não as leis de Stjärnsberg? Johan S. disse alguma coisa sobre ilegalidade quando foi fazer papel de bobo no sindicato.

De qualquer forma havia um detalhe na história do quebra-nozes que a tornava impossível: pelo menos imaginar que alguém teria de executar o que parecia bastante desagradável. Meio nojento, melhor dizendo, colocar um testículo de um garoto imobilizado, se debatendo, num quebra-nozes e depois apertar até esmagá-lo. Não existia ninguém ali com nervos para isso, pensou Erik.

Pierre não estava tão certo assim. Um bom número deles poderia fazer algo parecido. Mas como tinham tempo para planejar, haviam provavelmente pensado no que aconteceria no hospital de Flen, logo depois. Com dentes, nariz e lábios podiam fazer o que quisessem, algo que pudesse ser confundido com acidentes corriqueiros. Embora fossem bem estúpidos também, e nada garantia que tivessem discernimento bastante para não usarem verdadeiros métodos de tortura. Eram como Polifemo.

A conversa foi morrendo aos poucos. Logo não se escutava mais nada, a não ser o silêncio profundo interrompido apenas pela chuva e o vento lá fora.

Erik brincava com o revestimento de couro do bastão. Na realidade a situação toda era estapafúrdia. Ali estava ele, sentado na escuridão de um quarto, armado com um bastão, com o qual talvez arrebentasse todo o seu futuro dentro de meia hora, de duas horas, de quatro horas ou talvez de três quartos de hora. Aliás, o que era mesmo que ele queria dizer com seu "futuro"? Era entrar no colegial e se formar, nada mais. Se não se formasse, seria impossível se tornar o que desejava, mas ninguém morreria por isso. A vida segue.

Se fossem mais fortes eles passaria por maus momentos, mas aquilo não passaria de uma vaga memória num futuro distante. A formatura tinha mais valor do que alguns implantes dentários ou um nariz torto.

Mas e o sarcasmo e as humilhações? O rosto coberto de excremento sob o júbilo da multidão? Como pesar aquilo na balança com o peso de uma formatura num futuro distante?

Era como se fosse impossível decidir. O bom senso dizia que era preciso se submeter. Os sentimentos diziam que era impossível. Mas, na realidade, nunca ocorreria a escolha, pois se entrassem no quarto de alguma maneira, ele estaria perdido.

O silêncio e a chuva de encontro às janelas.

Seria um erro talvez trancar as janelas? No depósito de munições havia tochas de fumaça. O que fariam se jogassem uma dentro do quarto? Em cinco ou dez segundos o lugar ficaria insuportável.

— Pierre, tá dormindo?

— Tá maluco? Você acha que eu dormiria como numa noite qualquer?

— Não, claro. É só que pensei que se eles pegarem uma tocha no depósito de armas, podem nos sufocar com a fumaça.

— Mas eles não vão fazer isso. Eles não têm a menor idéia de que vai ser difícil entrar no quarto.

— Não, tem razão. Mas eles poderiam ir buscar.

— Ah, claro, primeiro acordar o Castor no meio da noite, e depois, com toda a educação, pedir permissão para penetrar em território militar, porque precisam de armamentos, a fim de executar algumas operações sem especificação durante a noite de batismo? Hein?

Pela primeira vez os dois irromperam em gargalhadas.

— Não, você tem razão. Provavelmente isso nem passou pela cabeça deles e, no meio da noite, é impossível entrar à força no depósito de armas. Mas temos de estar preparados para agarrar a tocha e quebrar uma janela para atirá-la pra fora. Senão a gente vira arenque defumado aqui dentro.

— Ou não seria bagre defumado?

Os dois riram mais uma vez.

Depois retornava o silêncio interrompido pelo som da chuva e do vento contra as janelas. O tempo avançava numa lentidão inexorável.

— É bom mesmo a gente continuar conversando para se manter acordado — disse Erik após um instante. — Mas temos de cochichar, porque quando eles chegarem, têm que achar que estamos pelo menos quase dormindo. Sobre o que a gente vai falar agora? De preferência alguma outra coisa que não seja sobre o que vai acontecer.

— Então podemos falar sobre o Polifemo, por exemplo. Eu acho que ele simboliza o mal, e você?

Erik não concordava e quis alimentar a discussão. Em primeiro lugar, não havia ocorrido a Homero nenhum "símbolo" quando decidiu contar a história de Polifemo. Atualmente, quando se sabe que heróis e ciclopes não existem, talvez seja possível uma outra interpretação. Mas Homero não deveria acreditar que todas as criaturas da mitologia grega existiam de verdade? Se acreditavam na existência de Zeus, Afrodite e Posídon, então o ciclope também poderia existir. Logo, Polifemo não era símbolo de coisa nenhuma; era tão real para Homero quanto Silverhielm era para eles naquele momento em meio à escuridão.

Mas por que Polifemo era tão mau?

Pensando bem, não era tão mau assim. Ele comeu os homens da tripulação de Ulisses porque achava gostoso, não por alguma maldade pessoal. Para Polifemo, o normal era ser um gigante com um olho só, pastor de ovelhas gigantes — elas não deviam ser enormes para Ulisses e seus homens se pendurarem nelas? —, e os homenzinhos que começaram a comer suas ovelhas não eram nada mais do que animais predadores roubando seu rebanho, assim como lobos, só que comestíveis. E os lapões? Eles não matam lobos por maldade.

Polifemo era apenas alguém perigoso e burro?

Já Silverhielm era totalmente diferente. Ele era um ser humano e devia, por princípio, ver outros seres humanos como seus iguais, não como predadores comestíveis. Silverhielm não era burro, era apenas cruel. Bastante inteligente e cruel.

A maldade não pode estar em outro lugar que não seja no cérebro. Um tubarão, por exemplo, não tem um cérebro para formular idéias, por isso não é cruel. Polifemo era o perigo desconhecido na fantasia dos homens. Silverhielm era mau de forma premeditada e inteligente. Mas por quê?

Talvez ele não tivesse intenção de ser cruel. Pierre evocou as torturas da Inquisição: mas então, os padres torturadores eram cruéis? Sim, de certa forma, já que praticavam a tortura. Mas eles não acreditavam que faziam algo com a aprovação de Deus? Se realmente estavam convencidos de que eles, como servos de Deus, tinham de salvar o mundo do mal herético, será que os fins não justificavam os meios?

Tudo aquilo parecia bastante confuso. Então Silverhielm e sua máfia acreditavam que tinham de salvar Stjärnsberg da decadência e, nesse caso, os fins justificavam os meios, pois eram como padres bem-intencionados?

Não, assim não podia ser. Comecemos tudo de novo.

Quer dizer: quando viam Silverhielm bater nos meninos menores, era evidente que sentia prazer no que fazia. Ninguém distribuía tantos golpes de um ponto como ele, e ninguém do segundo ano colegial desafiou tantos garotos do ginasial ao quadrado quanto ele. Logo, ele gostava daquilo. Pois há gente que simplesmente gosta de maltratar outras pessoas. Como, por exemplo, o pai de alguém que eu conheço.

Além disso, Silverhielm mentia. Durante a campanha eleitoral ele mentiu sobre um "complô" socialdemocrata dos alunos do ginasial, apesar de todo mundo saber que não existe nada parecido. Ele mentiu para chegar ao poder e ao descrever o motivo pelo qual era importante mais severidade. Por isso era impossível compará-lo com os padres da Inquisição.

Aquela história de falar sobre a esquerda realmente surtiu efeito. Até o próprio Bernhard ficou em maus lençóis quando eles fingiram estar com medo de que ele estivesse sendo, como foi que disseram?, "tolerante com a esquerda". Primeiro Silverhielm mentiu, inventando um quadro do perigo que deve ser eliminado. Depois disse que ele mesmo era o anjo salvador, como um são Jorge (tradicionalmente a escola venerava a Virgem) e nós, os supostos esquerdistas, éramos o dragão.

Para tudo isso é preciso inteligência, planejamento, estratégia e a cooperação de outros; em outras palavras, um planejamento completo. Polifemo não planejava nada, apenas teve a visita inesperada de ladrões de ovelhas.

Em suma, Silverhielm era cruel. Ele sim era a personificação do mal.

Mas *por que* era assim? Nasceu assim? Ou será que recebeu muito castigo quando criança? Que ao longo dos anos que estivera em Stjärnsberg acabara sendo vítima do ambiente não explicava. Bernhard estivera ali durante o mesmo tempo e tinha uma outra visão a respeito da violência. Não era cruel da mesma maneira.

Não era fácil chegar a uma explicação, a discussão não chegava a parte alguma. Mas uma coisa estava evidente: contra gente como Silverhielm eram obrigados a opor resistência e retribuir da forma que fosse possível. Gente como ele não podia vencer, tinham de retribuir com violência se possível, e quando não fosse possível, com escárnio e sarcasmo, isto é, quase sempre.

Mas é fácil falar. Ali mesmo a situação não parecia das melhores. Daquela vez Silverhielm ganharia o jogo de alguma maneira, e comemoraria com estrondo, ao comentar, no dia seguinte, o estado de Erik quando deu entrada no hospital de Flen. Era uma pena que tivesse de ser daquela maneira. Mas o importante era prosseguir na resistência, mesmo que o quadro não fosse dos mais promissores. Era a única coisa que podiam dizer com certeza. Gente como Silverhielm não podia vencer, nem agora nem no futuro, na vida adulta. Era simplesmente assim.

A questão era apenas com que instrumentos iriam lutar. E ali o círculo se fechava novamente em torno de Gandhi e da Argélia. Era impossível chegar a uma conclusão. Os dois silenciaram.

A chuva ainda castigava a janela. O vento se abrandara um pouco, mas ainda era difícil distinguir outros ruídos. Os ponteiros verdes fosforescentes do relógio de parede marcavam, na escuridão, cinco para a meia-noite.

— Se você estiver certo, eles já devem estar chegando — disse Erik.

Pierre estava certo.

Primeiro, o ruído leve de passos e de sussurros pareceu mais fruto da imaginação, mas logo as luzes do corredor se acenderam — uma tênue linha de luz atravessava o canto superior da porta. Em seguida ouviram nitidamente sussurros do outro lado da porta.

— Mude de lugar, Pierre, assim você não fica bem atrás de mim — murmurou Erik.

Ele ficou em pé, no meio da escuridão, abraçado ao bastão que se erguia no alto de sua cabeça. O coração pulsava a ponto de latejar no corpo inteiro, do peito, ao longo das grandes artérias até a virilha. Através da corrente sangüínea, meu coração bombeia adrenalina para o resto do corpo, pensou Erik, sentindo o suor afrouxar as mãos em volta do bastão envernizado.

Os sussurros calaram do outro lado da porta. Erik conseguiu distinguir um "conte até três".

"Um", escutou-se do lado de fora, e a maçaneta da porta parecia se mover um milímetro na escuridão.

"Dois... é agora..."

"Três!"

A porta abriu-se com violência e os olhos ofuscados de Erik chegaram a perceber como Silverhielm deu, bruscamente, de encontro à cômoda.

Erik mirou o melhor que podia e aplicou um golpe de bastão dez centímetros acima da cabeça de Silverhielm, acertando, com toda a força, o umbral da porta e fazendo voar pedaços de madeira.

Silverhielm gritou, mas não conseguiu se libertar de primeira, bloqueado pelos outros que vinham atrás dele. Erik bateu mais uma vez e a porta se fechou rapidamente, trazendo de volta a escuridão.

— Esse foi o primeiro *round* — disse Erik. — Agora vamos ver o que eles têm na cabeça.

Lá fora escutava-se uma discussão animada. Era quase impossível distinguir mais do que uma palavra ou outra, como "bastão", "completamente louco", "perigoso", "todos de uma vez "...

Depois de alguns instantes, fizeram silêncio novamente.

— Escute aqui, Erik! — Silverhielm gritou.

— Sim, estou escutando um cavalo de prata relinchando — respondeu.

— Largue esse diabo de bastão, é meu último aviso! — continuou Silverhielm.

— Isso mesmo — sussurrou Pierre. — Eles caíram direitinho.

— Vem aqui pegar se tem coragem! — Erik respondeu aos gritos.

Mais discussão.

— Você não tem a mínima chance, é melhor se render, senão só vai piorar ainda mais para você! — ameaçou uma voz desconhecida lá fora.

A seguir escutou-se uma série de palavras de comando, o que significava que os outros alunos acordaram e estavam curiosos em saber como ia o batismo. Agora estavam sendo mandados para seus quartos.

— Bom — disse Erik. — Se estivessem seguros, os outros garotos podiam ter ficado para assistir.

Lá fora se fez silêncio novamente. Era hora do próximo ataque. Erik ergueu o bastão. Será que alguém teria a coragem de colocar a cabeça para dentro outra vez e dar um impulso por cima da cômoda? (Era o que ele mesmo teria feito na situação deles; se só um deles entrasse no quarto a coisa estaria resolvida.)

Erik mudou o bastão de mão a fim de manter o bloqueio mais amplo, caso algum membro do Conselho o atacasse de cima (mas como poderia evitar feri-lo?). Não, tinham uma outra idéia. Um abre a porta e outro joga uma cadeira bem no meio da cômoda? Se a cadeira alcançar o rosto de quem estiver lá dentro, ele cai para trás e, então, eles têm alguns segundos para atravessar a cômoda e atacar.

Erik moveu-se para o lado a fim de se desviar de uma cadeira e novamente segurou o bastão de forma que pudesse acertar o umbral da porta.

Alguns sussurros. Agora eles estão vindo.

Foi quando a porta se abriu violentamente e um membro do Conselho — num movimento de câmera lenta — derramou um balde amarelo de plástico. Já imaginando o conteúdo, Erik se abaixou instintivamente.

Urina e fezes inundaram o quarto. O mau cheiro explodia nas narinas ao mesmo tempo que se escutava o som de água respingando. A porta se fechou rapidamente outra vez e risos explodiram do lado de fora.

— Caiu alguma coisa em cima de você? — Erik murmurou.

— Não, eu estou aqui à sua esquerda, atrás de você. Quase tudo foi parar no chão e na escrivaninha. E uma parte na minha cama. Filhos-da-puta!

— É, filhos-da-puta. O que você acha que eles vão fazer agora?

— Esperar por nós lá fora, talvez. Ao que tudo indica, não era em arenque defumado que a gente ia se transformar.

Já era o terceiro ataque de riso, quase histérico, ao longo da noite do batismo.

Lá fora ouviam-se ruídos de móveis se arrastando. Colocavam alguma coisa diante da porta.

— É provavelmente o sofá da sala de estar — sussurrou Pierre. — Eles devem estar bloqueando a porta para nos prender aqui, nesta merda toda. O que vamos fazer?

— Nada, eu acho. Já sei, a gente imagina que está sentado numa fossa no campo. Está escutando o zumbido de abelhas? Lá longe, em algum lugar, tem uma vaca mugindo, não é?

— Claro, escuto nitidamente. Você veio passar as férias de verão conosco na nossa casa de campo e estamos a trezentos e cinqüenta quilômetros de Stjärnsberg. A gente tem uma fossa, às vezes, quando fica cheia, temos de aterrá-la.

— É, eu sei, a gente tem de cavar um buraco, colocar luvas para transportar o barril e, depois, splash, splash! Entornar o barril no buraco.

— E limpar a merda com uma pá.

— É, mas a gente espera um pouco para começar o trabalho. Agora é hora da pausa para fumar.

— Ah, mas o cigarro está escondido num saco plástico no bosque.

— Que nada. Segura aí, vou te passar um cigarro aceso.

Os dois tatearam no escuro até Erik alcançar a mão do amigo e lhe passar o cigarro imaginário.

— Cacete! — disse Pierre. — John Silver, eu prefiro Marlboro.

— Infelizmente, a gente fuma o que tem à mão.

Eles continuaram por algum tempo até perceberem que o Conselho se retirara. Evidentemente poderia ser apenas uma armadilha, mas haviam bloqueado a porta. Erik inclinou-se sobre a cômoda e experimentou a porta. Sim, estava bloqueada.

Então, haviam terminado. Deixariam o sofá ali até a manhã seguinte.

Pelo menos ninguém precisaria fazer guarda na porta.

— Vamos acender a luz? — perguntou Pierre.

— Não, tá louco? A gente está numa latrina ecológica no campo, não num quarto imundo.

— Mas não devíamos abrir a janela?

— Puta merda! As janelas estão trancadas com fio de arame.

— Ah, é, que genial essa idéia de isolar as janelas, hein?

— E eles sabem que temos de abrir as janelas. Abra as cortinas que assim damos uma olhada.

Pierre moveu-se cuidadosamente pelo chão imundo e debruçou-se diante da escrivaninha, a fim de puxar a cortina. A seguir, os dois fixaram o olhar por instantes na noite chuvosa, sem enxergar nada. O fedor já começava a se tornar insuportável.

Será que o Conselho estaria lá fora, esperando que abrissem as janelas, pulassem para fora, dessem a volta até a portaria e retirassem o sofá da porta? Ou estariam esperando na portaria? Não era nada impossível.

Pierre apalpou a escrivaninha à procura do alicate. Às vezes soltava um palavrão ao encostar a mão em qualquer coisa nojenta. Passou algum tempo mexendo no arame dos ferrolhos da janela até, finalmente, abrir as janelas e debruçar-se para fora, em busca de algum membro do Conselho escondido.

O ar fresco da noite envolveu o quarto.

— Se eles estiverem lá fora, vão nos ver. Mas a gente não pode vê-los se acendermos as luzes — lembrou Pierre. — Devíamos começar a limpar um pouco por aqui.

— É, e aí vamos ter de retirar o sofá. Esperamos mais um pouco?

Estudaram a situação exaustivamente. Então, o boato sobre a merda era mesmo verdade — aliás, onde tinham guardado toda aquela merda enquanto a reuniam? Mas não podia ser possível que se contentassem apenas em jogá-la ao acaso dentro do quarto de Pierre e Erik. Era provável que pensassem em capturar Erik, prendê-lo, para, em seguida, utilizar a merda e a urina de forma mais sistemática. Agora, porém, já haviam gastado toda a merda guardada e consideraram o trote terminado.

Por outro lado, havia uma possibilidade de que estivessem à espera, na grande portaria do alojamento de estudantes, para prendê-los quando tentassem sair, a fim de retirar o sofá. Se bem que eles não deviam estar muito interessados em, novamente, invadir o quarto. Não, provavelmente haviam se retirado para seus quartos ou estavam à espreita na portaria. A não ser que estivessem ocupados com outros.

Sim, alguma coisa tinha de ser feita. Era impossível continuar dentro daquele quarto, quer dizer, daquele banheiro ecológico no campo, uma noite inteira.

— Vamos fazer assim — disse Erik. — Eu pulo pela janela e dou a volta pelo outro lado do prédio, por trás do canteiro do vizinho. Depois, tento ver se está tudo tranqüilo e entro para tirar o sofá dali. Se eu chegar perto do sofá, aviso. Você se prepara pra fechar a janela, se eles tentarem atacar novamente. Lá fora, na escuridão, eu me viro com certeza.

— Tem certeza?

— Claro. Além do mais, não é proibido correr do Conselho. Eles não poderiam nunca alegar que eu corri pra fugir de alguma revista. Afinal, eu tenho direito de correr.

— E vale a pena arriscar um fim de semana de detenção por recusar a cumprir ordens.

— Então, muito bem. Aqui damos início à operação Merda Vingativa.

Erik calçou os tênis de ginástica e ao engatinhar por baixo da escrivaninha, sua mão esbarrou em um monte de excremento. Do lado de fora, correu alguns metros de lado a fim de escapar de um provável ataque surpresa. Mas parecia não haver ninguém por ali. O ar puro lhe dava a mesma sensação de um copo d'água fresca quando se tem muita sede.

Ele contornou a casa, furtivamente, até o canteiro vizinho sob um silêncio absoluto.

Não havia ninguém perto da portaria. Será que estavam no hall de entrada? Era o lugar mais confortável para esperar.

Por precaução Erik deu algumas voltas em torno dos outros dois prédios de estudantes mais próximos. Todos estavam escuros, a não ser o quarto de Silverhielm, no segundo andar da Ursa Menor. Erik escalou uma das grandes árvores do jardim. Lá estavam eles, sentados conversando. Segundo andar, terceira porta à direita.

Bom, então estavam em segurança.

Ainda assim, Erik abriu a porta de Cassiopéia com um movimento brusco, no intuito de forçar quem estivesse, eventualmente, de guarda.

Silêncio absoluto. Nenhum movimento no lugar.

Ele soltou a porta atrás de si. Restava apenas o quarto de limpeza, do lado direito. Erik abriu a porta do quarto de limpeza rapidamente, enquanto a porta da rua ainda estava aberta.

Não, ali também estava vazio.

Depois acendeu a luz do corredor. Nenhuma palavra, o silêncio era total.

Eles poderiam estar escondidos em algum quarto do corredor. Se passasse por eles seria capturado no mesmo instante. Ao fim do corredor havia apenas a porta trancada do apartamento do Castor.

Erik abriu e fechou cada porta do corredor. Em todas elas, apenas alunos do ginasial adormecidos.

Enfim, o batismo havia chegado ao fim.

Ele bateu na porta antes de arrastar o sofá e explicou por que havia demorado tanto.

Quando finalmente acenderam as luzes, a situação se mostrara pior do que imaginaram de início. O chão inteiro estava encharcado, em parte por culpa deles mesmos ao andarem de um lado para outro na escuridão. A cama de Pierre estava imunda e a escrivaninha também. A sujeira havia chegado até a uma parte da estante.

— Muito bem — disse Pierre. — No quarto de limpeza temos tudo de que precisamos: baldes, panos de chão, detergente, rodos e tudo mais. Que porcos que eles são.

— Muito piores que isso. Os porcos são bestas, como o Polifemo; não entendem o que é melhor para eles. Mas, esta noite, aquele Silverhielm vai passar por uma experiência que nunca imaginou.

Com a ajuda dos rodos, os dois garotos conseguiram juntar uma quantidade de urina misturada às fezes suficiente para encher um pouco mais da metade do balde amarelo.

Dedicaram duas horas à limpeza do quarto, o tempo todo com as janelas e portas completamente abertas. Carregaram os sacos transbordando de roupas sujas para o quarto de limpeza. Já passava das três horas da madrugada quando finalmente terminaram a faxina. As luzes no quarto de Silverhielm já haviam se apagado desde as duas e meia.

Os dois meninos terminaram recolocando o sofá diante da porta e ataram, mais uma vez, os trincos das janelas com arame.

— Deve levar, mais ou menos, uns dez minutos — disse Erik. — Eu volto em seguida. O primeiro que você ouvir correndo pelo corredor tem de ser eu.

Cinco minutos depois ele dava a volta pela Ursa Menor, duas vezes. Tudo parecia calmo.

A portaria estava aberta.

Erik subiu as escadas furtivamente até o segundo andar. Parou para escutar no corredor: alguém roncava ruidosamente em um dos últimos quartos. Fora isso, nenhum ruído. Terceiro quarto à direita.

Erik virou a maçaneta da porta de Silverhielm com cuidado e fechou-a atrás de si. Permaneceu quieto por trinta segundos, escutando o ressonar tranqüilo dos dois garotos adormecidos.

Carregava consigo o balde amarelo de plástico.

Era importante que não errasse de garoto, que soubesse qual deles era Silverhielm. Mas quem era quem?

Colocou a mão no interruptor e refletiu por alguns instantes. O pior era errar de pessoa. Havia duas coisas que precisava reparar bem. Ele acendeu a luz e apagou-a imediatamente. Ainda a mesma respiração tranqüila.

Silverhielm era o garoto da esquerda. Ele dormia de barriga para cima.

Os interruptores do abajur da cama e da lâmpada de estudos ficavam bem embaixo da escrivaninha.

Ele soltou o balde cuidadosamente. O mau cheiro já começava a se espalhar pelo quarto, o que aumentava o risco de que acordassem. Erik inclinou-se para baixo da escrivaninha e apalpou os fios elétricos até encontrá-los. No mesmo instante seu pé encostou-se à mesa, causando um leve ruído. O outro garoto moveu-se, agitado. Erik tinha pressa, mas naquele momento era importante não perder o controle, senão estaria tudo perdido.

Ele retirou os fios da tomada e saiu cuidadosamente de debaixo da mesa. Em seguida, levou as cadeiras para o meio do quarto, ergueu o balde e, com a mão livre, tateou à procura do travesseiro de Silverhielm. Agora tudo daria certo.

Erik levantou o balde e derramou seu conteúdo bem em cima da cabeça do garoto adormecido. Depois saiu do quarto, fechando a porta silenciosamente.

Ao mesmo tempo que se apressava pelo corredor, em direção à saída, escutava os gritos histéricos de Silverhielm e o barulho de móveis caindo pelo chão do quarto.

Cinqüenta segundos mais tarde ele já estava de volta à poltrona, com o bastão na mão, protegido pela cômoda, na escuridão do próprio quarto.

Mais uma vez o silêncio e a chuva. Demorou tanto até Pierre dizer alguma coisa que Erik pensou que estivesse dormindo. Erik contava o próprio pulso com o dedo indicador encostado no pescoço. Cinqüenta batimentos cardíacos, quase a pulsação normal.

Isso significava que estava absolutamente calmo, ou pelo menos que o corpo havia decidido se acalmar, independente de todas as especulações do seu bom senso ou de qual fosse a vingança do pessoal do Conselho.

— Você não jogou a merda no quarto dele, jogou? — perguntou Pierre.

— Não, eu cheguei bem perto e enfiei o balde na cara dele.

— Você não pode ser normal!

— Claro que sou! Nada melhor do que ridicularizar todas as promessas de Silverhielm para a noite do batismo.

— Eles vão acabar com você.

— Mas, ainda assim, todos vão rir de Silverhielm.

Os garotos colocaram uma Bíblia entre o umbral e a fechadura. Se alguém forçasse a maçaneta naquela noite, acordariam antes.

Erik dormiu imediatamente um sono sem sonhos, até o despertador acordá-lo com um salto da cama, em direção ao bastão.

Era o dia seguinte à noite do batismo. Erik procurou uma camisa vermelha que escondesse as manchas de sangue quando o inevitável acontecesse.

Contudo, durante o café da manhã, Silverhielm, o chefe de mesa, não estava presente. Fora isso, tudo corria na mais perfeita normalidade. Que todos observassem Erik furtivamente não era tão estranho assim. Estavam surpresos de que não carregasse nenhum vestígio da noite do batismo que tantas expectativas havia gerado.

O boato já havia se espalhado, pois, a caminho da saída do refeitório, dois alunos do primeiro ano secundário o cercaram para perguntar se era verdade que havia jogado um balde de merda na cabeça de Silverhielm. Erik retrucou que nunca faria tal coisa com um presidente do Conselho. Mas comentou que deve ter sido a mesma merda que Silverhielm havia tentado jogar em sua cara, mas errou a mira.

E piscou, matreiro, para os garotos, ao mesmo tempo que se dirigia rapidamente à porta do refeitório.

A história se espalharia com todos os seus exageros já antes do almoço, o que significava que seria preso por agressão física depois do almoço ou do jantar. O mais provável era que esperassem o momento no qual houvesse o maior número de espectadores. Era difícil, porém, adivinhar o que fariam.

As aulas da manhã transcorriam lentamente. Erik recebeu as segundas provas do semestre com ótimos resultados, o que significava que havia superado as más notas em matemática já naquele semestre. Aliás, ele não teria um conceito ruim sequer, já que o tempo de detenção lhe era mais do que suficiente para estudar física e química.

Era quase impossível não pensar no que aconteceria com ele naquele mesmo dia. O mais importante era não perder a vantagem que havia adquirido em cima de Silverhielm, ridicularizando-o. Uma pequena, ou nesse caso, uma grande surra não mudariam nada. A questão era se Silverhielm também tinha consciência da situação e se estava imaginando algo que causasse a Erik uma humilhação ainda maior. Mas seria capaz de inventar algo assim? Nem mesmo "olho por olho, dente por dente" tinha valor, já que Silverhielm seria o presidente mais ridicularizado pelas costas de todos os tempos. Em algum lugar deveria haver um limite para a violência que se pode usar sob o disfarce de educação pela camaradagem.

Silverhielm também não compareceu ao almoço. Mas a escola fervilhava de rumores sobre a vingança de Erik. Erik negava tudo com palavras, mas confirmava com a expressão do próprio rosto.

Seria durante a tarde, então. Havia a possibilidade de que esperassem até a noite — não, aliás não era provável que quisessem lidar com o bastão mais uma vez. Ah, talvez resolvessem usar as tochas do depósito de armas.

O melhor era provocar um acerto de contas logo depois do jantar. Qualquer alternativa parecia pior. E não seria tão difícil calcular o que fazer para Silverhielm perder o autocontrole durante o jantar. Caso fosse jantar.

Silverhielm apareceu para jantar. Ele já estava em seu lugar quando Erik entrou num refeitório parcialmente ocupado. O silêncio era absoluto. Quando caminhou para a mesa, passou por Silverhielm e prosseguiu em direção ao seu lugar, perto da parede. Erik se deteve às costas de Silverhielm e aguardou até que o já esperado silêncio houvesse alcançado as imediações.

Erik passou a cheirar o ar ruidosa e ostensivamente.

— Que estranho — disse. — Eu tenho a nítida impressão de que tem um cheiro de merda por aqui. Vocês não acham? Silverhielm, você não se limpou direito?

O ambiente explodiu em risinhos.

Silverhielm voou da cadeira, com um misto de histeria e choro na voz, e, aos gritos, ordenou que Erik se sentasse, pois eles tomariam conta dele mais rápido do que imaginava.

— Tá bom, tá bom. Fique calmo — Erik respondeu. — Eu só acho que você devia ter se lavado melhor antes de se sentar à mesa do jantar. — E seguiu para seu lugar ainda farejando o ar, sob mais gargalhadas.

A questão era o quanto poderia zombar do assunto durante o jantar. De alguma forma, era como queimar todos os cartuchos de uma só vez. Aquilo significava que teria de continuar com a zombaria já na refeição seguinte, até que um dos dois desistisse primeiro. E não seria ele quem desistiria primeiro. Nesse caso, não haveria a mínima chance de Silverhielm vencer, independente de toda a violência que conseguisse organizar. Assim seria.

Depois da oração, Erik inclinou-se para a frente e, antes de lhe desejar bom apetite, gritou a Silverhielm que o cheiro chegava a toda a mesa.

Silverhielm não respondeu. Após alguns minutos Erik atacou novamente.

— Se bem que a merda que você ganhou na boca era só de gente do Conselho e de alunos do último ano, hein? E deve ter um gosto melhor do que a nossa, do ginasial, não é mesmo?

Silverhielm continuou sem responder.

— Mas, pensando bem, uma parte daquela merda deve ser sua mesmo. Com um pouco de sorte foi essa que você comeu!

Era impressionante que Silverhielm conseguisse se controlar, e também meio angustiante. Será que tinha um plano tão bem pensado que não havia nada que pudesse desviar sua atenção?

Quando o jantar terminava, o Conselho, os chefes de mesa e os alunos do último ano saíam em primeiro lugar, antes de os outros alunos do colegial e do ginasial saírem em ordem numérica. Aquilo significava que estariam esperando do lado de fora. Era impossível tentar sair antecipadamente, pois eles o agarrariam mais cedo ou mais tarde, além de não ter nenhuma vantagem em mostrar covardia. A única forma de vencer um próximo *round* era não demonstrar medo. O melhor seria provocar Silverhielm ali mesmo, no refeitório. Diminuiria o efeito da surra de depois do jantar.

— Eu acho que você não está comendo bem, Capacete de Merda. É alguma coisa errada com a comida? — Erik perguntou, enfatizando o novo apelido.

Silverhielm pousou o garfo e a faca no prato e aplicou um soco na mesa, mas não ergueu os olhos. Muito bem, agora sim ele começava a se aquecer.

— Imagine só se a sobremesa for pudim de chocolate? — Erik prosseguiu. — Pudim de chocolate com calda de baunilha, hein? Nesse caso, eu posso ficar com a sua porção, Capacete de Merda?

Enfim, começava a funcionar! Silverhielm levantou-se da cadeira. Erik fez o mesmo, dando dois passos para trás, a fim de ficar com as costas voltadas para a parede, quando Silverhielm se aproximasse.

Erik colocou as mãos para trás e segurou, com firmeza, o pulso esquerdo com a mão direita. Havia três coisas nas quais devia se concentrar:

Não cair, jamais! Não importando o que acontecesse.

Nunca revidar independentemente de qualquer coisa.

Nunca chorar, nunca demonstrar sentir dor e, além de tudo, continuar a ridicularizá-lo, não importando o que acontecesse.

Silverhielm parou diante dele. Parecia histérico e tremia por todo o corpo.

A agitação no refeitório silenciou. Pelo canto do olho, Erik viu como aqueles que se sentavam mais afastados subiam em suas cadeiras para enxergar melhor. Viu também como o diretor e o professor da noite continuavam comendo e conversando, como se não soubessem o que estava acontecendo, apesar de estarem a menos de três metros de distância.

Erik buscou o olhar de Silverhielm enquanto se concentrava na imagem do pai com o chicote de cães ou a calçadeira na mão. Sentia como a mão em volta do pulso, nas costas, apertava mais forte e como os músculos das pernas e da barriga tensionavam. Ele virou o quadril para a esquerda, a fim de se prevenir contra um joelho na virilha. Se começasse a bater diretamente no rosto teria de se abaixar, caso contrário, devia manter-se imóvel a qualquer preço, Erik pensou, escutando os próprios pensamentos longe, como um eco, como se já estivesse pensando em um outro corpo ao lado do seu.

Silverhielm ofegava, mas ainda hesitava, mesmo que não tivesse outra saída. Agora tinha de bater. Mas Erik, ou o corpo ao lado de Erik que observava toda a cena, descobriu que Silverhielm estava a ponto de chorar. Agora seria fácil colocá-lo em ação tão facilmente como se aperta um botão. Seus olhos piscavam nervosamente para todos os lados. Erik, finalmente, conseguiu olhá-lo nos olhos, deu o sorriso mais mordaz possível e apertou o botão:

— Você fede, Capacete de Merda...

À volta deles risos sufocados, risos nervosos e risos para colocar mais lenha na fogueira.

Silverhielm aplicou o primeiro golpe. Erik escutou quando foi acertado no rosto e o som que saía da boca de Silverhielm ao bater.

— Você cheira a merda até mesmo nas mãos — Erik disse.

Silverhielm passou a bater como um louco. Batia de esquerda e de direita, alternadamente, e cada vez que aplicava um golpe, emitia um ruído que era um misto de gemido, causado pelo esforço, e grito de desespero. Quanto mais batia, mais desesperado ficava.

Erik escutava os golpes e sentia como a própria cabeça era jogada de um lado para outro. Silverhielm usava um anel com o brasão da família na mão direita. Cada vez que acertava um golpe de direita abria uma ferida. Depois um dos golpes acertou Erik com tamanha precisão que um dente canino se soltou e terminou no meio da boca. O golpe seguinte acertou o nariz. Erik escutou o som de algo se quebrando, mas concentrou-se em não se dobrar para a frente, apesar do sangue que escorria do nariz. Como se mantinha no mesmo lugar, Silverhielm foi arrastado em uma espiral de agressividade e medo, a ponto de recobrar forças para mais golpes alternados. O brasão do anel deixava novas feridas ao acertar o mesmo lugar várias vezes, até abrir uma fenda na comissura dos lábios.

Erik, ou a pessoa ao seu lado, tinha uma impressão difusa do júbilo e dos gritos de excitação, de como o diretor e o professor ainda levavam eventualmente o garfo à boca, de como as mãos de Silverhielm agora estavam sujas de sangue e de como o sangue espirrava em quem estava sentado nas mesas mais próximas. Mas ele já não distinguia o adversário. Você não pode cair, pensava, não pode cair! Tem de continuar firme. O sangue morno jorrava, escorrendo como um rio por seu rosto até a camisa vermelha. De repente, os golpes pararam e ele viu Silverhielm ofegante, com os braços pendurados.

— Vochê tem cheiro de merda — Erik sibilou, com a boca cheia de sangue.

Após um grito, Silverhielm voltou a bater com força renovada pelo desespero. Erik teve uma leve impressão de que seu pulso esquerdo estava prestes a se soltar e que o refeitório passara a oscilar.

De súbito, ouviu-se uma voz desconhecida dizer alguma coisa e Silverhielm parou de bater.

Era o diretor, que já não mais conseguia se manter sentado fingindo que nada acontecia, pois o sangue respingava em sua comida. Ele se levantou e, numa ordem curta, disse a Silverhielm e Erik que o seguissem para fora do refeitório.

Erik pôde perceber, em meio à neblina, Silverhielm se deslocando entre as mesas num ângulo inclinado, aparentemente de quarenta e cinco graus. Ele precisava tentar andar. Tinha de conseguir. Não podia cair, tinha de andar mesmo que os pés parecessem estar pregados ao chão.

De alguma maneira, Erik conseguiu acompanhar o adversário entre as fileiras de mesas. Ao passar pelo lugar de Silverhielm, na ponta da mesa, cuspiu o dente e o sangue em sua boca no prato dele antes de seguir atrás de Silverhielm e do diretor.

Tão logo os três estavam do lado de fora, o diretor fechou as portas corrediças e disse a Silverhielm algo que Erik não compreendeu. Silverhielm respondeu-lhe algo também incompreensível. Em seguida, o diretor disse que Erik deveria desaparecer do refeitório (curioso, eles já não estavam fora do refeitório?) para se lavar. Logo depois as portas corrediças voltaram a se abrir e Erik estava sozinho.

Vagarosamente, como em um sonho, suas pernas se dobraram e ele caiu de joelhos, fitando com um olho só a poça de sangue crescente nos desenhos retangulares do piso de madeira.

Cinco minutos mais tarde, ou teria sido apenas meio minuto, ele dirigiu-se ao banheiro embaixo do refeitório e abriu a torneira de água fria. A pia tingiu-se de vermelho e Erik evitou olhar a própria imagem no espelho. Dobrou algumas toalhas de papel, molhou-as na água fria e colocou-as contra o rosto, ao mesmo tempo que mantinha a cabeça para trás por alguns instantes.

Atravessou o jardim deserto da escola, em direção à enfermaria, no prédio da piscina. Na porta havia uma mensagem pregada: "Entre e espere, volto já." Erik entrou e se deitou na maca verde recoberta de papel crepe para proteção. Misturada à sensação de dor, ele sentia a consciência regressar, como se a pessoa que estivera ao lado dele, por fim, voltasse a tomar lugar em seu corpo.

Capacete de Merda, pensou, a partir de agora você sempre se chamará assim. Em seguida não pensou em mais nada.

Depois de um tempo ele descobriu o rosto da enfermeira diante dele. Ela lavava os machucados com compressas presas a uma pinça comprida.

— O senhor vai me desculpar, mas chegou um pouco mais cedo do que eu imaginava. Pensei que demoraria até um pouco depois do jantar — disse a enfermeira.

— Na verdadche, devia ter chido achim — Erik murmurou.

— O táxi não vai demorar a chegar — disse a enfermeira. — Mais do que isso não posso fazer. Seu amigo trouxe uma camisa limpa. Vamos tentar vesti-la, para ficarmos um pouco mais apresentáveis em Flen?

Ele sentou-se na escuridão do banco traseiro, com a cabeça latejando e um gosto de sangue na boca. Os pensamentos voltavam vagarosamente à sua cabeça. Era impossível respirar através do nariz e, ao aspirar o ar pela boca, doía terrivelmente no orifício deixado pelo dente perdido. Ele deve ter adormecido, pois a viagem não levou mais do que alguns minutos.

Erik deitou-se, sob a forte lâmpada da sala de emergência, numa maca verde recoberta de papel idêntica à da enfermaria da escola.

O médico usava óculos de leitura e uma barba branca que, por algum motivo, trouxe a Erik a imagem de George Bernard Shaw.

— Outro tombo das escadarias de Stjärnsberg, eu suponho — disse George Bernard Shaw, enquanto levantava a seringa de anestésico contra a luz e soltava um pequeno esguicho no ar.

— Agora quieto, vamos anestesiá-lo. Enfermeira, pode preparar mais uma, por favor? Muito bem, meu jovem, aqui vai a primeira. Escadas perigosas, essas de Stjärnsberg, não é mesmo?

Erik não respondeu. O médico aplicou a primeira injeção no rosto, bem abaixo do olho esquerdo.

— Prechija cochturar muita coija? — Erik perguntou.

— Sim, mas já vi piores — disse o médico enquanto preparava outra seringa. — Pode ficar certo de que nos dedicaremos a algumas horas de corte e costura por aqui.

— Quantoch pontoch e onde?

— Aqui na face, dois lugares com sete ou oito pontos, cada. Os cortes são mais irregulares do que eu gostaria. São resultado do que chamamos, em linguagem policial, lesões por instrumento contundente. Ou, se preferir, a escada.

— E a boca?

— Aqui na comissura só será preciso um ponto, mas teremos de entrar na boca para remendá-lo um pouco por dentro também.

— E o olho, como echtá? Não conchigo ver nada.

— O olho propriamente dito não tem nenhuma lesão, o que é o mais importante. Mas depois de tantas pancadas, vai demorar alguns dias até que volte a aparecer. Eles o chutaram no rosto?

Erik parou para refletir no que deveria dizer.

— Não — respondeu apenas.

— Curioso — prosseguiu George Bernard Shaw, enquanto aproximava o rosto. — De qualquer forma parece que alguém o chutou e estes ferimentos irregulares parecem ter sido feitos por saltos de sapatos, não é mesmo?

O médico aplicou uma terceira injeção de anestesia enquanto Erik refletia no que deveria ter respondido. Seria verdade que todos aqueles que chegavam ali, depois de terem passado pelo quadrado de Stjärnsberg, costumavam mentir?

— Muito bem — disse o médico. — Agora só vamos esperar que a anestesia faça efeito. Você vomitou no caminho para cá? Sente náuseas? Enfermeira, poderia nos trazer uma bacia, por gentileza?

— Não, eu echtou me sentchindo muicho bem — Erik respondeu.

O médico ergueu os instrumentos contra a luz e enfiou o primeiro fio na agulha.

— Ahhhh, aquelas escadas, aquelas escadas — suspirou. — Mas eu já vi piores do que você. No início do semestre esteve aqui um tal de Lennart alguma coisa, eu creio. Ele perdeu três dentes e o osso do nariz se estilhaçou em cinco partes. O seu nariz sofreu apenas uma rachadura. Melhora em algumas semanas, mesmo que fique um pouco mais achatado daqui por diante.

O médico fez a primeira sutura.

— Enfermeira, pode fazer a gentileza de cortar aqui, por favor? Assim, muito obrigado. O garoto do nariz e dos três dentes a menos deve ter caído da mesma escada que você, eu imagino. Talvez você tenha visto o que aconteceu?

Fez a segunda sutura.

Era de Lelle que o médico falava. Será que ele compreendia a correlação? Será que sabia que Erik fora a escada de Lelle? Não, provavelmente não.

— E mais um corte, assim, obrigado.

— Na verdade... — ele voltou a falar depois de alguns minutos de silêncio e mais alguns pontos — ...nós somos obrigados a informar à polícia, em casos de suspeita de agressão a menores. Diante da lei, meu jovem, você ainda é uma criança. E se a polícia pudesse dar um jeito naquele ninho de nazistas de onde você vem, talvez nós pudéssemos nos dedicar a atividades mais úteis do que passar quinze minutos costurando crianças vítimas de agressão. E então, o que você acha?

— Mach eu tenho conchinuar ali até entrar num colégio de Echtocolmo. — Erik respondeu, depois de algum tempo de reflexão.

— Muito bem, e por isso vai continuar afirmando esta história das escadas.

— Eu não diche nada chobre echcadas e pretendo conchinuar não dichendo. Mach eu tenho de echtudar ali um pouco maich que doich chemechtres. Chó icho.

— Ai, por Deus! Se ao menos se dedicassem ao duelo com sabres, assim teríamos lesões mais regulares para se costurar, em vez desta porcaria. Corte, enfermeira, obrigado! Já escutou falar sobre esses duelos com sabre?

— Nunca echcutei falar.

— Fabuloso! Eu pensei que vocês em Stjärnsberg soubessem tudo sobre coisas do gênero. São dois nazistas que lutam com sabres o mais próximo possível um do outro, a fim de se ferirem apenas no rosto. Vence o nazista que for mais ferido e conseguir a cicatriz mais bonita. Nada mau, hein?

— Pareche coicha de louco. Pra que elech querem chicatriches?

— Acreditam que é um símbolo de masculinidade e ousadia. Depois disso aqui, você deveria buscar amigos nesse grupo. É como uma irmandade secreta. Para eles, aquele que tem cicatrizes desse tipo sempre é recebido com respeito. Isto é, respeito por alguns e sentimentos ambíguos por outros. O resto da vida, assim como as suas cicatrizes, provavelmente.

— É, ach minhach vão funchionar da mechma maneira.

O médico fitou-o longamente por detrás dos óculos antes de continuar o trabalho.

— É, não ejatamente — Erik continuou meio incerto —, mach quaje. Ah, é meio difíchil de explicar.

O doutor sósia de George Bernard Shaw continuou a sutura sob um longo silêncio. Em seguida, limpou com cuidado as narinas de Erik dos restos de sangue e passou a flexioná-lo para os lados.

— Dói? — perguntou.

— É, um pouco.

— Humm. Como eu já disse, seu nariz vai ficar meio achatado e dolorido por um tempo, mas o osso está inteiro.

O médico deu um passo para trás e observou o trabalho concluído.

— Muito bem, nada mau, não é mesmo? O que a enfermeira acha?

A enfermeira concordou e perguntou se já podia aplicar o *spray* cicatrizante.

— Não, não. Nós ainda temos o interior da boca. Sabe de uma coisa, meu jovem, acho que a partir de agora a conversa vai virar um monólogo. Mas antes de tudo, pode me explicar o que queria dizer com aquilo sobre as cicatrizes? Eu sou um curioso incurável.

— Eu não acho que é pochível explicar — Erik respondeu. — Mach em primeiro lugar ninguém bate em alguém com o rochto cheio de pontos.

— Ah não? E por quê?

— É achim que funchiona.

— Nem em Stjärnsberg?

— Não, nem em Stjärnsberg.

— Muito bem, e em segundo lugar?

— Eu não pocho explicar. Tem a ver com aquela echcada imaginária. Che nóch noch encontrássemos em um ano e meio eu poderia explicar melhor. Mach todos os garotos têm medo de levar uma surra e as chicatrizes aqui servem para lembrá-los dicho de alguma maneira. Não posso explicar sem revelar coisach que não quero. Como a gente fach com o dentche?

O médico baixara os óculos e fitou fixamente, com seus olhos de um azul muito claro, o único olho de Erik.

— Bem — disse finalmente —, você é um tipo bem curioso. O dente não faz parte da minha competência. Você precisa pedir à enfermeira da escola que marque uma hora no dentista. Agora vou costurá-lo por dentro, o que será bem mais complicado. Deite-se ligeiramente de lado e abra bem a boca.

Colocaram um pedaço de gaze sobre o rosto de Erik, com uma abertura na boca. Ataram-lhe a boca com bandagens e um apoio de plástico, enquanto o médico trabalhava. Por fim, havia três pontos na parte de dentro da bochecha esquerda.

A enfermeira aplicou um *spray* cicatrizante no rosto antes de fixar algumas compressas com esparadrapo. Ao se levantar, Erik sentia o corpo dolorido e uma leve náusea. O médico aconselhou alguns dias de repouso devido à comoção cerebral. Em casos normais ele deveria ser internado, mas fazia parte de outro distrito e, evidentemente, em Stjärnsberg havia uma enfermaria.

— Obrigado — Erik disse com um aperto de mão.

— *Das war aber nicht,* não há de quê — o médico respondeu em um tom de voz difícil de interpretar.

A caminho de Stjärnsberg, Erik meditava, no táxi, a respeito das leis e da polícia. Não valia a pena. Não serviria para nada nos próximos três semestres. As leis não funcionavam em Stjärnsberg. Era como um país em estado de sítio, onde o alto-comando da autoridade de ocupação ditava as regras. Aliás, por que o médico havia comentado sobre os duelos e se despedido em alemão? Significava com certeza que ele via a escola como um covil de nazistas, o que não era verdade. Não havia uma pessoa em Stjärnsberg que se considerasse nazista. Mas não seria má idéia começar a chamar o Conselho de alto-comando e Silverhielm, de comandante Capacete de Merda. Gustaf Dahlén seria o vice-comandante Pisca-pisca. Como naquele filme do sábado passado, sobre os pilotos ingleses prisioneiros do Campo de Detenção 13. Os alemães eram absolutamente incapazes de se defender das piadas inglesas. De qualquer maneira, era proibida a execução de prisioneiros de guerra.

Erik não acendeu a luz quando entrou no quarto. Pierre dormia. Deveria sentar-se outra vez na poltrona com o bastão? Não, a Bíblia entre o umbral e o trinco da porta seria o bastante para ele acordar, se alguém tentasse invadir no quarto.

Era quase impossível abrir a boca o suficiente para escovar os dentes. Ele dormiu trinta minutos depois de encostar a cabeça no travesseiro.

No dia seguinte, Erik chegou propositalmente atrasado para o café da manhã, a fim de ter certeza de que Silverhielm já estava em seu lugar, quando ele passasse por suas costas. E assim foi: Silverhielm estava sentado e não percebeu quando Erik entrou no refeitório. Ainda que houvesse notado como os garotos sentados à sua frente se calaram ao olharem de forma peculiar para uma mesma direção.

Quando Erik chegou às costas de Silverhielm, deteve-se e passou a farejar o ar algumas vezes.

— Que estranho — disse alto e bom som. — Alguém peidou ou é o nosso comandante Capacete de Merda que ainda não se lavou?

Quando Silverhielm fez menção de se levantar, Erik empurrou-o imediatamente para baixo, com uma das mãos, e seguiu com uma morosidade estudada até seu lugar, ao mesmo tempo que apurava os ouvidos em caso de Silverhielm vir atrás dele. Mas ele permaneceu sentado.

Ninguém pronunciava uma palavra na ponta da mesa na qual Erik se sentava. Todos o observavam às escondidas. Ele havia afrouxado os curativos levemente, a fim de deixar os pontos à mostra. Ficariam mais arejados e ajudaria na cicatrização. Mas este não era o único motivo, tampouco o mais importante.

Ele fez força para parecer o mais relaxado possível, enquanto comia com uma metade da boca e mastigava sem pressa, a fim de não prender os dentes na pele inchada ou nos pontos internos.

No dia seguinte o inchaço do olho havia baixado a tal ponto que já podia enxergar com nitidez. A mancha verde-azulada da face estendia-se dos olhos até o osso do queixo, passando pelo nariz inchado e os cortes suturados.

No jantar, Erik voltou a emitir comentários sobre o cheiro de merda para habituar Silverhielm à idéia de que a partir daquele dia seria assim sempre. Silverhielm fixava os olhos no próprio prato ou no teto, fingindo não escutar o que todos os outros haviam escutado. Estava perdido. Ele não podia se levantar e começar a distribuir socos outra vez: não se pode bater em alguém com um rosto naquele estado. Ele tampouco podia ordenar coques ou que Erik deixasse o refeitório, pois não teria outro resultado senão a recusa de Erik. Erik tinha encurralado Silverhielm numa armadilha e enquanto ainda tivesse todos os pontos no rosto, estava em segurança. Pelo menos parcialmente.

Era quarta-feira e o Conselho se reuniria após o jantar. Para sua surpresa Erik escutou seu nome entre os convocados. O Conselho não se importara em condená-lo por recusar-se a obedecer a ordens durante algum tempo, já que um final de semana a mais ou a menos não fazia diferença. E ele não fora pego fumando. Será que eram tão estúpidos a ponto de realmente pretenderem mencionar aquela história do balde de merda no rosto de Silverhielm? Não, nunca funcionaria. Se Erik jogasse seus trunfos corretamente, aquilo nunca funcionaria.

Depois do jantar Erik discutiu todas as probabilidades com Pierre. Eles tinham aproximadamente um quarto de hora até os convocados se apresentarem (Pierre não estava entre os convocados).

Eles repassaram a história: eles haviam colocado o balde no quarto de limpeza e voltado para a cama. Não sabiam de nada mais, apesar de todos os boatos que escutaram. Era preciso negar sempre.

Erik abanou o ar ostensivamente, ao entrar na sala seis onde se reunia o Conselho. Quase não conseguiu conter o riso ao ver a nova aparência do Conselho.

— Muito bem, você sabe muito bem por que está aqui — Silverhielm deu início.

— Não, *Herr Kommandant*, não tenho a mínima idéia.

— Você é burro ou o quê?

— Não, *Herr Kommandant*. Vocês, aliás, não deveriam arejar um pouco a sala de julgamento?

As palavras tiveram o efeito de uma chicotada. Silverhielm engoliu em seco algumas vezes e tentou se concentrar no que diria em seguida.

— Bem, você compreende que se trata de uma infração do parágrafo treze. E o castigo para este tipo de infração é a expulsão. Você conhece bem essa regra, não é mesmo? De qualquer forma é sua obrigação conhecer.

— Claro, mas eu não bati em você. Se eu tivesse me defendido no refeitório você não estaria sentado aqui hoje, como já deve ter percebido. Mas eu mantive as minhas mãos para trás o tempo todo, enquanto tentava me derrubar no chão.

— Não se faça de engraçadinho. Não é esse o incidente que estamos julgando. Você sabe muito bem do que estamos falando.

— Vai alegar que eu tenha, "segundo todas as evidências", praticado ato de violência contra o senhor, *Herr Kommandant*, derramando urina e merda dos alunos do último ano e do Conselho no seu rosto enquanto dormia? É isso que querem dizer?

— Sim, e é melhor você confessar, pois sabemos que foi você.

O mais notório de todos os truques de interrogatório. Os únicos que sabiam de alguma coisa eram ele e Pierre. Pensando bem, só havia uma pessoa no mundo inteiro que sabia realmente o que havia acontecido: ele mesmo. Como naquela noite seu coração palpitava enquanto permanecera ali, no quarto deles, escutando a respiração dos garotos, como acendeu a luz para ver quem era quem, como retirou as luzes de cabeceira da tomada e como havia se aproximado da cama de Silverhielm e tateado, a fim de não errar a mira quando derramasse o balde. Nem mesmo suas impressões digitais no balde provariam sua participação. E Pierre nunca delataria o amigo.

— Bom — disse Erik, após uma pausa bem estudada. — Só posso lamentar que não tenha sido eu. Vocês não podem imaginar o quanto eu gostaria de ter dado ao *Herr Kommandant* o tratamento que merecia. Mas, infelizmente, outra pessoa teve a excelente idéia primeiro.

— Não poderia ter sido outra pessoa além de você — declarou o vice-presidente Dahlén.

Erik cravou os olhos nos olhos de Dahlén tempo suficiente para que o garoto começasse a piscar.

— E, se me permite perguntar, como o senhor *vice-Kommandant* Pisca-pisca sabe disso?

— Chega desse desrespeito! — Silverhielm gritou.

— *Jawohl, Herr Kommandant!* — Erik respondeu.

— Você não entende que vai viver um inferno por aqui? — gritou um dos novos membros do Conselho.

Erik fez um gesto com a mão para que ele se calasse e voltou-se para Silverhielm.

— Você tem a obrigação de provar que fui eu. Vamos às provas, então. A única coisa de que temos certeza por aqui é que você mesmo jogou um balde cheio de merda e mijo no quarto onde eu e Pierre Tanguy dormimos. Todos nós presentes aqui nesta sala conhecemos bem a sua tentativa pouco convincente de trote. Quanto ao que ocorreu depois disso, eu só escutei algumas histórias bastante engraçadas sobre como alguém derramou a mesma merda na cabeça do Capacete de Prata. Ah, desculpe. Quero dizer, Capacete de Merda.

— Se não confessar vai ser pior para você — Silverhielm ameaçou de dentes cerrados.

— Mesmo que tivesse sido eu, não podem acreditar que eu confessaria, não é mesmo? Eu não tenho a menor intenção de ser expulso. Muito bem, já acabamos, posso me retirar?

Erik fingiu fazer menção de ir embora.

Naturalmente todos passaram a gritar, ao mesmo tempo, ordens de que deveria permanecer no mesmo lugar e que não poderia sair antes que eles houvessem decidido.

— Não, nesse caso me mostrem as provas.

— Nós podemos fazer você confessar — ameaçou Gustaf Dahlén.

Erik tentou novamente encará-lo, mas desta vez não conseguiu.

— Vocês nunca conseguirão me fazer confessar — respondeu.

— Agora você acaba de confessar, de qualquer maneira — disse Silverhielm. — Pois disse que se recusava, não é mesmo? O que quer dizer que confessa indiretamente. Nós temos tudo aqui no protocolo. O secretário pode escrever que Erik disse que não confessaria porque não tinha a intenção de ser expulso, por favor?

— Não foi isso o que eu disse. Disse que nunca me forçariam a confessar, só isso.

— Mas cuidado com o que nós podemos fazer — ameaçou um dos novatos.

Apesar da dor em sua boca, Erik esforçou-se para sorrir o máximo que podia na direção do novo membro do Conselho, antes de responder.

— Desde meados do século XIX que uma confissão sob tortura não tem valor. Até o mais boçal dos membros do Conselho como você devia saber disso. E nem mesmo com esses métodos, se entendi bem a ameaça, vocês terão sucesso.

— Mas nós podemos nos ocupar do seu companheiro de quarto — respondeu Silverhielm.

Erik já se preparava para responder com ameaças, lembrando-lhes o que aconteceria nesse caso. Mas preferiu se calar a fim de evitar que começassem a maltratar Pierre.

— Claro — disse ele, dando um sorriso ainda maior, a ponto de começar a sangrar na comissura da boca. — Claro, vocês sempre podem tentar. Quem sabe, não foi Pierre Tanguy? Eu não sei de nada, já que dormi como um anjo naquela noite. É claro, depois de nós termos limpado os excrementos dos cavalheiros.

— Confesse que foi você! — Silverhielm gritou. — Isto aqui é ridículo. A escola inteira sabe muito bem que foi você. Pode parar com o teatro!

— A escola inteira é gentil o bastante para *acreditar* que fui eu quem cobriu o *Herr Kommandant* de merda. Mas eles não *sabem* se fui eu. O único que sabe, se entendi a história bem, é aquele que executou o delito. E, ao que parece, ninguém o viu.

— Como você pode saber disso? — disse Gustaf Dahlén, fazendo expressão de astuto. — Como pode saber que ninguém o viu?

— Porque, nesse caso, haveria uma testemunha e nós não teríamos este bate-boca.

— Você quer dizer que nesse caso teria sido pego, se houvesse uma testemunha?

— Não, vocês estão tentando de novo. Neste caso, eu obviamente nem estaria aqui, já que o culpado estaria preso. Logo, não teríamos o bate-boca que temos agora.

— Você não pense que vai se safar — disse mais um dos novatos.

— É exatamente o que eu penso. Eu adoraria ver vocês se dirigindo ao diretor para dizer que *têm a suspeita* de que fui eu quem jogou a merda no *Kommandant*. O que vocês acham que eu diria ao diretor, se me interrogasse? E vocês acreditam que ele me expulsaria sem provas formais? Isso acarretaria muitos problemas para ele. Não, não. Vocês não vão conseguir me colocar a culpa nunca.

— Não pense que você se safa tão fácil assim — ameaçou mais uma vez o mesmo membro do Conselho — Quero ver se você vai continuar tão teimoso quanto antes. É só esperar.

— Sim, sim. Eu conheço bem as suas promessas a esta altura. Todo mundo já sabe o sucesso que tiveram na noite do batismo. E imagine só, meu caro, se a gente se encontra alguma vez fora desta escola, onde o círculo dourado em volta do emblema de Órion vale tanto quanto um papel de bala. Legal, não é mesmo? Legal pra você me encontrar em Estocolmo, numa noite escura.

— Está ameaçando o Conselho! — gritou Silverhielm em um tom longe do equilíbrio emocional.

Erik sorriu enquanto raciocinava. Respirou algumas vezes, como se sentisse um cheiro ruim, para ganhar tempo e depois respondeu que nem ameaçava, nem deixava de ameaçar o Conselho. Ele não moveria um pêlo de qualquer membro do Conselho enquanto estudasse ali e enquanto estivessem dentro de um raio de cinco quilômetros de Stjärnsberg. Mas caso se encontrassem em algum lugar da Suécia, onde as leis de Stjärnsberg não tivessem vigência, então seria outra coisa. Embora aquilo valesse, em primeiro lugar, para Silverhielm, logicamente.

— Veja bem — ele disse, voltando-se diretamente para Silverhielm. — Se tivesse sido eu quem atirou a merda em você, talvez ficasse tão satisfeito que nem me importaria em imaginar outra vingança. Você bate que nem uma mocinha. Não consegue nem derrubar um garoto que não se defende. Só conseguiu extrair um dente depois de muito trabalho. Agora, tente imaginar o que aconteceria se eu e você nos encontrássemos em outro lugar. Não acredito que terminaria com apenas um dente perdido.

Mais uma vez Erik estampou um sorriso ao procurar o olhar de Silverhielm. Todos se calaram. Os dois membros mais próximos a Erik faziam desenhos em seus blocos de anotações.

— Posso ir embora, agora? — Erik perguntou.

— O Conselho o condena a quatro fins de semana de reclusão por desacato à autoridade. Desapareça e preste bem atenção no seu comportamento de agora em diante.

— Sim, sim, sim — respondeu Erik com um suspiro teatral e se dirigiu para a porta.

Ao sair na escuridão, para fora do prédio da escola, os primeiros flocos de neve caíam. Logo o semestre estaria terminado. Um quarto, pensou, já havia percorrido um quarto do caminho em direção à liberdade.

— *Você acha realmente que valeu a pena, Erik? Você já está com esses pontos no rosto há duas semanas e só agora começa a ficar reconhecível. Nos últimos dias sua cara estava péssima. Eles não tocaram em você desde então, mas talvez tenha a ver com o que você falou sobre as feridas: elas têm de cicatrizar primeiro, apesar de eu não acreditar que faça alguma diferença para esses estúpidos. Você já tem fins de semana de reclusão suficientes para seis ou sete anos aqui na escola. Mesmo que saia daqui a um ano e meio para entrar no colegial, não vai ter um fim de semana livre enquanto estudar aqui. Sim, sim, foi bom para se recuperar em matemática e tudo mais, mas e depois? Se continuar assim por mais três semestres, com quantos dentes de ouro você vai acabar? E ninguém quer ajudar. Todos os outros querem as coisas exatamente como sempre foram em Stjärnsberg. Entendeu? Por mais estranho que pareça, até os outros alunos do ginasial esperam que as coisas sejam exatamente como sempre. A noite do batismo foi um fiasco para o Conselho, mas os outros ficaram decepcionados. De alguma maneira é assim, apesar dessa história com o Silverhielm ter extrapolado. Foi divertido e, por isso, Silverhielm está realmente vivendo um inferno. Provavelmente vai continuar vivendo o tempo em que permanecer nesta escola. Mas na verdade, a maioria dos alunos do ginasial queria que fosse você quem tivesse sofrido o trote de Silverhielm. Seria divertido da mesma maneira, além de ser mais normal. No dia seguinte, quando Silverhielm bateu em você no refeitório, não se iluda de achar que alguém torcia por você. Eles só queriam saber o quanto você agüentaria. Tudo bem, eu reconheço que aquilo fez efeito e que todo mundo está de acordo que você é muito mais durão do que imaginavam. E ninguém vai querer procurar briga com você, digo, ninguém além do Conselho. Mas pelas suas costas as pessoas fazem caretas, colocam os dedos nas têmporas para mostrar que você tem um parafuso frouxo. Se você não fosse o melhor aluno da turma, depois de mim, eles o chamariam de maluco. Então teriam uma boa desculpa para não precisarem mais prestar atenção na sua resistência ao Conselho. Agora falta bem pouco para as férias de Natal. No ano que vem eu já sei o que vai acontecer. E aviso desde já: você vai ser mais castigado pelo Conselho.*

— É claro que vão me atacar de novo, eu sei disso. Mas não concordo com você de que haverá tantas visitas no ateliê de costura do hospital assim. É, quando o assunto é violência há uma coisa que você não entende. Aliás, há tanta coisa de que você não tem idéia quando se trata de violência. Mas o negócio é o seguinte: o motivo pelo qual eu fui deixado em paz, apesar de dizer todas aquelas barbaridades sobre o cheiro de merda do Silverhielm, não foram só os pontos no meu rosto. Isso é o que se vê na superfície. Mas a violência também assusta aquele que a pratica. Não existe ninguém que não tenha medo, de

alguma maneira, quando está brigando. Você sempre tem medo. E não há nada mais medonho, eu acho, que bater diretamente no rosto de outro garoto, continuamente, sem que ele caia, sem que ele desista. Você viu o Silverhielm. Ele, por fim, terminou totalmente fora de si. E foi porque ele tinha medo que eu agüentei ficar de pé. Porque eu sabia que funciona dessa maneira. E a sensação ainda existe dentro deles. Todos eles se perguntam o que teriam feito no lugar de Silverhielm. Até que ponto seriam capazes de ir para não terminarem na mesma situação? Eles não podem me bater até acabarem comigo. Há um limite. Eu quero dizer, da mesma forma que temos aquele depósito de armas ali no exército voluntário. Numa noite, eu e você poderíamos ir até lá buscar duas pistolas automáticas e algumas granadas de mão, para exterminar o Conselho. É lógico que poderíamos, quero dizer, do ponto de vista técnico. Mas logicamente não vamos fazer isso. Você entende? Sempre há um limite no qual a razão vence os sentimentos.

Não, espere, eu ainda não acabei. Sua maneira de discutir me faz dizer só o superficial. Nós dois estivemos de acordo sobre o que é realmente importante. Naquela noite do batismo, quando estávamos aqui na escuridão esperando pelo ataque e conversávamos sobre a maldade de Polifemo, estávamos de acordo a respeito do que era importante. É preciso lutar contra a maldade, não se pode deixar para uma outra ocasião, em um outro lugar, quando se está aqui e agora em Stjärnsberg. Você pode me compreender quando eu digo que a minha aparência não está das melhores, me ver no espelho nos primeiros dias não foi o mais divertido, depois das ordens de Silverhielm no refeitório. Mas agora me escute bem porque isso é muito importante, se eu não tivesse feito o que fiz e não tivesse um arranhão no rosto, seria muito mais difícil me olhar no espelho. Eu não quero ser como eles, nunca. E você também não. Não me venha dizer que quer ser como eles porque não é verdade. E eu estou me lixando se esses idiotas do sindicato ou os outros do ginasial concordam com o Conselho. Eles estão errados, só isso. Eles deveriam se unir a nós, assim daríamos um fim a tudo isso. Mas são, em parte, covardes e, em parte, querem fazer parte do Conselho como algum tipo de prêmio, daqui a alguns anos. Eles são simplesmente uns traidores, assim como Quisling, o norueguês. Se existem Quislings entre adultos, em um país inteiro ocupado pelo nazismo, seria muito estranho que não existisse nenhum entre um grupo de alunos do ginasial, aqui em Stjärnsberg. Por falar no assunto, o sindicato quer a minha presença amanhã. Não é nada difícil prever o que vão dizer. Quislings filhos-da-puta!

O sindicato queria chegar a um acordo de forma amigável e somente entre alunos do ginasial. Haviam discutido o caso de Erik — alegaram — tanto entre eles quanto com o Conselho. Do jeito que estava era impossível continuar. Se Erik acreditava que não podia se adaptar a Stjärnsberg, poderia sair da escola, assim todos os problemas terminariam tanto para ele quanto para o espírito de camaradagem.

Ah, não era possível sair da escola.

Não, não, mas como já haviam dito antes, aquela situação não era nada boa para o espírito de camaradagem. Havia uma maioria entre aqueles que apoiavam o princípio da educação pela camaradagem da escola. Erik já havia notado, não é mesmo? Mas o comportamento de Erik era negativo. Vários alunos novatos passaram a usar os apelidos dados ao presidente e ao vice por Erik. Ah, é? Não sabia disso? Muito bem, assim era de qualquer forma. E não era nada bom. O apelido poderia se espalhar e só resultaria em brigas e mais castigos sem necessidade. Seria uma pena se todos os outros recebessem castigos só porque Erik os enganou, quer dizer, os garotos mais novos. Era uma falta de solidariedade Erik se comportar daquela maneira. Ele se comportava como um super-homem e era preciso acabar com esse comportamento. Não havia ninguém que ficasse assim, vários minutos recebendo socos sem mover um músculo da face. Não havia ninguém que corresse de algum membro do Conselho, como Erik fazia às vezes. Era antidemocrático e o sindicato tinha, naturalmente, de fazer objeções a esse mau exemplo de comportamento. Três ou quatro alunos já haviam começado com aquela idéia de se recusar a receber coques, preferindo um fim de semana de reclusão. A que ponto chegariam? O ginasial poderia terminar dividido em dois grupos. Seria o caos e a desordem se o sindicato não conseguisse frear esse processo. O mais democrático a fazer era que os coques e os serviços ao Conselho fossem distribuídos a todos igualmente.

Nesse caso o sindicato tinha uma sugestão para um acordo. Sim, haviam conversado com o Conselho, que aceitou a proposta, apesar de não haverem discutido o caso em aberto. Na verdade o assunto não poderia ser comentado abertamente, deveria ser visto como uma prévia de negociação.

Se Erik se mantivesse calmo e parasse com todos os desaforos e provocações no início do próximo semestre, o Conselho o deixaria em paz. Se parasse de chamar o presidente de Capacete de Merda, também o deixariam em paz. Seria melhor para todos. Poderiam pelo menos fazer uma tentativa, por um semestre. Se funcionasse, poderiam então negociar todas aquelas reclusões. De certa forma, não tinha cabimento condenar alguém a reclusão por todos os fins de semana do curso colegial. Depois de um semestre em paz, talvez decidissem suspender a pena. Todos ganhariam com isso. Ele mesmo seria deixado em paz, e não precisaria sofrer mais os castigos físicos que o Conselho era obrigado a inventar.

E o Conselho teria tempo para se dedicar a coisas mais importantes do que inventar inúmeras formas de derrotá-lo. Haveria mais tranqüilidade no ginasial. Todos sairiam ganhando com um acordo. Se ele não aceitasse o acordo, significaria iniciar um conflito aberto, o que seria pior para ele.

Erik poderia pelo menos pensar no assunto durante as férias de fim de ano.

— Tem alguma coisa estranha nessa proposta — disse Pierre. — Cheira a armadilha. Eles não propõem nada mais que um equilíbrio de terror entre você e o Conselho, apesar de o acordo não poder se tornar público.

— É, pelo menos é como eu entendi toda a história.

— Eles cagam pra você se você cagar pra eles. Nesse caso você venceu. Não posso acreditar.

— Nem eu, quer dizer, não seria tão fácil. Mas tem mesmo algo estranho em tudo isso. Eles propõem um acordo de paz comigo só pra continuarem mandando em todos os outros do ginasial. Parece até que eles também acreditaram naquela história do meu "complô socialdemocrata", ou seja lá como chamaram aquilo.

— O que você vai fazer?

— Não sei ainda. Vou pensar no assunto durante o Natal lá em casa, com a paz natalina e meu próprio presidente particular. Você sabe, meu pai. Assim, retorno no ano que vem cheio de paz no coração.

As férias de Natal. Pierre ainda não tinha dito nada a Erik. Não queria contar antes que tudo estivesse realmente acertado. Mas já estava decidido: seu pai chegaria da Suíça para passar o Natal com a família. Ele viria buscá-los de carro e todos passariam o Natal no chalé da família na estação de esqui de Sälen. Claro, Erik também estava convidado e, dessa forma, não precisaria voltar para casa.

Uma semana depois participaram da cerimônia de encerramento do ano letivo. Logo depois dos salmos, foram distribuídas as bolsas de estudo e os prêmios escolares. Quando Erik recebeu a taça Lewenheusen de melhor nadador, ouviram-se algumas vaias.

Erik guardou o boletim escolar em um envelope com o endereço de casa e colocou-o na caixa de correio da escola. Mais tarde o pai de Pierre chegou para buscá-los.

O pio da coruja se ouvia a quilômetros na noite de inverno. Era fim de fevereiro. Erik e Pierre seguiram Grou em silêncio absoluto por duas horas, até chegarem tão perto de um macho da espécie que conseguiram localizar o ninho. As corujas-pigméias faziam seus ninhos em um orifício no grande álamo situado em um arvoredo, a dois ou três quilômetros da escola.

O professor de ciências naturais chamava-se Tranströmer e, como professor de ciências que era, nada melhor do que chamá-lo de Grou — nome do pássaro do qual seu sobrenome derivava. Ele aceitava até mesmo que seus alunos usassem o apelido durante as aulas.

Erik e Pierre aspiravam a conseguir as notas máximas em ciências no final daquele semestre. Receberam, como trabalho extraclasse, a missão de observar o maior número de espécies de aves possíveis em um raio de cinco quilômetros da escola. Como as corujas já começavam a fazer seus ninhos no início de fevereiro, foram as primeiras da lista. Se é que aquilo podia ser chamado de trabalho extraclasse, já que o próprio Grou havia dedicado três noites inteiras junto com os dois garotos à procura dos ninhos de corujas.

Era lua cheia, havia uma camada fina de gelo sobre a neve e a temperatura era de seis graus negativos. Eles se aproximaram tanto que puderam ver uma coruja sob a luz do luar. Parecia incrível que ela não houvesse se incomodado com a presença dos três, apesar de escutar o barulho de gelo se quebrando sob seus pés.

— Isso se explica pelo cio — murmurou o Grou. — O instinto é tão forte que inibe os reflexos de defesa normais do animal. Um galo silvestre, por exemplo, fica tão excitado ao entoar seu canto que pode atacar o rebanho ou, até mesmo, um ser humano. Poderíamos afirmar, talvez, que o instinto sexual coloca em risco o instinto de preservação.

Eles retornaram com passos decididos à escola, através da noite fria, para comemorar a importante observação com chocolate quente na residência do professor. Na verdade, era bastante difícil compreender o que alguém como Grou fazia em Stjärnsberg. Como doutor em ciências, era especialista no estudo de uma determinada mutação das moléculas de aminoácidos que estava, de alguma maneira, relacionada à própria origem da vida.

Pierre contara que havia uma briga na universidade por trás de tudo. Tinham prometido a Grou um cargo de catedrático na Universidade de Lund, mas um outro catedrático entrou em seu lugar. E, afinal, um bem-remunerado cargo de professor em Stjärnsberg não seria nada mau, especialmente para alguém que realmente amava a natureza. A escola ficava situada em um lugar esplêndido, nas imediações de vários lagos e bosques. Perfeito para alguém que tivesse, na observação da vida sexual das corujas, um dos maiores interesses na vida.

Erik acreditava que havia algo de estranho em Grou, pois era o professor mais amável de toda a escola. Ele nem conseguia ficar irritado. Uma vez, a propósito de Charles Darwin, ele fizera um discurso antimilitarista, no qual afirmara que o homem não era como os animais e — apesar de não dizê-lo abertamente — deveria, na verdade, se recusar até a cumprir o serviço militar. Em todos os casos, ficara evidente a opinião de Grou. E se pensava assim e tinha uma visão tão aguçada que podia distinguir uma coruja-pigméia a quilômetros de distância, como suportava ficar ali em Stjärnsberg, como todos os outros professores, fingindo que não via nem escutava nada? Como ocorria no refeitório, por exemplo: às vezes Grou era o professor de plantão à mesa do diretor no jantar. Algum dia Erik gostaria de escutar uma explicação para tudo aquilo.

Já haviam se passado dois meses desde o início do ano letivo.

O Conselho deixara Erik em paz e nenhum aluno do colegial lhe mandara sequer comprar um maço de cigarros. Erik, por sua vez, tratava todos os membros do Conselho como se fossem feitos de ar: não lhes dava atenção e nunca se dirigia a eles.

Se aquilo era o equilíbrio do terror, havia funcionado sem a menor perturbação por quase dois meses.

Erik e Pierre já haviam até desistido de discutir as causas. O Conselho havia realmente desistido e resolvera fazer com Erik um acordo tácito, para se livrar de situações constrangedoras?

Era o que Pierre acreditava.

Ou apenas esperavam o momento ideal para atacar, depois de ter tido tempo suficiente para imaginar um plano que realmente funcionasse?

Era o que Erik pensava.

Em todo caso, a calma reinou desde o início do semestre e não havia maiores motivos para continuar especulando sobre os motivos. Mais cedo ou mais tarde veriam quem tinha a razão.

Erik aumentara seu tempo de treinamento de natação com uma sessão pela manhã, antes do café. Como era bastante medíocre nos esportes de inverno, melhor se dedicar às sessões de musculação e à natação, mesmo que sentisse que sua técnica na piscina havia piorado consideravelmente. O tempo frio não influenciava a técnica propriamente dita. Era apenas uma questão de fôlego: ele tinha mais resistência física e conseguia nadar com intensidade máxima por até um minuto e meio. Quanto aos estudos, ele dedicava, como de costume, os sábados e domingos de reclusão.

Foi no mês de março, quando a neve já se transformava em gotas caídas do telhado, que o equilíbrio do terror se rompeu.

Após várias semanas, Pierre cumpria seu último fim de semana de reclusão por se recusar a receber coques do chefe de mesa membro do Conselho, que já não tinha motivos para puni-lo. Um dia, porém, tudo recomeçou e por razões obscuras. Pierre se recusou e por isso seria condenado a outro fim de semana.

No dia seguinte, Arne, o colega de classe deles, e mais outro garoto foram condenados também sem motivo. Parecia que havia um plano por trás de tudo aquilo.

Quando Pierre voltou da reunião do Conselho na qual ele e os outros dois garotos foram condenados, o plano ficou mais evidente. Todos foram condenados a três fins de semana de uma vez, além de os ameaçarem com o quadrado da próxima vez que recusassem um coque. Silverhielm lhes refrescou a memória, ao mencionar aquele comunista que havia saído da escola no semestre passado, o tal Johan S.

A mensagem era clara. O Conselho queria reprimir qualquer tendência a insubordinação no ginasial. Eles haviam convocado alguns alunos do quinto e do sexto ano e condenaram-nos quase tão duramente por usarem um linguajar chulo com o Conselho, isto é, desaforos (era quase evidente que os garotos haviam usado algum dos apelidos dados por Erik a Silverhielm e Dahlén).

Pierre e Erik tentavam examinar o problema, sentados no esconderijo de fumar. Não tardaria para que o Conselho fizesse o que lhes desse na cabeça. Pierre e os outros seriam castigados com coques nos próximos dias, independente de haverem feito algo errado ou não à mesa. Em breve Pierre teria de escolher entre um coque e mais detenções, trabalhos forçados ou, até mesmo, uma surra no quadrado.

— Isso é quase insuportável — disse Pierre. — Eu estou com medo, você entende? É muito simples, tenho medo de levar uma surra.

— Não há nada de estranho nisso, todo mundo tem medo — respondeu Erik.

— É, mais ou menos. Entre você e todos os outros por aqui há milhões de anos-luz. Eu não vou agüentar, tenho certeza.

— Claro que sim. Tendo uma razão suficientemente forte, qualquer um agüenta. Tudo está na cabeça e não nos nervos sensitivos. Não são os golpes que fazem doer, é ser forçado a obedecer-lhes, a se rebaixar.

— É fácil pra você dizer isso!

— Não, é assim pra todo mundo. Tem de ser igual pra todos. Pelo menos pra garotos como você e eu. O pior é ser obrigado a obedecer a esses idiotas e escutar como os traidores riem de você. Depois da surra a gente se sente mais ou menos como se saísse da sauna, depois de uma sessão de treino pesado. Sofre-se enquanto dura, mas depois vem a satisfação.

— Mas como eu vou suportar a surra no quadrado?

— Como todos os outros, imagino. Você vai ganhar um olho roxo e o sangue vai escorrer do nariz e, depois, acabou.

— Mas e se fizerem o mesmo que com Johan S.? Imobilizaram os braços dele para trás e bateram muito, até ele prometer que nunca mais recusaria um coque. O que se faz numa situação dessas?

Não era nada fácil responder à pergunta. "Deixe que eles segurem você até quebrarem seus braços" não era exatamente uma boa resposta, pois Pierre tinha medo e não os odiava o suficiente. Ele apenas sentia desprezo, por trás das lentes dos óculos. Por isso não tinha a mínima defesa contra a dor. Por outro lado, o medo aumenta a dor. Já o ódio pode diminuí-la a ponto de quase desaparecer como uma neblina difusa. Pierre buscava uma saída que pudesse chamar de *solução intelectual.* Mas não era nada fácil. A resistência intelectual funcionava, na maioria dos casos, apenas a longo prazo. Raramente no local da execução.

Pensando bem, sim: não era impossível.

— Pierre, você já pensou numa coisa? Quantas histórias já não lemos sobre gente que se levanta diante da forca e canta o hino nacional, grita longa vida ao imperador ou canta "A Internacional" diante do pelotão de fuzilamento, como os comunistas na guerra civil da Finlândia fizeram, você sabe?

— É, mas não é a mesma coisa. Se você está prestes a ser fuzilado não é tão estranho mostrar coragem uma última vez. Se esses nazistinhas fossem me fuzilar eu poderia cantar o hino nacional sueco e não sei mais qual. Mas não é esse o caso. Se eles, por exemplo, pensam em quebrar o meu braço, eu prometo qualquer coisa.

— Uma promessa dessas não tem valor.

— Não, mas e depois, hein? Qual vai ser o resultado de recusar outro coque? Adivinhe se eles não vão experimentá-lo o mais rápido possível? A única coisa que vai acontecer é me botarem no quadrado mais uma vez. E aí mais uma vez eu prometo qualquer coisa.

— E depois? Recusa outra vez.

— Isso é desumano. Você não pode exigir que eu... eu nunca vou conseguir agüentar.

— Não, talvez não. Mas eu acho que tive uma idéia. Certamente serão Silverhielm e Pisca-pisca que vão desafiar você no quadrado. Um deles ou talvez os dois juntos. Aí você faz assim: antes de começarem a bater, você os chama, alto e bom som, de Pisca-pisca e Capacete de Merda covardes e mesquinhos que batem nos menores e mais fracos e que não importa se eles vão obrigá-lo a prometer, vão continuar sendo Pisca-pisca e Capacete de Merda de qualquer maneira. Entendeu a minha idéia? A gente pode melhorar o plano ainda mais.

— Bacana! E aí eu levo uma surra pior ainda, continuo a recusar os coques e acabo no quadrado mais uma vez. Isso não melhora a situação em nada. Pensando bem, de alguma maneira melhora, é claro que eu entendo o que você quer dizer. Mas não sei quantas vezes suportaria acabar no quadrado.

É, talvez fosse meio difícil aplicar o plano completo. Se bem que tinham alguns dias para ensaiar. Será que poderia ensinar Pierre a se defender? Ensiná-lo alguns socos e pontapés para que pudesse atirar os adversários no chão?

Não, Pierre não funcionava daquela maneira. Não era sua falta de força o problema — não faz muita diferença a intensidade do chute na virilha, mas que acerte no lugar certo — e sim que Pierre nunca se decidiria a aplicá-los. A violência estava no cérebro, não nos músculos. Nem mesmo treinando-o durante um longo tempo poderia ensinar Pierre a dar uma surra em dois esnobes de Stjärnsberg, que não tinham a mínima idéia do que era lutar de verdade.

— Não, Pierre, a gente não sabe como isso vai acabar. Mas quando estiver no quadrado pela primeira vez, eu acho que você devia ridicularizá-los ao máximo. Não piora em nada pra você, mas pra eles, sim. E você vai dar um tapa no Silverhielm. É, isso mesmo, não um soco que possa machucá-lo, mas algo que sirva como uma ofensa e que o ridicularize ainda mais do que um golpe de verdade. Eu mostro a você um desses tapas que sempre dão certo. Você conserva as mãos para baixo, assim. Depois acerta um tapa de lado, de baixo pra cima, com as costas da mão direita, entendeu? Assim! Tapas vindos da esquerda são sempre mais difíceis de se defender até mesmo para alguém que sabe lutar. E Silverhielm não é um deles. Se você aplica um golpe desses, acerta sem a menor dúvida. Especialmente se o tapa for de baixo pra cima, ele não tem a mínima chance de se defender. E um tapa com as costas das mãos ofende muito mais do que um comum.

— É, mas e depois?

— Depois... ah, Pierre, se eu pudesse estar na sua pele só por aqueles dez minutos! Se de alguma maneira eu pudesse trocar de lugar com você, me disfarçar de óculos e tudo mais!

— É, seria legal, mas não é possível.

— Não, e eu não posso nem ensinar você a lutar.

Passaram-se apenas dois dias até Silverhielm e Gustaf Dahlén levarem Pierre ao quadrado.

Erik estava na fila mais alta da platéia do ginasial, as mãos e a testa úmidas de suor frio. O ritual deu-se início como de costume. O mestre-de-cerimônias conferiu a Pierre o título de rato, usando o bastão de prata, e passou explicar as regras. As primeiras filas de alunos do ginasial ensaiaram o coro costumeiro.

— Calem a boca! — ordenou Erik com um grito desafinado de sua voz de adolescente. — Ou calam a boca ou vão ter de se ver comigo dentro do quadrado!

O coro emudeceu. Lá embaixo, no quadrado, o ritual inicial já chegara ao fim e o momento decisivo chegara.

— Tire os óculos! — ordenou Silverhielm.

— E por que eu obedeceria a um nojento como você? — respondeu Pierre em um tom absolutamente controlado. Nem mesmo Erik podia distinguir qualquer nervosismo na voz do amigo.

— Tire logo — continuou Silverhielm.

Com um passo curto, Pierre aproximou-se e ergueu as mãos cuidadosamente até a altura da barriga — sim, cacete, ele vai bater! —, olhou para cima, na direção do rosto de Silverhielm, e abanou a mão no ar três vezes.

— Você ainda fede a merda, gente como você nunca consegue se livrar do cheiro de merda — disse, aplicando uma bofetada no mesmo instante em que terminara a frase.

Foi um tapa perfeito. Surpreso, Silverhielm deu um passo para trás, acumulando a cólera dentro de si. As copeiras finlandesas na primeira fila aplaudiam e gritavam de alegria.

No exato momento em que Silverhielm partiu para o ataque, Pierre levantou a mão para interrompê-lo:

— Pare! — ele disse. — Deixe-me tirar os óculos primeiro.

Silverhielm ficou parado como um idiota, em guarda, à espera de que Pierre guardasse lentamente os óculos dentro do bolso.

— Muito bem, *Herr Kommandant* Capacete de Merda, agora pode começar, se estiver com vontade — disse Pierre e o primeiro soco acertou-o na altura da boca enquanto pronunciava a última sílaba.

Poucos instantes depois o sangue de Pierre jorrava da boca e do nariz. Mas, ao que Erik podia ver, nem o Capacete de Merda nem o Pisca-pisca acertavam com força suficiente ou determinação para causar estragos maiores. Pierre, que não fizera grandes esforços para se proteger dos golpes, começara a chorar quase que de saída, tombando ao chão. A poça de sangue não crescia em velocidade alarmante.

Eles começaram, naturalmente, a chutar-lhe o traseiro e a dizer que assim eram tratados os comunistas que se recusam a receber coques, mas não batiam com muita força. Pierre já havia feito o suficiente para se arrastar para fora sem perder a dignidade.

— E agora queremos escutar! — gritou Gustaf Dahlén. — Você vai parar de ser abusado e aceitar os coques daqui por diante?

Pierre tentou dizer alguma coisa, mas foi interrompido por um chute de Silverhielm nas costelas. Foi quando os alunos do colegial passaram a vaiar.

— Deixem ele prometer! — gritaram.

Silverhielm interrompeu os chutes.

— Então! Queremos escutar o ratinho prometer que vai ser obediente! — gritou Silverhielm para o garoto encolhido aos seus pés.

— É claro, eu posso prometer tudo que você quiser, até a lua. Mas não pretendo cumprir minha promessa. Seu porco covarde! Seu porco cheirando a merda...

Pierre perdeu o ar com o chute seguinte. Dessa vez Silverhielm chutou para valer. Dobrou a perna por cima de Pierre e chutou para baixo, com o calcanhar na costela do garoto. Um golpe forte até mesmo para alguém como Silverhielm, fosse lá onde havia aprendido um golpe como aquele.

— Muito bem, de que você me chamou? — perguntou Silverhielm. Pierre não respondeu.

— De porco! — gritou Erik da platéia do ginasial. — Um porco fedorento, é isso o que você é, seu Capacete de Merda!

— Ah, é? — disse Silverhielm erguendo o pé a fim de aplicar um chute em Pierre. — O que você disse?

— Capacete de Merda! — gritou Erik.

Silverhielm chutou mais uma vez com toda a força. Se acertasse de mau jeito poderia acabar quebrando algumas costelas.

— Então, podemos escutar mais uma vez? — Silverhielm perguntou enquanto erguia outra vez o pé acima de Pierre.

Erik não respondeu. A mensagem estava bem clara. Quanto mais desaforos escutasse de Erik, mais chutes aplicaria nas costelas de Pierre. O público permanecia em silêncio.

— Você fede, *Kommandant* Capacete de Merda — disse Pierre entre gemidos.

A seguir um som surdo de novos pontapés se ouviu, algo assim como um saco macio caindo no cimento duro. Pierre já não tinha mais condições de arrastar-se para fora, eles haviam ido longe demais. Retiraram-no segurando-o pelos pés, de forma que a cabeça e os braços caídos foram atirados para fora do quadrado de cimento, alcançando o chão de cascalho com um baque. Depois fizeram algumas ameaças rotineiras ao ginasial e foram embora. As copeiras finlandesas da primeira fila começaram a fechar suas janelas. Uma delas hesitou um pouco para depois gritar:

— Vai para o diabo que te carregue, Capacete de Merda!

E logo bateu a janela.

Erik aproximou-se de Pierre para ajudá-lo. O amigo gemia baixo. O público se dispersava discutindo o ocorrido como se fosse uma partida sem importância de um campeonato de futebol.

Algumas horas mais tarde, Pierre fez um gracejo em relação à sua primeira luta. Erik havia limpado o sangue e constatara que não precisaria costurar nenhum ferimento. O nariz estava intacto e os lábios, apenas cortados em um lugar ou outro. Ficaria, obviamente, com ambos os olhos roxos e alguns hematomas acentuados nas costas, depois de todos os chutes.

— Nós somos uma dupla e tanto, hein? — disse Pierre. — É claro que eu venci de alguma maneira, mas não sou nenhum Sancho Pança, como imaginava, eu sou Pirro: "Mais vitórias como esta e eu estarei perdido." Porque você é o cavaleiro da triste figura. E eu que acreditava piamente ser o gordinho em cima do burrico, mas estava enganado.

— Cacete! Eu me imaginando como Spartacus, o gladiador que liderou a revolta dos escravos, e você me diz que sou um idiota lutando contra moinhos de vento. Diga o que quiser dos nossos comandantes, mas um pouco mais inteligentes do que os moinhos de vento eles são.

— Tá bom, pode continuar sendo Spartacus, mesmo que eu continue afirmando que sou Sancho Pança. Mas você bem sabe o que aconteceu com Spartacus.

— Sei. Ele ficou com a Janet Leigh no final. Pelo menos o Spartacus que eu estou pensando, o Kirk Douglas.

— E o que aconteceu com o Tony Curtis?

— Não me lembro. Mas ele não acabou com a Janet Leigh.

— Deixando a brincadeira de lado, Erik...

Pierre hesitava e Erik já imaginava o que o amigo ia dizer.

— ...eu não acho que vou agüentar outra dessas. Eu não sei. É verdade aquilo que você disse: depois de tudo a gente até se sente bem. Mas... é, você não entenderia de qualquer maneira. Além disso, Spartacus foi crucificado e quem venceu foram os romanos.

— De qualquer forma, você foi valente pra cacete! E que tapa você acertou, hein? Andou treinando escondido?

— Não, eu só fiz como você disse.

— Fantástico, então você é um talento nato! Eu mal percebi que você ia dar o tapa.

— Mas você viu?

— Vi, sim. Quando você deu aquele passo cuidadoso pra frente, ao mesmo tempo que movia as mãos devagar o bastante para chegar à posição ideal. Foi perfeito.

— Engraçado. Eu não me lembro de nada do que aconteceu. Quase nem lembro de que acertei aquele tapa uma única vez. Deve ser a primeira vez que bato em alguém desde que era pequeno.

— Pois então, um talento nato.

— É, mas estamos fugindo do assunto, e é isso o que você quer. Eu não acredito que possa repetir aquilo. Prefiro aceitar os coques. Você vai ficar muito decepcionado comigo?

Erik não sabia o que dizer. Era evidente que ficaria decepcionado, mas o que poderia exigir de um garoto que nunca havia brigado antes e que não tinha a mínima chance de se defender?

— Eu não sei — respondeu. — Não sei o que dizer e nem sei o que realmente penso. A gente não fala mais nesse assunto hoje. Você foi supercorajoso, de qualquer jeito, principalmente porque não sabe brigar. Venha comigo nadar, assim você não fica tão dolorido amanhã.

— Não, à noite a piscina é só pra gente como você e pro Conselho.

— É verdade. Leia um livro, então. Até mais tarde, vou nadar e já volto.

Não era difícil de adivinhar o que aconteceria nos próximos dias. Os três garotos que antes recusaram coques foram obrigados diversas vezes a demonstrar que se curvavam, gentil e impecavelmente, para receber castigos ao menor comando. Os golpes não eram fortes, mas não era a dor física o mais importante do ritual. A mensagem era bem clara: a ordem estava sendo restabelecida.

Erik havia recomeçado sua campanha de desaforos contra o Conselho. Mas quase ninguém ousava rir à mesa ou no pátio da escola, quando Erik os insultava.

E o Conselho tentara implantar um sistema de denúncias. Todo condenado a trabalhos forçados ou detenção podia ter um sábado reduzido na pena se delatasse outro aluno do ginasial que chamasse o presidente e o vice por seus apelidos. O sistema funcionou bastante mal a princípio, mas ainda assim o Conselho persistia na idéia. Como reforço, espalharam a notícia de que o delator receberia condenações mais brandas como recompensa, no caso de ser condenado, além de não precisar prestar serviços de garoto de recados do Conselho. Foi quando o sistema passou a ter melhores resultados.

Erik sugeriu a Pierre que deveriam bater nos delatores. Mas o amigo era absolutamente contra a idéia: nesse caso estariam usando a mesma lógica dos idiotas. Tinha uma idéia melhor, pintar um D vermelho na porta do quarto dos delatores. Era uma ótima idéia e, já na noite seguinte, espreitaram-se nos corredores do alojamento do ginasial e pintaram a letra D em cinco portas.

— Eles vão raspar a tinta, mas não importa — disse Pierre. — As marcas continuarão visíveis. E todo mundo sabe o que significam.

— Bom, D de delator é bom. Q de Quiesling, eles não entenderiam mesmo. Aliás, eu fui um verdadeiro idiota por aceitar aquela proposta de equilíbrio do terror.

— Ah, você não aceitou coisa nenhuma, na verdade. Eles só deixaram você em paz e você fez a mesma coisa. E foi bom enquanto durou. Não é nada de mais tentar uma solução pacífica.

— Ah, solução pacífica coisa nenhuma! Aliás, que expressão essa: "solução pacífica". Eles só queriam um pouco de tempo pra atacar com força redobrada.

— É, e a questão agora é o que devem estar planejando pra você.

Esse era o problema.

Novamente a escola começou a vibrar com rumores semelhantes aos que precederam a noite do batismo no ano anterior. Estava evidente que o Conselho planejava alguma vingança final para Erik. Mas ninguém tinha a remota idéia do que se tratava. Portanto, era evidente que algo aconteceria mais cedo ou mais tarde.

Naquele sábado o frio regressara e à tarde pingentes de gelo cresciam do telhado do prédio principal. Erik estava lendo *As mil e uma noites* quando a porta da sala de detenção se abriu. Eram dois alunos do último ano membros do Conselho. Traziam consigo um aluno do primeiro ano ginasial que havia sido condenado por insubordinação. Explicaram que o garoto estava resfriado e, por isso, ficaria detido, enquanto Erik o substituiria nos trabalhos forçados. Não havia muito que dizer a respeito, Erik pensou.

Os membros do Conselho o levaram até o pátio de terra batida, em frente ao anexo — um prédio com salas de aula reservas. No chão havia quatro espécies de estacas de metal, que no passado haviam servido para quebrar granito. Eram bastante finas, como pinos de ferro, e tinham mais ou menos meio metro de comprimento. Ao lado das estacas havia uma marreta.

Os garotos desenharam quatro demarcações dispostas em forma de quadrado. Erik teria de enterrar as quatro estacas de metal na terra, através da camada de solo duro, do gelo e da neve, até que ficassem fixas como uma rocha. Bem entendido?! E quando terminasse o serviço, poderia guardar a marreta no depósito de ferramentas e voltar ao seu quarto no alojamento. Após as ordens, os dois garotos do Conselho se retiraram.

Erik manteve-se imóvel por alguns instantes observando as quatro estacas e a marreta. Faria um quadrado com aproximadamente dois metros de distância entre cada estaca. Não conseguia compreender, era mais um daqueles castigos sem nexo, como cavar um buraco inútil no meio da floresta. Mas lhe disseram que poderia voltar ao quarto depois de fazer o serviço, e aquilo não levaria mais do que uma meia hora para ficar pronto. Depois, teria uma tarde de sábado livre pela primeira vez desde que chegara em Stjärnsberg. Erik pesou a marreta na mão. E para que iriam usar aquelas estacas de metal? Por que faziam tanta questão de liberá-lo depois de cumprida a tarefa? O que imaginavam que faria quando estivesse de folga, servir de menino de recados? Será que havia uma armadilha oculta em algum lugar a caminho do alojamento?

Em menos de meia hora as estacas de metal já estavam enterrados na terra, fixas como uma rocha. Erik guardou a marreta no depósito de ferramentas e dirigiu-se ao quarto. Pierre estava deitado em sua cama e lia, como de costume.

Pierre concordou que havia algo de estranho em tudo aquilo, como um prenúncio de desastre. Mas também não lhe passava pela cabeça o que poderia ser o plano do Conselho.

— A única coisa que podemos fazer é sentar e esperar — concluiu Erik, abrindo mais uma vez o volume de *As mil e uma noites.*

Instantes depois fechou o livro e perguntou a Pierre por que as aventuras de Simbá, o Marujo, eram mais ou menos semelhantes às de Ulisses. Afinal, quem havia plagiado quem?

Pierre tinha a certeza absoluta de que *As mil e uma noites* eram mais recentes do que as obras de Homero. Havia até uma série de provas que confirmavam isso, mas era curioso que justamente a passagem de Polifemo fosse quase idêntica na *Odisséia* e nas *Mil e uma noites.*

Tudo transcorreu normalmente durante o jantar, por isso Erik foi pego totalmente de surpresa, ao se deparar com toda a gangue do Conselho reunida à sua espera na saída do refeitório. Muito bem, pensou, mais cedo ou mais tarde tinha de acontecer. Eu acabo com alguns dentes de ouro, mas eles não vão vencer.

A gangue inteira partiu para cima do garoto, agarrando-o pelos pés e pelas mãos. Aos gritos de júbilo, levaram-no na direção do pátio de terra batida, até as quatro estacas de metal junto ao anexo da escola. Jogaram-no ao chão — era inútil qualquer resistência — e o amarraram com uma corda em volta das articulações dos pés e das mãos. Passaram a corda em volta das estacas de metal e a puxaram com força, até Erik ficar completamente esticado, em forma de um xis, no solo. A escola inteira reunira-se, com grande expectativa, ao redor de Erik e ouvia-se um ou outro insulto dirigido a ele.

Estava quase escuro. No horizonte por trás do prédio principal via-se uma larga faixa de cor vermelha. O céu era de um azul-escuro e já se distinguiam algumas estrelas. Erik contou as estrelas da Ursa Maior e concluiu que assim devia se sentir quem estava prestes a morrer. Por pouco não começou a entoar alguma canção fúnebre, apropriada àquele momento. Então, eles queriam simplesmente que ele mesmo fixasse os pinos de metal nos quais seria amarrado. Era o que se escondia por trás da idéia de deixá-lo livre naquela tarde de sábado. Silverhielm estava em algum lugar atrás da cabeça de Erik. Podia escutar claramente suas gargalhadas.

— E agora, meu pequeno insolente, espero que você tenha colocado as estacas bem presas no chão e que não possa se livrar, por mais desesperado que fique!

Sim, era a boa e velha voz de Silverhielm. O melhor a fazer era não emitir nenhuma resposta. Pelo menos até que descobrisse o que pretendiam fazer com ele. Será que pretendiam realmente fazer o quebra-nozes? E não deveriam ter tirado as calças primeiro, antes de deitá-lo em cruz?

Por fim Silverhielm surgiu à frente de Erik, a fim de que pudesse vê-lo retirar, com uma lentidão estudada, uma faca que aproximou dos seus olhos.

— Agora você está com medo, seu merdinha! — disse Silverhielm.

Não havia alternativa. Independente do que resolvessem fazer com ele, o que Erik dissesse não faria a mínima diferença.

— De alguém tão deplorável como você não se pode ter medo jamais! — Erik gritou. — Aliás, você fede a merda, seu Capacete de Merda!

Não havia dúvidas sobre que tipo de resposta a dar. Era impossível se rebaixar diante de alguém como Silverhielm. Erik era o último, em toda Stjärnsberg, que ainda resistia. Tinha de haver pelo menos uma pessoa entre todas aquelas ali, naquela noite escura, que alimentasse esperanças de que ele não se rebaixaria.

— Retire o que disse! — disse Silverhielm enquanto abaixava a faca até a lâmina repousar sobre uma das narinas de Erik.

Erik não respondeu.

— Eu mandei retirar o que disse! — repetiu Silverhielm pressionando a faca ainda mais contra o nariz. Erik sentiu o sangue escorrer.

— E então? Quero escutar antes que eu corte o seu nariz de judeu — gritou Silverhielm.

— Você é um animal e vai feder o resto da sua vida — respondeu Erik ao sentir a faca pressionando ainda mais umas das narinas. O corte chegou até a cartilagem.

De repente Silverhielm retirou a faca e levantou-se rapidamente sem nem mesmo fazer um corte.

— Agora vamos escaldar o porco! — gritou Silverhielm.

A aglomeração se deslocou para dar passagem ao grupo do Conselho que se aproximava com um balde de água fumegando. Por trás deles ouviam-se sussurros e gemidos. Quando Erik ergueu a cabeça, conseguiu distinguir quatro de seus colegas de turma, cada um sendo levado por um membro do Conselho.

Os quatro meninos estavam imobilizados pelo pescoço e tinham um braço torcido nas costas.

— Escaldem o porco! — ordenou Silverhielm.

O primeiro da fila era o Gavião. Ele carregou, a duras penas, o balde e o soltou no chão com um baque, fazendo com que um pouco do conteúdo espirrasse na cabeça de Erik. A água fumegava.

— Você deve estar maluco para aceitar as ordens desses nazistas — disse Erik, levantando a cabeça a fim de conseguir captar o olhar do Gavião, em algum lugar, na escuridão do céu noturno.

— Sinto muito, amigo velho, mas ordens são ordens — respondeu Gavião com um gemido pelo esforço em erguer o balde acima da cabeça de Erik.

E derramou o balde. Erik teve a impressão de ver tudo em câmera lenta. Pelo menos seria assim que recordaria — como a água fervente vertia do balde em direção ao rosto e peito de Erik.

Um segundo depois ele gritava de dor e de choque, tentando desvencilhar-se freneticamente das cordas atadas às estacas de metal. Seu cérebro parecia ter sido atingido por um raio. Logo depois sentiu uma calma repentina e, através do vapor, teve a visão embaçada do próximo garoto se aproximando com mais um balde de água. Era Arne, o eterno brincalhão, esperando sua vez. E parecia que... não, era a pura verdade: Arne chorava realmente.

E novamente Erik gritou quando a próxima onda de dor lavou seu corpo.

Os dois últimos baldes continham água gelada e a primeira vez que um dos quatro garotos — Erik já não era mais capaz de identificá-los — derramou água gelada em cima dele, a sensação, a princípio, foi a mesma de ser banhado por água quente, até que o seu cérebro prejudicado voltou a compreender a realidade. O último balde lhe pareceu gelado de imediato. Pelo menos foi essa a impressão de que se lembraria posteriormente. A Ursa Maior prosseguia em seu movimento vagaroso de rotação lá em cima, através da neblina. Por minutos intermináveis ele escutava unicamente o ruído da própria respiração ofegante.

Atrás dele, permanecia Silverhielm perto de sua cabeça, pronunciando palavras que Erik não compreendia, além de alguns garotos — ele não podia vê-los — que se aproximaram para lhe cuspir a cara. Em seguida fez-se silêncio.

Haviam desaparecido. Todos haviam ido embora e fazia um silêncio absoluto. O corpo passara a tremer e sacudir intensamente. Ao mesmo tempo que o frio tomava conta do corpo, a consciência voltava à tona. Erik via com nitidez as estrelas lá em cima no céu. Quando moveu a cabeça, escutou o tilintar do gelo que se concentrara nos cabelos. As roupas começaram a se congelar. Erik fechou os olhos.

As sacudidelas do corpo o mantiveram consciente, porém.

Era impossível contar o tempo. Talvez tenha ficado ali por uma hora, talvez por apenas cinco minutos. Escutou passos atrás dele.

Era a enfermeira. Quando ela se ajoelhou perto dele, Erik pôde notar como as lentes de seus óculos reluziam. Ela levava alguma coisa nas mãos também, parecia um bisturi. A princípio ela não disse nada. Levou uma das mãos ao peito dele e moveu-a até a carótida. Depois moveu a mão com o bisturi.

Com alguns movimentos rápidos cortou a corda que o prendia às estacas presas ao chão. Erik aproximou as mãos lentamente umas das outras e, em semiconsciência, friccionou os pulsos doloridos. Depois era a vez de as cordas dos pés se afrouxarem.

— Assim, tente se levantar — disse a enfermeira enquanto o puxava pelos braços.

Quando Erik desvencilhou-se, cambaleante, e pôs-se de pé, a camada de gelo da roupa colada ao chão estalou.

— Venha comigo — ela disse, levantando um dos braços pesados em volta dos próprios ombros magros e levando-o, em seus primeiros passos hesitantes, até Cassiopéia. Não se via um ser humano sequer.

Quando já estavam a meio caminho, Erik disse num gemido que podia andar sozinho e desvencilhou-se quase com violência dos braços da enfermeira. Quando chegaram — as sacudidelas do corpo tornavam as palavras quase impossíveis de pronunciar —

ele perguntou o que devia fazer. Tomar um banho morno e se deitar?

Ela deve ter respondido que sim e o deixara ali, pois logo depois ele caminhava com dificuldade pelo corredor até o quarto. Encontrou dois colegas de turma no caminho. Pararam, chocados com a visão, mas não pronunciaram uma palavra.

A luz do quarto estava apagada e Erik foi obrigado a tatear por alguns instantes até encontrar o interruptor. Quando acendeu a luz, encontrou Pierre em sua cama, com o cobertor até o queixo, apesar de estar acordado.

— Eles me amarraram — disse Pierre. — Por isso não pude ir lá desamarrar você.

Aos tropeções, Erik chegou à cama de Pierre e puxou o cobertor. Ali jazia Pierre, amarrado como um rolinho de couve recheado.

Suas mãos, porém, estavam doloridas demais para que pudesse desamarrar o amigo. Além disso, ele não conseguia enxergar com nitidez. De vez em quando, era como se uma nuvem lhe passasse diante dos olhos.

— Vai ter de continuar amarrado por mais algum tempo — disse Erik com voz pastosa.

Em seguida saiu em direção ao chuveiro, entrou no boxe e abriu a torneira sem tirar as roupas. O corpo inteiro doía e ardia ao contato com a água morna. Erik apoiou-se na parede de azulejos e massageou os pulsos por um bom tempo. Depois aumentou a temperatura da água sucessivamente e se despiu. Ele não tinha noção do tempo que permaneceu ali, até voltar ao quarto, vestir um roupão e começar a cortar as cordas que prendiam Pierre.

Ainda sentia a ardência das queimaduras no corpo, mas a cabeça voltara a funcionar.

— Eles deram ordens para que ninguém me soltasse — Pierre explicou. — Aquele que desobedecesse ficaria preso por cinco fins de semana.

— Porque você me soltaria, não é mesmo?

— É lógico que sim!

— Eles não são normais mesmo! Ninguém achou que valia a pena perder cinco fins de semana. O castigo para me soltar lá de fora era o mesmo?

— Era. Eles expulsaram todo mundo daqui e depois me prenderam.

— Quanto tempo eles queriam que eu ficasse lá fora? Será que não tinham consciência do que estavam fazendo?

Era uma pergunta difícil de responder. Erik vestiu-se com dois pijamas e deitou-se embaixo dos cobertores. O calor espalhou-se como uma onda por todo o corpo, aumentando a dor nos pulsos e em alguns pontos do peito e do rosto.

Será que eles não tinham consciência do que estavam fazendo? Será que achavam que não era culpa de ninguém me amarrar, enquanto outros jogavam água fervente e o resto se recusava a me soltar?

— Eu achei que fosse morrer — Erik murmurou. — Foi o que eu pensei, mas não é verdade que a gente vê a vida passar diante dos olhos, como num filme. A única coisa que vi foram as estrelas.

Erik adormecia. A enfermeira entrou, entregou-lhe alguns comprimidos brancos com um copo d'água e lhe disse para dormir.

A febre chegou com o sono.

Erik vagava, quase flutuando, até o depósito de armas. Quando levantou a marreta contra o cadeado, sentiu-a leve como uma pena. O cadeado partiu como se fosse de madeira apodrecida. As carabinas estavam em fila e refletiam uma luz amarelo-esverdeada fosforescente. Um pardal debatia-se, de uma janela a outra, sem conseguir sair. As culatras das metralhadoras automáticas estavam pegajosas de toda a graxa marrom-amarelada, mas ele limpou-as com as roupas molhadas. Fazia calor como num dia de verão dentro do depósito de armas, apesar dos ruídos nítidos do bater de asas da narceja, no lado de fora da janela, contra a qual o pardal teimava em se chocar. A câmara da metralhadora pesava com toda a munição e Erik a levava na mão como uma fruta.

Com rajadas curtas, passou a atirar do telhado da escola, na direção dos garotos do Conselho, até todos tombarem como palitos de fósforo. E no julgamento do Conselho, onde seria condenado segundo o parágrafo treze, atirou mais uma vez a ponto de as balas atravessarem os corpos e penetrarem nas paredes da sala de aula, provocando uma nuvem de cimento, enquanto uma música de Chopin se escutava cada vez mais alto.

Ele nadava no mar e a água era morna como em uma banheira, a ponto de seu rosto arder entre uma respiração e outra. Nadava cada vez mais rápido sem conseguir sair do lugar. Sentia que era puxado para trás por uma corda elástica.

Ele acordou por causa da sede, a boca completamente seca. Pierre não estava no quarto e estava claro. Quando segurou o despertador, compreendeu que faltavam oito minutos para que o refeitório fechasse suas portas para o café da manhã.

Erik tiritava, ao lavar o rosto e beber água diretamente da torneira. Os lençóis da cama haviam ficado torcidos como uma corda. Seu rosto estava vermelho em um dos lados.

Ele se vestiu rapidamente e se apressou, entre os últimos no pátio escolar, na direção do refeitório. O rosto ardia ao contato com o ar frio e seu coração batia acelerado.

Ao entrar no refeitório, apressou-se até o espaldar da cadeira de Silverhielm, na ponta da mesa número dois, antes que ele percebesse que os vizinhos diante dele haviam perdido a fala. Erik segurou firme no topete de Silverhielm, debruçou-se para a frente e lhe disse qualquer coisa ao ouvido. Depois, soltou-o bruscamente, sentou-se em seu lugar e esticou o braço para pegar o bule de chocolate. Seus companheiros de mesa estavam mudos.

— Bom dia — falou entre os dentes.

Ninguém respondeu. Eles olhavam para baixo, mexiam suas xícaras ou passavam manteiga no pão sem perturbação. Ninguém ousava olhá-lo nos olhos.

Erik esticou-se para pegar a manteiga e ver Silverhielm. E como não? Havia surtido efeito: Silverhielm estava como que petrificado em sua cadeira.

Ninguém pronunciou uma palavra durante todo o café da manhã. Erik esperou Silverhielm se levantar para sair primeiro. Depois voltou diretamente para o quarto, refez a cama e deitou-se para dormir até a febre desaparecer do corpo.

Ele acordou com a enfermeira umedecendo seu rosto com uma compressa de água fria. Já havia passado das onze horas. A enfermeira levava um termômetro na mão que lhe apresentou sem emitir um som. Enquanto Erik permanecia deitado com o termômetro entre as nádegas, ela refazia o laço cinza na nuca, sempre sem emitir um ruído.

— Obrigado por ter me soltado — ele disse ao devolver o termômetro.

Ela verificou o termômetro antes de responder.

— Trinta e oito e meio. Poderia ser muito pior. Você tossiu hoje à noite?

— Que eu saiba, não. Pelo menos não tossi hoje de manhã. Pois é, eu agradeci pela senhora ter me soltado.

— Eu sou uma enfermeira, não posso aceitar estas coisas. Você tem um físico de cavalo, ao que parece. Mas se tivesse continuado lá por mais tempo, nem mesmo com o seu preparo físico teria se salvado da pneumonia e... — ela hesitou — ...outras complicações. Eu venho examiná-lo depois do almoço, mas parece que você se recuperará bem, desde que se mantenha na cama hoje e amanhã.

Ela refez mais uma vez o nó na nuca e contemplou-o por longo tempo, pensativa e em silêncio. Em seguida levantou-se e dirigiu-se à porta. Antes de abri-la voltou-se para ele.

— Você tem de obedecer de agora em diante — disse. E fechou a porta sem esperar pela resposta de Erik.

Quase que imediatamente ele dormiu um sono sem sonhos até a noite.

— Lá! — gritou o Grou apontando triunfante para a primeira narceja que aparecera no campo vibrando as asas.

O campo estava inundado e os lúcios já começavam a nadar até ali para brincar. Na noite anterior haviam visto um maçarico-real. O sol da noite brilhava e o campo alagado mais além de Stjärnsberg emanava um odor de adubo.

A primavera chegara mais cedo e eles já haviam até observado as primeiras cotovias uma semana antes. Logo chegariam as aves de rapina e assim que o gelo se quebrasse poderiam observar as primeiras águia-pesqueiras.

Eles batiam com suas botas na água a caminho da escola. Ainda tinham alguns quilômetros de caminhada pela frente. Perderiam o jantar, mas não haveria problema, pois estavam com o Grou, que dava aos alunos mais aplicados permissão especial para fazerem excursões fora do território da escola, em horários e lugares que as observações exigiam.

Quando finalmente chegaram nas imediações da escola, já escurecia. Ao longe escutava-se um grito de lamento.

— É o abibe que também já chegou — constatou Grou, e logo se pôs a contar sobre certa espécie de ave da América do Sul que ainda hoje possuía garras na extremidade das asas, assim como os primeiros répteis voadores.

Já se passara um mês desde o incidente da água fervente, mas nem Erik nem Pierre haviam sofrido, desde então, qualquer embate com o Conselho que não fosse mera rotina: algumas patrulhas e revistas que não surtiram resultados.

O trote com a água fervente não trouxera nenhum triunfo ao Conselho. Corria até mesmo um boato de que o diretor, pela primeira vez na história da escola, havia chamado ao seu gabinete o presidente do Conselho para uma boa bronca a portas fechadas. Era, obviamente, apenas um boato, e tanto o diretor quanto os professores continuavam a simular total desconhecimento sobre o assunto. Embora o boato pudesse ser verdade, pois Silverhielm não tomara mais qualquer iniciativa durante longo tempo e o Conselho se dedicou, apenas, às revistas rotineiras, em doses moderadas, em busca de cigarros, a fim de conseguir fumo de graça (raramente algum garoto surpreendido fumando escondido preferia jogar fora o cigarro apreendido em vez de entregá-lo ao Conselho).

O Gavião, Arne e mais dois que participaram do incidente foram quase banidos. Erik e Pierre recusavam-se até mesmo a dirigir-lhes a palavra e fingiam não escutar quando diziam alguma coisa. Muitos na classe faziam o mesmo. O trote com água fervente havia ultrapassado todos os limites da educação pela camaradagem, e o incidente estava envolto em um tipo de vergonha coletiva.

— É porque eles têm medo. Medo de que possa acontecer o mesmo com eles um dia — Erik refletiu.

Pierre argumentou que tudo dependia da noção de justiça da escola. E se houvessem deixado Erik lá fora por uma noite inteira, se a enfermeira não tivesse o bom senso de soltá-lo, ele poderia ter morrido. Nesse caso não se sabe o que teria acontecido. Não estava certa de que fosse possível disfarçar uma coisa dessas, como fizeram há dez anos quando um garoto foi furado no coração e no pulmão com uma baioneta em uma manobra do exército voluntário. Ele foi levado para o hospital e nunca mais voltou. Não saiu uma linha nos jornais.

— Você não vai me contar o que cochichou no ouvido do Silverhielm na manhã seguinte? — perguntou Pierre. — Palavra de honra que não vou contar pra ninguém.

A mesma pergunta lhe fora feita centenas de vezes. Até gente do colegial havia se aproximado dele e conversado amigavelmente para por fim, lhe fazer a pergunta. Silverhielm ficara bastante abalado naquele dia.

— Não — respondeu Erik. — Prometi a mim mesmo não contar a ninguém. Eu tenho vergonha disso, de certa maneira. Ah, você pode imaginar que o ameacei com algo bem terrível, que jamais faria. Mas ele não sabe disso. De qualquer forma, não quero contar a ninguém e, se possível, quero esquecer.

— De todo modo, eles não seriam loucos de repetir o trote.

— Não, mas naquele momento eu não estava bem certo disso.

— Será que essa merda finalmente acabou? O que você acha?

— Não, eu não acredito nisso. Mas se for verdade que o diretor brigou com Silverhielm, eles vão se manter calmos durante um tempo. Mas depois vão acabar inventando alguma coisa. Eles são assim.

O tempo passou e o período de tranqüilidade estendeu-se até o último dia de abril.

Erik e Pierre atravessavam sozinhos o pátio escolar. Tinham fumado escondido, depois do treino de natação de Erik, e estavam com o hálito fresco devido às agulhas de pinheiro. Eles comentavam as últimas provas.

Faltavam quinze minutos para o toque de recolher dos alunos do ginasial.

Foi quando uma janela do segundo andar do prédio da escola se abriu. Era Gustaf Dahlén, que tinha seu quarto lá em cima, o único quarto de estudantes em todo o prédio principal e ficava colado ao apartamento do professor de história.

— Fumando escondido! Subam imediatamente para a inspeção e revista! — gritou Gustaf Dahlén da janela.

Era uma dessas ordens a que tinham de obedecer. Os dois garotos deram de ombros e entraram no prédio. Pisca-pisca não encontraria nenhum resquício de tabaco ou sentiria qualquer odor de cigarro ou pasta de dente neles. Seria apenas mais uma ofensiva de rotina.

Mas Pisca-pisca não estava sozinho no quarto. Silverhielm também estava ali, sentado em uma confortável poltrona de couro. Pisca-pisca vestia uma espécie de roupão de seda e tinha um lenço branco em volta do pescoço, o que lhe dava uma aparência de gângster de cinema, ainda que tivesse a pretensão de se parecer com um lorde inglês, como Leslie Howard. Mas não foi isso o que mais impressionava.

O mais impressionante era que tanto Pisca-pisca quanto Silverhielm fumavam uma cigarrilha. Mesmo os membros do Conselho podiam, em princípio, ser expulsos da escola imediatamente se fumassem em seus aposentos.

— Ahá — disse Silverhielm enquanto dava alguns passos em volta de Erik e Pierre, parados no meio do quarto. Silverhielm soltava a fumaça de sua cigarrilha ostensivamente e tentava soprar círculos de fumaça para o teto.

— Aqui estão os dois fumantes para a revista — continuou.

— São vocês os fumantes — respondeu Pierre. — Até os membros do Conselho podem ser expulsos por isso.

— Claro, e vocês podem tentar provar — zombou Silverhielm. — Dois notórios insubordinados do ginasial acusam o presidente e o vice-presidente. Vai ser a palavra de vocês contra a nossa. Nesse caso, temo que terei de condená-los por insubordinação e falso testemunho.

E soprou mais um círculo de fumaça, desta vez com êxito.

— Tirem as roupas! — ordenou Gustaf Dahlén.

— Vamos embora — disse Erik e fez um movimento em direção à porta. Silverhielm, porém, chegou na frente e meteu-se no caminho.

Seria impossível sair dali sem violar o parágrafo treze; talvez fosse esse o intuito de toda aquela encenação.

— Se algum dia vocês me prenderem de acordo com o parágrafo treze — disse Erik — não será por "evidências". Nesse caso vão apanhar tanto que até a mãe de vocês vai achar difícil reconhecê-los. Não acham um risco muito grande?

— Eu não — disse Gustaf Dahlén, e fez um sinal com a cabeça na direção de Pierre. — Não desta vez.

O conteúdo da ameaça não ficou claro a princípio, mas naquele caso, o problema era não ser expulso. Erik começou a se despir calmamente e logo depois Pierre fez o mesmo. Logo os dois estavam de cuecas.

— As cuecas também, para ver se não estão escondendo algum cigarro aí dentro — ordenou Pisca-pisca.

Os dois hesitaram por alguns instantes e trocaram olhares. Depois de uma rápida piscadela de Erik, baixaram as cuecas ao mesmo tempo.

— Muito bem — disse Silverhielm enquanto os rodeava mais uma vez. — Agora podem se vestir.

Eles se vestiram.

Quando já haviam acabado de se vestir, Pisca-pisca observou que haviam esquecido de revistá-los. E foram obrigados a se despir mais uma vez. Em silêncio tiraram as roupas.

Era a vez de Pisca-pisca caminhar, com passos lentos, em volta dos dois e chutar de leve, com a ponta do chinelo, o monte de roupas jogado. De repente ele abaixou-se para a frente e beliscou a gordura em volta da cintura de Pierre. O garoto soltou um gemido de dor.

Haviam resolvido provocar uma briga. Mas tudo era tão evidente que Erik e Pierre se mantiveram completamente passivos, sem emitir um som. Por dentro Erik fervia. De repente Pisca-pisca aproximou, como que casualmente, a brasa da cigarrilha do mamilo de Pierre. Com o susto, Pierre deu meio passo para trás, ainda calado.

Pisca-pisca caminhou até a mesinha de mármore e sacudiu as cinzas da cigarrilha no cinzeiro. Depois voltou vagarosamente até Pierre levando a brasa esticada à sua frente propositalmente. Parou a apenas alguns centímetros de Pierre.

Silverhielm continuava em guarda diante da porta.

Pisca-pisca levou a cigarrilha à boca devagar e tragou profundamente. Em seguida soprou a fumaça bem no rosto de Pierre e foi aproximando a brasa do mamilo dele.

— Eu acho que já está chegando a hora de apagar — disse.

Erik mirou um ponto bem na nuca de Pisca-pisca, no qual o golpe o acertaria. Não havia outra saída.

— Agora está quase na hora de fritar o porquinho cozido — zombou, aproximando a brasa mais alguns centímetros do peito de Pierre. Pierre não dizia nada, apesar de a brasa estar tão perto que já podia sentir seu calor.

— Aqui — disse Erik, colocando o dedo indicador no meio do próprio peito. — Aqui você pode apagar se tiver coragem, seu patife insignificante.

O vice-presidente hesitou.

— Aqui — continuou Erik. — Você pode apagar seu charutinho aqui, assim a gente vê se dói tanto quanto você imagina. Pode vir, eu garanto que pode, seu filho-da-puta, patife medíocre, pisca-pisca dos diabos. Vem me mostrar o quanto você é covarde, vamos ver se consegue.

Pisca-pisca deu um passo em direção a Erik.

— Com a sua permissão diante de testemunhas, é? — indagou Pisca-pisca.

Ah, com todos os diabos do inferno, agora Pisca-pisca estava perdido!

O ódio funcionava como um escudo. Era como se o corpo lentamente endurecesse como cimento. O quarto desaparecera do campo de visão, diminuindo até o tamanho do rosto de Pisca-pisca. Ao redor havia apenas o espaço negro. Erik escutava sua própria voz ao longe.

— Você é um medíocre, Pisca-pisca. É tão covarde que não acredito que tenha coragem, mesmo se eu garantir que não vou me mexer nem tocar em você depois disso. Apague logo, para ver o que acontece.

Pisca-pisca começou a piscar. Sua mão tremia quando aproximava a brasa do peito de Erik, a ponto de alguns dos pêlos espalhados pelo peito crepitarem. Erik fixou o olhar nos olhos do adversário e sorriu com os dentes cerrados.

— E então, não tem coragem, seu bunda-mole?

Pisca-pisca hesitava. O suor brotava da testa. Mas agora não tinha como escapar. Era apenas uma questão de dar um passo atrás para pôr fim à situação, mas Erik estava firmemente decidido a não deixá-lo escapar tão facilmente.

Em algum lugar da escuridão, Silverhielm disse alguma coisa. De repente Pisca-pisca soltou um gemido e afundou a brasa no peito de Erik, enquanto seu rosto se contorcia em espasmos nervosos.

Erik mantinha um sorriso congelado. Um odor de carne queimada espalhara-se, mas ele não sentia nada mais do que um pulsar nos ouvidos. Pisca-pisca gemeu algo parecido a um princípio de choro ao girar a ponta da cigarrilha na ferida, até a brasa se apagar.

A imagem se ampliara. O campo de visão voltava a se estender em forma de círculo, desde o rosto contorcido de Pisca-pisca até a mesa de mármore, a janela com o pôr-do-sol e um Silverhielm de olhos assombrados, ao lado da poltrona de couro, engolindo em seco como um peixe fora d'água.

O silêncio no quarto era absoluto.

Erik abaixou-se para pegar suas roupas e começou a se vestir sem tirar os olhos de Pisca-pisca e sem deixar de sorrir.

Pisca-pisca deixou-se cair na poltrona de couro. Suas mãos tremiam.

Pierre também se vestia.

Erik abaixou-se e apanhou a ponta da cigarrilha no tapete. Segurou-a entre o dedo indicador e o polegar e deu dois passos na direção de Pisca-pisca. Em seguida esticou o braço, soltou-a bem em cima do cinzeiro e voltou-se em direção à porta.

Já nas escadarias de madeira, com Pierre atrás dele, Erik parou e se apoiou no corrimão. De repente, a dor lhe havia perfurado o corpo como uma lança. Ele soltou um gemido e ajoelhou-se por instantes, antes de conseguir se recuperar para continuar a descer as escadas.

A ferida era grande como uma moeda de uma coroa e estava suja de cinza e tabaco. Erik entrou no chuveiro com uma escova de unhas e, respirando fundo, fechou os olhos e esfregou a escova rapidamente, a fim de retirar os restos de pele, cinzas e o líquido do ferimento. O sangue fluía da pele, misturava-se à água e escorria, em um remoinho, pelo cano tapado por um ralo de zinco, com furos pequenos demais.

Pierre passou uma pomada cicatrizante, após desinfetar a ferida do amigo. À noite a ferida latejava. Erik contava: trinta e oito batimentos cardíacos. Agora estava perfeitamente calmo.

Já em meados de abril as pistas de corrida e o campo de futebol menor estavam secos o suficiente para que as aulas de ginástica voltassem a ser ao ar livre. As obsessivas sessões de musculação durante o outono e o inverno haviam surtido efeito: já na primeira vez em que Tosse Berg cronometrara seu tempo nos cem metros rasos, Erik batera o recorde pessoal por dois décimos de segundo, sem nem mesmo se aquecer o suficiente antes da corrida. Talvez fosse por também ter crescido bastante. Seus tênis de corrida começavam a ficar apertados.

— Vamos nos sair muito bem nas competições contra Lundshov — disse Tosse Berg. — Prepare-se para correr a última distância do revezamento.

De fato, os internatos do país disputavam um torneio esportivo que tinha início no final da primavera e terminava no outono. As escolas costumavam visitar umas às outras de ônibus e, naquela ocasião, chegara a vez dos alunos de Lundshov visitarem Stjärnsberg.

O torneio lhes conferia muito prestígio, especialmente a Stjärnsberg. Não era somente por Stjärnsberg haver vencido com mais freqüência nos últimos anos, mas também por florescer uma idéia fixa de que os alunos de Stjärnsberg eram os mais durões, mais velozes e melhores do que todos os outros. E quando a escola vencia, a tese se comprovava. Quando não vencia, havia sempre uma boa desculpa: alguém torceu o pé na corrida de revezamento, ou deu um passo em falso na terceira tentativa do salto em altura. Sempre havia uma justificativa para a derrota. Mas, ainda que as condições de treinamento em Stjärnsberg fossem as melhores, o evento tinha competições surpreendentemente bem disputadas. Como a apuração de pontos era a mesma que nas competições de atletismo internacionais, com contagem dupla de pontos no revezamento, quase sempre a última prova dos cem metros era a decisiva.

E assim seria também dessa vez. Ao fim da tarde, quando todas as provas, exceto o revezamento, já haviam sido realizadas, Stjärnsberg tinha uma vantagem de apenas três pontos sobre Lundshov. A decisão estava no revezamento e Erik correria o último percurso. Era simplesmente demais, igual ao livro dos recordes.

As arquibancadas estavam lotadas quando os atletas do revezamento se aqueciam. Era fácil constatar que seria uma prova equilibrada. Nos cem metros individuais, realizados à tarde, Erik vencera sem dificuldade, mas os adversários de Lundshov conseguiram o segundo, o terceiro e o sexto lugares. E no revezamento, o melhor atleta dos cem metros de ambas as escolas disputaria o quarto percurso — tudo poderia acontecer.

Erik se preparara minuciosamente. Usava seus novos tênis Puma vermelhos de corrida, feitos de couro de canguru, que na verdade eram caros demais (sem dúvida, o advogado Ekengren faria alguma objeção a respeito, quando chegassem as contas da escola). Estava aquecido o suficiente, nada poderia dar errado.

Estava tudo quase preparado para a largada e escutavam-se, das arquibancadas, os gritos das torcidas rivais, ao longo do exato percurso que Erik correria, até a linha de chegada. Concentrado até os dentes, Erik percebeu que a torcida de Stjärnsberg gritava seu nome:

ERIK! ERIK! QUEREMOS NOSSO ERIK!

Ah, diabos! Agora tinha de vencer! Tinha de vencer!

Foi dada a largada e o primeiro percurso foi idêntico para as duas equipes até o primeiro revezamento. O público gritava. No segundo revezamento, o garoto da equipe adversária relaxou e acabou alguns metros para trás. O público gritava. Na terceira troca — com todos os demônios do inferno, está quase na hora — o corredor de Stjärnsberg fez pior ainda (por sinal, era o veado do Silverhielm) e ficou alguns metros para trás — o público urrava. Durante a última curva, a vantagem parecia haver diminuído e a torcida já gritava o nome de Erik.

O último dos adversários havia chegado em segundo lugar na prova individual, mas Erik não estava bem certo de por quantos metros ele ficara para trás. Seria demais arriscar uns dois metros?

Dentro de alguns segundos ele receberia o bastão na mão e percorreria a última distância na direção da chegada. Mas por que ganhar em nome dessa escola dos infernos? Não, ele tinha de vencer.

Na passagem do bastão (bastante bem-sucedida tanto para ele como para os adversários), havia uma vantagem de dois metros. Agora daria certo, tinha de funcionar!

A distância entre eles não era maior do que um metro e só fazia diminuir. Escutava a respiração do outro; ele gemia, arquejava, esforçava-se mais e mais, lado a lado com o adversário, não restavam mais do que dez intermináveis metros demarcados, metro por metro, por giz branco sobre a pista de terracota.

E então ele sentiu a fita de algodão branca em volta do peito, agitando-se no ar devido à velocidade até conseguir frear nos braços abertos de Tosse Berg, que o esperava na linha de chegada.

— Meu Deus, seu diabinho! Você conseguiu, você venceu!

Com o bastão em punho, Erik correu de volta à arquibancada principal. Todos gritavam seu nome enquanto agitavam as bandeiras da escola com o emblema de Órion. Erik agitou o bastão por cima da cabeça, fechou a mão esquerda, esticou o bastão no ar — foi quando percebeu que tinha lágrimas nos olhos — e atirou-o por cima da arquibancada. Ao se virar, ainda correndo, para o gramado, enxugou discretamente as lágrimas com as costas das mãos.

Tosse Berg aproximou-se e colocou os braços em volta dos seus ombros, levando-o de volta para arquibancada.

— É incrível, incrível. Eu cronometrei o seu tempo no último percurso. Sabe qual foi?

— Não, mas não deve ter sido tão mau assim.

— Onze cravados! Obviamente com uma largada voando, mas de qualquer maneira.

— É, incrível, mas eu não repito isso nunca mais.

— Ah sim, garoto, quando você quiser. No campeonato escolar nacional, no outono, por exemplo. Você vence qualquer um da mesma série escolar.

Tosse Berg ainda o abraçava paternalmente de mão erguida, apontando para o público de Stjärnsberg, que ainda vibrava, agitando as bandeiras e gritando o nome de Erik.

— Nessas horas você pode ver — disse o treinador e professor de ginástica —, pode entender o poder que o esporte tem. O que são o Conselho e as agressões em comparação a isto?

À noite, o jantar de gala, em homenagem aos convidados, fora servido no refeitório lotado. Não se distribuiu um coque sequer.

Logo antes da sobremesa o diretor fez tinir o copo. Quando o silêncio tomou conta do lugar, após inúmeras ordens do Conselho, o diretor pronunciou um discurso breve, no qual desfilou todas as idéias óbvias sobre a fraternidade e a nobreza da competição, as tradições e os esforços admiráveis da equipe convidada.

O coração de Erik dava saltos. Logo chegaria a hora, logo distribuiriam as pequenas taças aos que tiveram as melhores performances individuais. Um dos alunos de Lundshov havia ganhado tanto no arremesso de disco quanto no arremesso de peso, mas Erik tinha três vitórias, se contassem com a corrida de revezamento. Os comentários do diretor estendiam-se cada vez mais, como se ele fosse incapaz de chegar ao fim da história. Até que finalmente decidiu apanhar o pequeno troféu de prata com os nomes de todos os vencedores anteriores gravados.

— ...e o júri, formado por mim mesmo e os principais professores de educação física de ambas as instituições de ensino, concluiu por unanimidade — uma pequena pausa de efeito — após belas performances nos cem e duzentos metros... — nesse momento o discurso foi interrompido por júbilo geral, quem estava mais próximo de Erik dava-lhe tapas nas costas — ...Erik encerrou este dia com um desempenho magnífico no último percurso do revezamento. Aproxime-se, Erik, para receber o merecido prêmio!

Mais uma vez as lágrimas tomaram seus olhos — ele, que não havia chorado desde que chegara em Stjärnsberg — ao se inclinar diante do diretor para receber a taça. Os aplausos se elevavam misturados aos assovios e Erik ergueu a taça acima da cabeça, buscando o olhar de Silverhielm a quatro metros de distância, na ponta da mesa do segundo ano. Silverhielm, porém, desviou o olhar.

À noite, após o horário rotineiro de apagar as luzes, o quarto ainda estava iluminado porque todos receberam uma prorrogação de uma hora. Erik estava deitado na cama com os braços embaixo da cabeça, olhando para o teto. Se virasse um pouco a cabeça podia ver o troféu na estante. A cicatriz do machucado no peito feito por Pisca-pisca coçava, mas já estava quase curado.

— Você compreende bem o que tudo isso significa? — perguntou Pierre.

— Não, eu não entendo o que você quer dizer. Mas me sinto quase feliz, eu acho. Talvez você ache ridículo, essa história de sair correndo como um idiota com um pauzinho na mão...

— Nada disso. Pelo menos não pra você, aqui e agora em Stjärnsberg. Porque agora eles já não podem mais fazer nada com você, entende? Você devia ter visto a agitação lá nas arquibancadas. Eles podem esquecer tudo sobre as sessões de tortura depois de hoje.

— Eu nem tinha pensado nisso.

— É, e na semana que vem é a formatura dos alunos do último ano e a gente fica livre deles.

— E vem mais uma nova leva de alunos do último ano e tudo começa outra vez.

— Não até o semestre que vem. A gente vai ter uma ótima primavera. Escute os passarinhos lá fora. São maçaricos-das-rochas?

— É, eu acho que sim.

— O que você vai fazer no verão?

— Acho que vou trabalhar em Estocolmo. Conheço um rapaz que me contou que se pode ganhar até mil paus por semana durante o verão. Na verdade eu devia ter dezesseis anos, mas tenho quase isso.

— Eu vou à Suíça visitar meu pai. Depois vou fazer um curso de férias na Inglaterra.

— Mas você não precisa estudar inglês, já tem a maior nota.

— Mas o meu pai acha uma boa idéia, assim eu me aprimoro. É em agosto, duas semanas antes da volta às aulas.

— Sabe quanto custa?

— Não tenho a mínima idéia, talvez uma ou duas mil coroas.

— Então eu também vou, se for no começo de agosto. Aí já vou ter trabalhado o suficiente no porto pra juntar o dinheiro, se conseguir o trabalho. E também vou poder pagar o que te devo, quando você me ajudou com a matemática. Ekengren só aceitava pagar as aulas particulares se fosse um professor, sabe.

— Ah, mas não importa, a gente é amigo.

— É, por isso mesmo. Eu faço questão de pagar, já venho pensando nisso há muito tempo.

— Dinheiro não tem importância.

— Não, quando se é rico que nem você. Mas eu não sou.

— A primavera vai ser ótima, de todo jeito. Escute só os pássaros.

O sol castigava o porto de Estocolmo.

Havia duas maneiras de segurar as sacas de café para empilhá-las na base de madeira. Ou segurando os sacos pelas pontas ou afundando os dedos nas pontas, para construir uma espécie de alça antes de carregar. Era impossível usar luvas protetoras para empilhar sacos de café, pois não proporcionavam firmeza. Por falta de costume e por ter a pele das mãos macia de um estudante, as bolhas nas palmas e nos indicadores machucavam quando ele carregava os sacos pelas pontas. Quando usava o truque das alças, depois de algum tempo sentia dormência nas pontas dos dedos e as cutículas das unhas se feriam.

Costumava abraçar as caixas de laranja e maçã antes de empilhá-las na plataforma de madeira. Os braços de Erik eram um pouco curtos demais para uma caixa de laranja e uma das pontas arranhava seu antebraço, enquanto a outra lhe arranhava o pulso.

O tempo passou, porém, e suas mãos engrossaram. Os outros trabalhadores eram bastante cordiais apesar de ele ser um garoto. Faziam graça por sua forma de pronunciar certas palavras, mas lhe davam tapinhas encorajadores, de vez em quando, por trabalhar tão bem.

Às sextas-feiras faziam fila diante do escritório e recebiam um envelope pardo, fechado com um grampo, com dinheiro dentro. Quando Erik fazia fila com os trabalhadores, costumava segurar um cigarro entre o polegar e o dedo indicador como todos os outros, ou levava-os pendurados no canto da boca. Ficava ali, com os ombros um pouco encolhidos, sentindo-se como Marlon Brando em *Sindicato de Ladrões.*

O trabalho começava às seis e meia da manhã. Ele saía assoviando, montado na bicicleta, pelas ruas desertas de Vasastan, Odengatan e ao longo de Valhallavägen. Quase não chovia e o pai não estava em casa.

De todas as felizes casualidades que podiam existir na vida, aquela era a melhor que podia acontecer: o pai viajara. Estava trabalhando em uma cidade de veraneio, como *maître* substituto, e havia levado o irmão mais novo com ele.

À noite Erik costumava ir ao cinema ou escutar a mãe ao piano. Chopin ainda era o seu preferido.

Às vezes ia ao clube de natação encontrar-se com o Pulga.

De fato, o Pulga havia morrido de rir de todas as curiosidades técnicas que Erik adquirira enquanto treinava sozinho na pequena piscina de Stjärnsberg. Mas nada era tão grave assim. As imperfeições eram bastante fáceis de corrigir, e como a força e a resistência física haviam aumentado consideravelmente, o treinamento avançava. Alguns de seus companheiros já o haviam ultrapassado, mas por muito pouco.

— Bem, já não se pode falar em Roma — comentou Pulga. — Mas isso não é problema nenhum. Você participaria em Roma somente para aprender e um nadador de velocidade, como você, está bem longe do seu auge aos dezesseis anos. Mas depois, Erik, vai ter de levar a sério, pois daqui a cinco anos a coisa vai pegar fogo em Tóquio.

Daqui a cinco anos em Tóquio. Isso seria em 1964 e soava tão distante quanto décadas em algum romance futurista, como *1984*. Quando as olimpíadas de Tóquio chegassem ele teria vinte anos, seria um adulto. Já teria se formado no colegial e entrado para a universidade. Cinco anos pareciam uma eternidade.

— Você não poderia vir até a cidade de vez em quando, para eu corrigir a parte técnica? — perguntou Pulga. — Eu acho uma pena ficar mais um ano inteiro dessa forma, você vai ter muito que corrigir.

— Não — respondeu Erik. — Nos fins de semana ou eu tenho trabalhos forçados ou fico preso.

O Pulga observou-o e balançou a cabeça.

— Que porra é essa? É um hospício?

O verão fora absolutamente perfeito.

Os dois primeiros meses passaram voando, com todos os dias iguais aos do personagem de Marlon Brando. Erik depois viajou para a Inglaterra um dia antes de o pai retornar de Ronnebybrunn. Era como se os deuses do céu houvessem decidido ajudá-lo.

Na Inglaterra, tomava-se chá com leite e bebia-se uma cerveja marrom-clara e menos gasosa do que a sueca.

O semestre seguinte começou com dois pequenos motivos de alegria. Para começar houve o primeiro dia de aula com competições de atletismo. Erik competiu em quatro provas: os cem, duzentos e quatrocentos metros e salto em distância. Venceu em todas elas. A alta velocidade conseguida nas arrancadas ajudou-o a alcançar os seis metros de altura — o suficiente para uma vitória no salto em distância. A musculação feita no ano anterior e o trabalho como estivador aumentaram sua massa muscular, o que lhe permitiu manter uma velocidade constante durante quase todo o percurso dos quatrocentos metros.

E quando o time da escola jogou a primeira partida de futebol contra Sigtuna, Erik marcou dois gols. O primeiro e o último em uma partida na qual Stjärnsberg ganhou de três a dois. Alegria nas arquibancadas e uma dose mais forte da vacina contra o Conselho.

Pelo menos foi o que pareceu a princípio. A mudança viera em outubro, quando o sindicato o convocou para uma reunião.

O Gavião era o presidente do sindicato. Ele batia com a caneta na carteira da mesma forma que o presidente do Conselho costumava fazer diante de um novo caso a ser julgado.

— Ahá — disse ele. — Há uma questão séria a respeito de sua insubordinação que queremos discutir com você.

Erik explicou que se os outros queriam discutir com ele algum assunto, tinham de escolher outro porta-voz. Ao Gavião ele não dirigia a palavra. Não se pode dirigir a palavra a uma pessoa que diz "sinto muito, amigo velho" e depois derrama um balde de água pelando em cima de você amarrado ao chão.

O sindicato então decidiu nomear temporariamente outro presidente para resolver o caso. Por princípio, não cediam a pressões, mas por outro lado, desejavam mostrar boa vontade em criar um diálogo.

Meu Deus, eles estavam falando que nem o Conselho.

Bem, e então?

Como já haviam dito antes, o problema era a insubordinação de Erik. Todo o ano letivo anterior fora marcado por conflitos, nos quais Erik havia sistematicamente sabotado os princípios fundamentais da escola, isto é, a educação pela camaradagem. Mas agora Erik era um ano mais velho (e no mínimo cinco quilos de músculos mais pesado, pensou Erik), portanto podiam tentar chegar a uma solução pacífica. De certa forma o problema se agravara, visto que as contribuições de Erik para a reputação da escola nos últimos tempos haviam sido positivas. Sim, o sucesso dele nos esportes. Embora isso tenha levado a conseqüências felizes, alguns garotos mais jovens e talvez menos maduros, dos primeiros anos do curso ginasial — não somente ali, para ser sincero —, haviam interpretado mal a situação de Erik na escola. Eles não conseguiam perceber a diferença entre esporte e... digamos, não exatamente política, mas esporte e, digamos assim, boas maneiras. E aquilo era um problema muito sério que precisava ser solucionado de alguma maneira. O sindicato, depois de negociações informais com representantes do Conselho, chegara a uma conclusão unânime.

E?

É muito importante que Erik dê um fim às insolências. Era impossível continuar como estava. Ou Erik passava a acatar as ordens como todos os outros ou o Conselho começaria a adotar a linha dura. E aliás, por que ele não podia fazer como todo mundo? As regras eram iguais para todos, exceto para Erik, que vivia à margem das leis. Era, de alguma maneira, antidemocrático que alguém, só por ser mais forte, gozasse de certos privilégios. O sindicato tem de lutar contra esse tipo de prática. Sim, porque na verdade, era pior para os outros levar coques. Um coque não era nada para Erik, que podia até agüentar a brasa de uma cigarrilha... bem, este incidente não cabia ao sindicato discutir, mas o fato já se tornara público. Mas justamente por isso um coque não era motivo para brigas, e se havia alguma coisa de pessoal no fato de Silverhielm ser o chefe de mesa dele — era perfeitamente compreensível que Erik achasse difícil receber coques de Silverhielm, depois de tudo que havia acontecido — o sindicato poderia, com certeza, mudar Erik de mesa. Em uma nova mesa ele poderia conseguir um lugar melhor do que aquele ao fundo, onde se é obrigado a entregar as travessas vazias às subalternas. E não havia nenhum motivo especial para que Erik levasse tantos coques assim, se aceitasse a proposta. Muito pelo contrário, pode-se dizer. E qual era o problema em fazer, de vez em quando, um pequeno favor a alguém do último ano? Não era nada que fizesse o céu desabar. Os novos alunos do último ano estavam muito preocupados com a desobediência de Erik. Aquilo também era antidemocrático e, pensando bem, nada solidário com os novos alunos do último ano. Pois eles receberam coques, prestaram toda a sorte de favores e fizeram as camas, como todos os outros. E agora, quando finalmente chegou a vez deles, bem, parece que vão ter de lidar com um monte de problemas inúteis. Era simplesmente injusto.

E?

E você, o que diz disso tudo? Não podia pensar em...

Não. Não e ponto final. Mais alguma coisa?

Sim, nesse caso havia, infelizmente. Já que o sindicato era o responsável, haveria conseqüências. Se Erik se recusasse a entrar em um acordo, seriam obrigados a tomar providências. Erik recebera a advertência. Era uma lástima, mas o sindicato seria obrigado a tomar certas providências, pois aquilo terminaria causando danos à escola. Dos males, o menor.

E?

Sim, era uma pena. Mas o sindicato agora estudava, como medida de emergência, a possibilidade de expulsá-lo ou suspendê-lo, em definitivo, do time de futebol e das delegações de atletismo e natação da escola.

E como diabos uma organização ridícula com cinco fedelhos do ginasial, que todos sabem que são garotos de recado do Conselho, teriam tanto poder a ponto de influir na seleção do time de futebol, de natação e de atletismo?

Ora, o sindicato representava o ginasial e se pudesse entrar em um acordo com os representantes eleitos do Conselho, então haveria grandes possibilidades de, por meio de regras estritamente democráticas, tomar certas decisões. Naturalmente não era o Conselho o responsável pela seleção dos atletas, mas a grande maioria no time de futebol era, além de três representantes do Conselho, alunos do último ano. O mesmo acontecia com a delegação de atletismo. E ali, uma proposta conjunta sobre o assunto levada pelo sindicato e pelo Conselho, condizente com as regras democráticas, despertaria com certeza um consenso. E então, será que Erik não poderia mudar de opinião...

Não.

Muito bem, então o sindicato, lamentavelmente, será obrigado a tomar as medidas de emergência citadas. Talvez o assunto pudesse ser novamente discutido no semestre que vem?

Não, nunca mais.

E assim a discussão do caso deu-se por concluída ao bater da caneta do presidente interino na carteira. O Gavião retornou ao seu lugar e, com um toque de caneta, passou a presidir o restante da reunião.

Erik havia corrido seus últimos cem metros e feito seu último gol no time de futebol.

— Isso nunca vai funcionar! — disse Pierre. — Tosse Berg vai ter um ataque assim que ficar sabendo e metade do ginasial vai cair de vaias em cima dessa turma, se proibirem você de competir.

— É lógico que vão conseguir — disse Erik com um suspiro. — É mais do que evidente, pensando bem. O que pode fazer um professor como Tosse Berg quando tanto o Conselho como o sindicato, além dos outros jogadores do time, argumentarem que, infelizmente, foi uma decisão democrática, em nome da educação pela camaradagem? Os professores ficarão isolados.

— Mas eles estão cuspindo no prato em que comeram! Imagine, logo você, que ficou tão popular depois de ter vencido Lundshov no revezamento, no semestre passado.

— É, mas é aí onde a ferida dói. E depois eles vão colocar a culpa em mim. Entendeu?

— Não, como assim?

— Ah, tá na cara! Só porque eu sou tão horrível e não aceito levar coques ou fazer a cama do Silverhielm como todos os outros, e também me recuso a fazer parte do time escolar. Eu prefiro não participar a aceitar ordens, não é mesmo?

— É mesmo, merda, tem uma lógica bem perversa.

— É claro, não satisfeito em conseguir privilégios antidemocráticos, agora eu também me recuso a vencer os cem metros em nome da escola. Eu me recuso a ganhar, no mínimo, um total de vinte pontos importantes no atletismo em cada competição. Pura traição nessa lógica perversa deles.

— É, mas de alguma maneira, já se esperava por isso. Eles tinham de acabar com a sua fama de ídolo nos esportes. Na verdade é bastante inteligente, coisa rara partindo do mal personificado.

— O mal personificado não é burro não, Pierre. Você ainda não entendeu isso?

O boicote aos esportes funcionara.

Os novos tênis de corrida Puma terminaram confinados no fundo do armário. Mas Erik nadava pela manhã, antes do café, e à noite, depois do jantar. Não nadava com alegria — seus resultados, por sinal, melhoravam em um ritmo mais lento — e movido por uma espécie de fúria surda, aumentou os pesos dos halteres para cinqüenta quilos. Oito flexões deitado, o bastão alçado como um arco, os braços esticados, para trás por cima da cabeça e para baixo, até a altura da barriga.

Oito vezes atrás dos ombros e para cima com os braços esticados. Oito vezes no sentido contrário, da coxa até o peito. Oito vezes acima dos ombros e com os joelhos e as pernas tensionados. Oito vezes de braços esticados, da coxa para o peito a ponto de a vista falhar a cada esforço, com o ódio ou a imagem do pai, ou a de Silverhielm, ou dos membros do júri do Conselho, ou a de Pisca-pisca por trás das pálpebras cerradas, tão logo os músculos necessitavam de combustível extra para a sétima ou oitava tentativa. Sem uma palavra. Totalmente concentrado, encerrado nas imagens azuis que se alternavam por trás das pálpebras. Nunca mais diria uma palavra aos garotos do ginasial presentes no treino da noite, garotos esses que o observavam furtivamente quando acreditavam que ele não percebia. Tudo aquilo era como uma preparação, como se, por fim, chegaria inevitavelmente o momento em que novos pinos de aço seriam presos com marreta fora do anexo e seu crime contra o parágrafo treze aconteceria.

Ele não parava. Noite após noite.

E finalmente os primeiros mil metros na piscina, sem pressa, acompanhado de uma melodia misturada às bolhas de ar formadas pela respiração. Freqüentemente soava como a peça mais difícil tocada por sua mãe, aquela que apenas um pianista profissional seria capaz de tocar, *Fantaisie Impromptu*, Opus 66 em Dó sustenido.

O *status quo* novamente se estabelecera. O Conselho não tocava nele, não lhe dava ordens e não lhe dirigia a palavra. Eles não se preocupavam sequer em acordá-lo do cochilo durante as detenções aos sábados de manhã.

Por outro lado funcionava a campanha de difamação liderada pelo Conselho e o sindicato, na qual acusavam-no de não ser solidário com as delegações de esporte da escola. Com um pouco de sorte o time de futebol venceu por três a dois, mas a delegação de atletismo perdera da medíocre equipe de Sigtuna pela primeira vez em sete anos. A perda significava onze pontos a menos e não era difícil de compreender o que teria acontecido se Erik participasse. A escola teria vencido mais provas e teria uma melhor posição no *ranking*. A lógica satânica estava funcionando perfeitamente, graças aos representantes do sindicato, que viviam tocando no assunto: Erik decepcionou a escola e o espírito de camaradagem.

A campanha eleitoral se aproximava. Pierre tivera, em algum momento, a esperança de que o enigmático diretor decidiria que outro, e não Silverhielm, venceria as eleições democráticas para o posto de presidente do Conselho. Mas quando as nomeações foram afixadas no quadro de avisos fora do refeitório, a realidade mostrara-se outra.

Silverhielm era, sem dúvida, um dos candidatos, já que era o presidente atual. Como candidato de oposição o diretor indicara um tipo afeminado do primeiro ano, excelente aluno, mas que seria com certeza uma fonte de risos no posto de presidente. Por algum motivo o diretor desejava manter Silverhielm no cargo e não era nada fácil compreender o porquê.

Os resultados da votação eram evidentes. E a julgar pelo que Erik e Pierre ouviram dizer, o auditório estava quase vazio quando a morna campanha eleitoral teve início.

— *Eles não vão desistir, Pierre. Eu tenho uma sensação de que, de alguma maneira, tudo vai recomeçar. Eu sei que você pensa que, de todo modo, nós já vencemos e que todo aquele que tem alguma coisa na cabeça sabe muito bem o porquê do meu afastamento dos esportes. Mas nem tudo está ligado ao raciocínio, Pierre, o sentimento também é importante. Talvez você ache meio ridículo, mas meu único momento feliz nesta escola foi quando eu cheguei em primeiro lugar naquela corrida no semestre passado. E por algum tempo parecia que tudo mudaria, como se a burrice deles não pudesse influir no esporte que eu pratico. Aliás, eles não são nada burros. Tanto eu como você cometemos um grande erro quando os julgamos burros. Pelo menos eu faço inconscientemente isso, de vez em quando, mesmo sabendo que não é verdade. Você vive dizendo que a inteligência tem de vencer a brutalidade, mas, às vezes, eu não tenho tanta certeza sobre o real significado da inteligência e da brutalidade. Por exemplo, quando o Pisca-pisca resolveu apagar a cigarrilha no meu peito e eu não senti dor. Foi porque eu o odiava tanto naquele momento, que o ódio funcionou como anestésico. Eu sabia que iria vencê-lo, de alguma maneira, se mantivesse os olhos fixos no olhar dele quando fiz aquilo. E o que era aquilo, Pierre? Pode me explicar, eu agi com o intelecto ou com brutalidade? Esse tipo de limite do qual você costuma falar não existe. Você sempre raciocina como em um livro didático. Entre os meus nervos e os seus não existe diferença. Eu e você somos biologicamente idênticos, da mesma forma que duas zebras da mesma idade. Se você odiasse o Pisca-pisca tanto quanto eu, poderia ter feito a mesma coisa naquela ocasião. O que isso tem de intelectual?*

— Bem, uma coisa é verdade, Erik: Pisca-pisca nunca mais chegou nem perto de você depois disso, e é lógico que ele ficou com medo. Eu não sei se você o viu tão bem quanto eu, que estava de lado observando os dois, mas eu nunca vi alguém tão apavorado como ele aquele dia, e acho que nunca mais vou ver. Mas ainda assim acho que você

está errado. Você diz que tudo é uma questão de ódio, como se o ódio fosse uma espécie de mal e que o mal é o oposto da inteligência. Mas pense bem. Qual é a diferença entre mim e você, sem considerar os músculos? Sim, a diferença é que você sabe como alguém feito o Pisca-pisca, porque você sabe, vai reagir em uma situação dessas. E você sabe porque, de certa forma, aprendeu. Você aprendeu com o canalha do seu pai, você aprendeu durante todos os anos em que bateu nos outros. Por falar nisso, você já notou uma coisa? Você só brigou uma vez desde que chegou aqui, foi aquela vez no quadrado. Isso não é estranho? Desde aquela vez nunca mais levantou a mão pra uma única pessoa por aqui. Ainda assim conseguiu alcançar uma posição onde ninguém pode tocá-lo. Logo você venceu a burrice e a força bruta sem usar violência, só a inteligência. Se você insiste em dizer que foi o ódio, então podemos chamá-lo de um ódio inteligente, já que você não recorreu à violência. O ódio pode ser diferentes coisas. Suponhamos que Pisca-pisca odeie você tanto quanto você o odeia. Na verdade isso não é uma suposição real. Se chamarmos o ódio de uma variável "x", como em uma equação, x é conhecido nos dois lados da equação. Mas a diferença é que o seu lado tem um peso maior, pois você sabe que tem razão e que Pisca-pisca não passa de um comandante nazista de merda. Muito simples: equivale a dizer que o caso ainda se trata da vitória da inteligência sobre a força bruta e a maldade. Quod vide.

— *Tá bem. Tá bem.* Quod vide. *Isso aqui já está parecendo mais uma daquelas provas em que você tira a nota máxima. Essa história de você sempre estar meio errado, apesar de conseguir explicar tão bem o seu ponto de vista, me deixa louco. Mas há um grande erro nessa sua teoria. Tudo bem que o ódio é idêntico dos dois lados, "se o chamamos de uma variável x". Mas depois você afirma que a diferença entre os dois lados é que eu sei que tenho razão. Isso você diz só porque está do meu lado. Será que Pisca-pisca não pode estar tão convencido quanto eu? O mundo não está cheio de gente errada plenamente convencida de que tem razão? Você acha que todos os nazistas só estavam fingindo apoiar o nazismo? De todos os milhões de nazistas deveria haver muitos que estavam convencidos de que tinham razão, tão convencidos quanto eu e você estamos de que Pisca-pisca está errado. Logo, ele pode estar tão convencido quanto nós.* Quod vide! *Não, ainda não acabei. Eu ainda tenho uma pergunta, a mais difícil de todas: Por que gente como Silverhielm e Pisca-pisca é como é? Suponhamos que eles sejam tão inteligentes quanto nós, e usando a sua própria técnica, "chamamos a inteligência de variável y e a colocamos nos dois lados da equação". Por que eles acham que podem escaldar os garotos do ginasial, por que eles acham que podem me afastar das competições esportivas, por que eles querem, a qualquer preço, lutar pelo direito de abrir o crânio dos garotos menores? E, aliás, por que eles nos chamam de comunistas, se é evidente que somos tanto quanto eles? Bem, vamos esquecer isso, o importante é entender por que eles acham que têm o direito de abrir o crânio dos meninos menores.*

Não havia resposta para a pergunta. Até mesmo Pierre, em sua cama, se calou. Depois de instantes passaram a explorar a história, à procura de alguma brecha. Apesar de, na realidade, sempre haver existido nazistas. Nazistas inteligentes, instruídos, cultos e capazes.

E como se vencia a maldade? Gandhi poderia haver feito algo melhor contra Hitler do que o exército vermelho ou o general Patton?

E o Conselho não tinha intenção de ceder. Silverhielm e Pisca-pisca continuariam pressionando até quase a formatura, só para vencer. Mais cedo ou mais tarde a violência aumentaria. O Conselho tentaria outras vezes e Erik já contava com um ou mais implantes de dentes de ouro até o final do ano letivo.

Durante a noite do batismo o Conselho investira com violência contra os calouros do ginasial, independente de eles haverem sido insubordinados ou não. Aquela noite ficaria inscrita nos anais das histórias terríveis da escola como a "Noite das Facas".

Eles fizeram de tudo. Bateram, espancaram, pintaram com piche, rasparam os pêlos, penduraram os garotos nos mastros das bandeiras, amarraram e urinaram neles. Enfim, fizeram de tudo.

Erik e Pierre esperaram no quarto a noite inteira, atrás da escrivaninha feita de barricada. Mas nada aconteceu.

Uma semana depois, aproximadamente, tudo recomeçou. Pierre era obrigado a receber um coque todos os jantares, e agora se sentava à mesa de Pisca-pisca. Sempre que Pierre atravessava o pátio da escola sozinho ou na companhia de Erik, os membros do Conselho o revistavam à procura de cigarros e aproveitavam para dar um beliscão ou outro em alguma de suas banhas, ou lhe davam alguns bofetões. Pouco a pouco a violência contra Pierre aumentava. Nunca contra Erik, sempre contra Pierre.

Em novembro Pierre fora obrigado a suturar a cabeça após um golpe de um ponto. Àquela altura ele passara a recusar receber coques outra vez. Pouco tempo antes ele havia sido levado ao quadrado outra vez e o círculo vicioso novamente tinha início.

Várias vezes o agarraram no pátio da escola e abaixaram suas cuecas para caçoarem da sua nudez.

Sempre que tinham oportunidade lhe chutavam o traseiro, puxavam seus óculos e os atiravam longe, na outra ponta do pátio escolar, davam-lhe cotoveladas na altura dos rins sempre que passavam perto dele nas escadas a caminho do refeitório, beliscavam seu nariz, davam-lhe joelhadas na altura da virilha dia após dia, noite após noite. Às vezes faziam patrulhas no quarto de Erik e Pierre três ou quatro noites seguidas. Reviravam tudo na cama de Pierre, para depois jogar pasta de dente ou qualquer outra coisa por cima de tudo, mas não tocavam em nada que fosse de Erik.

Foi em novembro que Erik recebeu um convite do sindicato para reabrir as negociações. Obviamente, era um convite informal que não poderia ser discutido em público e todos, caso a informação vazasse, negariam sua existência. Mas, de qualquer maneira, alguns representantes selecionados do sindicato tinham razões para crer, através de debates informais com as partes interessadas, que o Conselho não se opunha à idéia de interromper as hostilidades contra Pierre. Mas, nesse caso, exigiam uma troca. Erik talvez tinha alguma idéia de que troca?

Sim, mas a resposta era não.

Aquilo não era um ato muito solidário com um companheiro.

Certamente, era abominável. Mas a resposta era não.

Àquela altura, Erik já não estava tão seguro. E qual era a diferença se Silverhielm lhe acertasse o crânio de vez em quando? Faltava pouco para terminar o ano, em breve a primeira neve já estaria caindo. Logo seriam as férias de Natal e depois, os cinco últimos meses do segundo semestre. Cinco meses de capitulação provisória. Mas como saber se eles, por sua vez, manteriam sua parte no acordo? Se Erik lhes mostrasse que esta era sua maior fraqueza, o que os impediria de prosseguir com os maus-tratos a Pierre, apesar de tudo? Não era bem evidente que queriam obrigá-lo a cometer um crime segundo o parágrafo treze? E se ele cedesse agora eles entenderiam que aquele era o melhor método. Continuariam a utilizá-lo até Erik bater em um membro do Conselho e tudo estar perdido.

Ninguém podia saber com certeza o que tinham em mente. Talvez se contentassem se Erik abaixasse a cabeça para receber coques, a partir daquele momento. Talvez pudessem finalmente dizer que venceram e conseguiram recuperar a paz e a ordem.

Pierre sofria e era evidente que não conseguiria suportar por muito mais tempo.

— Isso me deixa louco da vida, Pierre! Quando eles me chamaram para negociar eu fingi que não queria conversa, que a proposta deles não valia nem um segundo de reflexão. Mas eu não agüento mais, o que a gente vai fazer?

— Eu também concordo com você. Se ceder agora, eles continuam a me perseguir, só pra fazer você passar dos limites e ser expulso.

— É, mas nesse caso... não se pode saber ao certo.

— Lógico que não.

— Mas então a gente tem de tentar aceitar o trato, de qualquer maneira.

— Não, a gente tenta ganhar tempo, em vez disso. Eu viajo pra Suíça dentro de duas semanas, talvez até antes. Não faz mal que eu perca a última parte do semestre já que sou o melhor da turma. Depois eu fico com meu pai durante o Natal, até o começo do ano letivo. A gente não vai pra Genebra, onde meu pai trabalha, mas pra Zermatt. Vamos esquiar.

— Então eu vou com você. Ainda tenho quase seis mil na minha caderneta de poupança e meu passaporte está aqui na escola. Mas eu espero até o final do ano letivo.

— Eu não sei se você pode ficar hospedado na nossa casa. Por mim é claro que você poderia, mas tenho de escrever ao meu pai.

— Não tem problema, eu tenho dinheiro, posso ficar num hotel. Você pode arranjar um quarto pra mim quando chegar lá.

— É, pelo menos a gente ganha tempo. E depois eles talvez fiquem cansados, talvez acabem chegando à conclusão de que nunca teria funcionado com você.

— Você agüenta mais dez dias?

— Acho que sim. Se eu fizer um risco na parede pra cada dia, posso pelo menos ver que o tempo está passando.

— Humm, mas e depois, no próximo semestre?

— Até lá, veremos.

Foram dez dias indescritíveis para Pierre até que finalmente sentou-se no táxi em direção à estação de Solhov. Na parede em cima de sua cama, encontravam-se dez discretos riscos feitos com lápis bem afiado.

Zermatt ficava aos pés do imponente monte Cervin. Na tarde de Natal eles seguiram as pistas nevadas até pouco depois da última estação de teleférico. Os raios de sol brilhavam sobre o topo branco das montanhas ao redor, a paisagem era magnífica. Pierre mostrava a Erik as outras montanhas. Lá, mais afastado, ficava o Weisshorn, lá, o Breithorn e lá, o Liskamm, e bem ao lado os montes Castor e Polux. Do outro lado do monte Rosa ficava a Itália. Mas nada se comparava ao monte Cervin.

Os dois permaneceram em silêncio por um longo tempo, observando a paisagem.

— Um dia eu vou escalar aquela montanha até o topo — disse Erik.

— Se tentar você vai se matar.

— Talvez sim, talvez não. Mas quando eu chegar lá em cima, vou me levantar e chamar o Conselho. VENHAM ME PEGAR SE FOREM HOMENS!

O eco ressoou na encosta branca da montanha. Lá embaixo ficava Zermatt, como uma mesa de Natal em uma confeitaria fina de Estocolmo.

— Eu, na verdade, gostaria de ser escritor — disse Pierre. — Mas provavelmente vou acabar sendo alguma coisa que tenha a ver com números e negócios. E você, o que vai ser?

— Eu vou ser advogado de defesa — respondeu Erik.

Durante a primeira semana depois das férias de Natal o Conselho deixara Pierre em paz. Mas, já na segunda semana, eles retomaram do ponto em que haviam parado no semestre anterior. Pierre era convocado a receber coques ao jantar todos os dias. Eles batiam nele várias vezes durante o dia e, à noite, faziam patrulha, ainda sem tocar em nada que pertencesse a Erik. Quando este voltou da reclusão no sábado à noite, encontrou Pierre deitado na cama, com um dos olhos cerrado e o travesseiro coberto de sangue.

— Nada de grave — comentou Pierre. — Só um pouco de sangue vindo do nariz.

— Assim não dá mais, Pierre, isso já está ficando insuportável.

— Mas não se pode dar o braço a torcer a estes porcos.

— Às vezes a gente tem de ceder, quando eles são muitos. Às vezes os porcos vencem. Os romanos venceram Espártaco.

— Mas podemos continuar pensando numa solução por mais algum tempo. Talvez a gente consiga ter alguma idéia.

— Acho que não, só existem duas alternativas. Ou a gente desiste ou acaba com eles, os deixando em pedacinhos e termina sendo expulso. Outra alternativa não existe.

— Aí você nunca vai virar advogado de defesa, quer dizer, se você for expulso.

— Não, mas que merda de advogado de defesa eu seria se nem defender o melhor amigo eu consegui quando ele mais precisou?

— Mas vamos continuar pensando no problema por mais algum tempo?

— É, mas só mais um pouquinho.

Erik tinha um domingo inteiro de detenção para refletir sobre o assunto. Ainda faltavam cinco meses para as férias de meio de ano, era pouco ou muito tempo? Para Pierre aquilo significaria um período longo e terrível. Para Erik eram só cinco meses e fim, depois, até nunca mais. Alguns coques e coisas afins por cinco meses. O que era o pior? Eram os castigos, os serviços humilhantes, os sapatos engraxados e as camas feitas ou era perder para aquele bando de canalhas?

O pior era naturalmente perder para os canalhas.

Será que havia alguma forma de resistência? Como Erik sairia da escola no fim do semestre e nunca mais voltaria, poderia infringir o parágrafo treze o quanto quisesse na última semana de aula. Pelo menos nos últimos dias. Então ele poderia explicar a Silverhielm que seus últimos dias na escola seriam os piores em toda a sua existência.

Não, merda, não dava. Além de uma ameaça daquele tipo com tanta antecedência perder sua eficácia, tanto Silverhielm quanto Pisca-pisca se formavam um mês antes de o ano letivo terminar e nunca mais voltariam.

Caso se vingasse, se entrasse no quarto de Silverhielm à noite e... na escuridão, sem ser descoberto, como aquela vez com o balde amarelo. E se fizesse a mesma coisa outra vez?

Pierre teria de pagar um preço alto já no dia seguinte.

Eles continuariam a atormentar Pierre como loucos. Eram doze membros do Conselho além da corja de colaboradores do último ano. Seria impossível visitá-los, um por um, durante a noite sem, em algum momento, ser descoberto. Nesse caso era melhor revidar em plena luz do dia.

Mas e se ele procurasse o sindicato e dissesse que aceitava o acordo? Que estava tudo bem, podiam dizer ao Conselho que assim que as represálias contra Pierre acabassem, ele obedeceria a todas as ordens...

Mas e se eles continuassem a infernizar Pierre mesmo assim?

Não, e por que fariam isso? Nesse caso nada resolveriam, pois era evidente que Erik não obedeceria às próximas ordens.

O mais lógico era acreditar que o acordo funcionaria, caso contrário, teria ao menos tentado.

Era isso. Qualquer alternativa seria ainda mais imoral.

Aquela fora sua mais longa detenção de domingo. Nem um livro fora aberto. Mas ainda que ele destrinchasse o problema por todos os ângulos, o resultado era sempre o mesmo: tinha de capitular. Havia situações em que era importante desistir até em função de gente como a do Conselho.

De alguma maneira Erik sentiu alívio quando escutou o barulho de chaves feito pelo guarda do Conselho, ao destrancar a porta. Ele se apressou até o alojamento a fim de contar a Pierre que a partir daquele momento nada poderia fazer com que mudasse de idéia.

— Pierre — ele disse ao abrir a porta. — Agora eu me decidi...

Erik permaneceu em pé na porta, como que congelado.

O quarto parecia frio e abandonado. A estante de Pierre estava quase vazia e todas as suas coisas foram retiradas da escrivaninha.

Ele abriu a porta do armário — as roupas de Pierre desapareceram. A única coisa que restava era o bastão dele.

Em cima da escrivaninha havia um pequeno envelope de carta branco no qual lia-se “Para Erik”, na caligrafia caprichada de Pierre.

Erik sentou-se na cama com a carta na mão. Não era possível, aquilo não podia ser verdade. A carta lhe queimava as mãos, ele tinha de abri-la para se certificar de tudo aquilo que já se via no quarto. Pierre havia partido. Aqueles demônios haviam conseguido expulsar Pierre.

Querido amigo Erik
Quando você estiver lendo esta carta eu já deverei estar em alguma parte da Alemanha. Eu não agüentava mais. Agora vou continuar meus estudos em um lugar chamado Colégio Comercial de Genebra. Digamos que eu tenho talento para os negócios e os números.

Por favor, não pense que eu sou covarde. Eu tentei até não suportar mais.

Há tantas coisas que eu gostaria de dizer, mas agora não tenho mais tempo, o táxi já está chegando. Mas uma coisa eu quero que saiba: você é o melhor amigo que eu já tive em toda a minha vida. Você pode escrever para o endereço do meu pai em Genebra. Imagine só, se a Argélia se libertar, de qualquer maneira?

Seu querido amigo Pierre

PS: Eu não tenho espaço para as obras completas de Strindberg na bagagem. Espero que faça bom proveito delas.

Erik manteve a carta nas mãos e a leu várias vezes. Depois, deixou-se cair vagarosamente na cama e afundou o rosto no travesseiro. Era impossível segurar o fluxo das lágrimas. Ele se manteve imóvel por muito tempo.

Tarde da noite Erik saiu para esfriar a cabeça e colocar os pensamentos no lugar. As luzes já estavam apagadas, mas ser castigado por não obedecer ao toque de recolher lhe era completamente indiferente. A neve caía com intensidade no pátio deserto e escuro. Por algum motivo ele caminhou até o Fórum, o pequeno palanque de cimento ao lado da residência do diretor, que servia de palco para discursos em solenidades. Em uma ocasião, o rei havia escrito seu nome com giz na parede, o qual posteriormente fora gravado em ouro: "Gustavo Adolfo", lia-se em letras douradas.

Erik tateou a parede e deixou o dedo indicador percorrer as letras em Adolfo. As luzes na residência do diretor ainda estavam acesas.

— Eu prometo, Pierre — disse para si mesmo em voz alta — que eles vão me pagar por isso. Mas, assim como quando você estava aqui, vou pensar bem antes de agir, para não fazer uma grande bobagem, como a que tenho vontade de fazer agora mesmo. Mas eu juro, Pierre, que eu vou me vingar. Eu juro!

Quando Erik se deitou, o choro novamente veio à tona.

Na tarde seguinte, na aula de biologia, o professor Grou tinha o rosto pálido e os lábios crispados.

— Que espécie de bárbaros são vocês? — ele começou. — Será que não entendem o que fizeram?

Toda a classe baixou a cabeça.

— Você por exemplo, Erik, não era amigo dele? Não podia tê-lo defendido?!

Ruborizado, Erik não levantava os olhos do círculo que desenhava no papel a lápis.

— Você pode pelo menos me responder? Por que não defendeu o amigo? Você é tão covarde quanto todos os outros?

— Quem bate num membro do Conselho é expulso — respondeu ele em um murmúrio.

Grou prosseguiu por mais um quarto de hora. Pierre era o estudante mais talentoso que já pisara em Stjärnsberg. E um bando inteiro de colegas de classe não havia sequer erguido um dedo para ajudá-lo. Por que não haviam procurado o sindicato, por exemplo (Grou não tinha a mais remota idéia de como era a realidade), por que alguns companheiros não se uniram para proteger Pierre? Afinal, todos que estavam diante do professor tinham a aparência de seres humanos. No mundo animal, os mais fracos sucumbem, mas havia milhões de anos que o homem aprendera a estruturar a vida de maneira diferente. Aquilo que diferenciava o ser humano dos animais não era exclusivamente a inteligência, mas também a moral — a capacidade de distinguir o bem e o mal. Mas ali eles haviam se comportado como animais, como abutres em volta da carniça. Aquilo era ignóbil, indigno, indecente, espantoso. Será que eles não tinham imaginação? Se algum deles acabasse na mesma situação que Pierre, o que pensariam dos colegas de classe que não ergueram um dedo para socorrê-lo? Tem de haver um fim para isso, ele mesmo discutiria o assunto com o diretor, e a única coisa a fazer era acabar de uma vez por todas com a tolerância àquele sistema de agressões entre os alunos da escola.

Em seguida a aula prosseguiu em seu curso normal, mas ainda sim, de uma outra forma.

Uma vez terminada a aula, a turma se retirou em um silêncio opressivo. Mais adiante no corredor o Gavião passou a imitar o professor Grou:

— "Por que não procuraram o sindicato?" — E começou a gargalhar.

Foi quando a classe se desintegrou como se atingida por um raio. Erik deu dois passos à frente, virou-se para o Gavião e imprensou-o contra a parede. Os colegas de classe reuniram-se por trás de Erik, que escutava, através do ruído do próprio pulso acelerado, como o encorajavam a dar ao filho-da-puta o que merecia. Gavião estava apavorado. Erik segurou-o com força pelas roupas e bateu levemente o corpo do garoto contra a parede.

— Sabe por que eu não vou bater em você, seu canalha? — disse. — Não, você é tão estúpido que não tem a mínima idéia. Mas se você fosse receber a surra que merece, eu acabaria te matando, e não valeria a pena tanto esforço por um merda como você. Seu saco de merda! A partir de hoje você vai se chamar Galinha e não Gavião!

Atrás dele os colegas aplaudiam e gritavam ruidosamente. "Galinha! Galinha!", chamavam em coro, batendo palmas até os gritos alcançarem alturas.

Erik largou o Galinha e deu-lhe as costas.

— Muito bem, tem alguém aqui interessado em conversar com o sindicato, a partir de hoje? Alguém quer conversar com aquela granja, hein?

— A gente faz um abaixo-assinado e exige que eles renunciem! — alguém sugeriu.

A classe inteira assinou a lista, com exceção de Galinha e seus dois amigos. Durante os intervalos seguintes e o almoço vários colegas percorreram a escola colhendo assinaturas do ginasial. Ao fim do dia mais de 90% haviam assinado a lista. O sindicato teria de renunciar, assim eram as regras.

O Conselho era obrigado a aceitar. Era impossível fugir às regras naquele ponto. Se havia evidências de que o sindicato não tinha a aprovação do ginasial, tinha de renunciar. Foram longe demais com Pierre, não existia um aluno em todo o ginasial, a não ser alguma exceção esporádica, que concordasse que o tratamento ao qual Pierre fora submetido pudesse ser chamado de educação pela camaradagem. Mas fora preciso um estopim para explodir a revolta.

Ironicamente, fora um professor quem o acendera.

Era uma noite na qual a neve caía suavemente. Após fumar escondido no lugar de costume que compartilhava com Pierre, Erik decidiu fazer uma caminhada em volta da escola pela estrada principal. Em todas as partes viam-se alunos, que tinham permissão, fumando e tentando impressionar as copeiras finlandesas, que costumavam sair para tomar ar à noite. Erik não se importou em usar a pasta de dente como precaução; ninguém o revistava havia bastante tempo. Mas quando se aproximou de um grupo falando alto e afetado, o que significava a presença de alguma finlandesa nas proximidades, Erik reconheceu a voz de um dos membros do Conselho. Ele poderia dar a volta e, por medida de segurança, sair despercebido. Mas num impulso repentino resolveu cobrir o rosto com o gorro quando se aproximou. Ele podia enxergar através do gorro, mesmo que com certa dificuldade. Quando já estava bem próximo do grupo, seu curioso disfarce foi naturalmente descoberto.

— Ei, você, pare aí! Quem é você? — perguntou o aluno do último ano, membro do Conselho.

Erik continuou calmamente pelo caminho e, quando estava próximo dos outros, o garoto deu alguns passos a fim de detê-lo, exatamente como já esperava. Erik saiu às carreiras, passando pelo nariz do surpreso aluno do último ano, para, a uma distância considerável, continuar caminhando como se nada houvesse acontecido. O membro do Conselho correu atrás dele e Erik, por diversão, deixou que chegasse bastante perto antes de voltar a escapar facilmente.

Na escuridão, escutou as ordens em voz alta dos garotos do Conselho, exigindo que voltasse para ser revistado. Erik contornou a escola a fim de despistar algum perseguidor eventual.

Dentro do seu quarto vazio, ele atirou as roupas na escrivaninha e deitou-se de costas na cama. Aquilo começava a lhe dar uma idéia.

Pensando bem, metade do ginasial se vestia exatamente igual. Quase todos tinham uma jaqueta náutica, um grande casaco azul, cujo forro reforçado, segundo a propaganda, permitia boiar caso alguém caísse vestido na água. Foram os fanáticos por iatismo de Gotemburgo que haviam introduzido a moda na escola. Agora, quase todos usavam a mesma jaqueta.

As calças mais usadas eram os jeans e nos pés usavam botas de neve impermeáveis com zíper. Erik levantou-se e apanhou seu gorro azul. Sim, quase todos também usavam gorro.

Ele pegou uma tesoura da gaveta da escrivaninha e fez três orifícios no gorro, dois para os olhos e um para a boca. Depois, vestiu a jaqueta e olhou-se no espelho.

A jaqueta náutica fazia com que todos parecessem ter mais ou menos o mesmo tamanho. Era impossível saber se o garoto vestido com ela era gordo ou magro.

Ninguém poderia reconhecê-lo pelos olhos, na escuridão. Desde que não encontrassem o gorro com os furos, nunca poderiam...

Se escondesse o gorro fora de casa e tivesse o cuidado de despistar suas pegadas na neve...

Erik usou o dia seguinte para estudar o plano detalhadamente e conseguir um novo gorro, além de pensar nas luvas e nos outros acessórios que pudessem desmascará-lo. Como o relógio de pulso, por exemplo. Tinha de tirar o relógio quando colocasse o plano em ação. Era quase impossível não dar certo. E ele havia prometido a Pierre, tinha até mesmo jurado que faria.

— Muito bem, Pierre — murmurou para si mesmo quando saiu naquela noite. — Eu não arrumei briga nem uma vez enquanto você estava aqui. A gente ia usar métodos não-violentos, não é mesmo? Mas agora isso acabou, Pierre.

Ele virou na direção do caminho habitual dos alunos do último ano e baixou o gorro sobre o rosto.

No primeiro grupo não havia nenhum membro do Conselho ou aluno do último ano. Surpreendidos, gritaram alguma coisa para ele quando passou. O importante era nunca responder.

No grupo seguinte havia dois membros do Conselho, outros garotos do colegial e três copeiras. Erik parou quando estava a cinco metros deles. Algum tempo se passou até que o descobriram, estava muito escuro. Em seguida alguém lhe perguntou quem era. Erik não respondeu.

— Venha até aqui para a revista — ordenou um dos membros do Conselho.

Erik continuou sem responder, mas escolheu qual dos dois garotos seria a vítima: o aluno do último ano à esquerda era aquele que mais se divertia em baixar as calças de Pierre.

— Eu já disse, venha até aqui! — gritou o garoto como se desse ordens a um cão.

Se o garoto certo se aproximasse ele permaneceria no mesmo lugar. Caso contrário, correria para que o perseguissem por um tempo, até que ele desse a volta e... então teria de pegar os dois.

Mas foi o garoto certo quem, de repente, deu alguns passos resolutos em sua direção e esticou a mão para puxar o gorro de Erik.

Erik o acertou bem na barriga e pressionou o joelho direito de encontro ao rosto que caía. Quando o garoto caiu no chão, Erik sentou-se rapidamente em cima dele e levou o braço direito para cima e para trás, a fim de dar mais força ao golpe que aplicaria no nariz.

A seguir levantou-se e deu um passo para trás. O adversário, atirado aos seus pés, contorcia-se, gemendo de dor. A mancha de sangue na neve aumentava rapidamente. Os outros estavam como que petrificados pela surpresa. O outro garoto do Conselho perguntou, aos gritos, se ele estava completamente louco.

— Quem é você, diga logo? É Erik, não é?

Erik fez um gesto convidando-o a se aproximar, mas o garoto, em vez disso, deu um pequeno passo hesitante para trás. Erik, então, passou a avançar em sua direção. Nenhum dos demais fez qualquer movimento que denotasse a intenção de se envolver no problema.

— Não, você tá completamente maluco, não entende que vai ser expulso da escol... — dizia, enquanto andava para trás.

Erik apressou o passo ainda mais, fazendo o segundo garoto do Conselho correr. Quando Erik passou a correr atrás dele, constatou com um rápido olhar por cima do ombro que nenhum dos outros fazia menção de persegui-lo. Ele acelerou ainda mais, encostou no garoto e atirou-o ao chão com uma rasteira.

O garoto caiu de costas e tentou proteger o rosto com as mãos.

— Erik, você tá louco, você não pode... me deixe em paz, eu prometo que nunca...

Erik pousou a mão esquerda na virilha do garoto enquanto erguia o braço direito acima da cabeça. Em seguida apertou os testículos e quando o garoto, num reflexo para proteger os testículos, retirou a mão do rosto, Erik aplicou um soco violento no nariz. Duas vezes, por via das dúvidas.

Em seguida se levantou e observou os outros na escuridão. Ainda estavam no mesmo lugar. Alguém se abaixara para ajudar o primeiro garoto ensangüentado a ficar de pé.

Erik observou o membro do Conselho jogado no chão diante dele. Os socos acabaram com o osso do nariz, outra vez o osso do nariz. Estes não voltarão a incomodar por um bom tempo, agora só me restam dez.

Ele seguiu na direção do grupo, era melhor e mais seguro desaparecer agora. Quando chegou perto deles, eles haviam conseguido finalmente colocar o colega de pé. O garoto estava curvado para a frente, cambaleando. Na neve branca havia uma quantidade considerável de sangue.

Erik parou a uma distância de dois metros. Todos os fitavam como que enfeitiçados, mas ninguém disse uma palavra. Ele continuou seu caminho ao longo da estrada até ser tragado pela escuridão.

No dia seguinte, a escola zumbia como uma colméia com tantos boatos. Dois dos doze membros do Conselho haviam sido atacados durante a noite e, segundo o que alguém havia escutado na enfermaria, estavam tão machucados que não retornariam à escola por uma ou duas semanas. Um homem com uma espécie de máscara preta havia se aproximado de repente e os atacado. Tudo fora tão rápido que ninguém nas proximidades tivera tempo de reagir. Era um homem grande, no mínimo 1,85 metro de altura (haviam exagerado uns dez centímetros), e não dissera nada, apenas os atacara.

As teorias eram as mais variadas durante os intervalos das aulas. E se fosse alguém de fora da escola, algum camponês lunático ou coisa parecida? Um assassino foragido? Pois não havia ninguém na escola que pudesse fazer...

As especulações interromperam-se bruscamente.

— Foi você, Erik? — perguntou Arne.

— Se tivesse sido eu quem fez aquilo, seria expulso se respondesse que sim a sua pergunta.

Todos correram em sua direção para cumprimentá-lo com tapas nas costas. Cacete, bem feito! Era exatamente o que precisavam depois do incidente com Pierre. Foi como naquela vez em que ele ainda novato entrou no quadrado? Como foi que bateu neles?

— Eu não sei, porque não estava lá ontem à noite — Erik respondeu rindo. — Mas posso até adivinhar como foi. Se for verdade que quebraram o nariz deles, então ou alguém bateu neles com um pedaço de concreto ou acertou um soco com o canto da mão, assim!

Ele fez uma demonstração no tampo da carteira, provocando um estrondo na sala de aula.

— Deve ter sido assim — disse.

Na hora do almoço, Silverhielm lhe dirigiu um olhar demorado. Erik abriu a boca e mostrou-lhe os dentes em algo que, definitivamente, não tinha a intenção de parecer um sorriso. Silverhielm desviou rapidamente o olhar.

À noite, após a musculação e o treino de natação, Erik dirigiu-se ao quarto já à espera da patrulha.

A patrulha que, obviamente, se resumia ao quarto dele em todo o corredor, começou cinco minutos antes do apagar das luzes. Cinco membros do Conselho invadiram o quarto e começaram a revistar suas roupas dentro da gaveta da cômoda e no armário. Observaram cuidadosamente suas luvas, mas Erik já havia se certificado de que ali não havia nenhuma mancha de sangue. Um deles puxou com ar triunfante um gorro azul de lã, do bolso de sua jaqueta. Mas quando o esticaram, impacientes, encontraram, para sua decepção, um gorro intacto (o outro gorro estava escondido em segurança no bosque).

— Muito bem, encontraram alguma coisa interessante? — Erik perguntou com ironia, deitado na cama. — Vocês por acaso estão procurando algum tipo de máscara, é?

— Chega de gracinhas! — gritou Silverhielm. — Nós sabemos que foi você!

— Mas não, meu pequeno Capacete de Merda! Você não vai começar tudo outra vez? Será que já não conversamos sobre isso o bastante? Será que tenho de lembrar mais uma vez de quando você alegou ter "evidências concretas" de que eu tinha jogado merda e mijo na sua cara, se não me falha a memória?

— Não pode ter sido outra pessoa além de você! Não vai começar!

— Mas, se Pierre estiver escondido em algum lugar do bosque...

— Nós vamos infernizar a sua vida! Não pense que vai se safar tão facilmente! — bradou Silverhielm.

Do meio do quarto, Silverhielm dava a impressão de que partiria para o ataque a qualquer momento. Foi quando Erik levantou-se da cama e deu dois passos à frente, a ponto de ficar com o rosto a poucos centímetros do rosto do rival.

— Você pode me ameaçar o quanto quiser, seu bosta, mas lembre-se de uma coisa. Se você pretende fazer da minha vida um inferno, eu te dou um conselho: é melhor você nunca mais andar sozinho no escuro e sempre olhar pra trás se tem a intenção de continuar a sair de noite. Pronto, tá esperando o quê? Bate logo!

— Você conf... confessou — gaguejou Silverhielm.

— Ah, não, Capacete de Merda! A gente já falou sobre isso antes. É claro que eu conheço quem vem se vingando durante a noite. Posso servir de intermediário e mandar um recado dele pra você assim como um seu pra ele. Você sabe muito bem o que eu quero dizer. Agora, se quiser me expulsar da escola, arranje provas.

Silverhielm lançou mais algumas ameaças até se retirar acompanhado de sua tropa.

Agora era hora de pensar bem. A única maneira de conseguir provas era capturá-lo com gorro e tudo. Não era tão difícil de evitar. Mas de alguma maneira eles não precisavam de prova alguma. Bastava que o escaldassem novamente ou fizessem qualquer coisa parecida. Como reagir?

Todos os dez de uma vez poderiam atacá-lo, atirá-lo no chão e investir contra seu rosto com um taco de madeira. Na verdade, seria uma atitude bastante lógica.

Naquele momento eles deviam estar discutindo o assunto. Se eram muitos que pensavam da mesma maneira, dissimulariam o medo diante dos outros e insistiriam certamente nas represálias. Mas se refletissem bem, o melhor seria capturar Erik em flagrante, pois aí sim se livrariam dele para sempre. E quando houvessem dissecado o problema por algum tempo, terminariam escolhendo a última alternativa. Sobretudo porque tinham sérias dúvidas de que Erik se deixaria ser escaldado outra vez. Durante um bom tempo, dez membros do Conselho, acompanhados de alguns estudantes do último ano, percorreriam todas as alamedas, igual a um esquadrão de linchamento. Durante as primeiras noites, os caminhos estariam apinhados de gente em guarda, especialmente alerta e entusiasmada. Depois de três ou quatro noites, porém, tudo voltaria ao normal. Ainda estavam na metade de janeiro e as noites continuariam escuras até boa parte do mês de março.

A grande maioria dos alunos se formaria no meio da primavera. Quanto mais perto da cerimônia de formatura, menos vontade de sofrer um acidente eles tinham. Era uma conclusão tão presumível quanto importante.

Ele teria de optar pelas caminhadas noturnas pelas alamedas em vez da natação. Caso contrário, ficaria mais do que evidente que o misterioso homem mascarado atacava apenas nas noites em que Erik não treinava na piscina. Nunca se sabe. Era bem possível que, juntamente com todos os outros indícios, o diretor considerasse aquilo prova suficiente. Teria de adotar as caminhadas noturnas. Com ou sem gorro.

Talvez houvesse outra maneira de adiar a violência conjunta e convencê-los a, pelo contrário, sair em busca de provas. Ele poderia repetir as abomináveis ameaças proferidas a Silverhielm. Era só se debruçar sobre Silverhielm, durante o café da manhã, e murmurar mais uma vez aquilo que preferia esquecer que dissera. No ritmo em que as coisas andavam, seria ainda mais fácil acreditar agora do que da primeira vez.

Na manhã seguinte, quando Erik passou por Silverhielm, aproximou-se rapidamente e lhe sussurrou as palavras abomináveis ao ouvido.

À noite saiu para caminhar.

O céu estava estrelado e a lua crescente brilhava. Em toda parte, viam-se pequenos grupos de estudantes do colegial, acompanhados ou não por alguma das meninas da copa. Tudo parecia quase como de costume, a não ser pelo estranho fato de os grupos deixarem uma distância idêntica uns dos outros e de se verem pegadas na neve até dentro do bosque. Eles pensavam realmente que as coisas seriam tão fáceis assim?

No primeiro grupo não havia nenhum membro do Conselho, mas dois alunos do último ano. Olharam para Erik demoradamente enquanto ele passava e alguém lhe gritou um insulto.

No outro grupo havia três tipos do Conselho tentando se esconder por trás das costas dos demais. Assim que Erik se aproximou, os três se apressaram em agarrá-lo à força pelos braços, em busca do gorro com furos. Mas seu gorro estava intacto.

— E então, já acabaram com a revista? — Erik perguntou enquanto olhava por cima dos ombros. Era evidente. Os outros, escondidos no bosque, já se aproximavam para bloquear qualquer possibilidade de fuga pela alameda. Eles achavam mesmo que ele fugiria por aquele caminho, se tivesse de escapar?

Erik desvencilhou-se sem dificuldade.

— Agora, que eu não me recusei a ser revistado, imagino que posso continuar minha caminhada.

Eles entreolharam-se, hesitantes.

— Ou correr, se tiver vontade — disse, dando meia-volta e aguçando os ouvidos, caso precisasse sair em disparada, fugindo dos perseguidores.

Alguém, aparentemente, o seguia, mas pelos passos, era apenas um. Seria fácil correr para despistá-lo, sem, para isso, infringir o parágrafo treze.

— Espere — disse uma voz feminina. — Não ande tão rápido.

Surpreso, Erik virou-se. Uma distância de trinta metros os separava dos demais e ela estava sozinha.

— Olá. Sou eu — disse ela. — Marja.

Falava com um forte sotaque finlandês.

— O que você quer? — perguntou ele sem tirar os olhos do grupo do Conselho, que agora tinha o reforço dos outros escondidos na floresta.

— Não precisa ficar tão desconfiado — ela disse com sotaque acentuado. — Só quero conversar. Você é Erik, não é mesmo?

— Sou, sim.

Ela se aproximou serenamente e segurou-o pelo braço sem hesitação.

— Vamos, a gente vai caminhar um pouco — disse ela.

Eles caminharam na direção do grupo seguinte e passaram ao largo. Ali já haviam compreendido que Erik fora revistado o suficiente. E era provável que a presença da jovem tornasse ainda mais difícil investir contra ele e executar uma ordem de revista. Eles seguiram adiante sem maiores dificuldades.

— Eu vi você na outra noite — disse Marja. — Gostei demais de ver.

Erik refletiu por alguns instantes. A neve rangia sob seus passos.

— Eu não sei do que você está falando — disse num tom como se não estivesse nem um pouco interessado.

— Quando você bateu naqueles porcos nojentos.

Erik já havia escutado aquela voz antes. Era impossível de confundir.

— Agora eu sei — disse ele. — Uma vez, quando eles iam bater no meu melhor amigo no quadrado, alguém gritou lá de cima "Capacete de Merda dos diabos". Era você, não era?

— Era eu mesma — ela respondeu.

Seus passos rangiam na neve. Eles já haviam ultrapassado o último pelotão de linchamento.

— Você estava aqui na noite em que aqueles caras do Conselho levaram uma surra? — ele perguntou.

— Estava sim, eu vi tudo. Foi bom demais de assistir.

— Por que você acha que fui eu?

Ela caminhou por alguns instantes em silêncio, contemplando as botas de couro finlandesas de bico fino. Era um pouco mais alta do que ele e devia ser dois ou três anos mais velha.

— Eu tenho um irmão que se parece com você. Ele fala pouco, mas pode ficar louco da vida quando vê alguma injustiça. Ele se chama Mikko.

Voltou a se calar.

— De que parte da Finlândia você vem? De Helsinque?

— Não, não de Helsinque, de Savolaks.

Era um belo nome, mas não significava nada para ele.

— Você vai acabar com todos eles, um de cada vez? — ela perguntou, à espera da resposta óbvia.

Fora ela quem gritara Capacete de Merda naquela ocasião e depois batera com a janela. Era impossível que aquilo fosse uma armadilha, que ela estivesse cooperando com o Conselho.

— Sim — ele respondeu. — De preferência todos eles. Um de cada vez.

— Você é igual ao Mikko — ela comentou depois de um instante. — Da última vez que estive em casa, comentei sobre o seu amigo. Meu irmão disse que gente como a do Conselho merecia receber uma lição da tropa toda, exatamente como os brancos na Guerra de Inverno finlandesa. Você entende?

Ele entendia, mas não exatamente. A Guerra de Inverno finlandesa? O exército branco? Não, mas que Silverhielm merecia uma surra da "tropa toda" estava mais do que evidente e soava como música para seus ouvidos.

— Temos que voltar — ele disse. — Em vinte minutos toca o sinal nos mandando a todos, os mais jovens, para dentro.

Ela ainda o segurava pelo braço. Permaneceram em silêncio, não se escutava nada mais do que o ruído da neve sob seus passos ritmados.

Eles chegaram à pequena alameda que levava à cantina, lugar terminantemente proibido aos alunos.

Erik pôde ver nitidamente o rosto dela.

— Você vai sair outra vez amanhã à noite? — ele perguntou enquanto fitava as botas de bico fino dela.

— Vou, sim — ela respondeu. — Eu sempre saio. Às oito, lá embaixo no caminho do quiosque.

Então, ela deu meia-volta e desapareceu. Erik permaneceu no mesmo lugar, escutando o ranger da neve sob os passos dela, até não distinguir mais nenhum som.

Na noite seguinte ela o beijou. Erik se aproximara dela, depois de se afastarem dos outros, para, pelo menos segundo o que disse, aspirar a fragrância de seu rosto — aquele perfume de flor-de-lis que o perseguiria por tantos anos e representaria o sinônimo da beleza —, mais tarde, ele compreenderia que não passava de uma água-de-colônia barata. E muitos anos depois, aquela lembrança mergulharia no fundo de sua memória sob a forma de um pequeno grão de matéria astral indestrutível — aquele perfume que era ao mesmo tempo uma desculpa e um motivo para ele se debruçar sobre sua face, enquanto ela erguia as mãos com cuidado para pousá-las sobre a face dele, e, enfim, puxá-lo suavemente para si e beijar sua boca.

Ele se apaixonou com a força irresistível de uma correnteza irrompendo a barragem danificada de um rio.

A princípio, fora incompreensível o motivo pelo qual ela o seguira naquela noite. Ele a vira, algumas vezes, através das janelas redondas das portas da copa. E, pensando bem, talvez percebera que o observava. Ele também lhe havia lançado alguns olhares, mas de qualquer maneira...

Ela contou a ele sobre o outro universo de Stjärnsberg, a copa onde à noite todas falavam finlandês. Sobre como ficavam acordadas até tarde da noite comentando sobre Stjärnsberg, um lugar para *os brancos*, lugar destinado àqueles que, num futuro próximo, seriam os opressores; em outras palavras, os inimigos da classe trabalhadora. Sobre como elas, por diversos motivos, saíam todas as noites e se deixavam cortejar por aqueles garotos ricos — garotos com mais dinheiro para gastar em uma semana do que elas recebiam por duas de trabalho. Havia até aquelas que sonhavam em arranjar um bom casamento. Será que ele não compreendia que era justamente por isso que era terminantemente proibido visitar a copa à noite? Mas havia aquelas que, assim como ela, jamais poderiam se entregar a um inimigo da classe.

Havia qualquer coisa de deliciosa e assustadora naquela maneira clara e direta de discorrer sobre o inimigo, ainda que eles não compartilhassem a mesma opinião. Seria realmente possível odiar uma pessoa por ter muito dinheiro? Sim, provavelmente, se viesse de Savolaks para ganhar 125 coroas suecas por semana e sem permissão de fazer sequer parte de um sindicato.

— Mas nesse caso eu também sou... — perguntou com um misto de preocupação e curiosidade em escutar a resposta.

— Não, você não é um deles — ela respondeu rapidamente. — Eu percebi já da primeira vez em que o vi no quadrado. Gostei de ver. E depois na semana passada, você sabe.

— Como você descobriu que era eu?

— Mas, que diabo, e quem mais poderia ser?

Ela o levava cada vez mais longe, por aquele seu caminho exclusivo, como uma criatura encantada, pensava ele eufórico. Como uma personagem de conto de fadas; seu sotaque ao falar, seu anseio absoluto e preciso de que continuasse dando ao membros do Conselho o tratamento que mereciam — seria de verdade, uma garota como aquela? Seu país particular era o misterioso Savolaks, onde se podia fazer a distinção entre o certo e o errado tão facilmente quanto entre o branco e o preto; onde quem se comportava como um membro do Conselho levava uma lição do batalhão, assim como de Mikko e seus outros irmãos.

E aquele suave perfume de flor-de-lis nas noites frias de inverno, seu corpo limpo e macio, suas mãos que o tocavam de uma forma que tudo aquilo que era tão difícil se transformava como que por encanto em algo fácil. E essa sensação o impulsionava com mais força a uma paixão ainda mais profunda.

Ela trabalhava quatro dias e folgava quatro, num ciclo constante sem sábados ou domingos.

Quando o ciclo de quatro dias se encerrou, Erik buscou seu gorro no bosque. A neve cobria o lugar, não havia nenhum rastro visível nas imediações, ninguém o havia seguido. Ele caminhava pelo bosque, perto de onde havia visto um melro de asas vermelhas na primavera anterior (aquela região da floresta que ele e Pierre conheciam tão bem), e seguia na direção da estrada, sem passar pela escola ou pelo quiosque.

Ele se aproximou do primeiro grupo de fumantes que viu conversando na escuridão. Diminuiu a velocidade do passo antes que os outros descobrissem o gorro com os três orifícios. Não, ali não havia ninguém que ele estivesse procurando. Todos fizeram silêncio enquanto ele passava. Quando já se afastara o bastante, apressou-se, a fim de que ninguém corresse na direção da estrada, na intenção de avisar quem estivesse mais adiante. Erik já podia avistar algumas brasas de cigarro ao longe.

Mas ninguém tinha a intenção de persegui-lo. Ele parou para escutar. Não, nenhum ruído de passos dentro da mata. Desde a última vez já tinham se passado dez dias e ainda havia dez membros do Conselho. Dois estavam no hospital.

Ele já estava tão perto do grupo que podia escutar suas vozes. Deu mais alguns passos e parou para escutar. Mais alguns passos. O céu estava quase limpo e, de quando em quando, o luar se escondia por trás das nuvens, para, de repente, a noite se iluminar de forma inusitada. Erik aproximou-se ainda mais para escutar melhor. As nuvens bloquearam a luz da lua, ninguém podia vê-lo.

Sim, era impossível confundir! Uma das vozes era a de Pisca-pisca. Parecia que eram seis ou sete. Dois deles eram mulheres. Logo, eram três ou quatro, além de Pisca-pisca. Tudo dependeria de quem fossem os outros. Esperar demais não era uma boa idéia, pois os outros que o viram passando pela alameda poderiam sair em busca de socorro. A única coisa a fazer naquele momento era correr na direção deles e avaliar se devia seguir em frente ou parar.

Erik continuou até parar a uma distância de cinco metros. *Era* o Pisca-pisca! Os outros eram dois garotos do terceiro ano, que provavelmente se manteriam a distância, e duas finlandesas.

Ele permaneceu no lugar esperando até que os outros o descobriram e se calaram. Ele desejava, de preferência, separar Pisca-pisca do grupo.

— Quem é... venha até aqui! — ordenou Pisca-pisca com a voz falha pelo medo.

Erik deu três passos à frente e parou para bater um punho no outro, de forma ostensiva. Em seguida avançou mais alguns passos vagarosamente.

— É você, Erik? Responda, seu patife! Não venha tentar nada, porque senão...

Pisca-pisca deu alguns passos vacilantes para trás. Já se encontrava bastante isolado do restante do grupo. Erik seguiu-o sem pressa até ele sair em disparada.

Erik ainda deu uma vantagem de quinze metros antes de começar a correr atrás do adversário. Ele alcançou-o com facilidade. Deu-lhe uma rasteira, fazendo com que o garoto caísse de frente alguns metros adiante, no chão congelado e áspero da alameda. Quando se aproximou, sentou-se em cima do vice-presidente, com um joelho na parte superior dos seus braços imobilizados. Ele tentou escutar os sons que vinham da estrada. Não, não parecia que alguém estivesse próximo.

Pisca-pisca contorcia-se, gemendo, tentando se desvencilhar.

— Não no nariz! — pediu, choramingando. — Por favor, no nariz não, em vez disso a gente pode fazer um acordo de paz...

Erik olhou para trás. Não, por algum motivo ninguém o havia seguido — curioso, por que não o seguiram? —, se houvesse alguém nas imediações ele teria percebido. Agora não tinha muito mais tempo a perder.

— O nariz, não! Por favor, Erik, a gente nunca mais vai...

Erik colocou a mão esquerda firme em volta do pescoço do garoto, de forma que a cabeça imóvel ficasse na posição ideal, firmemente apoiada no chão congelado da alameda.

É agora, Pierre, é agora!, pensou.

Ele bateu três, quatro, cinco, seis vezes de cima para baixo com a mão direita fechada, até estar certo de que grande parte dos dentes incisivos houvesse caído.

Erik levantou-se e passou a escutar os ruídos. O silêncio ainda era absoluto, a não ser pelo choro do garoto. Ao longe, o pio de uma coruja, nada mais.

Erik parou para fitar Pisca-pisca, deitado para a frente, com o rosto mergulhado em sangue e o traseiro para cima, como se estivesse em meio a uma oração. Ele aproximou-se, ergueu a perna direita do adversário e aplicou-lhe um chute não muito forte, com a sola do sapato, nas costelas. Era o que haviam feito com Pierre. Pisca-pisca entenderia o significado daquilo.

Depois, foi embora. Quando já havia chegado tão longe que era quase impossível haver algum grupo do Conselho ou qualquer outro, começou a correr. Ele percorreu um caminho de lenhadores que formava um amplo círculo ao redor da escola. Os tratores das fazendas da região usavam muito aquele caminho, não haveria risco de deixar qualquer rastro.

Erik parou perto de uma pilha de lenha, a fim de esconder o gorro e, por via das dúvidas, as luvas. Talvez estivessem sujas de sangue. Depois, apanhou o outro gorro no bolso e continuou a correr.

Meia hora depois se aproximava, pela direção inversa, de Cassiopéia. Evidentemente, havia gente esperando por ele. Erik fingiu não ver os garotos do Conselho, escondidos atrás de um dos olmeiros perto da entrada, e caminhou diretamente para o comitê de boas-vindas que o esperava dentro do quarto. Ele sorriu quando descobriu as luzes do quarto acesas. Eles nem sequer tiveram o bom senso de esperá-lo de luzes apagadas.

Erik abriu a porta e fingiu surpresa quando eles o dominaram e passaram a vasculhar seus bolsos e estudar o gorro sem furos.

— Aconteceu alguma coisa? — perguntou com um sorriso que treinara diante do espelho nos últimos tempos.

— A gente vai pegar você, pode ficar certo disso! — gritou Silverhielm ao mesmo tempo que levantava a mão, no intento de aplicar um golpe.

— É melhor você pensar bem — disse Erik. — Pense bem antes de fazer alguma coisa da qual possa se arrepender... como, por exemplo, bater num inocente.

De braço erguido, Silverhielm hesitou tempo o bastante para Erik se desvencilhar com um movimento brusco. Ele afastou-se do rapaz parado de braço meio erguido, no meio do quarto, e sentou-se na cama com as pernas esticadas.

— Muito bem — disse ele. — Já acabaram a revista?

— Amanhã a gente acaba com você! — rosnou um dos ajudantes de Silverhielm.

No mesmo instante um grupo do Conselho abriu a porta e disse que não, Erik havia chegado caminhando pelo lado oposto.

— Estou morrendo de curiosidade. Não dá pra me contarem o que foi que aconteceu? — perguntou Erik, com um piscar de olhos típico de Pisca-pisca.

— Você sabe muito bem! Gustaf Dahlén. Eles o levaram para o hospital de Flen e você sabe muito bem por quê.

— Ah, você quer dizer que Gustaf Dahlén caiu da escada e teve de fazer um curativo no nariz?

— Não no nariz, seu...

— Ah, é? Eu achei que costumava ser o nariz.

— Amanhã a gente pega você, seu canalha.

— Eu duvido muito — respondeu, mantendo um breve silêncio antes de prosseguir. — Eu duvido muito que vocês consigam.

— Ah, é, e por que não? — perguntou um dos ajudantes.

— Porque, primeiro, vocês têm de encontrar esse visitante noturno, antes que façam algo de precipitado e, em segundo lugar... vocês só são nove agora. Um de vocês tem que ser o primeiro. E se quiserem me pegar por violar o parágrafo treze, talvez fiquem com uma aparência meio esquisita na cerimônia de formatura. Bom, é isso. E se vocês querem mesmo partir pra briga, então é melhor saber que eu não vou me deixar ser amarrado facilmente pra ser escaldado uma segunda vez. Um de vocês vai ter de ser o primeiro a se ver comigo.

Eles continuaram proferindo ameaças por mais algum tempo, tal como exigia a situação, até saírem batendo a porta, sem nem mesmo virar o quarto de pernas para o ar.

Aquilo realmente funcionaria? Ele duvidava muito. Na verdade, até mesmo uma criança compreenderia que ele nunca conseguiria machucar alguém de verdade, se todos o atacassem ao mesmo tempo. Por outro lado, eram muito inexperientes naquele tipo de violência da qual Erik se utilizava. Talvez acreditassem que quebrar o nariz de alguém, no tumulto de uma multidão, fosse o mesmo que bater em alguém imóvel, caído no chão. Talvez não vissem nenhuma diferença. Talvez cheguem à conclusão, depois de presenciarem o resultado das três agressões, que não valeria a pena pois tinham medo que o mesmo lhes acontecesse. Seriam tão covardes assim? Talvez sim. Mesmo que não fosse o mais provável. Sim, talvez fossem mesmo. Afinal, estavam habituados a bater em meninos pequenos e indefesos. Tudo logo se revelaria no jantar seguinte. Se partissem para cima dele, a única alternativa era se entregar caso não quisesse ser expulso da escola. Ainda faltavam mais de três meses para conseguir o bilhete de acesso a um futuro melhor. Ele não detinha o poder de decisão.

Contudo, ninguém apareceu. Por algum motivo absolutamente inexplicável, eles não o atacaram no jantar seguinte. Naquele caso, era a prova de que eram mais do que imbecis. De todo jeito, o mais sensato era esquecer o gorro com os três furos por algum tempo. Quem sabe, até mesmo deixar aquilo para trás de uma vez por todas.

Quase nada aconteceu nos três dias seguintes. Alguém havia escrito, com uma caneta vermelha e uma caligrafia redonda e infantil, "Dá neles, Erik!", na escadaria de madeira que levava ao refeitório. Naturalmente, o zelador fora chamado para apagar o sacrilégio, mas a tênue nódoa vermelha, que ainda assim permanecera no lugar, funcionava da mesma maneira que o *D* de delator, uma vez pintado por Erik e Pierre nas portas de quem merecia.

Uma noite, sete garotos do Conselho apareceram, de repente, no ginásio desportivo, quando Erik praticava musculação. Enquanto permaneceram na porta, observando-o do outro lado da sala, ele prosseguiu com seus exercícios. Mas quando, finalmente, o grupo resolveu se aproximar, Erik levantou-se e foi buscar uma das barras curtas desprovidas de haltere de aço. Ele permaneceu de pé com o haltere em uma das mãos, apoiado na parede, de shorts e com o corpo ensopado de suor. Era incompreensível que escolhessem uma ocasião como aquela, quando havia armas tão terríveis por perto. Os garotos foram embora sem emitir uma palavra. Seria aquilo apenas algum tipo de tortura, de guerra psicológica? Entenderiam tão pouco sobre o medo dos seres humanos, que não compreendiam que aquilo a que acabavam de assistir — Erik portando uma arma terrível — funcionaria exclusivamente para que cada um deles, sem tentar dissimular para os outros, sentisse ainda mais medo futuramente?

No dia seguinte os dois membros do Conselho retornaram do hospital de Flen, cobertos de hematomas que iam das bochechas até o pescoço. Tinham os narizes empacotados em gordas ataduras de gaze cobertas de esparadrapo. Um deles havia ganhado uma prótese no lugar do osso do nariz. No outro, haviam conseguido improvisar uma reconstrução com as partes que ainda restaram.

Era bastante difícil julgar imediatamente qual seria a reação como o retorno dos rapazes. Havia duas alternativas: ou um clamor furioso e exasperado por vingança ou ainda mais incerteza.

Erik costumava dormir com a Bíblia entre o trinco e o umbral da porta e o velho bastão de Pierre encostado na mesinha-de-cabeceira.

Contudo, eles nunca o atacaram. Em vez disso, corriam à procura de Erik ao longo dos caminhos da escola e, quando o encontravam, ele nunca estava com o famigerado gorro, pois o mantinha escondido debaixo de uma pilha de lenha, em algum lugar da floresta.

Ele acompanhava Marja em extensas caminhadas ao longo das estradas. Escutava suas histórias sobre a vida difícil em Savolaks, e por que as 75 coroas suecas que enviava à família todas as semanas representavam a diferença entre a pobreza e a miséria absoluta.

Enquanto o vermelho das tardes passava a ocupar o horizonte por mais tempo ela o seduzia de mansinho.

Ele disse que a amava e que aquilo era a pura verdade.

Erik lhe explicou que enquanto estivesse com ela, não poderia correr o risco de sair mais uma vez com seu gorro, ainda que isso significasse a salvação para Silverhielm. Ela respondeu, na sua lógica implacável e com sua bela voz de sotaque melodioso, que ele ainda devia ao melhor amigo uma vingança: o presidente do Conselho.

Bem, era verdade. Mas Erik lhe disse mais uma vez que a amava e que o amor lhe dava forças para remover montanhas, o amor era mais forte que tudo. Então, ela ria dele quando se declarava seriamente, e o chamava de bobinho.

O relacionamento deles não era nenhum segredo, mas ao mesmo tempo, tampouco se tratava de algo extraordinário ou de uma anormalidade. O que era proibido era visitar os aposentos das copeiras à noite, mas em lugar algum havia uma proibição de caminhar pelas alamedas de braços dados. Havia outros que faziam o mesmo e sempre houve quem fizesse.

Pouco tempo depois, eles a demitiram e a enviaram para casa num domingo à tarde. Erik recebeu a notícia quando havia saído da detenção. Era início de abril e as noites haviam se tornado claras demais para o gorro de três orifícios.

A essa altura já se escutava uma série de boatos sádicos sobre como tudo acontecera. O Conselho fora se queixar ao diretor sobre o que temiam ser um relacionamento amoroso. Era bem verdade que não tinham nenhuma prova de que houvesse alguma ligação entre Erik e a copeira, mas não seria melhor prevenir do que remediar?

E, afinal, não havia nada mais fácil do que demitir uma empregadinha.

Os rumores, ricos em detalhes, alcançaram Erik cinco minutos depois de ser posto em liberdade, enquanto levava, como de costume, sua pilha de livros embaixo do braço.

A princípio ele emudeceu. Dirigiu-se ao quarto e sentou-se por alguns instantes, com os olhos vagando pelo infinito. A seguir levantou-se e, com lágrimas escorrendo pelo rosto, pôs abaixo a escrivaninha e a cadeira, com golpes furiosos, até que as transformou em uma pilha de serragem. No ginásio de esportes, Erik se aproximou dos halteres. Ele colocou pesos extras na base e, com gritos de fúria, levantou-os, até não mais sentir os próprios braços. Recolocou os halteres na base e tombou em um cavalo sem alça com as mãos diante do rosto.

Ele voltou ao quarto e começou a juntar os restos de móveis que significariam uma fatura extra enviada ao advogado responsável pela "bolsa de estudo de Erik". Ele decerto lhe escreveria uma de suas cartas ridículas falando sobre responsabilidade, futuro e razão. E, finalmente, juízo! A pior das palavras no universo dos adultos: juízo!

Naquela noite ele não se importou em colocar a Bíblia na porta. Deitou-se de bruços, com os braços em volta do travesseiro. "Marja, eu prometo que nunca vou me apaixonar por outra além de você", murmurou com o palpitar do coração próprio de sua idade e a certeza, típica de um adolescente, de que dizia a verdade absoluta. Depois adormeceu de exaustão.

Os adversários, porém, não se deram por satisfeitos.

Marja lhe escreveu uma carta, que chegou uma semana depois de ela ter sido demitida e levada, de táxi, à estação de Solhov. No bolso de seu sobretudo, o último salário de 442 coroas suecas. Os membros do Conselho esperavam pela carta e haviam feito um acordo com o zelador da escola para colocarem as mãos nela.

E naquela noite houve uma patrulha no quarto de Erik. Não havia dúvidas sobre o que procuravam. Quando encontraram a carta, quatro deles partiram para cima de Erik e o imobilizaram — afinal, era muito fácil imobilizá-lo desde que fossem muitos.

Silverhielm percorreu a carta, que Erik já sabia de cor, com um olhar triunfante, até encontrar o que procurava:

— Escutem essa — disse. — É até melhor do que eu imaginava... olhem só o que está escrito: "*...e eu que até fiquei com vontade de ter um filho seu...*" hein? A piranha não sabe nem escrever direito em sueco. Quis ficar prenha! E escutem só essa aqui... "*na última vez que ficamos juntos, eu não usei o meu diafragma...*" O quê? Ela botou a borracha na cabeça em vez de enfiar na boceta, é? "*a verdade é que eu te amo, mas acredito que não te verei nunca mais...*"Agora, seu aventureiro de merda, agora eu te peguei! Andou fodendo com uma puta da cozinha, hein? Agora vai ser expulso, pode contar que sim, quando eu entregar isto aqui para o diretor.

Erik cerrou os dentes e fechou os olhos. Qualquer coisa que tivesse de dizer naquele instante, teria milhões de razões para se arrepender posteriormente. Ele se congelou por dentro de ódio. Já quase não os escutava, enquanto continuaram, às gargalhadas e gracejos, ao longo do corredor.

Quando já haviam saído, Erik vestiu-se e saiu na direção do depósito de armas do exército voluntário.

Ele pesou, com a mão, o cadeado e o restante de sua vida. Parecia tão fácil. Para rompê-lo não precisaria nem de um martelo. Pensando bem, era só quebrar a janela dos fundos do depósito.

Erik permaneceu imóvel por um bom tempo, pesando o cadeado nas mãos. Logo depois, soltou-o, virou-se e resolveu fazer uma caminhada de quatro horas na chuva fina incessante.

Na tarde seguinte, Silverhielm se aproximou, triunfante, para contar que Erik fora chamado para comparecer ao gabinete do diretor. Lá chegando, em cima da mesa de madeira escura lustrosa, havia apenas um papel — a carta de Marja.

Sentado atrás de sua mesa, o diretor tamborilava os dedos na mesa. Ele o observava com olhos faiscantes, emoldurados pelos óculos.

— Muito bem — disse o diretor enquanto batia na carta com o indicador. — Como o senhor me explica isto aqui?

— Eu a amo — Erik respondeu, cravando o olhar nos óculos faiscantes.

Algo que se poderia interpretar como um meio-sorriso surgiu nos cantos dos lábios do velho diretor.

— Ah, sim, não me diga?

— Sim, isso mesmo.

— E você não tinha a mínima idéia do que poderia lhe acontecer?

— Nesse caso, teria acontecido com os dois. Nós nos amamos. Quando eu sair daqui, vou diretamente para a Finlândia. Ela mora em Savolaks.

— Neste caso — agora o diretor sorria abertamente —, é melhor que nós o mantenhamos detido por mais algum tempo aqui, até que o fogo se apague. Eu andei verificando suas notas, Erik. Você tem uma média excelente. Você recebeu os melhores elogios de toda a escola. Eu estive em contato com os seus professores hoje. Como você já deve estar ciente, há um prêmio distribuído em todo final de ano letivo para o melhor aluno do ginasial e seria bom para você agora que...

O diretor foi interrompido.

— Agora que Pierre Tanguy abandonou a escola — Erik completou.

— Sim, pode-se dizer que sim. Uma história lamentável, essa do Tanguy...

Erik tentou manter o controle. Uma história lamentável?, quis gritar, mas conseguiu se controlar.

— Bem — prosseguiu o diretor. — Hoje eu estive em contato com o advogado Ekengren, e nós chegamos a uma conclusão. Você receberá um conceito em comportamento do qual espero que se lembre para o resto da sua vida. Chama-se conceito insuficiente e soletra-se com I na coluna de conceitos do seu boletim. E mais uma coisa... levante-se!

Erik levantou-se. O velho diretor aproximou-se dele com o braço direito contraído para trás e a mão aberta, como para aplicar um bofetão. Erik segurou rapidamente o pulso direito com a mão esquerda, atrás das costas. O diretor, então, aplicou o bofetão, surpreendentemente forte.

— E agora, desapareça da minha frente, seu patife! — gritou o velho e Erik saiu rapidamente pela porta. Sua cabeça girava. Então, não seria expulso? Ao que parecia, não. E faltavam apenas dois meses para a liberdade.

Mas, de repente, ele se lembrou de uma coisa, deu meia-volta, caminhou em direção ao gabinete do diretor e bateu na porta entreaberta.

— Você? — surpreendeu-se o diretor.

— É, há uma coisa que eu esqueci. A carta. O endereço dela está no envelope.

— É a última vez que eu repito. Desapareça — disse o diretor num tom de voz controlado. — Aquela carta está apreendida, e, agora, você vai desaparecer da minha frente, antes que sofra as conseqüências, seu delinqüente!

Contudo, ele ainda não havia terminado.

Após as orações matinais, o diretor subiu ao púlpito e ordenou que Erik se erguesse. Em seguida passou a pregar um sermão, por dez minutos, no qual Erik não distinguiu nada mais do que um zumbido desagradável nos ouvidos. Apenas uma única frase ficaria para sempre em sua memória:

"NÃO CABE A UM ALUNO DE STJÄRNSBERG CONFRATERNIZAR COM A JUVENTUDE DA CLASSE TRABALHADORA."

Dois dias mais tarde, ele recebia uma carta expressa registrada, remetida pelo advogado Ekengren. Se não fosse uma carta registrada, com lacre vermelho no verso do envelope, ele imaginaria que se tratava apenas de mais alguma queixa de rotina a respeito dos gastos altos demais. Porém, seu conteúdo era surpreendente:

Erik,
Como seu representante legal e tutor, desejo, desde já, deter-me em fatos que possuam relevância, no sentido estritamente formal. Em outras palavras, não tenho razão alguma de envolver-me em suas relações pessoais com certos membros da criadagem. Já que todo o correio endereçado a Stjärnsberg parece ter destino incerto, é preferível manter reserva no que diz respeito a pontos de vista mais particulares, deixando-os para uma ocasião mais propícia.

Segundo o regulamento da escola que eu, na posição de seu representante legal, ainda que sem muito entusiasmo em certos aspectos, aceitei, o relacionamento sexual com membros da criadagem é visto como uma violação de tal magnitude que não pode levar a outra conseqüência senão a expulsão.

Não obstante, o regulamento apresenta um conteúdo um tanto ambíguo. Mencionam apenas a proibição de visitas noturnas aos chamados aposentos das copeiras. Por um lado, pode-se alegar que você nunca cometeu a infração mencionada. Por outro, a jovem se expressou, em sua carta, de tal maneira, que não deixa a menor dúvida neste ponto.

A princípio, quando o diretor me informou sobre o incidente, deixou claro que a expulsão seria executada sem a menor dúvida. Posteriormente mencionou motivos adicionais, como indícios de comportamento violento contra alunos representantes do Conselho Escolar. Nesse ponto, contudo, as provas eram insuficientes para que uma condenação de fato ocorresse. Eu desejo, não obstante, fazê-lo ciente de tal situação. Há suspeitas concretas que devem ser levadas em conta, e eu gostaria de aconselhá-lo que evite se envolver em qualquer situação agravante.

No que concerne à questão de seu suposto envolvimento sexual com uma das funcionários da escola, é de suma importância ressaltar que, para adquirir provas a respeito, a direção da escola se utilizou de métodos que não somente vão contra os seus direitos individuais, como também são considerados ilegais (certas disposições do código de administração de correspondência pessoal devem ser levadas em consideração neste aspecto).

Desta feita, eu, como seu representante legal, vi-me obrigado a tomar a liberdade de agir com rigor, sem antes consultá-lo a este respeito.

Então, tornei público que você, com minha assistência jurídica, processaria a escola em caso de expulsão. No plano formal, um processo como esse implicaria não mais do que o reembolso de parte das mensalidades escolares, indenização etc., mas não seria essa a grande pedra no sapato da escola.

Como, na ocasião, informei ao diretor L., ao dar início a um processo semelhante, seria impossível para mim deixar de utilizar alguns dos meus bons contatos na imprensa, especialmente no vespertino socialdemocrata Expressen, *para tornar pública minha surpresa ao ver um jovem sofrer represálias de características draconianas, pelo simples deslize de haver se apaixonado por uma outra jovem.*

O diretor L. pareceu-me demonstrar profunda compreensão do meu ponto de vista.

Já que não resta muito mais tempo até você abandonar a escola definitivamente, eu consegui chegar a um acordo, de cujo conteúdo você já deve estar ciente a esta altura.

Você não será expulso. Por outro lado, seu boletim final terá, digamos assim, uma aparência bastante curiosa.

Creio que não haja muito que dizer a esse respeito, pois a parte essencial do acordo já está assegurada. Não está bem claro se um conceito de comportamento tão deplorável atrapalhará seus planos de admissão am algum dos colégios de Estocolmo. De todas as maneiras, suas notas nas demais disciplinas são de tal nível que a contagem final de pontos lhe trará uma classificação final muito superior até para as mais rigorosas exigências. Na qualidade de seu advogado, não caberia a mim nada mais do que anexar uma carta que explicasse o motivo pelo conceito "I" em comportamento, fato que não produziria mais do que um efeito assaz cômico. Além disso, o diretor do Liceu Real do Norte, minha antiga escola, é um amigo íntimo.

Assim sendo, espero haver trazido a você total consciência da importância desse curto, porém, crucial fim de período em Stjärnsberg. Aguardo com alegria, desde já, a oportunidade de conversarmos em particular, num futuro próximo, a respeito das partes mais pessoais dos acontecimentos.

Ao final deste semestre, a quantia confiada a mim, no intuito de assegurar seus estudos no futuro, é de cerca de 8.700 coroas. Nós poderemos conversar sobre a melhor forma de utilizar esta quantia, quando nos encontrarmos aqui em Estocolmo. Talvez, um curto período de estudos no exterior seja uma excelente idéia.

Com meus sinceros cumprimentos
Henning S. Ekengren
Membro da Ordem dos Advogados da Suécia

Erik leu a carta várias vezes. Então era isso! Eles haviam cometido um delito ao roubarem a carta. Mas aquilo não era o mais importante. Em caso de um processo na justiça, a escola se envolveria em um escândalo. Aquilo, sim, era o principal. Em suma, não eram as leis, as verdadeiras leis, que eram mais fortes do que as leis de Stjärnsberg. Era algo mais.

A única ameaça que ainda restava era ser expulso segundo violação do parágrafo treze. Mas até que ponto o Conselho tinha consciência disso? Não era muito provável que o diretor andasse em conversações "a esse respeito".

Faltavam apenas dez dias para a cerimônia de formatura e, ao que tudo indicava, Silverhielm se salvaria: "...motivos adicionais, como indícios de comportamento violento contra alunos representantes do Conselho Escolar... eu gostaria de aconselhá-lo que evitasse se envolver em qualquer situação agravante."

Mas Silverhielm, que começava a se preocupar seriamente com a quantidade de pontos que faltavam para ser admitido no Instituto Karolinska de Medicina, em Estocolmo, passara a dar longas caminhadas. Erik o havia visto seguindo rumo ao caminho de lenhadores, na direção do pântano, onde haviam avistado, na primavera passada, galos-da-floresta durante o ritual de acasalamento. Ele só retornou depois de duas horas. Duas vezes, Erik o vira desaparecer naquela direção, e em ambas, havia levado cerca de duas horas e vinte minutos até Silverhielm retornar.

Havia, porém, algo mais importante a fazer antes. Erik procurou uma das copeiras finlandesas, ao longo do caminho para o quiosque, e explicou que haviam tomado dele a carta de Marja, por isso não mais tinha seu endereço. Já no dia seguinte ela passou para ele disfarçadamente um pedaço de papel, quando ele entregou uma das tigelas de aço inoxidável vazias, no refeitório. Era o endereço.

Ele começou a escrever intermináveis cartas, que levava, ele mesmo, de bicicleta, até a caixa de correio na rodovia nacional. As caixas da escola não eram nada confiáveis.

Depois, enquanto ficava detido, passava horas estudando o mapa topográfico dos arredores da escola em que ele e Pierre haviam marcado todos os pontos de observação de aves.

Se Silverhielm percorreria caminhos dos galos-da-floresta na floresta até o pântano... e voltava depois de duas horas e vinte minutos... então tomava o caminho leste, na direção do velho celeiro abandonado... ou chegou até aqui... e continuou por aqui...

Na verdade havia somente dois caminhos para escolher. Na próxima ocasião ele entraria em ação.

Aconteceu uma semana antes da cerimônia de formatura.

Silverhielm caminhava com os olhos baixos, sem prestar atenção, na direção do lugar de costume.

Erik foi ao quarto, vestiu a roupa de ginástica e calçou os tênis de corrida. Em seguida saiu, dando a entender que praticaria um pouco de *cooper*, na direção oposta à de Silverhielm.

Àquela altura, Erik conhecia a fundo todas as trilhas e caminhos dos lenhadores. Não era nada difícil atravessar a rota de Silverhielm, a fim de descobrir qual caminho ele escolheria ao fim da caminhada.

Ele se sentou no alto de uma colina, atrás de dois grandes pinheiros, onde cresciam cogumelos no outono, e viu quando Silverhielm se aproximava sozinho.

Ali por perto teria de escolher um itinerário, havia apenas caminhos óbvios, se a caminhada terminava em duas horas e vinte minutos. Silverhielm escolheu o caminho leste. Nesse caso, dali a dez ou doze minutos, ele faria a curva e estaria diante do grande rochedo. Seria o lugar ideal!

Erik correu por um atalho na floresta e chegou no lugar a tempo. Escondeu-se atrás do rochedo e observou Silverhielm aproximando-se. Ele se sentou e passou em revista, mais uma vez, todo o plano que ensaiara centenas de vezes. Levava na mão um galho de árvore robusto.

Silverhielm não percebeu nada ao contornar o rochedo e Erik esperou que passasse três ou quatro metros para chamar sua atenção.

— Neste exato momento eu não gostaria de ser você, Otto — disse Erik.

Silverhielm girou nos calcanhares, encarou Erik e observou a sua volta rapidamente.

— Não, Otto, não há mais uma viva alma nas redondezas. Faltam três quilômetros para a estrada mais próxima e quatro quilômetros até a escola.

Silverhielm continuava imóvel, sem pronunciar uma palavra.

— Você pode tentar correr, Otto. Você é bastante rápido, tão rápido que até pode fazer parte da equipe de atletismo da escola. Eu teria de correr quase cem metros até alcançá-lo, se você começasse a correr agora. E ainda assim, estaria tão longe do ser humano mais próximo que ninguém escutaria você gritando.

Silverhielm engoliu em seco. A situação começava a ficar interessante.

— Você ficou maluco... vai ser expulso...

— Não, eu garanto a você que não, Otto. Expulso, eu não vou ser. Ninguém vai encontrar você tão rapidamente. Estes caminhos só são usados no inverno, quando os fazendeiros transportam lenha. E no inverno, Otto, tem a neve. Pode levar muitos anos até que encontrem você.

Erik levantou-se lentamente, tão devagar quanto nas centenas de ensaios feitos em pensamento, ergueu o grosso galho de árvore que pusera aos seus pés e aproximou-se até ficar a uma distância de menos de um metro do adversário. Ele podia ver nitidamente os tremores e o suor frio brotando do seu rosto.

Silverhielm caiu de joelhos, como se as pernas já não pudessem sustentá-lo. Tudo ia melhor do que imaginara.

— Eu faço qualquer coisa se você não...

Silverhielm foi obrigado a engolir em seco antes de continuar. Sua boca estava completamente seca. Excelente!

— Eu te dou o que quiser... — prosseguiu. — Dez mil! Você ganha dez mil coroas amanhã mesmo, eu prometo!

Foi quando Erik irrompeu em risos sem nem precisar se esforçar para isso.

— Dez mil, Otto! É o que você acha que vale? Um pouco mais do que o quilo de filé-mignon? Dez mil...

— É o que eu posso retirar em dinheiro vivo, mas se você tiver um pouco de paciência, em alguns dias...

— Claro. E jamais, nem em sonho, passaria pela sua cabeça não cumprir uma promessa dessas.

— Já disse que eu juro! Dou minha palavra de honra, como membro da nobreza.

Erik foi obrigado novamente a cair na gargalhada.

— Sua honra de nobre! E onde é que andava a sua honra quando você maltratou Pierre Tanguy a ponto de ele não suportar mais? Ou naquela vez que você me bateu no rosto, quando eu não tinha o direito de me defender?

— Ah, mas... você também fez tudo o que podia só pra me atormentar. Será que não entende que inferno eu vivi aqui com você? Não é o suficiente? A gente nunca mais vai se ver se...

— Se você saísse daqui vivo, não é isto? Claro, a gente ia se encontrar no gabinete do diretor mais rápido que um relâmpago. Aliás, esse anel, esse aí que você usa com o brasão da família. Me valeu quinze pontos. Passa ele pra cá!

Erik mudou o galho de árvore para a mão esquerda e esticou a direita para receber o anel. Silverhielm torceu-o desesperadamente até retirá-lo e entregou-o, com um visível tremor na mão. Erik apanhou-o e o contemplou com curiosidade estudada.

— Esta coroa em cima do brasão, esta aqui, feita de pequenas bolas. Ela indica que você é "barão", não é assim mesmo que se diz?

— É, sim.

— Exatamente um desses indícios que o identificariam imediatamente, independente de quantos anos se passassem. Um cadáver nu, bem apodrecido, com algumas partes faltando, provavelmente comidas pelas raposas e texugos. Mas este anel aqui seria um deles. O outro são os dentes. Vai ser meio chato tirar todos eles, mas a essa altura você já não vai estar sentindo mais nada. O que acha que vão dizer, na escola, sobre o seu desaparecimento?

Silverhielm já não apresentava mais capacidade de emitir um som. Logo tudo estaria terminado.

— E então, Silverhielm, me responda. O que eles vão pensar quando você desaparecer de repente, assim, uma semana antes da formatura? Que estava deprimido, que tinha fugido, que não agüentou a pressão de receber notas baixas demais, apesar do seu velho ter doado uma televisão para cada casa de estudante, para comemorar a formatura do filho. Que nem um burguês de merda! E então, o que você acha?

Silverhielm teve de se esforçar muito para articular alguma palavra.

— Eles... meu quarto está intocado... eles vão sair à minha busca com cães... vão achar que eu talvez tenha quebrado uma perna ou coisa parecida. E com cachorros, eles vão conseguir me encontrar e você vai ser condenado à prisão perpétua. Você já pensou se tudo isso vale realmente a pena?

— Os cachorros vão perder o rastro já na estrada principal, você sabe, com todo aquele trânsito. E, depois, é só eu carregar você pra longe. E mesmo que você tivesse chegado até aqui, seu rastro terminaria neste mesmo lugar. Mesmo que o encontrassem, não acha que eu já teria me limpado de todo o sangue e jogado fora as roupas que estou usando? Então, não existiria nenhuma prova, entende? Exatamente como daquelas vezes em que eu corria com o gorro de três furos ou quando entornei o balde de merda em cima de você. Aliás, fiquei um tempão observando você antes de derramar. Você dormia de boca aberta, com a barriga pra cima. Foi por isso que ficou de boca cheia. Gostoso, né? Tenho certeza de que até hoje, se pensar bem, ainda se lembra do gosto.

Silverhielm afundou, com o rosto mais perto do chão. De repente a saliva passou a escorrer de sua boca e ele se curvou para a frente. Era evidente que estava a ponto de vomitar.

— Então, Silverhielm, lembre-se da merda escorrendo pela sua boca. A mesma merda que eu misturei com bastante cuidado ao seu mijo... descendo pela boca... como você tossiu e engasgou... como você tentou enxagüar a boca e escovar os dentes tantas vezes, mas o gosto de merda simplesmente se recusava a desaparecer...

Finalmente Silverhielm vomitou. De joelhos, aos pés de Erik, ele vomitava como se as vísceras se contorcessem no interior de sua barriga.

Permaneceu de quatro, com o rosto quase mergulhado no vômito, em uma posição que dava a impressão de não possuir forças para erguer a cabeça. Erik agarrou-o pelos cabelos e levantou seu rosto. Ele carregaria a expressão dos olhos de Silverhielm em sua memória por muito tempo.

A vingança estava completa.

— Aqui — disse Erik, e atirou o anel com o brasão da família em meio ao vômito.

Depois jogou o galho ao chão, virou-se e foi embora. Quando havia chegado a cerca de cem metros de distância, na bifurcação do caminho onde estaria fora do campo de visão, virou-se para contemplar o quadro: Silverhielm permanecia na mesma posição em que o havia deixado.

O dia do encerramento das aulas foi um pequeno triunfo.

As notas finais foram distribuídas já de manhã, quando os representantes de classe fizeram os discursos habituais sobre recompensa e castigo. Após receber o boletim final, Erik aproveitou para dar uma volta e se despedir dos professores — uma despedida bastante emotiva para ambas as partes. Tosse Berg segurou-o pelos ombros, com os olhos cheios de lágrimas, e lhe disse que tinha de treinar muito para as olimpíadas de Tóquio.

— Você é um guerreiro, Erik, lembre-se sempre disso, agora que fará parte de um mundo onde nenhum membro do Conselho poderá fazer nada contra você.

A despedida do Grou não foi diferente.

— Não deixe de mandar notícias — disse ele. — Eu gostaria de saber como as coisas vão indo para você.

— Adeus, Grou, e obrigado pela nota final.

— Não há nada que agradecer, você mereceu, os dois melhores sempre foram você e...

— E Pierre?

— Exatamente. Mande lembranças a ele por mim, se vocês ainda tiverem contato.

Os táxis já haviam começado a transportar até a estação de Solhov os alunos que não seriam buscados pelos pais. O pátio da escola reluzia, repleto de grandes automóveis pretos, em sua grande maioria.

Antes da cerimônia de entrega dos prêmios esportivos e recompensas, Erik fez uma visita até a pilha de lenha na trilha do bosque. Claro que sim. Ali estava o gorro com três orifícios mofado, assim como as luvas.

Erik não esperava ganhar prêmio algum, mas no momento de receber o prêmio de melhor aluno do ginasial — um magnífico volume Carl Fries, ilustrado com gravuras e o símbolo da escola na primeira página —, o diretor explicara que havia hesitado um pouco, levando-se em consideração o conceito lamentável em comportamento, sobre o qual não entraria em maiores detalhes naquele momento. Mas um resultado brilhante nos estudos sempre significava um resultado brilhante.

Sob aplausos educados da platéia, Erik, exatamente como todos os outros, subiu ao palco e inclinou-se para receber o prêmio que, na verdade, seria de Pierre.

De cima do palco, contemplou o auditório revestido com tábuas de bétula, todos os alunos de terno que, em breve, retornariam àquele inferno, seus pais cheios de pompa, que não sabiam, não queriam saber ou, simplesmente, aprovavam tudo aquilo que se passava em Stjärnsberg.

Seria imperdoavelmente covarde não fazê-lo e, caso contrário, Erik se arrependeria por toda a vida.

Com o rosto voltado para o público e de costas para o diretor, Erik ergueu vagarosamente o gorro com três orifícios, para que todos pudessem vê-lo.

Os aplausos de alguns de seus colegas de turma começaram, a princípio, timidamente. Ele permaneceu no mesmo lugar, imóvel e rígido, com o gorro erguido acima da cabeça. Mas de repente os aplausos dos alunos do ginasial cresceram, até ecoarem por todo o salão, da mesma maneira que acontece quando o solo de um célebre violonista chega ao fim.

Erik, então, se inclinou em agradecimento no fim do espetáculo e desceu as escadas correndo, na direção da saída e de um dos táxis à espera. Quando o carro deu partida, ele decidiu não olhar para trás nem uma vez sequer. Stjärnsberg já não existia mais.

Ele se sentou em uma cabine vazia. Na estação comprara dois cigarros avulsos bem na frente de dois membros do Conselho, que se fizeram de desentendidos. Eles haviam se sentado no penúltimo vagão, com olhos nervosos por cima dos ombros, quando, na verdade, tinham bilhetes para a primeira classe.

Erik sorriu um sorriso sem crueldade, pelo menos fora sua intenção quando, naquele instante, sorrira ao imaginar como os dois garotos deveriam se sentir, sentados no penúltimo vagão do trem por mais de uma hora, apavorados com a idéia de ver a porta de sua cabine se abrir e fechar, com um estrondo, atrás de Erik.

Estariam encurralados, sem a mínima chance de fugir. Como ratos, pensou ele, e mais uma vez tentou não experimentar uma alegria sádica, embora eles não pudessem imaginar que tudo aquilo agora ficara para trás. Tudo aquilo fazia parte de outro mundo, Stjärnsberg já não existia mais.

Erik abriu as mãos diante de si. Manteve as mãos na mesma posição, sem tremer. Havia dois anos tinha as mãos cheias de pequenas cicatrizes feitas por dentes dos adversários. Agora, a grande maioria havia desaparecido. Apenas olhando com muita atenção podia-se distinguir algumas linhas difusas. As mãos estavam limpas. Erik apalpou o cotovelo direito, onde havia uma grande cicatriz, feita pelos dentes de Lelle — era assim que se chamava? — mas uma cicatriz daquelas poderia ter conseguido por qualquer outro motivo. Talvez caindo de uma bicicleta em uma estrada de terra, por exemplo. Mas agora tudo havia ficado para trás. Nunca mais.

Ele arrancou o emblema de Órion do bolso do paletó da escola. Segurou-o com a mão e acendeu um fósforo. O emblema pegou fogo vagarosamente. Erik esmagou as últimas cinzas, com o indicador e o polegar, e deixou-as cair no cinzeiro. Depois acendeu um dos seus dois cigarros.

Lá fora, em algum lugar na floresta, encontrava-se um saco plástico contendo meio maço de cigarros, uma caixa de fósforos e uma pasta de dentes que ele e Pierre possuíam. Talvez ninguém descobrisse aquele tesouro por centenas de anos. E se alguém descobrisse, depois de séculos, jamais compreenderia seu significado. Já não existiria nem um vestígio de Stjärnsberg, nem pedra sobre pedra.

O trem deu partida com uma sacudidela repentina. O chefe da estação voltou à plataforma com suas bandeiras de sinalização dobradas.

Erik abriu a janela e deixou a brisa de verão entrar, levando embora o mau cheiro do tecido queimado no cinzeiro. Em seguida, atirou fora o cigarro que tinha na mão, apanhou o segundo dentro do bolso e fez o mesmo com ele. Não tinha mais motivos para fumar.

Ele observou, com os olhos lacrimejando pelo vento, a paisagem de Sörmland desfilar diante dele: pés de lilases, árvores frutíferas em flor (não podiam ser maçãs florescendo àquela época, não seria a época das ameixas?), fazendas nas quais se via gente por trás de um trator ou de um galpão, o gado, o tráfego nas estradas e, aqui e ali, lagos e florestas: ali estava, o mundo em liberdade.

Recostou-se no banco e fechou os olhos. Por trás das pálpebras cerradas viu as imagens de Pierre e Marja. Muito em breve se encontrariam. Ele tinha dinheiro e, além disso, poderia trabalhar no porto sem mais correr o risco de ser descoberto por ser menor de idade. Depois poderia se decidir tanto por viajar a Genebra quanto a Savolaks. Primeiro a Savolaks, depois a Genebra.

Ele se debruçou outra vez na janela aberta, com o rosto contra o vento, como um cão, quando o trem aproximava-se da estação central de Estocolmo. Os raios do sol reluziam na ilha de Riddarfjärden. Ele estava livre. Agora ninguém sabia quem ele era e, por isso, a violência deixara de existir. Agora sim estava livre. Finalmente estava livre e feliz.

Quando chegou em casa, o apartamento estava vazio. Ele arrastou suas malas pesadas de livros até aquele que um dia havia sido o quarto dele e do irmão. Agora era evidente que o quarto pertencia ao irmão mais novo. Erik desfez parte de sua bagagem de livros e parou por alguns instantes com um par de tênis de corrida gastos nas mãos. Tinham a marca Puma e eram de couro de canguru legítimo. Mas já começavam a ficar pequenos demais. Não havia nenhum motivo para sentir tristeza.

Passou a estudar o conteúdo do guarda-roupa a fim de procurar algum espaço livre. Na prateleira de cima, no interior do guarda-roupa, ele encontrou um pacote com seu nome. Tinham enviado, havia muitos anos, do colégio e ninguém o havia aberto. Era bastante grande e macio, provavelmente algum tipo de tecido. Ele segurou o pacote, levou-o até a escrivaninha e tentou adivinhar seu conteúdo.

Era impossível adivinhar. Quando rasgou o papel, caiu numa longa e, talvez, feliz gargalhada. Era uma jaqueta pequena e ridícula, com uma estampa de dragão nas costas. Aquele que um dia fora seu objeto mais querido.

Ele esticou o casaco diante de si e contemplou-o com um sorriso. Parecia ter um tamanho de criança. Quando, por pura diversão, colocou o braço em uma de suas mangas, a costura já começara a estalar antes mesmo de o braço tentar fazer espaço na altura do ombro.

Erik foi até o banheiro e observou sua imagem no espelho. Permaneceu ali por um bom tempo, tentando chegar a uma conclusão. Agora já era um adulto. Tinha 1,75 metro de altura e pesava 74 quilos. Tinha 16 anos e meio e muitas espinhas no rosto. Quando se aproximou do espelho, pôde ver claramente cicatrizes brancas aqui e ali, no seu rosto. Como um sopro desagradável e frio surgiu, por instantes, a imagem vil de Silverhielm entre ele e sua própria imagem no espelho.

Erik colocou seu boletim final em cima do piano de cauda da mãe e foi até o correio, enviar ao verdadeiro dono, em Genebra, o livro e o diploma com o símbolo da escola que recebera de prêmio. Na rua surpreendeu-se com o fato de ninguém reconhecê-lo. Aquilo era sentir-se livre, concluiu. Ninguém poderia perceber nada exteriormente, ninguém poderia saber de que lugar ele vinha.

Ao voltar à casa, Erik já podia escutá-la ao piano das escadas. Soava como uma alegre polonesa em fá maior.

Ao entrar na sala, ela levantou-se devagar e, sorrindo, esticou os braços na direção dele. Eles se abraçaram por um longo tempo, sem pronunciar uma palavra. Erik tinha a impressão de que ela havia encolhido, como se, ao longo dos dois últimos anos, o corpo dela houvesse adquirido algo de semelhante a um pássaro. Ele se libertou cuidadosamente de seu abraço delicado e passaram a secar as lágrimas um do outro.

À mesa do jantar Erik sentia-se como um convidado. Falava mais do que todos ou, se possível, conversava para evitar o silêncio. Falava sobre o futuro, sobre Pierre, sobre o imponente monte Matterhorn, que se elevava até o céu, sobre o que dissera a Pierre, que um dia escalaria o monte até o topo. Sobre como estudaria direito para se tornar advogado de defesa, se escolheria o colégio Norra Real ou Östra Real — era apenas uma questão de escolher, pois a soma de notas mais altas nas escolas de Estocolmo era vinte pontos e ele alcançara 27 (graças às detenções, pensou em silêncio). Era apenas uma questão de escolher.

— Mas seu conceito em comportamento foi péssimo. Eu nunca escutei falar em mais ninguém que tivesse recebido um I em comportamento — disse o pai. — Tinha realmente necessidade de você trepar com a tal copeira?

O pai continuou mastigando sem se perturbar, esforçando-se para dar um ar de quem apenas havia comentado sobre o tempo àquela época do ano. Erik ainda chegou a perceber o olhar de cautela dirigido por sua mãe.

— Você não tem nada a ver com ela e eu quero que esqueça a minha vida privada — ele respondeu, depois de alguns segundos de reflexão, ao mesmo tempo que se esticou, indolente, na direção do saleiro.

Foi quando o pai lhe aplicou um de seus tapas no nariz.

O PAI APLICOU UM TAPA NO NARIZ E O ACERTOU EM CHEIO.

— Eu volto a dizer — repetiu Erik. — Você não tem nada a ver com a minha vida pessoal. Aliás, eu pretendo viajar para me encontrar com ela muito em breve.

— Você não vai, não!

— Ah, vou sim. Não tenha a menor dúvida.

— Então nós vamos arrazoar sobre o assunto depois do jantar. — Era a primeira vez que Erik escutava a frase "arrazoar sobre o assunto". Sempre pensara que fora "arrasar sobre o assunto", pois era disso, concretamente, do que se tratava.

O jantar terminara em um silêncio fúnebre. Erik contemplava os grãos de poeira iluminados por um tênue raio da luz noturno, que chegava da janela. Soprou o pó criando um remoinho no microcosmos e, em seguida, abaixou a cabeça levemente, como em um jogo, quando o pai mais uma vez tentou lhe aplicar outro tapa no nariz.

O velho devia ser completamente louco, ele pensou. Ou seria ele um outro Silverhielm, se fosse mais jovem e presidente naquele lugar que já não existia mais? Provavelmente. E Silverhielm ficaria igual ao velho; gente daquela espécie nunca desaparece. Seria impossível livrar-se deles? Não importava queimar o emblema de Órion, fingir que Stjärnsberg não mais existia, ou até mesmo fingir haver esquecido o nome de Stjärnsberg. Erik pensou no emblema de Órion que havia queimado e nas cinzas que desfizera com os dedos, no cinzeiro da cabine do trem.

A mãe já começara a retirar a mesa e pedira ajuda ao irmão mais novo, como de costume. E exatamente como de costume, ele e o pai permaneceram sentados, em silêncio, por alguns instantes.

— Muito bem — disse o pai, enquanto se levantava. — Então tratemos de terminar logo com isso.

O pai se dirigiu à porta do quarto sem nem mesmo certificar-se de que Erik o acompanhava. Andou com a mesma obviedade que sempre fizera uma vida inteira, e era como se acreditasse que Erik o seguiria exatamente da mesma forma que Rômulo ou Remo.

Erik acompanhou o pai até o quarto e fechou a porta atrás de si. Lá fora, através da janela aberta, escutava-se o gorjear da toutinegra. Mais ao longe, do outro lado do jardim, ouvia-se um melro preto. O ar tinha um mormaço de quase verão.

O pai estava sentado na cama em sua posição habitual. Tinha na mão sua ridícula calçadeira cromada, com uma alça ornada de couro.

Que pena, pensou Erik, que pena que não escolheu o chicote de cães. O chicote trançado, de couro marrom-escuro, que feria a pele com sua pequena ponta de metal. Uma pena que ele não houvesse escolhido o chicote hoje.

— Muito bem — disse o pai. — Abaixe as calças e se incline para a frente!

Sem dar-lhe ouvidos, Erik dirigiu-se até a porta e apanhou a chave do lado de fora. Em seguida trancou-a com duas voltas e guardou a chave no bolso esquerdo das calças. Ele observou aquele homem que ainda era maior e mais largo do que ele. No entanto, nem sua largura nem aquela pequena calçadeira lhe serviriam de ajuda dentro de alguns instantes. O homem ainda não começara a sentir medo, tinha apenas um ar desconcertado. Era preciso, em primeiro lugar, apavorá-lo a ponto de deixá-lo paralisado.

Erik respirou fundo.

— Agora você vai me escutar, pai. Você é a própria encarnação do mal e gente da sua espécie tem de ser eliminada. Dentro de mais ou menos meia hora, você vai estar no hospital São Jorge. Você não vai enxergar nada dos dois olhos. O osso do seu nariz vai estar quebrado em vários pedaços. Um dos seus braços vai estar quebrado e grande parte dos seus dentes terá desaparecido. E sabe o que você vai dizer a eles, papaizinho velho? Você não vai ter coragem de contar a verdade, vai dizer que caiu da escada. Ninguém vai acreditar, mas é o que você vai dizer.

Erik fez uma pausa para experimentar o efeito que causava o poder de suas palavras. Ver como o pavor pulsava por todo o corpo, como um veneno na corrente sangüínea, ou se transformava em uma desordem interior, como se existissem morcegos encerrados no crânio, tal qual numa gaiola apertada. Isso mesmo, o homem erguera a calçadeira a meio caminho, só até a metade, e parecia até que havia se congelado exatamente no meio do gesto. O pavor fazia efeito, logo estaria indefeso.

Curioso, pensou Erik, aquele pássaro lá fora da janela, que eu escuto nitidamente — o pássaro é a única coisa que se escuta nitidamente, além do arfar do velho —, por que não consigo me lembrar de como se chama? É um pássaro tão comum, há apenas meio ano eu saberia o seu nome exatamente e agora é impossível me lembrar.

Mas agora é melhor continuar a apavorá-lo mais um pouco:

— É o que você vai dizer, mesmo que ninguém acredite. Pois se envolver a polícia, eu vou contar tudo o que você andou fazendo ao longo de todos esses anos. Agora, pode tentar me bater com essa calçadeira aí. Porque, de qualquer maneira, por aquela porta trancada ali você não vai sair. Quando eu tiver acabado com a sua cara, vou quebrar seu braço esquerdo, bem na altura do cotovelo, e você vai gritar até perder os sentidos. Eu garanto, papai. Eu garanto que é tudo verdade. Você vai gritar e chorar até perder os sentidos de tanta dor.

Erik observou o homem parado diante dele. Havia surtido efeito. O homem, paralisado, ainda segurando a pequena calçadeira ridícula na mesma posição, agora estava completamente indefeso. Tinha a respiração ofegante e era incapaz de desviar o olhar do rosto de Erik.

Por que não consigo me lembrar do nome daquele pássaro?, pensou Erik, e como posso estar tão calmo apesar de ter esperado uma vida inteira por este momento? A esta altura a adrenalina deve ter se espalhado por todo o meu corpo, mas o coração não bate com mais violência do que o normal. Eu não estou tão nervoso como imaginava que estaria. O mais curioso é que não estou nem um pouco nervoso, ainda que faltem menos de dez segundos para que o sangue dele se espalhe pelo chão e o papel de parede inteiros (aliás, é importante tomar cuidado para não escorregar em tanto sangue) e ele passe a tatear, com os braços para a frente, sem enxergar nada. E, apesar de tudo, eu estou perfeitamente calmo. Mas esta tem de ser a última vez, hein? Depois desta é o fim, nunca mais.

E, lentamente, deu o primeiro passo na direção do homem petrificado.

Este livro foi composto na tipologia Minion,
em corpo 11/15, e impresso em papel
off-white 80g/m^2, no Sistema Cameron da
Divisão Gráfica da Distribuidora Record.